COM SANGUE

STEPHEN KING

COM SANGUE

TRADUÇÃO
Regiane Winarski

2ª reimpressão

Copyright © 2020 by Stephen King
Publicado mediante acordo com o autor através da The Lotts Agency.

*Grafia atualizada segundo o Acordo Ortográfico da Língua Portuguesa de 1990,
que entrou em vigor no Brasil em 2009.*

Título original
If It Bleeds

Capa
Will Staehle/ Unusual Corporation

Ilustração de capa
Valik/ Shutterstock

Preparação
Rayana Faria
Natália Pacheco

Revisão
Adriana Bairrada
Renata Lopes Del Nero

Dados Internacionais de Catalogação na Publicação (CIP)
(Câmara Brasileira do Livro, SP, Brasil)

King, Stephen,
    Com sangue / Stephen King ; tradução Regiane Wi-
narski. — 1ª ed. — Rio de Janeiro : Suma, 2020.

    Título original: If It Bleeds.
    ISBN 978-85-5651-097-6

    1. Ficção de suspense 2. Ficção norte-americana
I. Título.

20-38109   CDD-813

Índice para catálogo sistemático:
1. Ficção de suspense : Literatura norte-americana   813

Cibele Maria Dias – Bibliotecária – CRB-8/9427

[2021]
Todos os direitos desta edição reservados à
EDITORA SCHWARCZ S.A.
Praça Floriano, 19, sala 3001 — Cinelândia
20031-050 — Rio de Janeiro — RJ
Telefone: (21) 3993-7510
www.companhiadasletras.com.br
www.blogdacompanhia.com.br
facebook.com/editorasuma
instagram.com/editorasuma
twitter.com/Suma_BR

SUMÁRIO

O telefone do sr. Harrigan 7

A vida de Chuck 89

Com sangue 147

Rato 315

Nota do autor 397

O TELEFONE DO SR. HARRIGAN

Apesar de minha cidade natal ser um vilarejo de umas seiscentas pessoas (ainda é, embora eu tenha me mudado de lá), nós tínhamos internet como nas cidades grandes, por isso meu pai foi recebendo cada vez menos correspondência pelo correio. Normalmente o sr. Nedeau só entregava o exemplar semanal da *Time*, folhetos endereçados ao "morador" ou "aos nossos simpáticos vizinhos" e as contas mensais. Mas a partir de 2004, o ano em que fiz nove anos e comecei a trabalhar para o sr. Harrigan do alto da colina, passei a receber pelo menos quatro envelopes manuscritos endereçados a mim por ano. Era um cartão de São Valentim em fevereiro, depois um de aniversário em setembro, um de Ação de Graças em novembro e um de Natal logo antes ou depois da data. Dentro de cada cartão vinha uma raspadinha de um dólar da Loteria do Estado do Maine e a assinatura era sempre a mesma: *Com desejos de felicidades, do sr. Harrigan*. Simples e formal.

A reação do meu pai também era sempre a mesma: uma gargalhada e um revirar de olhos bem-humorado.

— Ele é um mão de vaca — disse meu pai um dia. Isso deve ter sido quando eu tinha onze anos, dois anos depois de os primeiros cartões chegarem. — Paga pouco e dá um bônus barato, raspadinhas Lucky Devil do Howie's.

Notei que uma das quatro raspadinhas normalmente dava um prêmio de dois dólares. Quando isso acontecia, meu pai tirava o dinheiro para mim no Howie's, porque menores não podiam jogar na loteria, mesmo se os bilhetes tivessem sido presente. Uma vez, quando tirei a sorte grande e ganhei cinco dólares, pedi para o meu pai comprar mais cinco raspadinhas de um dólar. Ele se negou, dizendo que, se alimentasse meu vício no jogo, minha mãe se reviraria no túmulo.

— O que Harrigan está fazendo já é bem ruim — disse meu pai. — Além do mais, ele devia estar pagando *sete* dólares por hora. Talvez até oito. Deus sabe que ele pode. Cinco por hora pode ser legal porque você é criança, mas alguns considerariam exploração infantil.

— Eu gosto de trabalhar pra ele — falei. — E gosto *dele*, pai.

— Eu entendo isso e não é como se ler pra ele e tirar as ervas daninhas do jardim faça de você um Oliver Twist do século XXI, mas ele continua sendo um mão de vaca. Estou surpreso de ele estar disposto a pagar o selo e enviar os cartões, considerando que a distância da caixa de correspondência dele até a nossa não deve ser mais do que quatrocentos metros.

Estávamos na varanda da frente bebendo Sprite quando tivemos essa conversa, e papai apontou com o polegar rua acima (de terra, como a maioria em Harlow), na direção da casa do sr. Harrigan. Era na verdade uma mansão, com piscina coberta, um jardim de inverno, um elevador de vidro no qual eu *amava* andar e uma estufa nos fundos onde antes ficava um celeiro de vacas (antes da minha época, mas meu pai se lembrava bem dele).

— Você sabe como ele sofre com a artrite — falei. — Agora às vezes ele usa duas bengalas em vez de uma. Andar até aqui seria mortal pra ele.

— Então ele poderia simplesmente entregar os malditos cartões pra você — disse meu pai. Não havia maldade na voz dele; ele só estava brincando. Ele e o sr. Harrigan se davam bem. Meu pai se dava bem com todo mundo em Harlow. Acho que era isso que o tornava um bom vendedor. — Só Deus sabe quanto tempo você já passa lá.

— Mas aí não seria a mesma coisa — falei.

— Não? Por quê?

Eu não consegui explicar. Tinha vocabulário de sobra, graças a todos os livros que lia, mas não tinha muita experiência de vida. Só sabia que gostava de receber os cartões, ficava esperando ansioso a chegada de cada um, e gostava das raspadinhas que eu sempre raspava com minha moeda da sorte e da assinatura com a caligrafia antiquada: *Com desejos de felicidades, do sr. Harrigan.* Ao pensar nisso agora, a palavra *cerimonial* surge na minha mente. Era como o sr. Harrigan, que sempre usava uma das gravatas pretas velhas quando ele e eu íamos de carro até a cidade, apesar de ele praticamente só ficar sentado atrás do volante do Ford sedan careta lendo o *Financial Times* enquanto eu entrava na IGA e comprava os itens da lista. Sempre havia carne moída e uma dúzia de ovos. O sr. Harrigan às vezes dizia que um homem podia viver perfeitamente bem com ovos e carne moída depois de chegar a uma certa idade. Quando perguntei que idade seria, ele falou sessenta e oito.

— Quando um homem faz sessenta e oito anos, ele não precisa mais de vitaminas.

— É mesmo?

— Não. Só falei isso pra justificar meus maus hábitos alimentares. Você conseguiu encomendar o rádio por satélite pra este carro, Craig?

— Consegui. — Pelo computador do meu pai, porque o sr. Harrigan não tinha computador.

— Então, onde está? Aqui só pega esse chato do Limbaugh.

Mostrei a ele como chegar à xm. Ele girou o sintonizador por umas cem estações ou mais até encontrar uma especializada em country. Estava tocando "Stand By Your Man".

Essa música ainda me dá arrepios e acho que sempre vai dar.

Naquele dia do meu 11º ano, enquanto meu pai e eu estávamos tomando Sprite e olhando para a casa grande (que era exatamente como os moradores de Harlow a chamavam: A Casa Grande, como se fosse a Prisão Shawshank), eu falei:

— Me dar os cartões não seria tão bom. Receber pelo correio é mais legal.

Meu pai fez aquela coisa de revirar os olhos.

— E-mail é legal. E telefones celulares. Essas coisas me parecem milagres. Você é novo demais para entender. Se tivesse passado a infância só com uma linha fixa compartilhada entre quatro casas, inclusive a da sra. Edelson, que nunca calava a boca, talvez pensasse diferente.

— Quando vou poder ter um celular? — Essa foi uma pergunta que fiz muitas vezes naquele ano, com mais frequência depois que os primeiros iPhones começaram a ser vendidos.

— Quando eu decidir que você tem idade.

— Que saco, pai! — Foi minha vez de revirar os olhos, o que o fez rir. Mas logo ele ficou sério.

— Você entende o quanto John Harrigan é rico?

Eu dei de ombros.

— Sei que ele era dono de fábricas.

— Ele era dono de bem mais do que fábricas. Até se aposentar, ele era o grande chefão de uma empresa chamada Oak Enterprises. Essa empresa englobava uma companhia de transporte marítimo, shoppings, uma cadeia de cinemas, uma empresa de telecomunicações e nem sei mais o quê. Quando o assunto era o Big Board, a Oak era uma das maiores.

— O que é Big Board?

— Bolsa de Valores. Jogatina pra gente rica. Quando Harrigan vendeu a empresa, a venda não apareceu só na seção de negócios do *New York Times*. Apareceu na primeira página. Aquele cara que dirige um Ford de seis anos atrás, que mora no fim de uma rua de terra, que te paga cinco pratas por hora e manda uma raspadinha de um dólar quatro vezes por ano tem um patrimônio de mais de um bilhão de dólares. — Meu pai sorriu. — E meu pior terno, o que sua mãe me faria dar para o Exército da Salvação se ainda estivesse viva, é melhor do que o que ele usa pra ir à igreja.

Achei tudo interessante, principalmente a ideia de que o sr. Harrigan, que não tinha nem notebook nem mesmo TV, já tinha sido dono de cinemas. Aposto que ele nunca foi a nenhum. Ele era o que meu pai chamava de ludista, no sentido (entre outras coisas) de um cara que não gosta de aparelhos. O rádio por satélite era exceção, porque ele gostava de música country e odiava todas as propagandas da Woxo, a única estação de country que o rádio do carro dele captava.

— Você sabe quanto é um bilhão, Craig?

— Cem milhões, né?

— Que tal *mil* milhões.

— Uau — falei, mas só porque "uau" parecia a palavra certa. Eu entendia cinco pratas e entendia quinhentas, o preço de uma scooter usada que eu sonhava em ter (boa sorte pra mim), à venda na Deep Cut Road, e tinha um entendimento teórico de cinco mil, que era o que meu pai ganhava por mês como vendedor da Parmeleau Tratores e Maquinário Pesado de Gates Falls. A foto do meu pai sempre ia parar na parede como Vendedor do Mês. Ele alegava que não era nada de mais, mas eu sabia que era. Quando ele era Vendedor do Mês, nós íamos jantar no Marcel's, o restaurante francês chique em Castle Rock.

— Uau mesmo — disse meu pai, e fez um brinde à casa grande na colina, com tantos aposentos que ficavam sem uso e o elevador que o sr. Harrigan detestava, mas precisava usar por causa da artrite e da ciática. — Uau mesmo.

Antes de eu contar sobre o bilhete de loteria com prêmio alto e sobre a morte do sr. Harrigan e do problema que tive com Kenny Yanko quando estava no nono ano na Gates Falls High, tenho que contar como fui trabalhar para o sr. Harrigan. Foi por causa da igreja. Meu pai e eu íamos à Primeira Igreja Metodista de Harlow, a *única* igreja metodista de Harlow. Havia outra igreja na cidade, a que os batistas usavam, mas pegou fogo em 1996.

— Algumas pessoas soltam fogos pra comemorar a chegada de um bebê — disse meu pai. Eu não devia ter mais de quatro anos na época. — Sua mãe e eu achamos pouco e botamos fogo numa *igreja* pra dar boas-vindas a você, Craigster, e que incêndio lindo que foi.

— Nunca diga isso — falou minha mãe. — Ele pode acreditar e botar fogo numa igreja quando tiver filhos.

Os dois eram muito brincalhões um com o outro, e eu ria até quando não entendia.

Nós três íamos andando para a igreja, as botas estalando na neve batida no inverno, nossos sapatos bons levantando poeira no verão (que minha mãe sempre limpava com um lencinho de papel antes de entrarmos), eu sempre dando a mão esquerda ao meu pai e a mão direita à minha mãe.

Ela era uma boa mãe. Eu ainda sentia muita saudade dela em 2004, quando comecei a trabalhar para o sr. Harrigan, embora ela já estivesse morta havia três anos. Agora, dezesseis anos depois, eu ainda sinto saudade dela, mas o rosto já se apagou da minha memória e as fotos só a refrescam um pouco. O que aquela música diz sobre crianças sem mãe é verdade: é difícil para elas. Eu amava meu pai e nós sempre nos demos bem, mas aquela música acertou em outra coisa também: tem tantas coisas que um pai não consegue entender, como fazer uma coroa de margaridas e botar na cabeça no campo atrás da casa e dizer que hoje você não é só um garotinho qualquer, você é o rei Craig. Como ficar satisfeito, mas não demonstrar muito, não se gabar nem nada, quando você começa a ler gibis do Super-Homem e do Homem-Aranha aos três anos. Como se deitar na cama para te fazer companhia quando você acorda no meio da noite depois de ter um pesadelo em que era perseguido pelo Doutor Octopus. Como abraçar você e dizer que está tudo bem quando um garoto maior (Kenny Yanko, por exemplo) te dá uma surra porque você não quis lustrar a porra do sapato dele.

Eu bem que precisava de um abraço desses naquele dia. Um abraço de mãe naquele dia talvez tivesse mudado muita coisa.

Não me gabar de ser um leitor precoce foi um dom que meus pais me deram, o dom de aprender cedo que ter um talento não torna você melhor do que ninguém. Mas a notícia se espalhou, como sempre acontece nas cidades pequenas, e quando eu tinha oito anos, o reverendo Mooney me pediu para ler a lição semanal da Bíblia no Domingo da Família. Talvez tenha sido a novidade que o atraiu; normalmente, ele chamava um aluno do ensino médio para fazer as honras. A leitura era do Evangelho Segundo Marcos naquele domingo, e depois do culto o reverendo disse que eu tinha ido tão bem que podia fazer a mesma coisa toda semana se quisesse.

— Ele diz que uma criancinha vai liderar — falei para o meu pai. — Está no Livro de Isaías.

Meu pai grunhiu, como se aquilo não o comovesse muito. E assentiu.

— Tudo bem, desde que você lembre que é o meio, não a mensagem.

— Hã?

— A Bíblia é a Palavra de Deus, não a Palavra de Craig, então não fique se achando por causa disso.

Respondi que não, e nos dez anos seguintes, até eu ir para a faculdade, onde aprendi a fumar maconha, tomar cerveja e ir atrás de garotas, eu li a lição semanal. Mesmo quando as coisas estavam péssimas, eu li. O reverendo me dava a referência das escrituras uma semana antes, o capítulo e o versículo, como se diz. Na noite da Irmandade Metodista da Juventude, às quintas-feiras, eu levava para ele uma lista com as palavras que não sabia pronunciar. Como resultado, eu talvez seja a única pessoa no estado do Maine que sabe não só pronunciar Nabucodonosor, mas também soletrar.

Um dos homens mais ricos dos Estados Unidos se mudou para Harlow uns três anos antes de eu começar meu trabalho dominical de ler as escrituras para os mais velhos do que eu. Foi na virada do século, em outras palavras, logo depois de ele vender as empresas e se aposentar, e antes de a casa grande estar concluída (a piscina, o elevador e a entrada pavimentada vieram depois). O sr. Harrigan ia à igreja toda semana, usando um terno preto desbotado com a calça frouxa, uma das gravatas pretas estreitas fora de moda e com o cabelo grisalho e ralo bem penteado. No resto da semana, aquele cabelo se espalhava em todas as direções, como o de Einstein depois de um dia movimentado decifrando o cosmos.

Naquela época, ele só usava uma bengala, na qual se apoiava quando nos levantávamos para cantar hinos dos quais acho que vou me lembrar até o dia em que morrer... e aquele verso de "The Old Rugged Cross" sobre água e sangue fluindo da lateral ferida de Jesus sempre vai me dar arrepios, assim como o último verso de "Stand By Your Man", quando Tammy Wynette canta com tudo. O sr. Harrigan não cantava, o que era bom porque ele tinha uma voz rouca e aguda, mas ele movimentava os lábios junto com a música. Ele e meu pai tinham isso em comum.

Um domingo, no outono de 2004 (todas as árvores do nosso lado do mundo queimando em cores), li parte do Segundo Livro de Samuel, fazendo meu trabalho de sempre de passar para a congregação uma mensagem que eu mal entendia, mas sabia que o reverendo Mooney explicaria no sermão:

— A honra de Israel pereceu nas alturas. Como foi que os valentes caíram? Não contem isso em Gat, nem proclamem nas ruas de Ascalon. Que as jovens filisteias não se alegrem e as filhas dos incircuncisos não exultem.

Quando me sentei no nosso banco, meu pai me deu um tapinha no ombro e sussurrou *Você falou um monte* no meu ouvido. Precisei cobrir a boca para esconder um sorriso.

Na noite seguinte, quando estávamos terminando a louça do jantar (meu pai lavando, eu secando e guardando), o Ford do sr. Harrigan parou na porta da minha casa. A bengala bateu nos degraus do jardim, e meu pai abriu a porta antes que ele pudesse bater. O sr. Harrigan recusou a sala e se sentou à mesa da cozinha como se fosse de casa. Aceitou um Sprite quando meu pai ofereceu, mas recusou o copo.

— Eu tomo na garrafa, como meu pai fazia — disse ele.

Como um homem de negócios, o sr. Harrigan foi direto ao ponto. Ele disse que, se meu pai aprovasse, gostaria de me contratar para ler para ele duas ou talvez três horas por semana. Por esse serviço ele pagaria cinco dólares por hora. Ele também disse que podia oferecer mais três horas de trabalho se eu cuidasse um pouco do jardim e fizesse algumas outras tarefas, como tirar a neve dos degraus no inverno e o pó do que fosse necessário ao longo do ano.

Vinte e cinco, talvez até trinta, dólares por semana, metade só para ler, que era uma coisa que eu teria feito de graça! Eu não acreditei. Pensei na hora que poderia economizar para comprar uma scooter, apesar de que não poderia andar em uma legalmente pelos próximos sete anos.

Era bom demais para ser verdade e tive medo de meu pai dizer não, mas ele aceitou.

— Só não dá nada polêmico pra ele ler — disse meu pai. — Nada de coisa política maluca e nada de violência exagerada. Ele lê como um adulto, mas só tem nove anos, recém-completados.

O sr. Harrigan fez a promessa, tomou um pouco de Sprite e estalou os lábios secos.

— Ele lê bem, sim, mas esse não é o motivo pra eu querer contratá-lo. Ele não se *arrasta* na leitura, mesmo quando não entende. Acho isso impressionante. Não é incrível, mas é impressionante.

Ele botou a garrafa na mesa e se inclinou para a frente, para grudar o olhar afiado em mim. Eu costumava ver diversão naqueles olhos e às vezes crueldade, mas raramente vi ternura, e aquela noite de 2004 não foi uma delas.

— Sobre sua leitura ontem, Craig. Você sabe o que quer dizer "as filhas dos incircuncisos"?

— Não — falei.

— Achei que não, mas você acertou no tom de raiva e lamento mesmo assim. Você sabe o que é lamento, aliás?

— Chorar, essas coisas.

Ele assentiu.

— Mas você não exagerou. Não carregou num tom falso. Isso foi bom. Um leitor é um transmissor, não um criador. O reverendo Mooney te ajuda com a pronúncia?

— Sim, senhor, às vezes.

O sr. Harrigan tomou mais um pouco de Sprite, se levantou e se apoiou na bengala.

— Diz pra ele que é *Ascalon*, não *As*-calon. Achei isso engraçado, mas tenho pouco senso de humor. Vamos fazer uma experiência na quarta, às três? Você já saiu da escola essa hora?

Eu saía da Harlow Elementary às duas e meia.

— Sim, senhor. Três horas está ótimo.

— Vamos ficar até as quatro? Ou é tarde?

— Está bom — disse meu pai. Ele pareceu intrigado com a coisa toda. — Nós só jantamos às cinco. Eu gosto de assistir ao noticiário local.

— Isso não faz mal pra sua digestão?

Meu pai riu, apesar de eu não achar que o sr. Harrigan estava brincando.

— Às vezes, sim. Não sou fã do sr. Bush.

— Ele é meio imbecil — concordou o sr. Harrigan —, mas pelo menos está cercado de gente que entende da coisa. Às três na quarta, Craig, e não se atrase. Não tenho paciência com atrasos.

— Nada ousado também — disse meu pai. — Ele vai ter tempo pra isso quando for mais velho.

O sr. Harrigan também prometeu isso, mas acho que homens que entendem de negócios também entendem que promessas são fáceis de quebrar, considerando que fazê-las não custa nada. Não havia nada de ousado em *Coração das trevas*, primeiro livro que li para ele. Quando terminamos, o sr. Harrigan perguntou se eu tinha entendido. Acho que ele não estava tentando me ensinar nada; só ficou curioso.

— Não muito — falei —, mas aquele tal de Kurtz era bem maluco. Isso eu entendi.

Também não havia nada de ousado no livro seguinte; *Silas Marner* era um saco, na minha humilde opinião. Mas o terceiro foi *O amante de Lady Chatterley*, e esse chamou muito minha atenção. Foi em 2006 que fui apresentado a Constance Chatterley e seu robusto guarda-caças. Eu tinha dez anos. Tantos anos depois, ainda me lembro dos versos de "The Old Rugged

Cross" e, com a mesma clareza, me lembro de Mellors acariciando Lady Chatterley e murmurando "Ótimo". A forma como ele a tratava é uma coisa boa para os meninos aprenderem e lembrarem.

— Você entendeu o que acabou de ler? — perguntou o sr. Harrigan depois de uma passagem particularmente quente. Novamente, só por curiosidade.

— Não — falei, mas não era bem verdade. Eu entendia bem mais o que estava acontecendo entre Ollie Mellors e Connie Chatterley na floresta do que sobre o que estava acontecendo entre Marlow e Kurtz no Congo Belga. Sexo é difícil de entender, uma coisa que aprendi antes mesmo de ir para a faculdade, mas maluquice é mais.

— Que bom — disse o sr. Harrigan —, mas se seu pai perguntar o que estamos lendo, sugiro que diga que é *Dombey and Son*. Que vamos ler depois, de qualquer modo.

Meu pai nunca perguntou, ao menos não sobre aquele, e fiquei aliviado quando passamos para *Dombey*, que foi o primeiro livro adulto do qual me lembro de ter gostado. Eu não queria mentir para o meu pai, acabaria me sentindo péssimo, apesar de saber que o sr. Harrigan não teria problema algum com isso.

O sr. Harrigan gostava que eu lesse para ele porque seus olhos se cansavam com facilidade. Ele provavelmente não precisava que eu tirasse as ervas daninhas do jardim; o sr. Davis, que cortava o gramado, ficaria feliz de fazer isso, eu acho. E Edna Grogan, a empregada, poderia muito bem tirar o pó da coleção enorme de globos de neve antigos e pesos de papel de vidro, mas isso era trabalho meu. Ele basicamente gostava que eu estivesse por perto. Só me disse isso pouco antes de morrer, mas eu sabia. Eu só não sabia o motivo, e não sei se sei mesmo agora.

Uma vez, quando estávamos voltando de um jantar no Marcel's, em Rock, meu pai disse abruptamente:

— Harrigan por acaso toca em você de um jeito que você não gosta?

Faltavam anos para eu conseguir deixar uma sombra de bigode crescer, mas eu sabia o que ele estava perguntando; nós aprendemos sobre o "perigo de estranhos" e "toques inadequados" no terceiro ano, ora.

— Você quer saber se ele me apalpa? Não! Caramba, pai, ele não é *gay*.

— Tudo bem. Não precisa se irritar, Craigster. Eu tinha que perguntar. Porque você passa muito tempo lá.

— Se ele me apalpasse, podia pelo menos me mandar raspadinhas de *dois* dólares — comentei, e isso fez meu pai rir.

Trinta dólares por semana era o que eu ganhava, e meu pai insistia para que eu botasse pelo menos vinte na minha poupança para a faculdade. E fiz isso, apesar de achar uma idiotice; quando ser adolescente parece eternamente distante, a faculdade é como se fosse em outra vida. Dez dólares por semana ainda era uma fortuna. Eu gastava uma parte com hambúrgueres e milk-shakes no balcão do Howie's Market e a maior parte com livros velhos no Sebo da Dahlie, em Gates Falls. Os que eu comprava não eram pesados como os que eu lia para o sr. Harrigan (até *Lady Chatterley* era pesado quando Constance e Mellors não estavam botando fogo no ambiente). Eu gostava de livros de mistério e faroestes, como *Shoot-Out at Gila Bend* e *Hot Lead Trail*. Ler para o sr. Harrigan era trabalho. Não trabalho braçal, mas era trabalho. Um livro como *On Monday We Killed Them All*, de John D. MacDonald, era muito prazeroso. Eu disse para mim mesmo que precisava guardar o dinheiro que não ia para a poupança da faculdade para um dos celulares novos da Apple que começaram a ser vendidos no verão de 2007, mas eles eram caros, uns seiscentos dólares, e com dez dólares por semana eu levaria mais de um ano. E quando você tem dez, quase onze anos, um ano é muito tempo.

Além do mais, os livros velhos com as capas coloridas me atraíam.

Na manhã de Natal de 2007, três anos depois que comecei a trabalhar para o sr. Harrigan e dois anos antes de ele morrer, só havia um pacote para mim debaixo da árvore, e meu pai me disse para guardar para o final, depois de ele admirar o colete estampado, os chinelos e o cachimbo de urze que eu tinha comprado pra ele. Depois disso, rasguei o papel do meu único presente e gritei de alegria quando vi que ele tinha comprado exatamente o que eu desejava: um iPhone que fazia tantas coisas diferentes que fez o celular de carro do meu pai parecer uma antiguidade.

As coisas mudaram muito desde então. Agora é o iPhone que meu pai me deu no Natal de 2007 que virou antiguidade, como a linha fixa compartilhada por quatro famílias sobre a qual ele me contou quando eu era criança. Houve tantas mudanças, tantos avanços, e tudo aconteceu tão rápido. Meu iPhone do Natal tinha só 16 aplicativos, todos já instalados. Um deles era o YouTube, porque na época a Apple e o YouTube eram amigos (isso mudou). Um se chamava SMS, uma forma primitiva de mensagens de texto (sem emojis, uma palavra que ainda não tinha sido inventada, a não ser que você fizesse um). Havia um aplicativo de previsão do tempo que costumava errar. Mas você podia fazer ligações a partir de uma coisa tão pequena que cabia no bolso da calça e, melhor ainda, havia o Safari, que o conectava ao mundo. Quando você cresce em uma cidade com estradas de terra e sem sinal de trânsito como Harlow, o mundo é um lugar estranho e tentador, e você deseja tocar nele de uma forma que a TV não era capaz. Pelo menos comigo era assim. Todas essas coisas estavam na ponta dos meus dedos, cortesia da AT&T e do Steve Jobs.

Havia outro aplicativo, um que me fez pensar no sr. Harrigan até naquela primeira manhã alegre. Uma coisa bem mais legal do que o rádio por satélite no carro dele. Ao menos para caras como ele.

— Obrigado, pai — falei e o abracei. — Muito obrigado!

— Mas não exagere. As tarifas de telefone estão muito altas e vou ficar de olho.

— Elas vão baixar — falei.

Eu tinha certeza disso, e meu pai nunca pegou no meu pé por causa dos gastos. Eu não tinha muita gente para quem ligar, mas gostava dos vídeos do YouTube (meu pai também) e amava poder entrar no que era chamado na época de www: a *world wide web*. Às vezes, eu abria artigos do *Pravda*, não por entender russo, mas só porque podia.

Menos de dois meses depois, voltei para casa após a aula, abri a caixa de correspondências e encontrei um envelope endereçado a mim na caligrafia antiquada do sr. Harrigan. Era o cartão de São Valentim. Entrei em casa, larguei a mochila na mesa e abri o envelope. O cartão não era florido nem meloso, esse não era o estilo do sr. Harrigan. Mostrava um homem de smoking segurando uma cartola e se inclinando em um campo de flores. A mensagem dentro dizia *Que você tenha um ano cheio de amor e amizade.*

Abaixo disso: *Com desejos de felicidades, do sr. Harrigan.* Um homem inclinado com o chapéu esticado, um desejo de felicidade, nada meloso. Era o sr. Harrigan todinho.

Em 2008, as raspadinhas de um dólar Lucky Devil foram substituídas por outras chamadas Pine Tree Cash. Havia seis pinheiros no cartãozinho. Se a mesma quantia aparecesse embaixo de três deles quando você raspasse, você ganhava aquela quantia. Raspei as árvores e olhei sem acreditar para o que tinha encontrado. Primeiro, achei que era erro ou piada, embora o sr. Harrigan não fosse do tipo piadista. Olhei de novo e passei os dedos pelos números expostos, afastando pedacinhos do que meu pai chamava (sempre revirando os olhos) de "pó de raspadinha". Os números permaneceram iguais. Eu talvez tenha rido, não consigo lembrar, mas lembro que gritei. Gritei de alegria.

Peguei meu celular novo no bolso (aquele celular ia para todo canto comigo) e liguei para a Parmeleau Tratores. Fui atendido por Denise, a recepcionista, e quando ouviu como eu estava sem fôlego, ela perguntou o que tinha acontecido.

— Nada, nada — disse eu —, mas preciso falar com meu pai agora.

— Tudo bem, espere. Você parece que está ligando do outro lado da lua, Craig.

— Estou no celular. — Meu Deus, como eu amava dizer isso.

Denise fez um som de desprezo.

— Essas coisas são cheias de radiação. Eu nunca teria um. Espere.

Meu pai também me perguntou o que tinha acontecido, porque eu nunca tinha ligado para ele no trabalho, nem no dia em que o ônibus da escola foi embora sem mim.

— Pai, eu recebi minha raspadinha de São Valentim do sr. Harrigan...

— Se você me ligou pra contar que ganhou dez dólares, dava pra esperar até eu...

— Não, pai, eu ganhei o maior prêmio! — E era mesmo, para as raspadinhas de um dólar da época. — *Eu ganhei dois mil dólares!*

Silêncio do outro lado da linha. Eu achei que a ligação tivesse caído. Naquela época, os celulares, até os novos, perdiam ligações toda hora. O sistema não era dos melhores.

— Pai? Ainda está aí?

— Aham. Você tem certeza?

— Tenho! Estou olhando agorinha! Tem três dois mil! Um na fileira de cima e dois na de baixo!

Outra longa pausa e ouvi meu pai dizendo para alguém *Acho que meu filho ganhou um dinheiro*. Um momento depois, ele voltou a falar comigo.

— Guarde em um lugar seguro até eu voltar.

— Onde?

— Que tal na lata de açúcar na despensa?

— Boa ideia — falei. — Tudo bem.

— Craig, você tem certeza mesmo? Não quero que você fique decepcionado, olhe de novo.

Eu olhei, um tanto convencido de que a dúvida do meu pai mudaria o que eu tinha visto; pelo menos um daqueles números dois mil agora seria outra coisa. Mas estavam iguais.

Falei isso e ele riu.

— Bom, parabéns, então. Vamos jantar no Marcel's hoje e você que vai pagar.

Isso *me* fez rir. Não consigo me lembrar de ter sentido essa alegria pura outra vez. Eu precisava ligar para outra pessoa, então liguei para o sr. Harrigan, que atendeu na linha fixa ludista.

— Sr. Harrigan, obrigado pelo cartão! E obrigado pela raspadinha! Eu...

— Você está me ligando daquela sua traquitana? — perguntou ele. — Deve ser, porque nem consigo te ouvir direito. Parece que você está do outro lado da lua.

— Sr. Harrigan, eu ganhei o maior prêmio! Ganhei dois mil dólares! Muito obrigado!

Houve uma pausa, mas não tão longa quanto a do meu pai, e quando ele falou de novo, não me perguntou se eu tinha certeza. Ele fez essa cortesia comigo.

— Você deu sorte — disse ele. — Que bom.

— Obrigado!

— De nada, mas não é necessário agradecer. Eu compro essas coisas aos montes. Mando pra amigos e contatos de trabalho como uma espécie de... humm... cartão de visitas, podemos dizer. Faço isso há anos. Um acabaria levando o maior prêmio mais cedo ou mais tarde.

— Meu pai vai me fazer botar a maior parte no banco. Mas acho que tudo bem. Vai dar uma boa melhorada na minha poupança para a faculdade.

— Pode dar pra mim, se quiser — disse o sr. Harrigan. — Deixe que eu invista pra você. Acho que consigo garantir um crescimento melhor do que os juros do banco. — E falando mais sozinho do que comigo: — Algo seguro. Não vai ser um bom ano para o mercado. Vejo nuvens no horizonte.

— Claro! — Mas pensei de novo. — Quer dizer, talvez. Vou ter que falar com meu pai.

— Claro. É o certo a fazer. Diga que estou disposto a garantir a quantia inicial. Você ainda vem ler pra mim hoje à tarde? Ou vai deixar isso de lado agora que é um homem de posses?

— Claro, mas tenho que voltar quando meu pai chegar em casa. Vamos sair pra jantar. — Fiz uma pausa. — Quer vir com a gente?

— Hoje não — disse ele, sem hesitar. — Sabe, você podia ter me contado isso pessoalmente, já que ainda vai vir aqui. Mas você gosta muito dessa sua traquitana, não é? — Ele não esperou que eu respondesse; nem precisava. — O que você acharia de investir seu pequeno ganho em ações da Apple? Acredito que essa empresa vai ser muito bem-sucedida no futuro. Ouvi que o iPhone vai detonar com o Blackberry. Não precisa responder agora. Fale com seu pai primeiro.

— Pode deixar. E já vou pra sua casa. Vou correndo.

— A juventude é uma coisa maravilhosa — disse o sr. Harrigan. — Pena que é desperdiçada com as crianças.

— Hã?

— Muitas pessoas disseram isso, mas Shaw disse melhor. Não importa. Pode vir correndo. Correndo como o vento, porque Dickens nos aguarda.

Corri os quatrocentos metros até a casa do sr. Harrigan, mas voltei andando, e no caminho tive uma ideia. Uma forma de agradecer, apesar de ele ter dito que não era necessário. No nosso jantar chique no Marcel's naquela noite, contei ao meu pai sobre a proposta do sr. Harrigan de investir o dinheiro que ganhei, e também contei minha ideia de presente de agradecimento. Achei que meu pai teria dúvidas e acertei.

— Deixe que ele invista o dinheiro. Quanto à sua ideia... você sabe o que ele acha de coisas assim. Ele não é só o homem mais rico de Harlow, de todo o estado do Maine, na verdade. Ele também é o único que não tem TV.

— Ele tem elevador — falei. — E usa.

— Porque precisa. — Meu pai abriu um sorriso. — Mas o dinheiro é seu, e se é isso que você quer fazer com uma parte dele, não vou dizer que não. Quando ele recusar, você pode dar pra mim.

— Você acha mesmo que ele vai recusar?

— Acho.

— Pai, por que ele veio pra cá? A nossa cidade é bem pequena. A gente está no meio do *nada*.

— Boa pergunta. Faz pra ele qualquer hora dessas. Agora, que tal a sobremesa?

Um mês depois, dei ao sr. Harrigan um iPhone novinho. Não embrulhei nem nada, em parte porque não era nenhuma ocasião especial e em parte porque eu sabia como ele gostava das coisas: sem frescura.

Ele virou a caixa uma ou duas vezes nas mãos deformadas pela artrite, parecendo intrigado. Em seguida, entregou-a para mim.

— Obrigado, Craig. Agradeço a intenção, mas não. Sugiro que você dê para o seu pai.

Eu peguei a caixa.

— Ele me disse que sua resposta seria essa. — Fiquei desapontado, mas não surpreso. E ainda não estava pensando em desistir.

— Seu pai é um homem sábio. — Ele se inclinou para a frente na cadeira e fechou as mãos entre os joelhos afastados. — Craig, eu raramente dou conselhos, é quase sempre desperdício, mas hoje vou te dar um. Henry Thoreau disse que não temos as coisas; as coisas têm a gente. Cada objeto novo, seja uma casa, um carro, uma TV ou um telefone chique desses aí, é mais uma coisa que temos que carregar nas costas. Isso me faz pensar em Jacob Marley dizendo para Scrooge: "Essas são as correntes que forjei na vida". Não tenho TV porque, se tivesse, eu a veria, apesar de quase tudo que ela transmite ser besteira. Não tenho rádio em casa porque eu o ouviria, e um pouco de música country pra quebrar a monotonia de um trajeto longo de carro é tudo de que preciso. Se eu tivesse *isso aí...*

Ele apontou para a caixa do celular.

— ... eu sem dúvida usaria. Recebo doze periódicos diferentes pelo correio e eles contêm todas as informações de que preciso pra acompanhar o mundo dos negócios e as coisas tristes do mundo. — Ele se encostou e suspirou. — Pronto. Fui dar um conselho e acabei fazendo um discurso. A velhice é traiçoeira.

— Posso só mostrar uma coisa? Não, duas.

Ele me lançou um olhar que eu já o tinha visto fazer para o jardineiro e para a empregada, mas ele nunca tinha feito para mim até aquela tarde: penetrante, cético e meio irritado. Tantos anos depois, percebo que é a expressão que um homem perceptivo e cínico faz quando acredita que consegue ver o interior da maioria das pessoas e não espera encontrar nada de bom.

— Isso só prova o que dizem, que nenhum bom gesto passa incólume. Estou começando a desejar que aquela raspadinha não tivesse sido vencedora. — Ele suspirou de novo. — Bom, vá em frente, faça sua demonstração. Mas você não vai me fazer mudar de ideia.

Depois de receber aquele olhar, tão distante e frio, achei que ele estivesse certo. Eu acabaria dando o telefone para o meu pai, afinal. Mas como já tinha ido tão longe, fui em frente. O celular estava carregado, eu tinha cuidado disso, e funcionando perfeitamente. Eu o liguei e mostrei um ícone na segunda fileira. Tinha linhas irregulares, meio como um gráfico de eletrocardiograma.

— Está vendo isso?

— Sim, e estou vendo o que diz. Mas não preciso de relatórios da bolsa de valores, Craig. Eu assino o *Wall Street Journal*, como você bem sabe.

— Claro, mas o *Wall Street Journal* não pode fazer isto.

Cliquei no ícone e abri o aplicativo. O índice Dow Jones Average apareceu. Eu não fazia ideia do que aqueles números queriam dizer, mas via que estavam flutuando. Foi de 14 720 para 14 728, depois caiu para 14 704 e subiu para 14 716. Os olhos do sr. Harrigan se arregalaram. A boca se abriu. Foi como se alguém tivesse batido nele com vara de marmelo. Ele pegou o celular e o segurou perto do rosto. E depois olhou para mim.

— Esses números são em *tempo real*?

— Sim — falei. — Bom, acho que talvez tenham um atraso de um ou dois minutos, não tenho certeza. O telefone puxa da torre nova em Motton. Temos sorte de ter uma tão perto.

Ele se inclinou para perto e olhou com mais atenção. Um sorriso relutante surgiu nos cantos da boca.

— Caramba. É tipo o ticker da bolsa que os magnatas tinham em casa.

— Ah, é bem melhor do que isso — falei. — Os tickers às vezes tinham *horas* de atraso. Meu pai falou isso ontem à noite. Ele é fascinado por essa coisa de bolsa de valores, sempre pega meu celular pra olhar. Ele disse que um dos motivos de a bolsa ter caído tanto em 1929 foi porque quanto mais as pessoas negociavam, mais atrasados os tickers ficavam.

— Ele está certo — disse o sr. Harrigan. — As coisas já tinham ido longe demais antes que alguém pudesse apertar o freio. Claro que uma coisa assim pode acelerar uma venda de liquidação. É difícil saber, porque a tecnologia ainda é tão nova.

Eu esperei. Queria contar mais um pouco, convencê-lo; eu era só uma criança, afinal. Mas alguma coisa me disse que esperar era o melhor caminho. Ele continuou olhando a movimentação minúscula do Dow Jones. Ele era um cara que conhecia os *mercados* de tecnologia e claro que entendia que as ações da Apple subiriam, mas ele nunca tinha considerado as ramificações da tecnologia em si. Estava aprendendo bem ali, diante dos meus olhos.

— Mas — disse ele, ainda olhando.

— Mas o quê, sr. Harrigan?

— Nas mãos de alguém que conhece o mercado de verdade, uma coisa assim pode... já deve até... — Ele parou de falar e ficou pensando.

— Aqui está a outra coisa — falei, impaciente demais para esperar. — Sabe todas as revistas que o senhor recebe? A *Newsweek*, a *Financial Times* e a *Fords*?

— *Forbes* — disse ele, ainda olhando para a tela. Ele me lembrou a mim mesmo aos quatro anos, estudando a Bola 8 Mágica que ganhei de aniversário.

— É, essa. Posso pegar o telefone por um minuto?

Ele me entregou o aparelho meio relutante, e eu tinha quase certeza de que o tinha convencido. Fiquei feliz, mas também com um pouco de vergonha de mim mesmo, como um cara que acabou de bater na cabeça de um esquilo dócil quando ele veio pegar uma noz na mão.

Eu abri o Safari. Era bem mais primitivo do que hoje, mas funcionou direitinho graças à nova torre; até hoje eu me pergunto o que teria mudado se aquela torre não tivesse sido construída. Digitei *Wall Street Journal* no campo de buscas do Google e depois de alguns segundos a primeira página abriu. Uma das manchetes dizia COFFEE COW ANUNCIA FECHAMENTOS. Mostrei para ele.

Ele ficou olhando e pegou o jornal da mesa ao lado da poltrona onde eu botei a correspondência na hora que entrei. Ele olhou a primeira página.

— Isso não está aqui — disse o sr. Harrigan.

— Porque esse é de ontem — falei. Eu sempre pegava a correspondência dele quando chegava, e o *Journal* sempre estava embrulhado em volta de outras coisas e preso com um elástico. — O senhor recebe com um dia de atraso. Todo mundo recebe. — E na época das festas chegava com dois dias de atraso, às vezes três. Eu não precisava dizer; ele resmungava sobre isso constantemente em novembro e dezembro.

— Isso é de hoje? — perguntou ele, olhando a tela. E verificou a data no alto. — É, sim!

— Claro — falei. — Notícias fresquinhas em vez de velhas, certo?

— De acordo com isto, tem um mapa dos locais que vão fechar. Você pode me mostrar como ver? — Ele pareceu ansioso. Fiquei com um pouco de medo. Ele tinha mencionado Scrooge e Marley; eu me senti o Mickey Mouse em *Fantasia*, usando um feitiço que não entendia direito para despertar as vassouras.

— Você pode fazer isso sozinho. É só arrastar o dedo na tela, assim.

Mostrei a ele. Primeiro, ele moveu o dedo com força demais e foi muito longe, mas logo depois pegou o jeito. Mais rápido do que meu pai, na verdade. Ele encontrou a página certa.

— Olha isso — observou ele, impressionado. — Seiscentas lojas! Era isso que eu estava falando sobre a fragilidade do… — Ele parou de falar e olhou para o mapinha. — Sul. A maioria dos fechamentos vai ser no sul. O sul é sempre um aviso, Craig, quase sempre… Acho que preciso fazer uma ligação para Nova York. A bolsa vai fechar daqui a pouco. — Ele começou a se levantar. O telefone fixo ficava do outro lado da sala.

— Você pode ligar daqui — falei. — É a função principal dele. — Era na época, pelo menos. Apertei o ícone do telefone e o teclado numérico apareceu. — É só digitar o número que você quer. Encoste nas teclas com o dedo.

Ele me encarou, os olhos azuis brilhando embaixo das sobrancelhas peludas.

— Eu posso fazer isso aqui nesse fim de mundo?

— Pode. O sinal aqui é ótimo. Você tem quatro barrinhas.

— Barrinhas?

— Não importa, pode fazer sua ligação. Vou deixar o senhor sozinho pra isso, é só acenar pela janela quando…

— Não precisa. Não vai demorar e não preciso de privacidade.

Ele tocou nos números com hesitação, como se esperasse deflagrar uma explosão. Com a mesma hesitação, levou o iPhone ao ouvido e me olhou em busca de confirmação. Assenti de forma encorajadora. Ele ouviu, falou com alguém (alto demais no começo) e depois de uma curta espera, com outra pessoa. Então eu estava bem ali quando o sr. Harrigan vendeu todas as ações da Coffee Cow, uma transação que envolvia sei lá quantos mil dólares.

Quando terminou, ele descobriu como voltar para a tela principal. De lá, abriu o Safari de novo.

— Tem a *Forbes* aqui?

Eu verifiquei. Não tinha.

— Mas se quiser um artigo da *Forbes* que já conhece, acho que consegue encontrar, porque alguém terá postado.

— Postado…?

— É, e se quiser informações sobre alguma coisa, o Safari procura. É só procurar o Google. Olha. — Fui até a cadeira dele e digitei *Coffee Cow* no campo de busca. O telefone avaliou e devolveu vários resultados, inclusive o artigo do *Wall Street Journal* que o fez ligar para o corretor da bolsa.

— Olha só isso — disse ele, maravilhado. — É a internet.

— Bom, é — falei, pensando *Dã*.

— A rede mundial de computadores.

— É.

— Que existe há quanto tempo?

Você devia saber essas coisas, pensei. É um empresário importante, devia saber essas coisas mesmo estando aposentado porque você ainda está interessado.

28

— Não sei exatamente há quanto tempo existe, mas as pessoas estão nela o tempo todo. Meu pai, meus professores, a polícia… todo mundo. — Mais objetivamente: — Inclusive as suas empresas, sr. Harrigan.

— Ah, mas elas não são mais minhas. Eu sei um pouco, Craig, assim como sei um pouco sobre vários programas de TV, apesar de não ver TV. Tenho a tendência de pular os artigos de tecnologia nos jornais e revistas porque não tenho interesse. Se você quisesse falar sobre boliche ou redes de distribuição de filmes, a situação seria diferente. Eu me mantenho envolvido, vamos dizer assim.

— É, mas o senhor não vê? Essas empresas estão *usando* a tecnologia. E se o senhor não entender…

Eu não sabia como terminar aquela frase, ao menos não sem ir além dos limites da educação, mas ele parecia entender.

— Eu vou ficar para trás. É o que você está dizendo.

— Acho que não importa — falei. — Ei, o senhor está aposentado, afinal.

— Mas não quero ser considerado *idiota* — disse ele com certa veemência. — Você acha que Chick Rafferty ficou surpreso quando liguei e mandei que ele vendesse as ações da Coffee Cow? Nem um pouco, porque sem dúvida uns seis outros clientes grandes pegaram o telefone e mandaram que ele fizesse o mesmo. Alguns sem dúvida são pessoas com informações internas. Mas outros só moram em Nova York ou Nova Jersey e recebem o *Journal* no dia que é publicado e é assim que descobrem. Diferentemente de mim, escondido aqui onde o vento faz a curva.

Mais uma vez, me perguntei por que ele tinha ido para lá, pois não tinha nem parentes na cidade. Mas aquela não parecia a hora de perguntar.

— Eu posso ter sido arrogante. — Ele refletiu sobre isso e abriu um sorriso. E foi como ver o sol aparecendo por trás de uma nuvem pesada em um dia frio. — Eu *fui* arrogante. — Ele ergueu o iPhone. — Vou ficar com isso, sim.

A primeira palavra que surgiu nos meus lábios foi *obrigado*, o que teria sido estranho. Então eu só falei:

— Que bom. Fico feliz.

Ele olhou para o relógio Seth Thomas na parede (em seguida, para minha diversão, comparou com a hora no iPhone).

— Por que não lemos só um capítulo hoje, já que passamos tanto tempo conversando?

— Por mim, tudo bem — falei, apesar de saber que teria prazer em ficar mais um pouco e ler dois ou até três capítulos. Estávamos chegando ao fim de *The Octopus*, de um cara chamado Frank Norris, e eu estava ansioso para saber o que ia acontecer. Era um livro antiquado, mas cheio de acontecimentos empolgantes mesmo assim.

Quando terminamos a leitura mais curta, eu molhei as poucas plantas que o sr. Harrigan tinha dentro de casa. Era sempre minha última tarefa do dia e só levava alguns minutos. Enquanto estava fazendo isso, eu o vi brincando com o telefone, ligando e desligando o aparelho.

— Se eu for mesmo ficar com essa coisa, é melhor você me mostrar *como* usar — disse ele. — Como impedir que desligue, pra começar. A bateria já está diminuindo, estou vendo.

— O senhor vai conseguir descobrir quase tudo sozinho — falei. — É bem fácil. Quanto a carregar, tem um fio na caixa. É só ligar na tomada. Posso mostrar mais algumas coisas se o senhor...

— Não hoje. Amanhã, talvez.

— Tudo bem.

— Mas tenho mais uma pergunta. Por que pude ler aquele artigo sobre a Coffee Cow e ver o mapa dos locais onde fecharia?

A primeira coisa que me veio à cabeça foi a resposta de Hillary sobre subir o monte Everest, que tínhamos acabado de ler na escola: *Porque está lá.* Mas ele poderia ter interpretado isso como atrevimento, e era mesmo. Então, falei:

— Não entendi.

— É mesmo? Um garoto inteligente como você? Pense, Craig, pense. Eu li de graça uma coisa pela qual as pessoas pagam caro. Mesmo com o valor da assinatura do *Journal*, que é bem mais barato do que comprar na banca, eu pago uns noventa centavos por edição. Mas com isto... — Ele segurou o telefone como milhares de garotos segurariam os deles em shows de rock não muitos anos depois. — Agora você entendeu?

Com ele falando, sim, eu entendia, mas não tinha resposta. Parecia...

— Parece idiotice, né? — perguntou ele, lendo meu rosto ou minha mente. — Dar informação útil vai contra tudo que entendo sobre práticas de negócios de sucesso.

— Talvez...

— Talvez o quê? Me dê suas ideias. Não estou sendo sarcástico. Você sabe mais sobre isso do que eu, então me conta o que você está pensando.

Eu estava pensando na Feira de Fryeburg, aonde meu pai e eu íamos uma ou duas vezes em todos os meses de outubro. Costumávamos levar minha amiga Margie, que morava na nossa rua. Margie e eu andávamos nos brinquedos, depois nós três comíamos bolinhos fritos e linguiça antes de o meu pai nos arrastar para olhar os tratores novos. Para chegar ao barracão de equipamentos, era preciso passar pela barraca Beano, que era enorme. Contei para o sr. Harrigan sobre o cara que ficava na frente com o microfone, dizendo para as pessoas que passavam que o primeiro jogo era sempre de graça.

Ele pensou nisso.

— Um atrativo? Acho que faz um certo sentido. Você está dizendo que só podemos ler um artigo, talvez dois ou três, e depois a máquina... o quê? Não permite mais? Diz que, se você quiser brincar, vai ter que pagar?

— Não — admiti. — Acho que não é como a barraca Beano, no fim das contas, porque você pode olhar o quanto quiser. Pelo menos até onde eu sei.

— Mas isso é loucura. Dar uma amostra grátis é uma coisa, mas dar a *fazenda* toda... — Ele riu com deboche. — Não tinha nem uma *propaganda*, você reparou? E propaganda é uma parte enorme da renda de jornais e periódicos. Enorme.

Ele pegou o telefone, olhou seu reflexo na tela agora preta, botou-o na mesa e olhou para mim com um sorriso estranho e amargo no rosto.

— Nós talvez estejamos vendo um erro enorme aqui, Craig, feito por pessoas que entendem os aspectos práticos de uma coisa assim, as *ramificações*, tanto quanto eu. Um terremoto econômico pode estar chegando. Até onde eu sei, já chegou. Um terremoto que vai mudar como recebemos informação, onde a conseguimos e, consequentemente, como vemos o mundo. — Ele fez uma pausa. — E como lidamos com tudo, obviamente.

— Eu me perdi — falei.

— Veja da seguinte forma: se você ganha um cachorrinho, você tem que ensiná-lo a fazer as necessidades no lugar certo, não é?

— É.

— Se tivesse um cachorrinho que não fosse treinado, você daria a ele um biscoito por cagar na sala?

— Claro que não.

Ele assentiu.

— Você estaria ensinando o oposto do que quer que ele aprenda. E quando se trata de comércio, Craig, a maioria das pessoas é como cachorrinhos que precisam ser treinados.

Não gostei muito da comparação e ainda não gosto; acho que diz muito sobre como o sr. Harrigan ganhou a fortuna dele. Mas fiquei de boca fechada. Eu o estava vendo de um jeito novo. Ele era como um velho explorador em uma nova viagem de descoberta, e ouvi-lo era fascinante. E acho que ele não estava tentando me ensinar nada. Ele estava aprendendo, e para um cara de oitenta e poucos anos, estava aprendendo rápido.

— Uma amostra grátis é uma coisa, mas se você der coisas grátis demais, sejam elas roupas, comida ou informações, as pessoas passam a esperar que seja assim. Se eu fosse o *Wall Street Journal*... ou o *Times*... ou até a porcaria do *Readers Digest*... eu teria muito medo dessa geringonça. — Ele pegou o iPhone de novo; parecia não conseguir deixá-lo de lado. — Parece um cano de água quebrado, mas que cospe informação em vez de água. Eu achava que estávamos falando só de um telefone, mas agora estou vendo... começando a ver...

Ele balançou a cabeça, como se para pensar melhor.

— Craig, e se alguém com informações confidenciais sobre novos remédios em desenvolvimento decidisse publicar os resultados dos testes nessa coisa para o mundo todo ler? Poderia custar à Upjohn ou à Unichem milhões de dólares. Ou imagine que algum desafeto decidisse revelar segredos do governo?

— A pessoa não seria presa?

— Talvez. Provavelmente. Mas depois que deram com a língua nos dentes... depois que a pasta de dente sai do tubo... ora, ora. Bom, não importa. É melhor você ir pra casa, pra não se atrasar para o jantar.

— Estou indo.

— Obrigado mais uma vez pelo presente. Acho que não vou usar muito, mas pretendo pensar sobre ele. O tanto que eu conseguir, pelo menos. Meu cérebro não está tão ágil quanto costumava ser.

— Acho que ainda está bem ágil — falei, e não estava sendo bajulador. Por que *não havia* propaganda junto com as notícias e os vídeos do YouTube?

As pessoas teriam que ver, não é? — Além do mais, meu pai diz que o que vale é a intenção.

— Um aforisma mais falado do que aplicado — disse ele, e quando viu minha expressão intrigada: — Deixa pra lá. Até amanhã, Craig.

No caminho de volta descendo a colina, chutando os restinhos da última neve do ano, pensei no que ele falou: que a internet era como um cano de água quebrado cuspindo informações em vez de água. Isso também era verdade sobre o notebook do meu pai, sobre os computadores da escola e os de todo o país. Do mundo, na verdade. Apesar de o iPhone ainda ser tão novo para ele que ele mal sabia como ligar, o sr. Harrigan já tinha entendido a necessidade de consertar o cano quebrado se os negócios, ao menos da forma como ele os conhecia, fossem continuar do jeito que sempre tinham sido. Não tenho certeza, mas acho que ele previu o *paywall* um ano ou dois antes de ser criado. Eu não sabia na época, tanto quanto não sabia como contornar as operações restritas, o que passou a ser conhecido como *jailbreak*. Os *paywalls* foram criados, mas as pessoas *já* tinham se acostumado a receber coisas de graça e ficaram ressentidas de pedirem para que pagassem. As pessoas que davam de cara com o *paywall* do *New York Times* iam para sites como o *Huffington Post* (normalmente bem irritados), apesar de a notícia não ser tão boa. (Exceto, claro, se você queria aprender sobre um desenvolvimento da moda conhecido como "sideboob", aquele tipo de roupa em que o ladinho dos seios aparecia.) O sr. Harrigan estava totalmente correto a esse respeito.

Depois do jantar naquela noite, quando a louça estava lavada e guardada, meu pai botou o notebook na mesa.

— Encontrei uma coisa nova. É um site chamado previews.com, para a gente ver atrações que ainda vão estrear.

— É mesmo? Vamos ver umas!

Durante meia hora, nós vimos trailers de filmes que normalmente teríamos que ir ao cinema para ver.

O sr. Harrigan teria arrancado os cabelos. O pouco que restava deles.

Ao voltar da casa do sr. Harrigan naquele dia de março de 2008, eu tinha quase certeza de que ele estava errado sobre uma coisa. *Acho que não vou usar muito*, ele dissera, mas eu reparei na expressão do rosto dele quando viu o mapa mostrando os fechamentos da Coffee Cow. E a rapidez com que usou o novo telefone para ligar para uma pessoa em Nova York. (A combinação de advogado e gerente de negócios dele, descobri depois, não o corretor da bolsa.)

E eu estava correto. O sr. Harrigan usou bastante o telefone. Ele parecia uma tia velha solteira que toma um gole de conhaque para experimentar depois de seis anos de abstinência e se torna uma alcoólatra refinada quase da noite para o dia. Em pouco tempo, o iPhone estava sempre na mesa ao lado da poltrona favorita dele quando eu ia lá à tarde. Só Deus sabe para quantas pessoas ele ligou, mas sei que ele me ligava quase todas as noites para fazer uma pergunta ou outra sobre a capacidade da nova aquisição. Uma vez ele disse, e eu nunca esqueci, que era como uma escrivaninha-xerife antiga, cheia de gavetinhas e nichos e cantinhos fáceis de passarem despercebidos.

Ele encontrou a maioria dos nichos e cantinhos sozinho (com ajuda de várias fontes na internet), mas eu o ajudei (ou facilitei, poderíamos dizer) no começo. Quando ele me contou que odiava o xilofone irritante que tocava quando ele recebia uma ligação, mudei para um trecho de Tammy Wynette cantando "Stand By Your Man". O sr. Harrigan achou hilário. Mostrei a ele como botar o celular no silencioso, para que não o incomodasse quando ele tirasse o cochilo da tarde, como programar o alarme e como gravar uma mensagem quando ele não estivesse com vontade de atender. (A dele foi um modelo de brevidade: "Não posso atender agora. Retorno a ligação se parecer adequado".) Ele começou a desligar a linha fixa quando ia tirar o cochilo diário, e reparei que estava deixando assim cada vez mais. Ele me enviava mensagens de texto, que dez anos atrás chamávamos de IM. Tirava fotos de cogumelos no campo atrás da casa e as enviava por e-mail para que fossem identificados. Fazia anotações na função notas e descobriu os vídeos dos artistas country favoritos.

— Desperdicei uma hora da linda luz de verão hoje de manhã vendo vídeos do George Jones — ele me contou em um dado momento daquele ano, com uma mistura de vergonha e um orgulho esquisito.

Perguntei a ele uma vez por que não comprava um notebook. Ele poderia fazer tudo que aprendeu a fazer no celular, mas numa tela maior poderia ver Porter Wagoner em toda sua glória coberta de pedrarias. O sr. Harrigan só balançou a cabeça e riu.

— Vade retro, Satanás. Parece que você me ensinou a fumar maconha e gostar e agora está dizendo: "Se você gosta de maconha, vai gostar *muito* de heroína". Não mesmo, Craig. Isso já basta pra mim. — Ele bateu no telefone com carinho, como se bateria de leve em um animalzinho adormecido. Um cachorrinho, digamos, que foi finalmente treinado.

Nós lemos *Mas não se matam cavalos?* no outono de 2008, e quando o sr. Harrigan fez uma pausa no começo de uma tarde (ele disse que todas aquelas maratonas de dança eram exaustivas), nós fomos para a cozinha, onde a sra. Grogan tinha deixado um prato de biscoitos de aveia. O sr. Harrigan andou devagar, apoiado em duas bengalas. Fui atrás, torcendo para conseguir segurá-lo se ele caísse.

Ele se sentou com um grunhido e uma careta e pegou um dos biscoitos.

— Essa bendita Edna — disse ele. — Eu amo essas coisas e elas fazem o intestino funcionar. Pega um copo de leite pra mim e pra você, por favor, Craig.

Quando fui pegar, a pergunta que eu vivia esquecendo de fazer voltou.

— Por que o senhor veio morar aqui, sr. Harrigan? O senhor podia morar em qualquer lugar.

Ele pegou o copo de leite e fez um gesto de brinde, como sempre fazia, e o imitei, como *eu* sempre fazia.

— Onde você moraria, Craig? Se pudesse, digamos, morar em qualquer lugar?

— Acho que em Los Angeles, onde se fazem os filmes. Eu poderia começar carregando equipamentos e ir subindo na vida. — Nesse momento, contei a ele um grande segredo. — Talvez eu pudesse escrever para o cinema.

Achei que ele fosse rir, mas ele não riu.

— Bom, acho que alguém tem que fazer isso, e por que não você? E você nunca sentiria saudade de casa? De ver o rosto do seu pai ou botar flores no túmulo da sua mãe?

— Ah, eu voltaria — falei. Mas a pergunta (e a menção à minha mãe) me fez hesitar.

— Eu queria um novo começo — disse o sr. Harrigan. — Como alguém que viveu a vida toda na cidade grande, pois cresci no Brooklyn antes de se tornar… não sei, uma espécie de planta de vaso, eu queria ir para longe de Nova York nos meus anos finais. Queria morar no interior, mas não no interior turístico, em lugares como Camden, Castine ou Bar Harbor. Queria um lugar onde as estradas ainda não fossem pavimentadas.

— Bom, se era isso que o senhor queria, veio mesmo para o lugar certo.

Ele riu e pegou outro biscoito.

— Pensei nas Dakotas, sabe… e em Nebraska… mas acabei decidindo que era ir longe demais. Pedi que meu assistente levasse pra mim fotos de muitas cidades no Maine, em New Hampshire e Vermont, e este foi o lugar que escolhi. Por causa da colina. Há vista em todas as direções, mas não vistas *espetaculares*. Vistas espetaculares poderiam atrair turistas, exatamente o que eu não queria. Eu gosto daqui. Gosto da paz, gosto dos vizinhos e gosto de você, Craig.

Isso me deixou feliz.

— Tem outra coisa. Não sei o quanto você leu sobre o meu trabalho, mas se leu ou se ler no futuro, você vai encontrar muita gente que acredita que fui implacável enquanto subia no que as pessoas invejosas e intelectualmente incapazes chamam de "escada do sucesso". Essa opinião não é totalmente errada. Eu fiz inimigos, admito abertamente. Os negócios são como o futebol americano, Craig. Se você precisar derrubar alguém pra chegar à linha do gol, é melhor que faça isso, ou então não devia nem botar o uniforme e entrar em campo. Mas quando o jogo acaba, e o meu acabou, apesar de eu continuar envolvido, você tira o uniforme e vai pra casa. Aqui é a minha casa agora. Esse canto comum da América, com um único mercado e a escola que acho que vai fechar em pouco tempo. As pessoas não "passam mais pra um drinque". Não tenho que ir a almoços de negócios com pessoas que sempre, *sempre* querem alguma coisa. Não sou convidado pra assumir um lugar em reuniões de conselho. Não tenho que ir a eventos beneficentes que me deixam morrendo de tédio e não preciso acordar às cinco da manhã com o som de caminhões de lixo na rua 81. Vou ser enterrado aqui, no cemitério Elm, junto com os veteranos da Guerra de

Secessão, e não vou ter que dar carteirada nem subornar um superintendente de túmulos pra conseguir um bom lote. Alguma dessas coisas explica o que você queria saber?

Sim e não. Ele era um mistério para mim, até o fim e mesmo depois. Mas talvez isso seja sempre verdade. Acho que vivemos a maior parte do tempo sozinhos. Por escolha, como ele, ou só porque o mundo foi feito assim.

— Mais ou menos. Pelo menos o senhor não foi para a Dakota do Norte. Fico feliz por isso.

Ele sorriu.

— Eu também. Pegue outro biscoito pra comer no caminho de casa e mande lembranças ao seu pai.

Com uma base tributária cada vez menor que não conseguia mais sustentá-la, nossa pequena escola de seis salas de Harlow fechou mesmo em junho de 2009, e me vi diante da perspectiva de fazer o oitavo ano do outro lado do rio Androscoggin, na Gates Falls Middle, com mais de setenta colegas em vez de só doze. Aquele foi o verão em que beijei uma garota pela primeira vez, não Margie, mas a melhor amiga dela, Regina. Também foi o verão em que o sr. Harrigan morreu. Fui eu que o encontrei.

Eu sabia que ele estava tendo cada vez mais dificuldade de se deslocar e perdendo o fôlego com mais frequência, e às vezes precisava do tanque de oxigênio que ficava agora ao lado da poltrona favorita, mas fora essas coisas, que eu simplesmente aceitava, não houve aviso. O dia anterior foi como qualquer outro. Eu li alguns capítulos de *McTeague* (eu tinha pedido para lermos outro livro do Frank Norris e o sr. Harrigan concordou) e molhei as plantas enquanto o sr. Harrigan olhava os e-mails.

Ele olhou para mim e falou:

— As pessoas estão entendendo.

— O quê?

Ele mostrou o celular.

— Isto. O que realmente significa. O que pode fazer. Arquimedes disse: "Dê-me uma alavanca e um ponto de apoio e moverei o mundo". Isto é a alavanca.

— Legal — falei.

— Acabei de apagar três propagandas de produtos e quase uma dezena de solicitações políticas. Não tenho dúvida de que meu endereço de e-mail está sendo divulgado, da mesma forma que as revistas vendem os endereços dos assinantes.

— Que bom que não sabem quem o senhor é — falei. O apelido dele no e-mail (ele adorava ter um apelido) era **reipirata1**.

— Se alguém estiver observando minhas buscas, não precisa saber. É possível descobrir meus interesses e me importunar com coisas relativas a eles. Meu nome não significa nada. Meus interesses, sim.

— É, spam é irritante — falei e fui para a cozinha esvaziar o regador e guardá-lo no quartinho.

Quando voltei, o sr. Harrigan estava com a máscara de oxigênio sobre a boca e o nariz e estava respirando fundo.

— O senhor pegou isso com o médico? — perguntei. — Ele prescreveu?

Ele tirou a máscara do rosto e disse:

— Não tenho médico. Homens de oitenta e tantos anos podem comer toda carne moída que quiserem e não precisam mais de médicos, a não ser que tenham câncer. Nesse caso, o médico é útil pra receitar remédios pra dor. — A mente dele estava em outro lugar. — Você já pensou na Amazon, Craig? A empresa, não o rio.

Meu pai comprava coisas na Amazon às vezes, mas, não, eu nunca tinha pensado na empresa. Falei isso para o sr. Harrigan.

Ele apontou para o exemplar de *McTeague* da Modern Library.

— Isto veio da Amazon. Pedi com meu celular e meu cartão de crédito. Essa empresa era só de livros. Era pouco maior que uma empresa familiar, na verdade, mas em pouco tempo pode se tornar uma das maiores e mais poderosas corporações dos Estados Unidos. O logo vai ser tão onipresente quanto o emblema da Chevrolet nos carros ou isto nos nossos celulares. — Ele ergueu o dele e mostrou a maçã mordida. — Spam é irritante? É. Está se tornando a barata do comércio americano, procriando e correndo pra todo canto? Está. Porque o spam funciona, Craig. Puxa o arado. Num futuro não muito distante, o spam poderá decidir eleições. Se eu fosse um homem mais jovem, pegaria esse fluxo de renda pelas bolas... — Ele fechou uma das mãos. Só conseguia fazer um punho frouxo por causa da artrite, mas eu entendi a ideia. — ... e apertaria. — A expressão que surgiu nos olhos dele foi uma que eu às vezes via, a que me deixava feliz por não estar na lista de desafetos dele.

— Você ainda vai estar por aqui por muitos anos — falei, alegremente alheio ao fato de que estávamos tendo nossa última conversa.

— Talvez sim e talvez não, mas quero dizer de novo como estou feliz de você ter me convencido a ficar com isto. Me deu algo em que pensar. E quando não consigo dormir à noite, é uma boa companhia.

— Fico feliz — falei, e estava mesmo. — Tenho que ir. Nos vemos amanhã, sr. Harrigan.

Eu o vi mesmo, mas ele não me viu.

Entrei pela porta lateral, como sempre fazia, chamando:

— Oi, sr. Harrigan. Cheguei.

Não houve resposta. Concluí que ele devia estar no banheiro. Eu esperava que ele não tivesse caído lá dentro, porque era o dia de folga da sra. Grogan. Quando entrei na sala e o vi sentado na poltrona, com o tanque de oxigênio no chão, o iPhone e *McTeague* na mesinha ao lado, eu relaxei. Só que o queixo dele estava apoiado no peito, e ele tinha caído um pouco para um lado. Parecia estar dormindo. Se estava, era a primeira vez tão no fim da tarde. Ele cochilava por uma hora depois do almoço e, na hora que eu chegava, sempre estava animado e ansioso.

Dei um passo mais para perto e vi que os olhos dele não estavam completamente fechados. Eu via o arco inferior das íris, mas o azul não parecia mais tão vivo. Estava enevoado, desbotado. Comecei a sentir medo.

— Sr. Harrigan?

Nada. As mãos retorcidas estavam frouxas no colo. Uma das bengalas ainda estava encostada na parede, mas a outra estava no chão, como se ele tivesse tentado pegá-la e derrubado. Percebi que dava para ouvir o chiado da máscara de oxigênio, mas não o da respiração dele, um som com o qual eu tinha me acostumado tanto que raramente me dava conta.

— Sr. Harrigan, está tudo bem?

Dei mais dois passos e estiquei a mão para acordá-lo com um sacolejo, mas puxei a mão de volta. Eu nunca tinha visto uma pessoa morta, mas achei que podia estar vendo naquele momento. Estiquei a mão de novo, e desta vez não amarelei. Segurei o ombro dele (horrivelmente ossudo por baixo da camisa) e balancei de leve.

— Sr. Harrigan, acorda!

Uma das mãos dele caiu do colo e ficou pendurada entre as pernas. Ele caiu mais um pouco para o lado. Percebi que conseguia ver as pontas amareladas dos dentes por entre os lábios. Ainda assim, eu achava que precisava ter certeza absoluta de que ele não estava só inconsciente ou desmaiado antes de chamar alguém. Eu tinha uma lembrança, breve mas intensa, da minha mãe lendo para mim a história do menininho que mentiu sobre a presença dos lobos na floresta.

Fui para o banheiro do corredor, o que a sra. Grogan chamava de lavabo, com uma sensação estranha nas pernas, como se não estivessem sentindo nada, e voltei com o espelhinho de mão que o sr. Harrigan deixava numa prateleira. Segurei na frente do nariz e da boca dele. Não ficou embaçado pelo calor da respiração. Nessa hora, eu soube (se bem que, pensando melhor, eu tenho certeza de que já sabia quando a mão caiu do colo e ficou pendurada entre as pernas). Eu estava na sala com um homem morto. E se ele esticasse a mão e me segurasse? Claro que ele não faria isso, ele gostava de mim, mas me lembrei da expressão nos olhos dele quando ele disse (no dia anterior! Quando ainda estava vivo!) que, se fosse um homem mais jovem, pegaria esse novo fluxo de renda pelas bolas e apertaria. E a forma como ele fechou a mão para demonstrar.

Você vai encontrar muita gente que acredita que fui implacável, dissera ele.

Pessoas mortas não esticavam a mão e seguravam outras pessoas fora dos filmes de terror, eu sabia, pessoas mortas não eram *nada*, mas fui para longe dele mesmo assim enquanto tirava o celular do bolso da calça, e não tirei os olhos dele quando liguei para o meu pai.

Meu pai disse que eu devia estar certo, mas mandou uma ambulância só por garantia. Quem era o médico do sr. Harrigan, eu sabia? Falei que ele não tinha (e bastava olhar para os dentes dele para ter certeza de que ele também não tinha um dentista). Eu falei que esperaria, e esperei. Mas fiz isso do lado de fora. Antes de ir, pensei em pegar a mão caída e botar de volta no colo. Quase fiz isso, mas não consegui tocar nele, no fim das contas. A mão estaria fria.

40

Então, peguei o iPhone. Não foi roubo. Acho que foi pela dor, porque a perda dele estava começando a ficar clara para mim. Eu queria algo que fosse dele. Uma coisa que importasse.

Acho que aquele foi o maior funeral que já aconteceu na nossa igreja. E o cortejo mais longo até o cemitério, quase todo feito de carros alugados. Havia gente local lá, claro, inclusive Pete Bostwick, o jardineiro, e Gary Smits, que fez a maior parte do serviço na casa dele (e ficou rico com isso, tenho certeza), e a sra. Grogan, a empregada. Outras pessoas da cidade, porque muita gente gostava dele em Harlow, mas a maioria dos presentes (caso estivessem *mesmo* de luto, e não só presentes para ter certeza de que o sr. Harrigan estava morto de verdade) era de empresários de Nova York. Não havia familiares. Ninguém, zero, nada. Nem mesmo uma sobrinha ou um primo de segundo grau. Ele não se casou, não teve filhos (e esse devia ter sido um dos motivos de meu pai ficar desconfiado quando comecei a ir lá) e viveu mais do que todo o resto. Foi por isso que o garoto vizinho, o que ele pagava para ler para ele, que o encontrou.

O sr. Harrigan devia saber que o tempo dele estava chegando ao fim, pois deixou uma folha de papel manuscrita na escrivaninha do escritório especificando como queria que fossem os ritos. Foi bem simples. A Funerária Hay & Peabody já tinha um depósito registrado nos livros desde 2004, mais do que o suficiente para cuidar de tudo. Não haveria velório nem visita, mas ele queria "ser arrumado decentemente, se possível", para que o caixão pudesse ficar aberto no funeral.

O reverendo Mooney conduziria a cerimônia, e eu leria o quarto capítulo da Epístola aos Efésios: "Sejam bons e compreensivos uns com os outros, perdoando-se mutuamente, assim como Deus perdoou a vocês em Cristo". Vi alguns empresários trocarem olhares ao ouvirem isso, como se o sr. Harrigan não tivesse sido muito bom com *eles*, e também não tivesse perdoado muito.

Ele queria três hinos: "Abide With Me", "The Old Rugged Cross" e "In the Garden". Queria que a homilia do reverendo Mooney não durasse mais do que dez minutos, e o reverendo terminou em oito, antes do tempo

— Claro — disse meu pai. — Venha para o jantar. Faço um bom espaguete à bolonhesa. Nós costumamos comer às seis.

— Vou aceitar seu convite — disse Rafferty. Ele pegou um envelope branco com meu nome escrito em uma caligrafia que reconheci. — Isto pode explicar sobre o que quero conversar. Recebi dois meses atrás e fui instruído a guardar até… humm… uma ocasião como esta.

Quando estávamos no carro, meu pai caiu na gargalhada, dando risadas profundas que o fizeram ficar com lágrimas nos olhos. Ele riu e bateu no volante e riu e bateu na coxa e secou as bochechas e riu mais um pouco.

— O quê? — perguntei quando o acesso de riso dele começou a passar. — O que é tão engraçado?

— Não consigo pensar em mais nada que possa ser tão engraçado — disse ele. Ele não estava mais gargalhando, mas ainda dando risadinhas.

— Do que você está falando?

— Acho que você deve estar no testamento dele, Craig. Abre isso aí. Vê o que diz.

Havia uma única folha de papel no envelope, um clássico comunicado Harrigan: sem corações, sem flores e nem um *querido* na saudação, direto ao ponto. Eu li em voz alta para o meu pai.

Craig: Se você estiver lendo isto é porque eu morri. Deixei oitocentos mil dólares para você em um fundo. Os tutores são seu pai e Charles Rafferty, que administra meus negócios e que agora será meu procurador. Calculo que esse valor seja suficiente para você fazer os quatro anos de faculdade e qualquer trabalho de pós-graduação que escolha. Deve sobrar o suficiente para lhe dar um empurrão na carreira que escolher.

Você falou sobre escrever roteiros. Se for isso que você quer, claro que é o que deve tentar, mas não aprovo. Existe uma piada sobre roteiristas que não vou repetir aqui, mas procure no seu celular usando as palavras-chave roteirista e vedete. Apesar de ser vulgar, tem uma verdade nela que acredito que você vá entender mesmo na sua idade. Filmes são efêmeros, enquanto os livros, os bons, são eternos, ou quase isso. Você leu muitos bons livros para mim, mas há outros esperando para serem escritos. Isso é tudo que direi.

Apesar de seu pai ter poder de veto em tudo que diz respeito ao seu fundo, seria inteligente da parte dele não exercê-lo em relação aos investimentos que o sr. Rafferty sugerir. Chick sabe das coisas do mercado. Mesmo com os gastos com educação, seus oitocentos mil dólares podem chegar a um milhão ou mais até você chegar aos vinte e seis anos, quando o fundo vai expirar e você vai poder gastar (ou investir, sempre o caminho mais sábio) como preferir. Eu apreciei nossas tardes juntos.

Sinceramente,

Sr. Harrigan

P.S.: De nada pelos cartões e pelo que ia junto.

Esse P.S. me causou certo arrepio. Era quase como se ele estivesse respondendo o recado que deixei no iPhone quando decidi colocá-lo no bolso do paletó no enterro.

Meu pai não estava mais gargalhando nem rindo, mas estava sorrindo.

— Qual é a sensação de ser rico, Craig?

— É boa — falei, e claro que era. Era um presente enorme, mas era ainda melhor perceber que o sr. Harrigan me estimava tanto. Um cínico provavelmente acharia que estou tentando me fazer de santo, mas não estou. Porque o dinheiro era como um *frisbee* que joguei e ficou preso no pinheiro grande do nosso quintal quando eu tinha oito ou nove anos: eu sabia onde estava, mas não podia pegar. E tudo bem. No momento, eu tinha tudo de que precisava. Exceto ele, claro. O que eu ia fazer com minhas tardes durante a semana agora?

— Retiro tudo que disse sobre ele ser mão de vaca — disse meu pai quando saiu de trás de um utilitário preto reluzente que um empresário qualquer tinha alugado no jetport de Portland. — Mas...

— Mas o quê? — perguntei.

— Considerando a falta de parentes e o quanto ele era rico, ele podia ter deixado pra você pelo menos quatro milhões. Talvez seis. — Ele viu minha expressão e voltou a rir. — Estou brincando, garoto, brincando. Tá?

Dei um soco no ombro dele e liguei o rádio, passando pela WBLM ("A rádio do rock do Maine") até a WTHT ("A estação nº 1 do country do Maine"). Eu tinha passado a gostar um pouco de música country. Nunca mais deixei de gostar.

O sr. Rafferty apareceu para o jantar e comeu bem o espaguete do meu pai, principalmente para um cara magrelo. Falei que sabia sobre o fundo e agradeci. Ele disse "Não *me* agradeça" e contou como gostaria de investir o dinheiro. Meu pai disse que era para ele fazer o que parecesse certo, era só mantê-lo informado. Ele *sugeriu* que John Deere podia ser um bom lugar para uma parte do meu dinheiro, pois estavam inovando muito. O sr. Rafferty disse que levaria isso em consideração, e descobri depois que ele investiu na Deere and Company, embora só uma quantia simbólica. A maior parte foi para a Apple e a Amazon.

Depois do jantar, o sr. Rafferty apertou minha mão e me deu parabéns.

— Harrigan tinha poucos amigos, Craig. Você teve a sorte de ser um deles.

— E ele teve a sorte de ter Craig — disse meu pai baixinho, e passou o braço nos meus ombros. Isso fez um nó surgir na minha garganta, e depois que o sr. Rafferty foi embora e eu já estava no meu quarto, chorei um pouco. Tentei chorar baixo para o meu pai não ouvir. Talvez eu tenha conseguido; talvez ele tenha ouvido e soubesse que eu queria ficar sozinho.

Quando as lágrimas pararam, eu liguei meu celular, abri o Safari e digitei as palavras-chave *roteirista* e *vedete*. A piada, que supostamente nasceu com um romancista chamado Peter Feibleman, é sobre uma vedete tão perdida no mundo que trepou com o roteirista. Provavelmente você já ouviu. Eu nunca tinha ouvido, mas entendi o que o sr. Harrigan quis dizer.

Naquela noite, acordei por volta das duas da madrugada com o som de trovões distantes e me dei conta de novo de que o sr. Harrigan estava morto. Eu estava na cama e ele estava debaixo da terra. Ele estava usando terno e usaria para sempre. As mãos estavam cruzadas e ficariam assim até só restarem ossos. Se viesse chuva depois do trovão, talvez penetrasse na terra e umedecesse a tampa do caixão. A tampa acabaria apodrecendo. O terno também. O iPhone, feito de plástico, duraria bem mais do que o terno e o caixão, mas acabaria se desfazendo também. Nada era eterno, exceto talvez a mente de Deus, e mesmo aos doze anos eu tinha minhas dúvidas sobre isso.

De repente, precisei ouvir a voz dele. E percebi que poderia.

Foi uma coisa sinistra de se fazer (principalmente às duas da madrugada) e também foi mórbido. Eu sabia disso, mas também sabia que, se eu fizesse, poderia voltar a dormir. Por isso, liguei, e fiquei com a pele toda arrepiada quando me dei conta da verdade simples sobre a tecnologia dos celulares: em algum lugar debaixo da terra do cemitério Elm, no bolso de um homem morto, Tammy Wynette estava cantando dois versos de "Stand By Your Man".

A voz dele surgiu no meu ouvido, calma e clara, só um pouco rouca pela idade:

— Não posso atender agora. Retorno a ligação se parecer adequado.

E se ele *retornasse* a ligação? E aí?

Encerrei a ligação antes que o bipe tocasse e voltei para a cama. Quando estava puxando a coberta, mudei de ideia, me levantei e liguei de novo. Não sei por quê. Desta vez, esperei o bipe e falei:

— Sinto sua falta, sr. Harrigan. Agradeço pelo dinheiro que o senhor deixou pra mim, mas abriria mão de tudo para o senhor ainda estar vivo. — Fiz uma pausa. — Talvez pareça mentira, mas não é. De verdade.

Em seguida, voltei para a cama e peguei no sono quase na mesma hora que minha cabeça encostou no travesseiro. Não tive sonhos.

Eu tinha o hábito de ligar o celular antes mesmo de me vestir e olhar o aplicativo Newsy News para ter certeza de que ninguém tinha iniciado a Terceira Guerra Mundial e não tinha havido um tiroteio em massa em algum shopping. Antes que eu pudesse abrir o aplicativo na manhã seguinte ao enterro do sr. Harrigan, vi um círculo vermelho no ícone de sms, o que significava que eu tinha uma mensagem de texto. Supus que fosse de Billy Bogan, um amigo e colega que tinha um Motorola Ming, ou de Margie Washburn, que tinha um Samsung… se bem que eu estava recebendo bem menos mensagens de texto de Margie ultimamente. Acho que Regina tinha contado para ela do nosso beijo.

Sabe aquela frase que as pessoas costumam dizer, "o sangue do fulaninho gelou"? Isso pode acontecer mesmo. Eu sei, porque o meu gelou. Fiquei sentado na cama olhando para a tela do celular. A mensagem de texto era de **reipirata1**.

Na cozinha, ouvi o barulho do meu pai botando a frigideira no armário ao lado do fogão. Aparentemente, ele estava planejando fazer um café da manhã quente, uma coisa que ele tentava fazer uma ou duas vezes por semana.

— Pai? — falei, mas o barulho continuou, e o ouvi dizer uma coisa que talvez tivesse sido *Sai daí, filho da puta.*

Ele não me ouviu, e não só porque a porta do meu quarto estava fechada. Eu mesmo mal consegui me ouvir. A mensagem de texto deixou meu sangue gelado e roubou minha voz.

A mensagem acima da mais recente tinha sido enviada quatro dias antes de o sr. Harrigan morrer. Dizia: **Não precisa molhar as plantas hoje, a sra. G já fez isso.** Abaixo, havia o seguinte: **C C C aa.**

Tinha sido enviada às duas e quarenta da madrugada.

— Pai! — Desta vez eu falei mais alto, mas ainda não o suficiente. Não sei se já estava chorando nessa hora ou se as lágrimas começaram a cair quando eu estava descendo a escada, ainda só de cueca e uma camiseta do Gates Falls Tigers.

Meu pai estava de costas para mim. Ele tinha conseguido pegar a frigideira e estava colocando manteiga nela para derreter. Ele me ouviu e disse:

— Espero que você esteja com fome. Eu sei que eu estou.

— Papai — falei. — Papai.

Ele se virou quando ouviu a palavra que eu tinha parado de usar com ele quando tinha uns oito ou nove anos. Viu que eu não estava vestido. Viu que eu estava chorando. Viu que eu estava mostrando o celular. Esqueceu a frigideira.

— Craig, o que foi? O que houve? Você teve algum pesadelo com o enterro?

Foi um pesadelo, sim, e provavelmente era tarde demais (afinal, ele era velho), mas talvez não.

— Ah, papai — falei. Balbuciando agora. — Ele não está morto. Ao menos, não estava às duas e meia da madrugada. A gente tem que tirar ele do túmulo. A gente tem que ir lá porque a gente enterrou ele vivo.

Contei tudo para ele. Havia pegado o celular do sr. Harrigan e colocado no bolso do paletó. "Porque passou a ser muito importante para ele", eu falei. E porque era uma coisa que *eu* dei para *ele*. Contei que liguei para o celular no meio da noite, que desliguei da primeira vez e liguei de novo e deixei um recado na caixa postal. Não precisei mostrar ao meu pai a mensagem que recebi em resposta porque ele já tinha olhado. Já tinha analisado o que dizia.

A manteiga na frigideira tinha começado a queimar. Meu pai se levantou e tirou a frigideira do fogo.

— Acho que você não vai querer ovos — disse ele. E voltou para a mesa, mas em vez de se sentar do outro lado, no lugar de sempre, ele se sentou ao meu lado e botou a mão sobre a minha. — Agora, escute.

— Sei que fiz uma coisa meio sinistra, mas, se não tivesse feito, nós não saberíamos. Nós temos que...

— Filho...

— Não, pai, escuta! Nós temos que mandar alguém lá agora! Uma escavadeira, uma carregadeira, até mesmo homens com pás! Ele ainda pode estar...

— Craig, para. Você foi enganado.

Fiquei olhando para ele, a boca aberta. Eu sabia o que ele estava dizendo, mas a possibilidade de ter acontecido comigo, ainda mais no meio da noite, não tinha passado pela minha cabeça.

— Está acontecendo cada vez mais. Fizemos até uma reunião no trabalho. Alguém conseguiu acesso ao celular de Harrigan. E o clonou. Sabe o que isso significa?

— Sim, claro, mas pai...

Ele apertou minha mão.

— Alguém torcendo pra roubar segredos de negócios, talvez.

— Ele estava aposentado!

— Mas continuava envolvido, ele mesmo disse isso. Ou podiam querer acesso a informações do cartão de crédito. A pessoa que fez isso recebeu seu recado no telefone clonado e decidiu fazer uma pegadinha.

— Não sei se foi isso — falei. — Nós temos que verificar!

— Não temos e vou dizer por quê. O sr. Harrigan era um homem rico que morreu sem cuidados. Além disso, ele não ia ao médico havia anos, se bem que aposto que Rafferty pegava no pé dele por causa disso, pelo menos só porque não podia atualizar as informações do seguro para cobrirem mais do que as despesas da morte. Por esses motivos, houve uma autópsia. Foi assim que descobriram que ele morreu de doença cardíaca avançada.

— Abriram ele? — Pensei no momento que meus dedos roçaram no peito dele na hora que guardei o celular no bolso do paletó. Havia incisões costuradas por baixo da camisa engomada e da gravata? Se meu pai estivesse certo, sim. Incisões costuradas no formato de um Y. Eu tinha visto na TV. Em *CSI*.

— Sim. E depois da autópsia, ele foi embalsamado. Não gosto de contar essas coisas, não quero nada disso na sua cabeça, mas é melhor do que deixar você pensar que ele foi enterrado vivo. Ele não foi. Não pode ter sido. Ele está morto. Você entendeu?

— Sim.

— Quer que eu fique em casa hoje? Posso ficar se você quiser.

— Não, tudo bem. Você está certo. Eu fui enganado. — E fiquei com medo. Isso também.

— O que você vai fazer? Porque se você vai ficar triste e todo mórbido, é melhor eu tirar o dia de folga. A gente pode ir pescar.

— Eu não vou ficar triste e todo mórbido. Mas devia ir à casa dele molhar as plantas.

— Você acha que ir lá é uma boa ideia? — Ele estava me observando com atenção.

— Eu devo isso a ele. E quero falar com a sra. Grogan. Descobrir se ele fez aquele troço pra ela também.

— Uma provisão. Que atencioso da sua parte. Claro que ela pode mandar que você cuide da sua vida. Ela é uma ianque das antigas.

— Se ele não fez, eu gostaria de poder dar a ela um pouco da minha. Ele sorriu e beijou minha bochecha.

— Você é um bom menino. Sua mãe teria tanto orgulho. Tem certeza de que está bem agora?

— Tenho. — Comi ovos e torrada para provar, apesar de não querer. Meu pai tinha que estar certo: uma senha roubada, um telefone clonado, uma pegadinha cruel. Claro que não tinha sido o sr. Harrigan, cujas tripas foram retiradas e misturadas como salada e cujo sangue foi substituído por fluido embalsamador.

* * *

Meu pai foi trabalhar e eu fui até a casa do sr. Harrigan. A sra. Grogan estava aspirando a sala. Ela não estava cantando como de costume, mas estava bem composta, e depois que terminei de molhar as plantas, ela perguntou se eu gostaria de ir até a cozinha tomar uma xícara de chá (que chamou de "xica de chá") com ela.

— Tem biscoitos — disse ela.

Fomos para a cozinha e enquanto ela fervia a água contei sobre o bilhete do sr. Harrigan e que ele deixou dinheiro em um fundo para meus estudos na faculdade.

A sra. Grogan assentiu de forma profissional, como se não esperasse menos, e disse que também tinha recebido um envelope do sr. Rafferty.

— O chefe cuidou de mim. Mais do que eu esperava. Acho que mais do que eu mereço.

Falei que sentia o mesmo.

A sra. G. levou o chá para a mesa, uma caneca grande para cada um. No meio das duas ela botou um prato de biscoitos de aveia.

— Ele adorava — disse a sra. Grogan.

— É. Ele disse que faziam o intestino funcionar.

Isso a fez rir. Peguei um dos biscoitos e mordi. Enquanto mastigava, pensei na passagem da Primeira Epístola aos Coríntios que eu tinha lido no grupo metodista de jovens no culto de quinta-feira santa e de Páscoa alguns meses antes: "E depois de dar graças, ele partiu o pão e disse: 'Isto é o meu corpo que é para vocês; façam isto em memória de mim'". Os biscoitos não eram a comunhão, o reverendo chamaria a ideia de blasfêmia, mas fiquei feliz pela oportunidade mesmo assim.

— Ele cuidou do Pete também — disse ela. Falando de Pete Bostwick, o jardineiro.

— Que bom — falei, e peguei outro biscoito. — Ele era um cara legal, não era?

— Não tenho muita certeza disso — disse ela. — Ele era justo, sim, mas ninguém queria ser desafeto dele. Você não se lembra de Dusty Bilodeau, não é? Não, você não se lembraria. Foi antes da sua época.

— Dos Bilodeau do parque de trailers?

— É, isso mesmo, ao lado do mercado, mas acho que Dusty não está entre eles. Ele já deve ter seguido caminho há muito tempo. Ele era o jardineiro antes do Pete, mas só ficou uns oito meses no trabalho porque o sr. Harrigan o pegou roubando e o despediu. Não sei quanto ele roubou nem como o sr. Harrigan descobriu, mas a demissão não foi o fim. Sei que você sabe de algumas coisas que o sr. H. deu a esta cidadezinha e todas as formas como ele ajudou, mas Mooney não contou nem metade, talvez porque não soubesse, ou talvez porque tivesse tempo contado. Caridade faz bem pra alma, mas também dá poder, e o sr. Harrigan usou o dele com Dusty Bilodeau.

Ela balançou a cabeça. Acho que em parte por admiração. Ela tinha aquele jeitão ianque.

— Espero que ele tenha tirado pelo menos umas centenas de dólares da escrivaninha ou da gaveta de meias do sr. Harrigan, porque aquele foi o último dinheiro que ele conseguiu na cidade de Harlow, no condado de Castle e no estado do Maine. Ele não conseguiria trabalho nem tirando merda de galinha de um celeiro de Dorrance Marstellar depois daquilo. O sr. Harrigan cuidou pra que fosse assim. Ele era um homem justo, mas se você não fosse justo com ele era um Deus nos acuda. Coma outro biscoito.

Peguei outro biscoito.

— E tome seu chá, menino.

Tomei meu chá.

— Acho que vou arrumar lá em cima agora. Vou trocar os lençóis das camas em vez de só tirar, ao menos por enquanto. O que você acha que vai acontecer com esta casa?

— Ih, não sei.

— Nem eu. Não faço ideia. Não imagino ninguém comprando. O sr. Harrigan era uma figurinha única, e isso vale também pra… — Ela abriu bem os braços. — … tudo isso.

Pensei no elevador de vidro e concluí que ela tinha razão.

A sra. G. pegou outro biscoito.

— E as plantas? Alguma ideia sobre elas?

— Posso levar umas se não tiver problema. O resto, não sei.

— Nem eu. E o freezer dele está cheio. Acho que podemos dividir em três: você, eu e o Pete.

Pegai, bebei, pensei. *Façam isso em memória de mim.*

Ela suspirou.

— Na verdade, estou enrolando. Prolongando as poucas tarefas como se fossem muitas. Não sei o que vou fazer e essa é a verdade. E você, Craig? O que você vai fazer?

— Agora, vou descer e molhar o cogumelo maitake dele — falei. — E se não tiver mesmo problema, vou levar pelo menos a violeta quando for pra casa.

— Claro que não tem problema. — Ela falou do jeito ianque: *Cla que não*. — Quantas você quiser.

Ela subiu e eu desci para o porão, onde o sr. Harrigan guardava os cogumelos em alguns terrários. Enquanto eu molhava os cogumelos maitake, pensei na mensagem de texto que recebi de **reipirata1** no meio da noite. Meu pai estava certo, só podia ser pegadinha, mas não seria uma pegadinha melhor mandar uma mensagem mais elaborada, do tipo **Me salve, estou preso num caixão** ou a clássica que dizia **Não me perturbe, estou me decompondo**? Por que alguém pregando uma peça enviaria um **a** duplo, que quando se falava parecia um tipo de gorgolejo ou um estertor da morte? E por que alguém pregando uma peça enviaria minha inicial? Não uma nem duas vezes, mas três? Eu não conseguia entender.

Acabei levando quatro das plantas do sr. Harrigan: a violeta, o antúrio, a peperômia e a comigo-ninguém-pode. Eu as espalhei pela nossa casa e levei a comigo-ninguém-pode para o meu quarto porque era a minha favorita. Mas eu estava só enrolando e sabia disso. Quando as plantas foram arrumadas, peguei uma garrafa de Snapple na geladeira, botei no alforje da bicicleta e fui até o cemitério Elm.

Estava vazio naquela manhã quente de verão, e fui direto até o túmulo do sr. Harrigan. A lápide estava no lugar, nada chique, só uma peça de granito com o nome dele e as datas. Havia muitas flores, todas ainda frescas (isso não duraria muito), a maioria com cartões. O maior buquê, talvez retirado dos próprios canteiros do sr. Harrigan (e por respeito, não por economia) era da família de Pete Bostwick.

Fiquei de joelhos, mas não para rezar. Tirei o celular do bolso e o segurei na mão. Meu coração batia tão acelerado que eu estava vendo pontinhos pretos. Abri a lista de contatos e liguei para ele. Em seguida, baixei o celular e coloquei a lateral do rosto na grama recém-colocada para tentar ouvir Tammy Wynette.

Pensei ter ouvido, mas pode ter sido minha imaginação. Teria que passar pelo paletó, pela tampa do caixão e por sete palmos de terra. Mas pensei ter ouvido. Não, risque isso; eu tive certeza. O celular do sr. Harrigan, cantando "Stand By Your Man", estava no túmulo.

Com o outro ouvido, o que não estava encostado no chão, ouvi a voz dele, muito baixa, mas audível no silêncio do local: "Não posso atender agora. Retorno a ligação se parecer adequado".

Mas ele não retornaria, fosse adequado ou não. Ele estava morto.

Voltei para casa.

No dia 1º de setembro de 2009, fiz treze anos. Três dias depois, comecei a estudar na Gates Falls Middle junto com meus amigos Margie, Regina e Billy. Nós íamos em um ônibus velho que ganhou rapidamente o apelido debochado de Ônibus dos Baixinhos dos alunos de Gates. Eu acabei ficando mais alto (apesar de ter parado de crescer a três centímetros de um metro e oitenta), mas, naquele primeiro dia de aula, eu era o garoto mais baixo e mais novo do oitavo ano. O que me tornou um alvo perfeito para Kenny Yanko, um baderneiro enorme que repetiu de ano e cuja foto devia estar no dicionário ao lado da definição da palavra *bullying*.

Nossa primeira aula não foi uma aula, mas uma reunião escolar para os alunos novos das chamadas "cidades próximas" de Harlow, Motton e Shiloh Church. O diretor daquele ano (e durante muitos anos seguintes) era um sujeito alto e desajeitado com uma careca tão brilhante que parecia encerada. Ele era o sr. Albert Douglas, conhecido pelos alunos como Al Alcoólatra ou Dipso Doug. Nenhum dos alunos o tinha visto bêbado, mas todos tinham certeza na época de que ele bebia como um gambá.

Ele subiu no palco, deu boas-vindas "a este grupo de ótimos alunos novos" à Gates Falls Middle e nos contou sobre as coisas maravilhosas que nos aguardavam no ano letivo que começava. Isso incluía uma banda, um clube de canto, um clube de debate, um clube de fotografia, os Futuros Fazendeiros da América e todos os esportes que aguentássemos (desde que fossem beisebol, corrida, futebol ou lacrosse; só haveria futebol americano no ensino médio). Ele explicou sobre as Sextas-Feiras Elegantes uma vez por mês, quando os garotos tinham que colocar gravatas e paletós e as garotas tinham que usar vestidos (com barras no máximo cinco centímetros acima do joelho, por favor). Por fim, ele nos disse que não haveria nenhum tipo de iniciação com os alunos novos de outras cidades. Nós, em outras palavras. Aparentemente, no ano anterior um aluno transferido de Vermont foi parar no hospital depois de ser obrigado a tomar três garrafas de Gatorade, e agora a tradição tinha sido banida. Ele nos desejou sorte e nos mandou no que chamou de "nossa aventura acadêmica".

Meus medos de me perder naquela escola enorme acabaram sendo infundados, porque não era enorme. Todas as minhas aulas, exceto o inglês do sétimo tempo, eram no segundo andar, e eu gostava de todos os meus professores. Estava com medo da aula de matemática, mas acabou que continuamos exatamente de onde tínhamos parado, então tudo bem. Eu estava me sentindo bem com a situação até os quatro minutos de mudança de salas entre o sexto e o sétimo tempo.

Fui pelo corredor até a escada, passei por armários sendo fechados, alunos conversando e pelo cheiro de macarrão com carne moída do refeitório. Eu tinha acabado de chegar ao alto da escada quando senti a mão de alguém me segurar.

— Ei, novato. Não tão rápido.

Eu me virei e vi um troll de um metro e oitenta e o rosto estourado de espinha. O cabelo preto caía até os ombros em mechas oleosas. Olhos pequenos e escuros me espiavam embaixo de uma testa projetada. Estavam cheios de alegria fingida. Ele estava usando uma calça jeans com pernas largas e botas de motoqueiro surradas. Em uma das mãos segurava um saco de papel.

— Pega.

Sem a menor ideia do que estava acontecendo, eu peguei. Tinha gente passando correndo por mim escada abaixo, algumas davam olhares rápidos de lado para o garoto com cabelo preto comprido.

— Olha dentro.

Eu olhei. Tinha um pano, uma escova e uma lata de graxa. Tentei devolver o saco.

— Eu tenho que ir pra aula.

— Hã-hã, novato. Não enquanto você não engraxar minhas botas.

Nesse momento, eu entendi. Era uma iniciação, e embora expressamente proibida pelo diretor naquela manhã mesmo, eu pensei em fazê-la. Mas pensei em todos os alunos passando correndo e descendo a escada. Eles veriam o garotinho de Harlow de joelhos com o pano, a escova e a lata de graxa. A história se espalharia rápido. Mesmo assim, eu talvez tivesse feito, porque o garoto era muito maior do que eu e não gostei da expressão nos olhos dele. *Eu adoraria te dar uma surra*, dizia aquele olhar. *É só me dar uma desculpa, novato.*

Mas aí pensei no que o sr. Harrigan diria se me visse de joelhos, engraxando humildemente os sapatos daquele pateta.

— Não — falei.

— Dizer não é um erro que você não quer cometer — disse o garoto. — É melhor acreditar, porra.

— Garotos? Ei, garotos? Algum problema aqui?

Era a sra. Hargensen, minha professora de ciências. Ela era jovem e bonita, devia ter acabado de sair da faculdade, mas tinha um ar de confiança que dizia que ela não aceitava gracinhas.

O garoto maior balançou a cabeça; não havia problema nenhum.

— Tudo bem — falei, devolvendo o saco para o dono.

— Qual é seu nome? — perguntou a sra. Hargensen. Ela não estava olhando para mim.

— Kenny Yanko.

— E o que tem nesse saco, Kenny?

— Nada.

— Não seria um kit de iniciação, seria?

— Não. Eu tenho que ir pra aula.

Eu também tinha. Os alunos que iam para suas aulas estavam diminuindo, e logo o sinal ia tocar.

— Sei que tem, Kenny, mas me dê mais um segundo. — Ela voltou a atenção para mim. — Craig, certo?

— Sim, senhora.

— O que tem no saco, Craig? Estou curiosa.

Pensei em contar para ela. Não só por causa daquela baboseira de escoteiro de que a sinceridade é a melhor qualidade, mas porque ele tinha me deixado com medo e agora eu estava com raiva. E (é melhor admitir de uma vez) porque eu tinha um adulto para interferir. Mas pensei: *Como o sr. Harrigan resolveria isso? Ele deduraria?*

— O resto do almoço dele — falei. — Metade de um sanduíche. Ele me perguntou se eu queria.

Se ela tivesse pegado o saco e olhado dentro, nós dois teríamos ficado encrencados, mas ela não pegou… apesar de eu apostar que ela sabia a verdade. Ela nos mandou ir para a aula e saiu estalando com os saltos médios perfeitos para a escola.

Comecei a descer a escada, mas Kenny Yanko me segurou de novo.

— Você devia ter engraxado, novato.

Isso me irritou mais ainda.

— Eu salvei a sua pele. Você devia me agradecer.

Ele ficou vermelho, o que não ajudou em nada os vulcões que ele tinha na cara.

— Você devia ter engraxado. — Ele começou a se afastar, mas se virou, ainda segurando o saco de papel idiota. — Foda-se o agradecimento, novato. E foda-se você.

Uma semana depois, Kenny Yanko arrumou confusão com o sr. Arsenault, o professor de marcenaria, e jogou uma lixadeira nele. Kenny teve três suspensões durante seus dois anos na Gates Falls Middle; depois do meu confronto com ele no alto da escada, descobri que ele era tipo uma lenda. Mas aquilo foi a gota d'água. Ele foi expulso, e eu achei que meus problemas com ele tinham acabado.

Como a maioria das escolas de cidade pequena, Gates Falls Middle era cheia de tradições. A Sexta-Feira Elegante era só uma de muitas. Havia Passar o Chapéu (que era ficar na porta do mercado IGA pedindo contribuições para o corpo de bombeiros), Corrida de Dois Quilômetros (correr em volta do ginásio vinte vezes na aula de educação física) e cantar a música da escola nas assembleias mensais.

Outra dessas tradições era o Baile de Outono, uma espécie de baile Sadie Hawkins, quando as garotas é que convidam os garotos. Margie Washburn me convidou, e claro que eu disse sim, porque eu queria continuar sendo amigo dela apesar de não gostar dela, sabe como é, *daquele* jeito. Pedi ao meu pai para nos levar, e ele ficou feliz em ir. Regina Michaels convidou Billy Bogan, e fomos todos juntos. Foi muito bom porque Regina sussurrou para mim na sala de estudos que só tinha convidado Billy porque ele era meu amigo.

Eu me diverti muito até o primeiro intervalo, quando saí do ginásio para me livrar do líquido do ponche que tinha tomado. Cheguei até a porta do banheiro masculino, mas alguém me segurou pelo cinto com uma das mãos e pelo pescoço com a outra e me empurrou pelo corredor até a saída lateral, que levava ao estacionamento dos professores. Se eu não tivesse esticado a mão para empurrar a barra de acesso, Kenny teria empurrado minha cara na porta.

Tenho total lembrança do que aconteceu depois. Não faço ideia de por que as lembranças ruins da infância e da pré-adolescência são tão claras, só sei que são. E essa lembrança é muito ruim.

O ar da noite estava chocantemente frio depois do calor do ginásio (sem mencionar a umidade exalada por todos aqueles corpos adolescentes desabrochando). Eu vi o luar brilhando no cromo dos dois carros estacionados dos professores que supervisionavam o baile, o sr. Taylor e a sra. Hargensen (os professores novos tinham que supervisionar eventos assim porque, adivinha: era tradição da GFMS). Ouvi o escapamento de um carro com silencioso danificado na rodovia 96. E senti a palma das minhas mãos se arranharem quando Kenny Yanko me empurrou no asfalto do estacionamento.

— Agora levanta — disse ele. — Você tem trabalho pra fazer.

Eu me levantei. Olhei para as palmas das mãos e vi que estavam sangrando.

Havia um saco sobre um dos carros estacionados. Ele o pegou e entregou para mim.

— Agora, engraxa minhas botas. Faça isso e estaremos quites.

— Foda-se — falei e dei um soco no olho dele.

Lembrança perfeita, certo? Eu me lembro de cada vez que ele me bateu: foram cinco golpes no total. Lembro que o último me jogou na parede de concreto do prédio e que mandei minhas pernas me segurarem, mas elas se recusaram. Eu só escorreguei lentamente até minha bunda estar no chão.

Eu me lembro do Black Eyed Peas, baixo mas audível, cantando "Boom Boom Pow". Eu me lembro do Kenny parado na minha frente, respirando pesadamente e dizendo:

— Se você contar pra alguém eu te mato.

Mas de tudo que me lembro, o que lembro melhor e que adoro lembrar é a satisfação sublime e selvagem que senti quando meu punho acertou a cara dele. Foi o único golpe que acertei, mas foi um soco e tanto.

Boom boom pow.

Quando ele foi embora, tirei o celular do bolso. Depois de ter certeza de que não estava quebrado, liguei para o Billy. Foi a única coisa que consegui pensar em fazer. Ele atendeu no terceiro toque, gritando para ser ouvido e competindo com a voz do Flo Rida ao fundo. Falei para ele sair e levar a sra. Hargensen. Eu não queria envolver professores, mas mesmo atordoado do jeito que eu estava, eu sabia que isso ia acabar acontecendo, então pareceu melhor informar logo. Achei que era como o sr. Harrigan teria agido.

— Por quê? O que houve, cara?

— Um garoto me deu uma surra. Acho melhor eu não entrar. Não estou muito bonito.

Ele saiu três minutos depois, não só com a sra. Hargensen, mas com Regina e Margie. Minhas amigas olharam consternadas meu lábio cortado e o nariz ensanguentado. Minhas roupas também estavam com respingos de sangue e minha camisa (novinha) estava rasgada.

— Venham comigo — disse a sra. Hargensen. Ela não pareceu incomodada com o sangue, com o hematoma na minha bochecha nem com o jeito como minha boca estava inchando. — Todos vocês.

— Eu não quero entrar — falei, querendo dizer o ginásio. — Não quero que fiquem me olhando.

— Eu entendo. Por aqui.

Ela nos levou por uma entrada que dizia APENAS FUNCIONÁRIOS, usou uma chave para abrir a porta e seguimos para uma sala dos professores. Não era exatamente luxuosa, eu já tinha visto móveis melhores nos gramados de Harlow quando as pessoas vendiam coisas que tinham em casa, mas havia cadeiras e me sentei em uma delas. Ela encontrou um kit de primeiros socorros e enviou Regina ao banheiro para pegar um pano úmido e botar no meu nariz, que ela disse que não parecia quebrado.

Regina voltou parecendo impressionada.

— Tem creme pras mãos Aveda lá dentro!

— É meu — disse a sra. Hargensen. — Pode usar se quiser. Bote isto no nariz, Craig. Segure. Quem trouxe vocês?

— O pai do Craig — disse Margie. Ela estava olhando em volta, para aquela terra nova, com olhos arregalados. Como estava claro que eu não ia morrer, ela estava catalogando tudo para uma discussão posterior com as amigas.

— Liga pra ele — disse a sra. Hargensen. — Dá seu celular pra Margie, Craig.

Margie ligou para o meu pai e pediu para ele ir nos buscar. Ele falou alguma coisa. Margie ouviu e disse:

— Bom, houve um probleminha. — Ela ouviu mais um pouco. — Hum… bom…

Billy pegou o telefone.

— Ele levou uma surra, mas está bem. — Ouviu e entregou o telefone para mim. — Ele quer falar com você.

Claro que queria, e depois de perguntar se eu estava bem, quis saber quem tinha feito aquilo. Falei que não sabia, mas achava que era um garoto do ensino médio que talvez estivesse tentando entrar de penetra no baile.

— Eu estou bem, pai. Não precisa exagerar, né?

Ele disse que *era* uma coisa importante. Eu falei que não. Ele falou que sim. Nós ficamos repetindo isso até que ele suspirou e disse que chegaria o mais rápido possível. Desliguei.

A sra. Hargensen disse:

— Eu não devo dar nada pra dor, só a enfermeira pode fazer isso, e só com permissão dos pais, mas ela não está aqui, então… — Ela pegou a bolsa, que estava pendurada em um gancho com o casaco, e olhou no interior. — Algum de vocês vai me dedurar e talvez me fazer perder o emprego?

Meus três amigos fizeram que não. Eu também, mas com cuidado. Kenny me deu um soco forte na têmpora esquerda. Eu esperava que o filho da mãe tivesse machucado a mão.

A sra. Hargensen pegou um anti-inflamatório.

— É do meu estoque particular. Billy, pega água.

Billie trouxe um copo vermelho de plástico. Engoli o comprimido e me senti melhor na mesma hora. Esse é o poder da sugestão.

— Vocês três, podem sair agora — disse a sra. Hargensen. — Billy, vá ao ginásio e diga ao sr. Taylor que volto em dez minutos. Meninas, vão lá pra fora esperar o pai do Craig. Façam sinal pra ele da porta dos funcionários.

Eles foram. A sra. Hargensen se inclinou na minha frente e chegou perto o bastante para eu sentir o cheiro do perfume dela, que era maravilhoso. Eu me apaixonei por ela. Sabia que era uma coisa meio melosa, mas não consegui evitar. Ela levantou dois dedos.

— Por favor, me diga que você não vê três ou quatro.

— Não, só dois.

— Tudo bem. — Ela se empertigou. — Foi Yanko? Foi ele, não foi?

— Não.

— Eu pareço burra? Me conta a verdade.

Ela estava linda, mas eu não podia dizer isso.

— Não, você não parece burra, mas não foi Kenny. E isso é bom. Porque, sabe, se *fosse* ele, eu aposto que ele seria preso, porque ele já foi expulso. E haveria um julgamento e eu teria que ir ao tribunal dizer como ele me bateu. Todo mundo saberia. Pense em como seria constrangedor.

— E se ele bater em outra pessoa?

Pensei no sr. Harrigan, canalizei-o, podemos dizer.

— Isso é problema da pessoa. Só ligo para o que ele fez comigo.

Ela tentou fazer cara feia, mas não conseguiu, e me apaixonei mais do que nunca.

— Que frieza.

— Eu só quero ficar em paz. — E era verdade.

— Quer saber, Craig? Acho que você vai conseguir.

Quando meu pai chegou, ele me olhou e elogiou a sra. Hargensen pelo trabalho.

— Fui enfermeira de lutadores em outra vida — disse ela. Isso o fez rir. Nenhum dos dois sugeriu uma ida ao pronto-socorro, o que foi um alívio.

Meu pai nos levou para casa, e perdemos a segunda parte do baile, mas ninguém se importou. Billy, Margie e Regina tiveram uma experiência mais interessante do que balançar as mãos no ar ao som de Beyonce e Jay-Z. Quanto a mim, fiquei revivendo o choque satisfatório que subiu pelo meu braço quando meu punho acertou o olho do Kenny Yanko. Ele ficaria com um olho roxo esplêndido e eu queria saber como explicaria aquilo. *Dã, eu bati com a cara na porta. Dã, eu bati com a cara na parede. Dã, eu estava batendo punheta e minha mão escorregou.*

Quando estávamos em casa, meu pai perguntou de novo se eu sabia quem tinha feito aquilo. Eu disse que não.

— Não sei se acredito nisso, filho.

Eu não falei nada.

— Você quer simplesmente deixar isso pra lá? É o que estou ouvindo?

Eu assenti.

— Tudo bem. — Ele suspirou. — Acho que entendo. Eu já fui jovem também. Essa é uma coisa que os pais sempre dizem pros filhos mais cedo ou mais tarde, mas duvido que algum acredite.

— Eu acredito — falei, embora fosse difícil visualizar meu pai como um moleque de um metro e sessenta na época dos telefones fixos.

— Me conta uma coisa, pelo menos. Sua mãe ficaria com raiva de mim por perguntar, mas como ela não está aqui... você revidou?

— Revidei. Só uma vez, mas foi dos bons.

Isso o fez sorrir.

— Certo. Mas você precisa saber que, se ele for atrás de você de novo, vai ser coisa pra polícia. Está claro?

Eu disse que sim.

— Aquela sua professora, gostei dela. Ela disse que eu devia deixar você acordado pelo menos uma hora pra ter certeza de que não ia ficar tonto. Quer uma fatia de torta?

— Claro.

— Uma xícara de chá pra acompanhar?

— Com certeza.

Assim, nós comemos torta com canecas grandes de chá e meu pai me contou histórias que não eram sobre linhas fixas compartilhadas nem sobre a escola de uma sala só onde havia um fogão a lenha como aquecimento, nem sobre televisões onde só pegavam três estações (e nenhuma se o vento soprasse a antena do telhado). Ele me contou que ele e Roy DeWitt encontraram fogos de artifício no sótão do Roy e, quando eles acenderam, um entrou na caixa de lenha pequena de Frank Driscoll e botou fogo nela, e Frank Driscoll disse que se eles não cortassem um monte de lenha, ele contaria aos pais dos dois. Ele me contou que sua mãe o ouviu chamar o velho Philly Loubird de Shiloh Church de Cacique das Conchas e lavou a boca dele com sabão, ignorando as promessas dele de nunca mais falar nada daquele tipo. Ele me contou sobre brigas no rinque de patinação Auburn RolloDrome, que ele chamou de confusões, quando os alunos da Lisbon High e os da Edward Little, a escola do meu pai, se desentendiam quase todas as noites de sexta. Ele me contou sobre dois garotos grandes que tiraram a sunga dele na praia White ("Voltei pra casa com uma toalha em volta do corpo") e sobre a vez que um garoto correu atrás dele na rua Carbine, em Castle Rock, com um bastão de beisebol ("Ele disse que eu dei um chupão na irmã dele, mas eu não dei").

Ele *realmente* já tinha sido jovem.

Subi para o meu quarto me sentindo bem, mas o efeito do anti-inflamatório que a sra. Hargensen tinha me dado estava passando, e enquanto tirava a roupa, a sensação boa estava indo embora junto. Eu tinha quase certeza de que Kenny Yanko não viria atrás de mim de novo, mas não certeza absoluta. E se os amigos dele (até um otário como ele devia ter alguns) começassem a pegar no pé dele por causa do olho roxo? Fazer provocações? Rir do olho roxo, até? E se ele ficasse puto e decidisse que tinha que haver um segundo round? Se isso acontecesse, eu provavelmente não conseguiria dar nem um golpe bom; o soco no olho dele foi no susto, afinal. Ele podia me mandar para o hospital ou coisa pior.

Lavei o rosto (com delicadeza), escovei os dentes, fui para a cama, apaguei a luz e fiquei deitado revivendo o que aconteceu. O choque de ser pego por trás e empurrado pelo corredor. Levar um soco no peito. Levar um soco na boca. Mandar minhas pernas me sustentarem e elas responderem *mais tarde, quem sabe.*

Quando fiquei na escuridão, foi parecendo cada vez mais que Kenny não tinha acabado o que queria fazer comigo. Pareceu lógico, até, do jeito como as coisas mais malucas do que isso podem parecer lógicas quando está escuro e se está sozinho.

Assim, acendi a luz de novo e liguei para o sr. Harrigan.

Eu não esperava ouvir a voz dele, só queria fingir que estava falando com ele de novo. O que esperava era silêncio ou uma mensagem gravada dizendo que o número para o qual eu liguei não existia mais. Eu tinha colocado o celular no bolso do terno do enterro dele três meses antes, e aqueles primeiros iPhones tinham uma bateria que durava apenas duzentas e cinquenta horas, mesmo em modo stand-by. O que queria dizer que o celular estava tão morto quanto ele.

Mas tocou. Não devia ter tocado, a realidade ia contra essa ideia, mas por baixo da terra do cemitério Elm, a cinco quilômetros de distância, Tammy Wynette estava cantando "Stand By Your Man".

Na metade do quinto toque, a voz meio rouca de velho dele estava no meu ouvido. A mesma de sempre, direta ao ponto, sem nem convidar a pessoa que ligou a deixar o número ou uma mensagem. "Não posso atender agora. Retorno a ligação se parecer adequado."

O bipe soou, e me ouvi falando. Não me lembro de ter pensado nas palavras; minha boca pareceu estar operando totalmente sozinha.

— Eu levei uma surra hoje, sr. Harrigan. De um garoto idiota chamado Kenny Yanko. Ele queria que eu engraxasse os sapatos dele, mas eu não quis. Eu não dedurei ele porque achei que acabaria com a situação, eu estava tentando pensar como o senhor, mas ainda estou preocupado. Queria poder conversar com o senhor.

Fiz uma pausa.

— Estou feliz por seu telefone ainda estar funcionando, apesar de não saber como isso é possível.

Fiz outra pausa.

— Sinto sua falta. Adeus.

Encerrei a ligação. Olhei para as chamadas recentes para ter certeza de que *eu* tinha ligado. O número dele estava lá, junto com a hora: 23h02. Desliguei o celular e o coloquei na mesa de cabeceira. Apaguei o abajur e peguei no sono quase na mesma hora. Isso foi numa noite de sexta. Na noite seguinte (ou talvez na madrugada de domingo), Kenny Yanko morreu. Ele se enforcou, mas eu só soube disso e dos outros detalhes um ano depois.

* * *

O obituário de Kenneth James Yanko só saiu no *Sun* de Lewinston na terça e dizia apenas que ele "faleceu repentinamente, como resultado de um acidente trágico", mas a notícia se espalhou pela escola na segunda, e claro que a fábrica de boatos trabalhou a toda.

Ele estava cheirando cola e teve um derrame.

Ele estava limpando uma das armas do pai (o sr. Yanko era famoso por ter um arsenal em casa), que disparou por acidente.

Ele estava brincando de roleta-russa com uma das pistolas do pai e estourou os miolos.

Ele ficou bêbado, caiu da escada e quebrou o pescoço.

Nenhuma dessas histórias era verdade.

Billy Bogan foi quem me disse assim que entrou no Ônibus dos Baixinhos. Ele estava louco para contar. Disse que uma das amigas da mãe de Gates Falls ligou e contou. A amiga morava em frente e viu o corpo saindo em uma maca com um grupo dos Yanko em volta, chorando e gritando. Pelo que parecia, até valentões experientes tinham gente que os amava. Como leitor da Bíblia, eu podia até imaginá-los rasgando as roupas.

Pensei na mesma hora (e com culpa) na ligação que fiz para o celular do sr. Harrigan. Falei para mim mesmo que ele estava morto e não podia ter nada a ver com aquilo. Falei para mim mesmo que ainda que coisas assim fossem possíveis fora das histórias de horror dos quadrinhos, eu não tinha desejado especificamente que o Kenny morresse, eu só queria ficar em paz, mas isso pareceu meio coisa de advogado. E fiquei me lembrando de um negócio que a sra. Grogan disse no dia seguinte ao enterro, quando chamei o sr. Harrigan de homem bom por nos incluir no testamento dele.

Não tenho muita certeza disso. Ele era justo, sim, mas ninguém queria ser desafeto dele.

Dusty Bilodeau foi desafeto do sr. Harrigan, e sem dúvida Kenny Yanko também teria sido, por me dar uma surra por eu não querer engraxar a porra das botas dele. Só que o sr. Harrigan não *podia* mais ter desafetos. Eu ficava repetindo isso. Pessoas mortas *não têm* desafetos. Claro que celulares que não são carregados por três meses não podem tocar e transmitir mensagens (nem receber)… mas o do sr. Harrigan *tocou*, e eu *ouvi* a voz rouca

67

dele de velho. Então, senti culpa, mas também senti alívio. Kenny Yanko nunca viria atrás de mim. Ele estava fora do meu caminho.

Mais tarde, durante meu tempo livre, a sra. Hargensen foi até o ginásio, onde eu estava arremessando bolas na cesta, e me levou para o corredor.

— Você estava pra baixo na aula de hoje — disse ela.

— Não estava.

— Estava e sei o motivo, mas vou dizer uma coisa. Jovens da sua idade têm uma visão ptolomaica do universo. Sou jovem o bastante pra lembrar.

— Não sei o que...

— Ptolomeu era um matemático e astrólogo romano que acreditava que a Terra era o centro do universo, um ponto parado em volta do qual tudo girava. As crianças acreditam que o mundo inteiro gira em torno *delas*. Essa sensação de estar no centro de tudo começa a passar lá pelos vinte anos, mais ou menos, mas você está bem longe disso.

Ela estava inclinada para perto de mim, bem séria, e tinha os olhos verdes mais lindos do mundo. Além disso, o cheiro do perfume dela estava me deixando meio tonto.

— Estou vendo que você não está me acompanhando, então vou deixar a metáfora de lado. Se você está pensando que teve alguma coisa a ver com a morte do garoto Yanko, esqueça. Não teve. Eu vi os registros dele e ele era um garoto com sérios problemas. Problemas em casa, na escola, psicológicos. Não sei o que houve e não quero saber, mas vejo uma bênção aqui.

— O quê? — perguntei. — Por ele não poder mais me bater?

Ela riu e expôs dentes tão bonitos quanto o resto dela.

— Essa é a visão ptolomaica do mundo de novo. Não, Craig, a bênção é que ele era jovem demais para ter habilitação. Se ele tivesse idade pra dirigir, talvez tivesse levado outros garotos junto. Agora volte ao ginásio e faça mais cestas.

Comecei a me afastar, mas ela segurou meu pulso. Onze anos depois e ainda me lembro da eletricidade que senti.

— Craig, eu nunca poderia ficar feliz quando um jovem morre, nem mesmo um ruim como Kenneth Yanko. Mas posso ficar feliz por não ter sido você.

De repente, senti vontade de contar tudo para ela, e talvez tivesse contado. Mas naquele momento o sinal tocou, as portas das salas se abriram e o corredor ficou cheio de alunos falando sem parar. A sra. Hargensen seguiu o caminho dela e eu segui o meu.

Naquela noite, liguei o celular e primeiro só fiquei olhando, tomando coragem. O que a sra. Hargensen dissera naquela manhã fazia sentido, mas ela não sabia que o telefone do sr. Harrigan ainda estava funcionando, o que era impossível. Eu não tinha tido chance de contar para ela e acreditava (erroneamente, como fui descobrir) que nunca contaria.

Não vai funcionar desta vez, eu pensei. *Tinha um restinho de energia, só isso. Como uma lâmpada que brilha forte antes de queimar.*

Apertei no contato dele, esperando (torcendo, até) silêncio ou uma mensagem me dizendo que o telefone não estava mais funcionando. Mas tocou, e depois de mais alguns toques, o sr. Harrigan falou novamente no meu ouvido. "Não posso atender agora. Retorno a ligação se parecer adequado."

— É o Craig, sr. Harrigan.

Eu me senti bobo por falar com um homem morto, um que estaria com mofo nas bochechas agora (eu tinha feito pesquisas, sabe). Ao mesmo tempo, não me senti nem um pouco bobo. Senti medo, como uma pessoa pisando em solo profano.

— Escute… — Eu passei a língua nos lábios. — O senhor não teve nada a ver com a morte do Kenny Yanko, teve? Se teve… hum… bata na parede.

Desliguei.

Esperei uma batida.

Não houve nenhuma.

Na manhã seguinte, eu tinha uma mensagem de **reipirata1**. Só seis letras: **a a a. cc x.**

Não fazia sentido.

Fiquei morrendo de medo.

Naquele outono eu pensei muito em Kenny Yanko (a história da vez era que ele tinha caído do segundo andar de casa enquanto tentava sair escondido no meio da noite). Pensei mais ainda no sr. Harrigan e no telefone dele, que eu agora desejava ter jogado no lago Castle. Havia uma fascinação, tá? A fascinação por coisas estranhas que todos sentimos. Por coisas proibidas. Em várias ocasiões, eu quase liguei para o telefone do sr. Harrigan, mas nunca cheguei a ligar, não na época. Antes eu achava a voz dele tranquilizadora, a voz da experiência e do sucesso, a voz, podemos dizer, do avô que nunca tive. Agora, eu não conseguia me lembrar daquela voz como era nas nossas tardes ensolaradas, conversando sobre Charles Dickens e Frank Norris e D.H. Lawrence ou como a internet era um cano de água quebrado. Agora, eu só pensava na rouquidão de velho, como lixa quase totalmente gasta, me dizendo que ele me ligaria se parecesse adequado. E eu pensava nele no caixão. O agente funerário da Hay & Peabody sem dúvida tinha grudado as pálpebras, mas quanto tempo a cola durava? Os olhos dele estavam abertos lá embaixo? Estavam olhando a escuridão?

Essas coisas empesteavam minha mente.

Uma semana antes do Natal, o reverendo Mooney pediu que eu fosse vê-lo para podermos "ter uma conversa". Ele falou quase o tempo todo. Meu pai estava preocupado comigo, ele disse. Eu estava perdendo peso e minhas notas tinham caído. Havia alguma coisa que eu quisesse contar a ele? Pensei bem e achei que talvez. Não tudo, mas uma parte.

— Se eu contar uma coisa, pode ficar entre nós?

— Desde que não tenha a ver com automutilação ou algum crime, um crime *sério*, a resposta é sim. Não sou padre e não estamos no confessionário católico, mas a maioria dos homens de fé é bom em guardar segredos.

Contei então que tinha brigado com um garoto da escola, um garoto mais velho chamado Kenny Yanko, e ele me deu uma surra danada. Falei que nunca desejei que Kenny morresse e que não *rezei* para isso, mas ele *morreu* pouco depois da briga e eu não conseguia parar de pensar naquilo. Contei o que a sra. Hargensen tinha dito sobre os jovens acreditarem que tudo tinha a ver com eles e que não era verdade. Falei que ajudou um pouco, mas eu ainda achava que podia ter tido um papel na morte do Kenny.

O reverendo sorriu.

— Sua professora estava certa, Craig. Até meus oito anos, eu evitava pisar em rachaduras na calçada para não quebrar a coluna da minha mãe sem querer.

— Sério?

— Sério. — Ele se inclinou para a frente. O sorriso sumiu. — Vou guardar seu segredo se você guardar o meu. Você concorda?

— Claro.

— Sou bom amigo do padre Ingersoll, da Saint Anne de Gates Falls. É a igreja que os Yanko frequentam. Ele me contou que o garoto Yanko cometeu suicídio.

Acho que eu ofeguei. Suicídio era um dos boatos que tinham se espalhado na semana depois que o Kenny morreu, mas não acreditei. Eu teria dito que a ideia de se matar nunca tinha passado pela mente de um filho da puta valentão.

O reverendo Mooney ainda estava inclinado para a frente. Ele pegou uma das minhas mãos com as duas dele.

— Craig, você acha mesmo que aquele garoto foi pra casa, pensou "Ah, meu Deus, eu bati num garoto mais novo e menor do que eu, acho que vou me matar"?

— Acho que não — falei, e soltei o ar que tinha a impressão de estar prendendo havia dois meses. — Com o senhor falando assim... Como ele fez?

— Eu não perguntei e não diria nem que Pat Ingersoll tivesse me contado. Você precisa deixar isso pra trás, Craig. O garoto tinha problemas. A necessidade dele de bater em você era só um sintoma desses problemas. Você não teve nada com isso.

— E se eu estiver aliviado? Por não ter que me preocupar mais com ele, sabe?

— Eu diria que isso é você sendo humano.

— Obrigado.

— Está se sentindo melhor?

— Estou.

— Então vamos falar de um assunto mais sério. Você comprou alguma coisa de Natal para o seu pai?

Pouco antes do fim das aulas, a sra. Hargensen parou diante da nossa turma de ciências com um grande sorriso no rosto.

— Vocês devem ter pensado que se livrariam de mim em duas semanas, mas eu tenho más notícias. O sr. de Lesseps, professor de biologia do ensino médio, vai se aposentar, e fui contratada pra ficar no lugar dele. Vocês podem dizer que estou me formando no fundamental II e indo pro ensino médio.

Alguns alunos gemeram de forma teatral, mas a maioria de nós aplaudiu, e ninguém mais do que eu. Eu não deixaria meu amor para trás. Para minha mente adolescente, parecia destino. E, de certa forma, era.

Também deixei a Gates Falls Middle para trás e comecei o nono ano na Gates Falls High. Foi lá que conheci Mike Ueberroth, mais conhecido na época, assim como na carreira atual como apanhador reserva do Baltimore Orioles, como Submarino.

Atletas e tipos mais acadêmicos não se misturavam muito em Gates (imagino que seja assim na maioria das escolas, porque os atletas tendem a gostar de panelinhas), e se não fosse *Arsênico e alfazema*, duvido que teríamos ficado amigos. Submarino era do segundo ano e eu era só do nono, o que tornava nossa amizade ainda mais improvável. Mas ficamos amigos e continuamos até hoje, apesar de eu vê-lo com bem menos frequência. Mantemos contato por e-mail e Facebook.

A maioria das escolas de ensino médio tem uma peça de teatro dos formandos, mas não era assim em Gates. Nós tínhamos duas peças por ano, e embora fossem montadas pelo clube de teatro, todos os alunos podiam se candidatar para atuar nelas. Eu conhecia a peça porque tinha visto a versão em filme na TV, chamado *Este mundo é um hospício*, em uma tarde chuvosa de sábado. Gostei muito e me inscrevi para um teste. A namorada do Mike, membro do clube de teatro, o convenceu a fazer o teste, e ele acabou pegando o papel do homicida Jonathan Brewster. Fui escalado como seu agitado ajudante, dr. Einstein. Esse papel era de Peter Lorre no filme, e me esforcei para falar como ele, resmungando "Yas! Yas!" antes de cada fala. Não foi uma imitação muito boa, mas tenho que dizer que a plateia gostou. Cidade pequena, sabe como é.

E foi assim que Submarino e eu ficamos amigos e também foi como descobri o que realmente aconteceu com Kenny Yanko. O reverendo tinha se enganado e o obituário do jornal estava certo. Foi mesmo um acidente.

Durante o intervalo entre o primeiro e o segundo ato do nosso ensaio geral, eu estava na máquina de Coca, que tinha comido meus setenta e cinco centavos sem me dar nada em troca. Submarino deixou a namorada, se aproximou e deu uma batida forte no canto superior direito da máquina com a palma da mão. Uma lata de Coca caiu na bandeja de baixo.

— Obrigado — falei.

— Não foi nada. Você só tem que se lembrar de bater bem ali, naquele canto.

Eu falei que lembraria, apesar de duvidar que pudesse bater com a mesma força.

— Escuta, eu soube que você teve problema com o garoto Yanko. É verdade?

Não fazia sentido mentir, Billy e as duas garotas já tinham falado, e menos ainda tanto tempo depois. Respondi que sim, era verdade, e contei que tinha me recusado a engraxar os sapatos dele e o que tinha acontecido depois.

— Quer saber como ele morreu?

— Eu ouvi umas cem histórias diferentes. Você sabe outra?

— Eu sei a verdade, amiguinho. Você sabe quem é meu pai, não sabe?

— Claro. — A força policial de Gates Falls era composta de uns vinte policiais uniformizados, o delegado e um detetive. Que era o pai do Mike. George Ueberroth.

— Posso contar sobre o Yanko se você me deixar tomar do seu refrigerante.

— Tudo bem, mas não baba na lata.

— Eu tenho cara de animal? Me dá aqui, seu paspalho.

— *Yas, yas* — falei, imitando Peter Lorre. Ele deu uma risada, pegou a lata, virou metade e arrotou. No corredor, a namorada dele enfiou um dedo na boca e fez mímica de vômito. O amor no ensino médio é muito sofisticado.

— Foi meu pai que investigou — disse Submarino, me devolvendo a lata —, e dois dias depois que aconteceu eu ouvi ele falando com o sargento Polk, da delegacia. Eles chamam de casa da polícia. Eles estavam na varanda tomando cerveja e o sargento disse alguma coisa sobre Yanko descabelar o palhaço. Meu pai riu e disse que tinha ouvido falar que se chamava gravata de Beverly Hills. O sargento disse que devia ser a única forma de o pobre garoto poder gozar, considerando a cara estourada de espinhas que ele tinha. Meu pai disse que sim, era triste, mas era verdade. E ele disse que o que incomodou foi o cabelo. Disse que incomodou o legista também.

— O que tem o cabelo dele? — perguntei. — E o que é gravata de Beverly Hills?

— Eu pesquisei no celular. É gíria pra asfixia autoerótica. — Ele falou as palavras com cuidado. Com orgulho, quase. — Você se enforca e bate punheta quando está quase desmaiando. — Ele viu minha expressão e deu de ombros. — Eu não invento as notícias, dr. Einstein, apenas relato. Dizem que é uma sensação incrível, mas eu dispenso.

Eu achava que também dispensaria.

— E o cabelo?

— Eu perguntei ao meu pai. Ele não queria me contar, mas como eu tinha ouvido o resto, ele acabou contando. Disse que metade do cabelo do Yanko ficou branco.

Pensei muito nisso. Por um lado, se eu tinha considerado a ideia do sr. Harrigan ter saído do túmulo para exercer vingança por mim (e às vezes, à noite, quando eu não conseguia dormir, a ideia, por mais ridícula que fosse, sempre voltava à mente), a história do Submarino pareceu acabar com esses pensamentos. Quando pensava em Kenny Yanko no armário, a calça no tornozelo e uma corda no pescoço, o rosto ficando roxo enquanto ele descabelava o palhaço, eu até sentia pena dele. Achava um jeito idiota e indigno de morrer. "Resultado de um acidente trágico", dissera o obituário do *Sun*, e isso era mais preciso do que qualquer um de nós podia imaginar.

Mas, por outro lado, tinha aquela coisa que o pai do Submarino falou sobre o cabelo do Kenny. Não consegui deixar de pensar no que poderia provocar uma coisa assim. No que Kenny poderia ter visto naquele armário ao resvalar para a inconsciência enquanto puxava o pobre pinto o mais rápido que conseguia.

Finalmente, procurei minha melhor conselheira, a internet. Lá, encontrei opiniões contraditórias. Alguns cientistas proclamavam que não havia evidência nenhuma que um choque pode deixar o cabelo de uma pessoa branco. Outros cientistas diziam *yas, yas*, podia, sim, acontecer. Que um choque repentino podia matar as células-tronco de melanócitos que determinam a cor do cabelo. Um artigo que li dizia que isso tinha acontecido com Thomas More e com Maria Antonieta antes de eles serem executados. Outro artigo ridicularizava isso dizendo que era lenda. No fim, era como o sr. Harrigan às vezes falava sobre comprar ações: você paga seu preço e faz sua escolha.

Aos poucos, essas perguntas e preocupações sumiram, mas eu estaria mentindo se dissesse que Kenny Yanko saiu da minha mente, naquela época ou agora. Kenny Yanko no armário com uma corda no pescoço. Talvez não perdendo a consciência antes de poder afrouxar a corda, afinal. Kenny Yanko talvez vendo alguma coisa, só talvez, que o assustou tanto que ele desmaiou. Que o deixou mesmo morrendo de medo. Na luz do dia, essa ideia parecia bem idiota. À noite, principalmente se o vento estivesse forte e fazendo sons de grito nas calhas, nem tanto.

Uma placa de à VENDA de uma imobiliária de Portland foi colocada na frente da casa do sr. Harrigan, e algumas pessoas foram visitar. Eram o tipo de pessoa que vem de Boston ou Nova York de avião (algumas até em jatos particulares, talvez). Do tipo que, como os empresários que foram ao enterro do sr. Harrigan, pagam mais para alugar carros caros. Um casal foi o primeiro casal gay que eu vi na vida, jovem, mas com boa situação financeira e claramente apaixonados. Eles chegaram em um BMW i8 elegante e disseram muitos *uau* e *incrível* no local. Depois, foram embora e não voltaram.

Vi muitos desses compradores em potencial porque a propriedade (cuidada pelo sr. Rafferty, claro) manteve a sra. Grogan e Pete Bostwick, e Pete me contratou para ajudar com o terreno. Ele sabia que eu era bom com plantas e que estava disposto a trabalhar arduamente. Eu ganhava doze dólares por hora por dez horas por semana, e com o fundo fora do meu alcance até a faculdade, o dinheiro foi bem útil.

Pete chamava os compradores em potencial de Riquinhos. Como o casal na BMW alugada, eles diziam *uau*, mas não compravam. Considerando que a casa ficava em uma rua de terra e a vista era só boa, não ótima (sem lagos, montanhas ou litoral rochoso com farol), eu não fiquei surpreso. Nem Pete nem a sra. Grogan. Eles apelidaram a casa de Mansão Elefante Branco.

Houve algumas tempestades típicas de adolescente entre meus catorze e dezoito anos, mas não muitas; era como se o pesadelo com Kenny Yanko tivesse de certa forma gastado muito da minha angústia adolescente. Além disso, eu amo meu pai, e éramos só nós dois. Acho que isso faz diferença.

Quando comecei na faculdade, eu quase não pensava mais em Kenny Yanko. Mas ainda pensava no sr. Harrigan. E isso não era surpreendente, considerando que ele tinha estendido o tapete vermelho acadêmico para mim, mas havia dias em que eu pensava nele com mais frequência. Se estivesse em casa em algum daqueles dias, eu levava flores até o túmulo dele. Se não estivesse, Pete Bostwick ou a sra. Grogan faziam isso por mim.

No dia de São Valentim. No dia de Ação de Graças. No Natal. E no meu aniversário.

Eu sempre comprava uma raspadinha de um dólar nesses dias também. Às vezes, ganhava uns dois dólares, às vezes cinco, e uma vez ganhei cinquenta, mas nunca mais cheguei perto do valor máximo. Por mim, tudo bem. Se tivesse ganhado, teria doado o dinheiro. Eu comprava as raspadinhas para lembrar. Graças a ele, eu já estava rico.

Como o sr. Rafferty era generoso com o fundo, eu já tinha um apartamento quando cheguei no terceiro ano em Emerson. Eram só dois cômodos e um banheiro, mas ficava em Back Bay, onde nem os apartamentos pequenos são baratos. Naquela época, eu estava trabalhando na revista literária. *Ploughshares* é uma das melhores no país e sempre teve um editor famoso, mas alguém tem que ler a pilha de originais, e esse alguém era eu. Havia outros, mas estavam abaixo de mim. Eu era o responsável. Eu gostava de ser o responsável e gostava do trabalho, apesar de muitas das submissões estarem à altura de um poema ruim de forma memorável e até clássica chamado "Dez motivos por que odeio minha mãe". Eu me alegrava de ver quanta gente pior na escrita do que eu estava na luta lá fora. Isso deve parecer cruel. E deve ser mesmo.

Eu estava trabalhando uma noite com um prato de biscoitos Oreo perto da mão esquerda e uma xícara de chá perto da direita quando meu telefone tocou. Era meu pai. Ele disse que tinha uma má notícia e contou que Victoria Corliss tinha morrido.

Por um momento não tive ideia de quem era a pessoa a quem ele se referia, mas pensei em como o aroma doce de um perfume que eu nem sabia o nome tinha deflagrado minha primeira paixonite. Pensei no quanto fui apaixonado por ela nos meus dias de pirralho. Ele estava falando da sra. Hargensen. Ela era antiquada a ponto de assumir o nome do marido depois de se casar, mas era ela. E, no fim das contas, ele também tinha morrido.

Fiquei desolado, mas ainda mais chocado. Por alguns momentos, não consegui falar. A pilha de poemas e contos de repente pareceu perder a importância.

— Craig? — perguntou meu pai. — Ainda está aí?

— Estou. O que houve?

Ele me contou o que sabia, e descobri mais alguns dias depois, quando o *Weekly Enterprise* de Gates Falls foi publicado on-line. AMADOS PROFESSORES MORTOS EM VERMONT, dizia a manchete. Victoria Hargensen Corliss ainda dava aula de biologia em Gates; seu marido era professor de matemática na vizinha Castle Rock. Eles tinham decidido passar as férias de primavera viajando de motocicleta pela Nova Inglaterra, ficando em uma pensão diferente a cada noite. Eles estavam voltando, em Vermont, quase na fronteira com New Hampshire, quando Dean Whitmore, 31, de Waltham, Massachusetts, atravessou a linha central da rodovia 2, entrou na contramão e bateu neles de frente. Ted Corliss morreu na hora. Victoria Corliss, a mulher que me levou para a sala dos professores depois que Kenny Yanko me deu uma surra e que me deu um anti-inflamatório ilícito que tinha na bolsa, morreu a caminho do hospital.

Eu tinha sido estagiário no *Enterprise* no verão anterior e em geral só esvaziava a lixeira, mas também escrevi algumas críticas esportivas e de cinema. Quando liguei para Dave Gardener, o editor, ele me deu umas informações que o *Enterprise* não publicou. Dean Whitmore tinha sido preso quatro vezes por dirigir embriagado, mas o pai era um importante gestor de fundo (como o sr. Harrigan odiava esses novos ricos), e advogados caros cuidaram do caso de Whitmore nas primeiras três vezes. Na quarta ocasião, depois de entrar na lateral de um Zoney's Go-Mart em Hingham, ele escapou da cadeia, mas perdeu a habilitação. Estava dirigindo sem carteira de motorista e sob efeito de álcool quando acertou a motocicleta dos Corliss. "Caindo de bêbado" foi como Dave descreveu.

— Ele vai sair só com um puxão de orelha — disse Dave. — O papai vai cuidar disso. Pode esperar.

— Não mesmo. — A ideia de isso acontecer me deixou enjoado. — Se sua informação estiver correta, é um caso claro de homicídio.

— Pode esperar — repetiu ele.

O velório foi em Saint Anne, a igreja que ela e o marido frequentaram na maior parte da vida e onde se casaram. O sr. Harrigan era rico, por anos agitou o mundo empresarial americano, mas havia bem mais gente no funeral de Ted e Victoria Corliss. A Saint Anne é uma igreja grande, mas naquele dia só tinha lugar em pé, e se o padre Ingersoll não usasse microfone, seria impossível escutar com toda a choradeira. Eles eram professores populares, foram feitos um para o outro e claro que eram ainda muito jovens quando morreram.

A maioria das pessoas lá também era. Eu fui; Regina e Margie também foram; Billy Bogan foi; Submarino também, depois de fazer uma viagem especial da Florida State University (da qual ele sairia em pouco tempo depois de receber a proposta de um contrato para jogar no Delmarva Shorebirds, o único time da liga menor do Orioles). Submarino e eu sentamos juntos. Ele não chegou a chorar, mas seus olhos estavam vermelhos, e o grandão estava fungando.

— Você teve aula com ela? — sussurrei.

— Biologia II — sussurrou ele. — No meu último ano. Eu precisava pra me formar. Ela me deu um C de presente. E eu era do clube de observação de pássaros dela. Ela escreveu uma recomendação na minha inscrição para a faculdade.

Ela tinha escrito na minha também.

— É tão errado — disse Submarino. — Eles só estavam passeando. — Ele fez uma pausa. — E estavam de capacete.

Billy estava igual, mas Margie e Regina pareciam mais velhas, quase adultas de maquiagem e vestidos de meninas grandes. Elas me abraçaram fora da igreja quando acabou e Regina disse:

— Lembra como ela cuidou de você na noite que você levou aquela surra?

— Lembro.

— Ela me deixou usar o creme de mãos dela — disse Regina e começou a chorar de novo.

— Espero que prendam aquele cara pra sempre — disse Margie com ferocidade na voz.

— Assino embaixo — disse Submarino. — Que prendam e joguem a chave fora.

— E vão — falei, mas claro que eu estava enganado e Dave estava certo.

O dia de Dean Whitmore no tribunal foi em julho. Ele foi condenado a quatro anos, com sentença suspensa se aceitasse ir para a reabilitação e conseguisse passar em um teste de urina aleatório nesses mesmos quatro anos. Eu estava trabalhando no *Enterprise* de novo, e como funcionário assalariado (só de meio período, mas mesmo assim). Eu tinha sido designado para os assuntos da comunidade e para uma ocasional história principal. No dia seguinte à sentença de Whitmore, se é que podemos chamar assim, eu expressei minha fúria para Dave Gardener.

— Eu sei, é horrível — disse ele —, mas você tem que crescer, Craigy. Nós vivemos no mundo real, onde o dinheiro fala e as pessoas ouvem. Houve dinheiro mudando·de mãos em algum momento do caso Whitmore. Pode ter certeza. Agora, você não tem que me dar quatrocentas páginas sobre a Feira Craft?

Reabilitação, provavelmente com quadra de tênis e campo de golfe, não era suficiente. Quatro anos fazendo exames de urina não era suficiente, principalmente quando se podia pagar alguém para oferecer amostras limpas se você soubesse com antecedência quando os testes aconteceriam. Whitmore provavelmente saberia.

Enquanto aquele mês de agosto ia acabando, eu pensava às vezes em um provérbio africano que li em uma das minhas aulas: *Quando um homem velho morre, uma biblioteca pega fogo.* Victoria e Ted não eram velhos, mas era até pior, porque qualquer potencial que eles pudessem ter tido não seria realizado. Tantos jovens no enterro, tanto alunos atuais quanto recém-formados como eu e meus amigos, sugeriam que *alguma coisa* tinha pegado fogo e não poderia ser reconstruída.

Eu me lembrei dos desenhos dela de folhas e galhos de árvore no quadro-negro, coisas lindas feitas à mão livre. Eu me lembrei de nós dois limpando o laboratório nas tardes de sexta e depois limpando a metade do laboratório dos alunos de química por garantia, os dois rindo por causa do fedor, ela se perguntando se algum aluno de química estilo dr. Jekyll viraria o Mr. Hyde e sairia destruindo tudo pelos corredores. Pensei nela dizendo *Eu entendo* quando falei que não queria voltar para o ginásio depois que Kenny bateu em mim. Pensei em tudo aquilo e também no cheiro do perfume dela, depois pensei no babaca que a tinha matado saindo da reabilitação e continuando a vida, feliz e livre como num domingo em Paris.

Não, não era suficiente.

Fui para casa naquela tarde e revirei as gavetas da escrivaninha no meu quarto, sem querer admitir o que estava procurando… e por quê. O que eu estava procurando não estava lá, o que foi ao mesmo tempo uma decepção e um alívio. Eu já ia saindo, mas acabei voltando e fiquei na ponta dos pés para explorar a gaveta do alto do meu armário, onde as porcarias acabavam se acumulando. Encontrei um despertador velho, um iPod que tinha quebrado quando o deixei cair na entrada de casa andando de skate, um emaranhado de fones de ouvido. Havia uma caixa de cards de beisebol e uma pilha de gibis do *Homem-Aranha*. No fundo estava um moletom do Red Sox pequeno demais para o corpo que eu tinha agora. Eu o levantei, e lá, embaixo do moletom, estava o iPhone que meu pai me deu de Natal. Na época em que eu era pirralho. O carregador não estava lá, mas eu tinha um do meu celular atual, um 5C colorido. Conectei o iPhone velho, ainda sem querer admitir o que eu estava tramando, mas quando penso naquele dia agora, não tantos anos atrás, acredito que a força motivadora era uma coisa que a sra. Hargensen tinha me dito quando estávamos limpando as pias do laboratório de química: *Uma pessoa não devia fazer uma pergunta se não quisesse resposta.* Naquele dia, eu queria uma.

Provavelmente não vai nem carregar, falei para mim mesmo. *Está pegando poeira há anos.* Mas carregou. Quando o peguei naquela noite, depois que meu pai foi deitar, vi o ícone de bateria cheio no canto superior direito.

Cara, que viagem pelo passado. Eu vi e-mails de muito tempo antes, fotos do meu pai de antes do cabelo dele começar a ficar grisalho e mensagens de texto trocadas entre mim e Billy Bogan. Não havia nada de interessante nelas, só piadas e informações esclarecedoras como *Acabei de peidar* e perguntas incisivas como *Fez o dever de álgebra?* Nós éramos como dois garotos com latinhas conectadas por um pedaço de barbante encerado. E é a isso que boa parte da nossa comunicação moderna se resume quando você para pra pensar; conversa feita só por conversar.

Levei o celular para a cama comigo como fazia antes de precisar me barbear e antes da época em que beijar Regina foi um grande acontecimento. Só que agora, a cama que antes parecia grande era pequena demais. Olhei para o pôster de Katie Perry que eu tinha colocado do outro lado do quarto, quando ela parecia para meu eu do fundamental II a epítome da mulher sexy e divertida. Eu era mais velho do que um garoto pirralho agora, mas me sentia do mesmo jeito. Engraçado como é isso.

Se fantasmas existirem, dissera a sra. Hargensen, *aposto que nem todos são santos.*

Pensar nisso quase me fez parar. Mas, novamente pensando naquele babaca irresponsável jogando tênis na reabilitação, eu fui em frente e liguei para o número do sr. Harrigan. *Tudo bem*, falei para mim mesmo. *Não vai acontecer nada. Não pode acontecer nada. Isso é só uma forma de limpar sua mente pra você poder deixar a raiva e a dor pra trás e seguir em frente.*

Só que uma parte de mim sabia que *alguma coisa* aconteceria, e por isso não fiquei surpreso quando ouvi um toque no lugar do silêncio. Nem quando a voz rouca dele falou no meu ouvido, saindo do telefone que botei no bolso de homem morto dele quase sete anos antes. "Não posso atender agora. Retorno a ligação se parecer adequado."

— Oi, sr. Harrigan, é o Craig. — Minha voz estava incrivelmente firme, considerando que eu estava falando com um cadáver e que o cadáver podia mesmo estar ouvindo. — Tem um homem chamado Dean Whitmore que matou minha professora favorita do ensino médio e o marido dela. O cara estava bêbado e bateu com o carro neles. Eles eram pessoas boas, ela me ajudou quando precisei, e ele não teve o que merecia. Acho que é só isso.

Só que não era. Eu tinha pelo menos trinta segundos pra deixar uma mensagem e não tinha usado tudo. Então, falei o resto, a verdade, com minha voz ficando ainda mais baixa, quase um rosnado.

— Eu queria que ele estivesse morto.

Atualmente, trabalho no *Times Union*, um jornal que atende Albany e adjacências. O salário é uma migalha, eu provavelmente ganharia mais escrevendo no BuzzFeed ou no TMZ, mas tenho aquele fundo como garantia e gosto de trabalhar para um jornal de verdade, apesar de a maior parte da ação hoje em dia acontecer on-line. Pode me chamar de antiquado.

Fiz amizade com Frank Jefferson, o cara do TI do jornal, e em uma noite tomando cerveja no Madison Pour House, contei para ele que já tinha conseguido falar com a caixa postal de um cara que estava morto... mas só se eu ligasse do celular velho que tinha na época em que o cara estava vivo. Perguntei a Frank se ele já tinha ouvido falar de algo assim.

— Não — disse ele —, mas poderia acontecer.

— Como?

— Não faço ideia, mas havia um monte de falhas estranhas nos computadores e celulares antigos. Algumas são lendárias.

— Nos iPhones também?

— Principalmente nos iPhones — disse ele, tomando um grande gole de cerveja. — Porque foram produzidos na pressa. Steve Jobs jamais quis admitir, mas o pessoal da Apple morria de medo de que em dois anos, talvez só um, o Blackberry dominasse o mercado. Alguns dos primeiros iPhones travavam toda vez que você digitava a letra *l*. Você podia enviar um e-mail ou navegar na internet, mas se tentasse navegar na internet e *depois* enviar um e-mail, o celular às vezes congelava.

— Isso aconteceu comigo uma ou duas vezes — falei. — Tive que reiniciar.

— Pois é. Tinha muita coisa assim. Sabe essa sua coisa? Acho que a mensagem do cara deve ter ficado presa no software, do mesmo jeito que um pedaço de milho pode ficar preso no dente. Pode chamar de espírito na máquina.

— É, mas não um santo.

— Hã?

— Nada, não — falei.

Dean Whitmore morreu no segundo dia no Centro de Tratamento Raven Mountain, uma instituição de luxo para alcoólatras no norte de New Hampshire (havia mesmo quadras de tênis, além de *shuffleboard* e piscina). Eu soube logo depois que aconteceu, porque tinha configurado um alerta do Google com o nome dele, tanto no meu notebook quanto no computador do *Weekly Enterprise*. A causa da morte não foi mencionada, pois o dinheiro é que manda, sabe, então fiz uma viagem até a cidade vizinha de Maidstone, em New Hampshire. Lá, incorporei o repórter, fiz algumas perguntas e usei um pouco do dinheiro do sr. Harrigan.

Não demorou porque, quando o assunto era suicídio, o de Whitmore foi um pouco fora do comum. Como morrer estrangulado batendo punheta é fora do comum, podemos dizer. Em Raven Mountain, os pacientes internados eram chamados de hóspedes em vez de viciados e alcoólatras, e cada quarto tinha um banheiro com chuveiro próprio. Dean Whitmore entrou no dele antes do café da manhã e bebeu xampu. Não para cometer suicídio, ao que parecia, mas para lubrificar a passagem. Em seguida, ele quebrou um sabonete no meio, largou metade no chão e enfiou a outra metade na garganta.

Eu fiquei sabendo de boa parte disso por um dos orientadores, cujo trabalho em Raven Mountain era tirar os maus hábitos dos bêbados e drogados. Esse sujeito, Randy Squires era o nome dele, se sentou no meu Toyota tomando uísque Wild Turkey no gargalo de uma garrafa comprada com parte dos cinquenta dólares que dei a ele (e, sim, a ironia disso não passou despercebida). Perguntei se Whitmore por acaso tinha deixado carta de suicídio.

— Deixou — disse Squires. — Foi até meio fofo. Quase uma oração. "Continue dando todo o amor que puder", dizia.

Meu braço ficou todo arrepiado, mas as mangas esconderam, e consegui abrir um sorriso. Eu poderia ter contado que não era uma oração, mas um verso de "Stand By Your Man", de Tammy Wynette. Squires não ia entender mesmo, e não havia motivo para eu querer que entendesse. Isso era entre mim e o sr. Harrigan.

* * *

Passei três dias naquela pequena investigação. Quando voltei, meu pai me perguntou se eu tinha gostado das minhas miniférias. Eu falei que sim. Ele me perguntou se eu estava pronto para voltar para a faculdade em duas semanas. Eu falei que sim. Ele me observou com atenção e perguntou se havia algo errado. Respondi que não, sem saber ao certo se estava mentindo.

Parte de mim ainda acreditava que Kenny Yanko tinha morrido acidentalmente e que Dean Whitmore tinha cometido suicídio, possivelmente por culpa. Tentei imaginar como o sr. Harrigan poderia ter aparecido para eles e provocado as mortes e não consegui. Se isso *tinha* acontecido, eu era cúmplice de assassinato, ainda que não legalmente, só moralmente. Eu desejei que eles morressem, afinal.

— Tem certeza? — perguntou meu pai. Os olhos dele ainda estavam em mim, da forma antiga e investigativa que eu lembrava desde a infância, quando eu fazia alguma besteira.

— Absoluta.

— Tudo bem. Mas se você quiser conversar, estou aqui.

Sim, e graças a Deus que estava, mas aquilo não era algo sobre o qual eu pudesse conversar. Não sem parecer maluco.

Fui para o meu quarto e peguei o iPhone na prateleira do armário. A carga estava se prolongando de forma admirável. Por que exatamente eu fiz aquilo? Eu pretendia ligar para ele no túmulo para agradecer? Para perguntar se ele estava realmente lá? Não consigo lembrar e acho que não importa, porque não liguei. Quando desbloqueei o telefone, vi que tinha recebido uma mensagem de texto de **reipirata1**. Cliquei com o dedo trêmulo para abri-la e li isto: **C C C pR**.

Enquanto eu olhava, uma possibilidade que nunca tinha passado pela minha cabeça antes daquele dia de fim de verão me ocorreu. E se eu estivesse mantendo o sr. Harrigan como refém? Prendendo-o às minhas preocupações mundanas pelo telefone que tinha enfiado no bolso do paletó dele antes de a tampa do caixão ser fechada? E se as coisas que pedi que ele fizesse estivessem fazendo mal a ele? Talvez até o torturando?

Não é provável, pensei. *Lembre-se do que a sra. Grogan contou sobre Dusty Bilodeau. Ela disse que ele não conseguiria trabalho nem tirando merda de galinha de um celeiro de Dorrance Marstellar depois de roubar do sr. Harrigan. Ele cuidou pra que fosse assim.*

Sim, e outra coisa. Ela disse que ele era um homem justo, mas se você não fosse também, que Deus te ajudasse. E Dean Whitmore foi um homem justo? Não. Kenny Yanko foi um garoto justo? Também não. Então talvez o sr. Harrigan tivesse ficado feliz de ajudar. Talvez até gostado.

— Isso se é que ele esteve lá — sussurrei.

Ele tinha estado. No fundo do meu coração, eu sabia. E sabia mais uma coisa. Eu sabia o que a mensagem significava: *Craig, pare.*

Porque eu estava fazendo mal a ele ou porque estava fazendo mal a mim?

Decidi que, no fim das contas, não importava.

Choveu forte no dia seguinte, o tipo de chuva fria sem trovão que significa que as primeiras cores do outono vão começar a aparecer em uma ou duas semanas. A chuva era boa, porque significava que as pessoas do verão, as que ficaram, estavam todas dentro dos esconderijos da estação e o lago Castle estava vazio. Estacionei na área de piquenique no norte do lago e andei até o local que as crianças chamam de Rebordos, onde paramos com os trajes de banho e ficamos desafiando os outros a pular. Alguns de nós até pulavam.

Fui até a beirada da queda, onde as agulhas de pinheiro sumiam e a rocha exposta, a verdade final da Nova Inglaterra, começava. Enfiei a mão no bolso direito da calça cáqui e peguei meu iPhone 1. Segurei-o por um momento, sentindo o peso e lembrando o prazer que senti naquela manhã de Natal, quando abri a caixa e vi o logo da Apple. Eu gritei de alegria? Não lembrava, mas era quase certo que sim.

Ainda estava carregado, apesar de já ter caído para cinquenta por cento. Liguei para o sr. Harrigan, e na terra escura do cemitério Elm, no bolso de um paletó caro agora coberto de mofo, sei que Tammy Wynette estava cantando. Ouvi a voz rouca de velho dele mais uma vez, me dizendo que ligaria se achasse adequado.

Esperei o bipe. E falei:

— Obrigado por tudo, sr. Harrigan. Adeus.

Desliguei, puxei o braço para trás e joguei o celular com o máximo de força que consegui. Vi-o fazer um arco no céu cinzento. Vi o pequeno *splash* quando caiu na água.

Enfiei a mão no bolso esquerdo e peguei meu iPhone atual, o modelo 5C colorido. Eu pretendia jogá-lo no lago também. Claro que eu poderia me virar com um telefone fixo, e claro que minha vida ficaria mais fácil. Muito menos falação, nada de mensagens de texto perguntando *O que você está fazendo?*, nada de emojis idiotas. Se eu arrumasse um emprego em um jornal depois que me formasse e precisasse manter contato, eu poderia usar um emprestado e devolver quando a tarefa que o exigiu acabasse.

Puxei o braço para trás, fiquei assim pelo que pareceu muito tempo... talvez um minuto, talvez dois. No final, guardei o telefone de volta no bolso. Não sei bem se todo mundo é viciado nessas latas com barbante tecnológicas, mas sei que eu sou, e sei que o sr. Harrigan era. Foi por isso que o enfiei no bolso dele naquele dia. No século XXI, acho que são os nossos telefones que nos unem ao mundo.

Se tenho certeza disso? Não. Depois do que aconteceu a Yanko e Whitmore, e depois daquela última mensagem de texto de **reipirata1**, há muitas coisas das quais não tenho certeza. A realidade em si, para começar. Mas sei de duas coisas, e elas são tão certas quanto as rochas da Nova Inglaterra. Não quero ser cremado quando morrer e quero ser enterrado de bolsos vazios.

A VIDA DE CHUCK

ATO III: OBRIGADO, CHUCK!

1

O dia em que Marty Anderson viu o outdoor foi logo antes de a internet cair de vez. Estava oscilando havia oito meses desde as primeiras interrupções curtas. Todo mundo concordava que era só questão de tempo, e todo mundo concordava que eles dariam um jeito quando o mundo conectado finalmente se desconectasse; afinal, eles já tinham vivido sem antes, não tinham? Além do mais, havia outros problemas, como espécies inteiras de pássaros e peixes em extinção, e agora havia a Califórnia em que pensar: indo, indo, possivelmente deixando de existir em breve.

Marty saiu tarde da escola porque era o dia do qual os educadores do fundamental II menos gostavam, o dia destinado às reuniões entre pais e professores. Com o desenrolar daquele, Marty encontrou poucos pais interessados em discutir o progresso do pequeno Johnny ou da pequena Janey (ou a falta dele). A maioria queria falar sobre a provável queda final da internet, que acabaria de vez com as contas de Facebook e Instagram deles. Ninguém mencionou o Pornhub, mas Marty desconfiava que muitos dos pais ali, mulheres e homens, também estavam lamentando a extinção iminente desse site.

Normalmente, Marty iria de carro para casa pegando o viaduto da via expressa, tudo bem rapidinho, daria para chegar em casa num piscar de olhos, mas agora isso não era possível por causa da queda da ponte que passava por cima do riacho Otter. Isso tinha acontecido quatro meses antes e ainda não havia sinal de reparo; só barreiras listradas de laranja que já estavam velhas e imundas e cobertas de pichações.

Com o viaduto fechado, Marty era obrigado a passar pelo centro da cidade para chegar em casa, em Cedar Court, assim como todas as pessoas que moravam no lado leste. Graças às reuniões, ele tinha saído às cinco e não às três, no auge da hora do rush, e um trajeto que levaria vinte minutos em outros tempos agora levava pelo menos uma hora, talvez mais porque alguns sinais de trânsito também estavam quebrados. Era congestionamento pelo caminho todo, muita gente buzinando, freios cantando, para-choques batendo e dedos do meio sendo exibidos. Ele ficou parado por dez minutos no cruzamento da Main e da Market e teve tempo suficiente de reparar no outdoor no alto do prédio Midwest Trust.

Até aquele dia, anunciava uma companhia aérea, a Delta ou a Southwest, Marty não lembrava qual. Naquela tarde, a tripulação feliz tinha sido substituída por uma foto de um homem de cara redonda com óculos de armação preta combinando com o cabelo preto e bem penteado. Ele estava sentado a uma escrivaninha com uma caneta na mão, sem paletó, mas com um nó cuidadoso na gravata em volta da gola da camisa branca. Na mão que segurava a caneta havia uma cicatriz em forma de lua crescente que por algum motivo não tinha sido retocada para a foto. Marty achou que ele parecia um contador. O homem estava sorrindo com alegria para o trânsito no crepúsculo de seu lugar, no alto do prédio do banco. Acima da cabeça, em azul, estava escrito CHARLES KRANTZ. Abaixo da escrivaninha, em vermelho, havia 39 ÓTIMOS ANOS! OBRIGADO, CHUCK!

Marty nunca tinha ouvido falar de Charles "Chuck" Krantz, mas supôs que ele fosse alguém importante no Midwest Trust para merecer uma foto de aposentadoria com holofotes em um outdoor que devia ter quase cinco metros de altura e quinze de largura. E a foto devia ser antiga se ele tinha trabalhado por quase quarenta anos, senão o cabelo estaria branco.

— Ou careca — disse Marty, e passou a mão no próprio cabelo ralo. Ele aproveitou um espaço no cruzamento principal do centro cinco minutos depois, quando uma passagem se abriu momentaneamente. Ele espremeu o Prius naquele espaço, com medo de uma colisão e ignorando o punho sacudido de um homem que tinha freado a centímetros de bater de frente na lateral dele.

Houve outra confusão no fim da rua Main e outra quase batida. Quando chegou em casa, ele já tinha se esquecido do outdoor. Ele entrou na garagem, apertou o botão que fechava o portão e ficou sentado ali por um minuto, respirando fundo e tentando não pensar em ter que percorrer o mesmo caminho na manhã seguinte. Com o viaduto fechado, não havia outro caminho. Se ele quisesse ir trabalhar, claro, e naquele momento tirar uma folga por motivo de saúde (ele tinha várias acumuladas) parecia uma opção mais atraente.

— Eu não seria o único — disse ele para a garagem vazia. Ele sabia que era verdade. De acordo com o *New York Times* (que ele lia no tablet de manhã se a internet estivesse funcionando), o absenteísmo estava muito em alta no mundo todo.

Com uma das mãos ele pegou a pilha de livros e a pasta velha e surrada com a outra. Estava cheia de trabalhos que precisavam ser corrigidos. Com esse peso todo, ele saiu do carro e fechou a porta com a bunda. A visão da própria sombra na parede fazendo um movimento que parecia um passo de dança o fez rir. O som o sobressaltou; risadas naqueles dias difíceis eram raras de se ouvir. E deixou cair metade dos livros no chão da garagem, o que botou um fim a qualquer bom humor que estivesse surgindo.

Ele pegou do chão *Introdução à literatura norte-americana* e *Quatro romances curtos* (ele estava trabalhando *A glória de um covarde* com os alunos de primeiro ano) e entrou em casa. Mal tinha conseguido colocar tudo na bancada da cozinha quando o telefone tocou. A linha fixa, claro; quase não havia mais cobertura de celular naqueles dias. Ele às vezes parabenizava a si mesmo por ter mantido a linha fixa quando tantos colegas tinham cancelado as deles. Esse pessoal estava verdadeiramente isolado, porque mandar instalar uma a partir do ano anterior… era melhor esquecer. Era mais provável eles voltarem a usar o viaduto da via expressa antes de chegarem ao topo da lista de espera, e até as linhas fixas tinham apagões frequentes.

O identificador de chamadas não funcionava mais, mas ele tinha certeza de quem era do outro lado, a ponto de só pegar o telefone e dizer:

— Oi, Felicia.

— Onde você estava? — perguntou sua ex-esposa. — Estou tentando falar com você há uma hora!

Marty explicou das reuniões entre pais e professores e sobre o longo trajeto para casa.

— Você está bem?

— Estarei assim que comer alguma coisa. Como você está, Fel?

— Estou me virando, mas foram mais seis hoje.

Marty não precisava perguntar seis o quê. Felicia era enfermeira no hospital City General, onde a equipe de enfermagem agora se intitulava Esquadrão Suicida.

— Sinto muito.

— Sinal dos tempos. — Ele ouviu a indiferença na voz dela e pensou que dois anos antes, quando eles ainda estavam casados, seis suicídios em um dia a teriam deixado abalada, emocionalmente destruída e insone. Mas dava para se acostumar com qualquer coisa, ao que parecia.

— Você ainda está tomando os remédios pra úlcera, Marty? — Antes que ele pudesse responder, ela prosseguiu: — Não quero pegar no seu pé, é só preocupação. O divórcio não significa que não me importo mais com você, sabe?

— Eu sei e estou. — Isso em parte era mentira porque o Carafate prescrito pelo médico agora era impossível de encontrar e ele estava usando Prilosec. Ele contou a mentira parcial porque também ainda se importava com ela. Eles se davam bem melhor agora que não estavam mais juntos. Havia até sexo, e embora não fosse tão frequente, era muito bom. — Obrigado por perguntar.

— De verdade?

— Sim, senhora. — Ele abriu a geladeira. As opções eram poucas, mas havia salsichas, alguns ovos e uma lata de iogurte de mirtilo que seria um ótimo lanchinho antes de ele ir dormir. E também três latas de cerveja Hamm.

— Que bom. Quantos pais apareceram na reunião?

— Mais do que eu esperava, bem menos do que uma casa cheia. A maioria queria falar sobre a internet. Eles pareciam achar que eu devia saber por que fica dando merda. Tive que lembrá-los de que sou professor de inglês, não o cara do TI.

— Você sabe da Califórnia, né? — Ela baixou a voz, como se estivesse contando um grande segredo.

— Sei. — Naquela manhã, um terremoto gigantesco, o terceiro em um mês e de longe o pior, jogou outro pedaço grande do estado no oceano Pacífico. A boa notícia era que a maior parte desse pedaço já tinha sido evacuada. A má notícia era que agora centenas de milhares de refugiados estavam indo para o leste, transformando Nevada em um dos estados mais populosos do país. A gasolina em Nevada agora custava vinte pratas um galão. Pagamento só em dinheiro, isso se você conseguisse encontrar.

Marty pegou uma garrafa de leite pela metade, cheirou e tomou direto da garrafa apesar do aroma meio suspeito. Ele precisava de uma bebida de verdade, mas sabia por experiências amargas (e noites sem dormir) que precisava forrar o estômago primeiro.

— É interessante que os pais que foram pareciam mais preocupados com a internet do que com os terremotos na Califórnia. Acho que porque as regiões que são o celeiro do estado ainda estão lá.

— Mas por quanto tempo? Ouvi um cientista na NPR dizendo que a Califórnia está descascando como papel de parede velho. E outro reator japonês foi inundado hoje à tarde. Estão dizendo que estava desligado, que está tudo bem, mas acho que não acredito.

— Cínica.

— São tempos cínicos que estamos vivendo, Marty. — Ela hesitou. — Algumas pessoas acham que estamos vivendo os Últimos Tempos. E não são só os malucos religiosos. Não mais. Você ouviu isso de um membro apto do Esquadrão Suicida do City General. Perdemos seis hoje, mas trouxemos 18 de volta. A maioria com ajuda de naloxona. Mas... — Ela baixou a voz de novo. — ... os estoques estão acabando. Ouvi o farmacêutico-chefe dizer que pode ser que a gente fique sem até o fim do mês.

— Que droga — disse Marty e olhou para a pasta. Tantos trabalhos esperando para serem lidos. Tantos erros de ortografia esperando para serem corrigidos. Tantas orações subordinadas soltas e tantas conclusões vagas esperando para serem riscadas de vermelho. Só de pensar ele já ficava cansado. — Escuta, Fel, eu tenho que ir. Tenho provas pra dar nota e trabalhos sobre o poema "Mending Wall" pra corrigir. — A ideia da insipidez empilhada naqueles trabalhos lhe causou uma sensação estranha.

— Tudo bem — disse Felicia. — Eu só estava... sabe como é, fazendo contato.

— Entendido. — Marty abriu o armário e pegou o uísque. Ele esperaria até ela desligar o telefone para servir, para que ela não ouvisse o líquido e assim não soubesse o que ele estava fazendo. Esposas tinham intuição; ex-esposas pareciam desenvolver um radar de alto alcance.

— Posso dizer que te amo? — perguntou ela.

— Só se eu puder dizer também — respondeu Marty, passando o dedo pelo rótulo da garrafa: *Early Times. Uma marca muito boa para aquela época*, pensou ele.

— Eu te amo, Marty.

— E eu te amo.

Era uma boa forma de terminar a ligação, mas ela ainda estava lá.

— Marty?

— O quê, querida?

— O mundo está descendo pelo ralo e tudo que a gente consegue dizer é "que droga". Acho que pode ser que a gente também esteja descendo pelo ralo.

— Pode ser — disse ele —, mas Chuck Krantz se aposentou, então acho que tem uma luz no fim do túnel.

— Foram trinta e nove ótimos anos — respondeu ela, e foi sua vez de rir.

Ele botou o leite na bancada.

— Você viu o outdoor?

— Não, foi um anúncio no rádio. No programa da NPR do qual eu estava falando.

— Se estão botando anúncios na NPR, é mesmo o fim do mundo — disse Marty. Ela riu de novo e o som o deixou feliz. — Me conta uma coisa, como é que o Chuck Krantz consegue esse tipo de cobertura? Ele tem cara de contador e eu nunca ouvi falar dele.

— Não faço ideia. O mundo está cheio de mistérios. Nada de destilados, Marty. Sei que você está pensando nisso. Toma uma cerveja.

Ele não riu quando encerrou a ligação, mas sorriu. Radar de ex-esposa. Alto alcance. Ele botou o Early Times de volta no armário e pegou uma cerveja. Jogou duas salsichas na água e foi para o escritório ver se a internet estava funcionando enquanto esperava a água ferver.

Estava, e parecia um pouco melhor do que a velocidade lenta de sempre. Ele entrou na Netflix pensando em ver um episódio de *Breaking Bad* ou *A escuta* enquanto comia as salsichas. A tela de boas-vindas apareceu e mostrou opções que não tinham mudado desde a noite anterior (e as coisas na Netflix costumavam mudar todo dia não muito tempo antes), mas antes que ele pudesse escolher qual vilão queria assistir, Walter White ou Stringer Bell, a tela desapareceu. BUSCANDO apareceu no lugar, e o pequeno círculo girando.

— Porra — disse Marty. — Será que já f…

O círculo desapareceu e a tela inicial voltou. Só que não era a tela da Netflix; era Charles Krantz, sentado à mesa cheia de papéis, sorrindo segurando a caneta na mão com a cicatriz. CHARLES KRANTZ acima dele; 39 ÓTIMOS ANOS! OBRIGADO, CHUCK! embaixo.

— Quem é você, Chuckie? — perguntou Marty. — Qual é sua nota? — De repente, como se a respiração dele tivesse apagado a internet como uma vela de aniversário, a imagem desapareceu e as palavras que apareceram na tela foram CONEXÃO PERDIDA.

Não voltou naquela noite. Nem nunca. Assim como metade da Califórnia (três quartos em breve), a internet tinha desaparecido.

A primeira coisa que Marty notou no dia seguinte ao tirar o carro da garagem foi o céu. Há quanto tempo ele não via aquele azul impecável? Um mês? Um mês e meio? As nuvens e a chuva (às vezes um chuvisco, às vezes uma torrente) eram presença quase constante agora, e em dias em que as nuvens sumiam, o céu costumava ficar cinzento da fumaça dos incêndios no Meio-Oeste. Já tinham deixado a maior parte de Iowa e de Nebraska pretos e estavam seguindo para o Kansas, movidos por vendavais.

A segunda coisa que notou foi Gus Wilfong andando pela rua com a lancheira enorme batendo na coxa. Gus estava de calça cáqui, mas de gravata. Ele era supervisor no departamento de serviços públicos da cidade. Apesar de ser apenas sete e quinze, ele parecia cansado e irritado, como se estivesse no fim de um dia longo em vez de começando um novo. E se ele estava só começando um novo dia, por que estava andando na direção de casa, ao lado da do Marty? Além disso…

Marty abriu a janela.

— Onde está seu carro?

A risada curta de Gus não continha humor.

— Estacionado numa calçada na metade da Main, junto com uns cem outros. — Ele bufou. — Nossa, nem lembro quando foi a última vez que andei cinco quilômetros. E isso deve dizer mais sobre mim do que você deve querer saber. Se estiver indo pra escola, amigão, você vai ter que ir até a rodovia 11 e voltar pela 19. São trinta e dois quilômetros, pelo menos, e vai ter muito trânsito lá também. Pode ser que você chegue a tempo do horário do almoço, mas eu não contaria com isso.

— O que houve?

— Abriu um buraco no cruzamento da Main com a Market. Cara, é enorme. Essa chuva toda que andou caindo pode ter a ver, a falta de manutenção ainda mais. Deve ter uns vinte carros no fundo do buraco, talvez trinta, e algumas pessoas ainda estão dentro dos carros. — Ele balançou a cabeça. — E não vão voltar.

— Meu Deus — disse Marty. — Eu passei lá na noite de ontem. Fiquei preso no trânsito.

— Fique feliz de não estar lá hoje de manhã. Posso entrar com você? Me sentar por um minuto? Estou exausto e Jenny deve ter voltado pra cama. Não quero acordá-la, principalmente não com más notícias.

— Claro.

Gus entrou.

— Isso é ruim, meu amigo.

— Uma droga — concordou Marty. Era o que ele tinha dito a Felicia na noite anterior. — Acho que a gente tem que colocar um sorriso no rosto e aguentar.

— Eu não estou sorrindo — disse Gus.

— Vai tirar o dia de folga?

Gus levantou as mãos e as uniu sobre a lancheira no colo.

— Não sei. Talvez eu faça umas ligações pra ver se alguém pode vir me buscar, mas estou sem esperanças.

— Se você tirar o dia de folga, não planeje passar vendo Netflix ou vídeos no YouTube. A internet caiu de novo e estou com a sensação de que agora pode ter sido de vez.

— Suponho que você saiba sobre a Califórnia.

— Não liguei a TV hoje. Dormi até um pouco mais tarde. — Ele fez uma pausa. — Mas não queria ver mesmo, pra falar a verdade. Alguma novidade?

— Sim. O resto foi. — Ele pensou melhor. — Bom... estão dizendo que vinte por cento do norte da Califórnia ainda está aguentando firme, o que deve querer dizer uns dez, mas as regiões produtoras de alimentos se foram.

98

— Que horrível. — Era mesmo, claro, mas em vez de horror, terror e dor, Marty só sentia uma espécie de consternação entorpecida. Aquela palavra voltou à sua mente: dessensibilizado.

— Podemos dizer isso — concordou Gus. — Principalmente com o Meio-Oeste virando carvão e a parte sul da Flórida agora sendo basicamente um pântano que só serve para os jacarés. Espero que você tenha muita comida na despensa e no freezer, porque agora *todas* as grandes regiões produtoras de alimentos deste país se foram. O mesmo aconteceu na Europa. Na Ásia já estão passando fome. Tem milhões de mortos. Ouvi falar de peste bubônica.

Eles ficaram sentados na entrada da casa de Marty, vendo mais gente voltar do centro, muitos de terno e gravata. Uma mulher com um terninho rosa bonito estava andando de tênis, carregando os sapatos de salto. Marty achava que o nome dela era Andrea alguma coisa, que morava uma rua ou duas depois. Felicia não tinha contado que ela trabalhava no Midwest Trust?

— E as abelhas — continuou Gus. — Elas já estavam correndo perigo dez anos atrás, mas agora se foram completamente, exceto por algumas colmeias na América do Sul. Não tem mais mel. E sem elas para polinizar as plantações que restam...

— Com licença — disse Marty. Ele saiu do carro e correu para alcançar a mulher de terninho rosa. — Andrea? Você é Andrea?

Ela se virou com cautela, levantando os sapatos como se pudesse precisar usar um dos saltos para afastá-lo. Marty entendia; havia muita gente doida por aí agora. Ele parou a um metro e meio de distância.

— Sou o marido da Felicia Anderson. — Ex, na verdade, mas marido parecia menos potencialmente perigoso. — Acho que você e Fel trabalham no mesmo banco.

— É verdade. E eu fui do Comitê de Vigilância do Bairro com ela. O que posso fazer por você, sr. Anderson? Andei muito e meu carro está preso no que parece ser um engarrafamento eterno no centro. Quanto ao banco... está caindo.

— Caindo — repetiu Marty. Mentalmente, ele viu uma imagem da Torre de Pisa. Com a foto de aposentadoria de Chuck Krantz em cima.

— Está na beira do buraco e, apesar de não ter caído, não me parece nada seguro. Vai ser condenado, com certeza. Acho que é o fim do meu emprego, ao menos na unidade do centro, mas não me importo. Só quero ir pra casa e botar os pés pra cima.

— Fiquei curioso sobre o outdoor no prédio do banco. Você viu?

— Como poderia não ver? Eu trabalho lá, afinal. Também vi as pichações, que estão por todo lado: nós te amamos, Chuck. Chuck vive. Chuck pra sempre. E os anúncios na TV.

— Sério? Na TV?

— Bom, nas estações locais, pelo menos. Talvez seja diferente na TV a cabo, mas não temos mais isso. Desde julho.

— Nem nós. — Agora que tinha começado a ficção de que ele ainda era parte de um nós, era melhor seguir em frente. — Só os canais 8 e 10.

Andrea assentiu.

— Não tem mais propagandas de carros, nem da Eliquis nem dos Móveis do Bob. Só de Charles Krantz, 39 ótimos anos, obrigado, Chuck. Um minuto inteiro disso e as reprises regulares. Muito peculiar, mas o que não é hoje em dia? Agora eu quero mesmo ir pra casa.

— Esse Charles Krantz não é do seu banco? Não está se aposentando do banco?

Ela fez uma breve pausa antes de continuar a caminhada para casa, carregando saltos de que não precisaria naquele dia. Talvez nunca mais.

— Não conheço nenhum Charles Krantz. Ele devia trabalhar na filial de Omaha. Se bem que, pelo que eu soube, Omaha virou um cinzeiro enorme agora.

Marty a viu se afastar. Gus Wilfong também, pois tinha se juntado a ele. Gus assentiu para o desfile sombrio de trabalhadores que não conseguiam mais chegar em seus locais de trabalho, fosse no comércio, em serviços, em bancos, servindo mesas, fazendo entregas. Todos voltando para casa.

— Eles parecem refugiados — disse Gus.

— É — respondeu Marty. — Até que parecem. Ei, lembra que você me perguntou sobre minha comida?

Gus assentiu.

— Eu tenho algumas latas de sopa. Arroz basmati e macarrão de arroz. Cereal Cheerios, eu acho. Quanto ao freezer, acho que tenho umas seis refeições congeladas e meio pote de sorvete Ben and Jerry's.

— Você não parece preocupado.

Marty deu de ombros.

— De que adiantaria?

— Mas sabe, é interessante — disse Gus. — Nós todos ficamos preocupados no começo. Queríamos respostas. As pessoas foram a Washington e protestaram. Lembra quando derrubaram a cerca da Casa Branca e aqueles universitários foram baleados?

— Lembro.

— Houve a derrubada de governo na Rússia e a Guerra de Quatro Dias entre a Índia e o Paquistão. Tem um vulcão na Alemanha, caramba. Na *Alemanha*! Nós dissemos uns pros outros que isso ia passar, mas não está passando, né?

— Não — concordou Marty. Apesar de ter acabado de acordar, ele estava cansado. Muito cansado. — Não está passando, está piorando.

— E tem os suicídios.

Marty assentiu.

— Felicia vê todos os dias.

— Acho que os suicídios vão diminuir — disse Gus — e as pessoas vão esperar.

— O quê?

— O fim, cara. O fim de tudo. Estamos passando pelos cinco estágios do luto, você não percebe? Agora chegamos ao último. Aceitação.

Marty não disse nada. Não conseguia pensar no que dizer.

— Tem tão pouca curiosidade agora. E tudo isso… — Gus balançou um braço. — Veio do nada. Quer dizer, a gente sabia que o meio ambiente estava indo mal, acho que até os malucos de direita acreditavam secretamente, mas isso são uns sessenta tipos diferentes de merda, e tudo de uma vez. — Ele lançou um olhar quase de súplica para Marty. — Em quanto tempo? Um ano? Catorze meses?

— É — disse Marty. — Uma droga. — Parecia ser a única palavra que servia.

No céu, eles ouviram um zumbido e olharam para cima. Os grandes jatos voando de e para o aeroporto municipal eram poucos e com grandes intervalos atualmente, mas aquele era um avião pequeno, voando pelo céu incrivelmente limpo e soltando um fluxo de fumaça branca da cauda. O avião se virou e mergulhou no ar, subiu e desceu, a fumaça (ou o produto químico que fosse) formando letras.

— Ah — disse Gus, virando a cabeça. — Um avião que escreve no céu. Não vejo isso desde que era criança.

CHARLES, escreveu o avião. Depois, KRANTZ. E depois, claro, 39 ÓTIMOS ANOS. O nome já estava começando a se apagar quando o avião escreveu OBRIGADO, CHUCK!

— Que porra é essa? — disse Gus.

— Digo o mesmo — disse Marty.

Ele não tinha tomado café da manhã e, quando entrou em casa, Marty botou no micro-ondas um dos pratos congelados (uma torta de frango Marie Callender, bem gostosa) e o levou para a sala para assistir à TV. Mas as duas únicas estações que ele conseguia sintonizar estavam mostrando a foto de Charles "Chuck" Krantz sentado à mesa com a caneta eternamente a postos. Marty ficou olhando enquanto comia a torta, desligou a caixa de idiotice e foi para a cama. Pareceu a coisa mais sensata a fazer.

Ele dormiu por boa parte do dia, e embora não tivesse sonhado com ela (pelo menos que pudesse lembrar), ele acordou pensando em Felicia. Queria vê-la, e quando a visse pediria para dormir lá. Talvez até ficar. Uns sessenta tipos diferentes de merda, Gus dissera, e tudo de uma vez. Se era mesmo o fim, ele não queria enfrentar sozinho.

Harvest Acres, o pequeno condomínio onde Felicia agora morava, ficava a cinco quilômetros de distância, e Marty não tinha intenção de arriscar ir de carro, então botou a calça de moletom e os tênis. Estava um fim de tarde lindo para caminhar, o céu ainda azul sem nuvens, e muita gente estava fazendo a mesma coisa. Alguns pareciam estar gostando da luz do sol, mas a maioria estava olhando para baixo. Havia pouca conversa, mesmo entre quem estava andando em dupla ou em grupos de três.

Na Park Drive, uma das vias principais do lado leste, as quatro pistas estavam lotadas de carros, a maioria vazia. Marty andou entre eles e, do outro lado, encontrou um homem idoso de terno de tweed e chapeuzinho combinando. Ele estava sentado no meio-fio, batendo o cachimbo no bueiro. O homem viu Marty olhando e sorriu.

— Só parei pra descansar um pouquinho — disse ele. — Andei até o centro pra ver o buraco e tirar umas fotos com o celular. Achei que uma das estações de TV podia se interessar, mas parece que todas saíram do ar. Exceto pelas fotos do tal Krantz, claro.

— É — disse Marty. — É Chuck o tempo todo agora. Alguma ideia de quem...

— Nenhuma. Já perguntei pra pelo menos umas vinte pessoas. Ninguém sabe. Nosso amigo Krantz parece ser o Oz do Apocalipse.

Marty riu.

— Aonde o senhor vai?

— Pra Harvest Acres. É um lugarzinho ótimo. Numa área menos movimentada. — Ele enfiou a mão no paletó, tirou uma bolsinha de tabaco e começou a encher o cachimbo.

— Eu também. Minha ex mora lá. Podemos ir juntos.

O cavalheiro idoso se levantou com uma careta.

— Desde que você não vá muito rápido. — Ele acendeu o cachimbo e saiu baforando. — Artrite. Tenho remédios, mas quanto mais a artrite se desenvolve, menos eles ajudam.

— Que droga — disse Marty. — Pode ditar o ritmo.

O homem fez exatamente isso. E andava bem devagar. O nome dele era Samuel Yarbrough. Ele era dono e principal coveiro da Funerária Yarbrough.

— Mas meu verdadeiro interesse é meteorologia. Sonhava em ser um apresentador de TV da parte de previsão do tempo na minha época, talvez até de uma das redes, mas parece que elas gostam de mulheres jovens com... — Ele fez um formato de conchas com as mãos na frente do peito. — Mas continuo lendo os periódicos e posso contar uma coisa incrível. Se você quiser ouvir.

— Claro.

Eles chegaram a um banco de ponto de ônibus. Impresso atrás havia CHARLES "CHUCK" KRANTZ, 39 ÓTIMOS ANOS! OBRIGADO, CHUCK! Sam Yarbrough se sentou e bateu no espaço ao seu lado. Marty se sentou. Estava na direção da fumaça do cachimbo, mas tudo bem. Marty gostava do cheiro.

— Sabe isso de as pessoas dizerem que um dia tem vinte e quatro horas? — perguntou Yarbrough.

— E a semana tem sete dias. Todo mundo sabe disso, até criancinhas.

— Bom, está todo mundo errado. Havia vinte e três horas e cinquenta e seis minutos em um dia estelar. E alguns segundos.

— Havia?

— Correto. Com base nos meus cálculos, que garanto que posso justificar, agora há vinte e quatro horas e *dois* minutos em um dia. Sabe o que isso significa, sr. Anderson?

Marty pensou um pouco.

— Você está me dizendo que a rotação da Terra está diminuindo a velocidade?

— Exatamente. — Yarbrough tirou o cachimbo da boca e indicou as pessoas passando na calçada. Eram bem menos agora que o sol da tarde tinha começado a dar lugar ao crepúsculo. — Aposto que muitas daquelas pessoas acham que os múltiplos desastres que estamos enfrentando têm uma única causa ligada ao que fizemos ao meio ambiente. Mas não é bem assim. Eu sou o primeiro a admitir que tratamos nossa mãe, e, sim, ela é mãe de nós todos, muito mal. Nós a molestamos ou até estupramos, mas somos insignificantes em comparação ao grande relógio do universo. *Insignificantes.* Não, o que está acontecendo é muito maior do que a degradação ambiental.

— Talvez seja culpa do Chuck Krantz — disse Marty.

Yarbrough olhou para ele com surpresa e gargalhou.

— Voltamos a ele, é? Chuck Krantz está se aposentando e a população inteira da Terra, sem mencionar a Terra em si, vai se aposentar com ele? É essa sua tese?

— A gente tem que culpar alguma coisa — disse Marty, sorrindo. — Ou alguém.

Sam Yarbrough se levantou, colocou a mão na lombar, se alongou e fez uma careta.

— Com as devidas desculpas ao sr. Spock, isso não é lógico. Trinta e nove anos até que são um período longo em termos de vida humana, quase metade, mas a última era glacial aconteceu há bem mais tempo. Sem mencionar a era dos dinossauros. Vamos em frente?

Eles foram em frente, as sombras se esticando à frente. Marty estava se repreendendo mentalmente por ter dormido durante boa parte de um dia bonito. Yarbrough andava cada vez mais devagar. Quando eles finalmente chegaram ao arco de tijolo que marcava a entrada de Harvest Acres, o velho agente funerário se sentou de novo.

— Acho que vou ver o sol se pôr enquanto espero a artrite melhorar um pouco. Quer ficar comigo?

Marty balançou a cabeça.

— Acho que já vou indo.

— Pra ver a ex — disse Yarbrough. — Entendo. Foi bom falar com você, sr. Anderson.

Marty foi andando pelo arco, mas se virou.

— Charles Krantz significa *alguma coisa*. Tenho certeza disso.

— Você pode estar certo — disse Sam, dando uma baforada no cachimbo —, mas a rotação da Terra estar indo mais devagar... nada é maior do que isso, meu amigo.

A via central do condomínio Harvest Acres formava uma parábola graciosa arborizada da qual ruas menores saíam. Os postes, que pareciam a Marty os de livros ilustrados de Dickens, tinham se acendido, espalhando um brilho que se assemelhava ao do luar. Quando Marty se aproximou da Fern Lane, onde Felicia morava, uma garota de patins apareceu, contornando graciosamente a esquina. Ela estava com um short vermelho largo e uma camiseta sem mangas com a cara de alguém, talvez um astro de rock ou um rapper. Marty achou que ela tinha dez ou onze anos, e vê-la o animou enormemente. Uma garotinha de patins; o que podia ser mais normal naquele dia anormal? Naquele *ano* anormal?

— E aí — disse ele.

— E aí — respondeu ela, mas fez uma curva com os patins, talvez preparada para fugir caso ele fosse um daqueles pedófilos sobre os quais a mãe dela sem dúvida já tinha falado.

— Estou indo ver minha ex-esposa — disse Marty, parado onde estava. — Felicia Anderson. Talvez ela esteja usando o sobrenome Gordon agora. Era o nome dela de solteira. Ela mora na Fern Lane. Número 19.

A garotinha virou com os patins, um movimento fácil que faria Marty cair de bunda.

— Ah, acho que já vi. Prius azul?

— É o meu.

— Se você veio ver ela, como ela é sua ex?

— Eu ainda gosto dela.

— Vocês não brigam?

— Nós brigávamos. Mas nos damos melhor agora que estamos separados.

— A sra. Gordon nos dá biscoitos de gengibre às vezes. Pra mim e pro meu irmãozinho, Ronnie. Eu gosto mais de Oreo, mas…

— Mas a gente aceita as migalhas que tem, né? — disse Marty.

— Não, biscoito de gengibre não faz migalha. Só quando a gente esmaga na bo…

Naquele momento, as luzes se apagaram e deixaram a via principal uma lagoa de sombras. Todas as casas ficaram escuras na mesma hora. Já tinha havido apagões na cidade, alguns de até dezoito horas, mas a energia sempre voltava. Marty não sabia se voltaria daquela vez. Talvez voltasse, mas ele tinha a sensação de que a eletricidade, que ele (e todo mundo) considerou uma coisa óbvia a vida toda, talvez tivesse acabado, como a internet.

— Porcaria — disse a garotinha.

— Melhor você ir pra casa — disse Marty. — Sem luz fica escuro demais pra patinar.

— Moço? Vai ficar tudo bem?

Apesar de não ter filhos, ele era professor fazia vinte anos e achava que, embora fosse importante contar a verdade depois que eles chegavam aos dezesseis anos, uma mentira gentil muitas vezes era o melhor caminho com crianças mais novas como aquela garota.

— Claro.

— Mas olha — disse ela e apontou.

Ele seguiu o dedo trêmulo até a casa na esquina da Fern Lane. Um rosto estava aparecendo no janelão escuro virado para um pequeno gramado. Apareceu em linhas brancas luminosas e sombras, como um ectoplasma em uma sessão espírita. Uma cara redonda sorridente. Óculos de armação preta. A caneta a postos. Acima: CHARLES KRANTZ. Embaixo: 39 ÓTIMOS ANOS! OBRIGADO, CHUCK!

— Está acontecendo com todas — sussurrou ela.

Ela estava certa. Chuck Krantz estava aparecendo nas janelas da frente de todas as casas da Fern Lane. Marty se virou e viu um arco de caras de Krantz se prolongando até a avenida principal. Dezenas de Chucks, talvez centenas. Milhares se o fenômeno estivesse acontecendo em toda a cidade.

— Vai pra casa — disse Marty, não mais sorrindo. — Vai pra casa ficar com sua mãe e o seu pai, gatinha. Vai agora.

Ela saiu patinando, os patins roncando na calçada e os cabelos esvoaçando atrás do corpo. Ele viu o short vermelho, mas logo a menina se perdeu nas sombras.

Marty andou rapidamente na mesma direção que ela, observando o rosto sorridente de Charles "Chuck" Krantz em todas as janelas. Chuck de camisa branca e gravata escura, com a cara de todos os contadores que já viveram. Era como ser observado por uma horda de clones fantasma. Ele estava feliz de não haver lua; e se a cara do Chuck aparecesse lá? Como ele reagiria a *isso*?

Ele parou de andar quando chegou ao número treze. Correu o resto do caminho até a casinha de dois quartos de Felicia, correu pela calçada e bateu na porta. Esperou com uma certeza repentina de que ela ainda estava no hospital, talvez fazendo plantão dobrado, mas ouviu os passos dela. A porta se abriu. Felicia estava segurando uma vela. Iluminava seu rosto assustado.

— Marty, graças a Deus. Está vendo?

— Estou. — O cara estava na janela dela também. Chuck. Sorrindo. Com o rosto de todos os contadores que já viveram. Um homem que não faria mal a uma mosca.

— Elas simplesmente começaram... a aparecer!

— Eu sei. Eu vi.

— É só aqui?

— Acho que em toda parte. Acho que é quase...

Ela o abraçou e o puxou para dentro, e ele ficou feliz de ela não ter lhe dado a chance de dizer as outras duas palavras: *o fim*.

2

Douglas Beaton, professor assistente de filosofia no Departamento de Filosofia e Religião da Ithaca College, está em um quarto de hospital, esperando seu cunhado morrer. Os únicos sons são o *bip... bip... bip...* regular do monitor cardíaco e a respiração lenta e cada vez mais difícil de Chuck. A maior parte dos aparelhos foi desligada.

— Tio?

Doug se vira e vê Brian na porta, ainda com a jaqueta de time e a mochila.

— Saiu da escola cedo? — pergunta Doug.

— Com permissão. Minha mãe mandou uma mensagem dizendo que ia deixar desligarem os aparelhos. Desligaram?

— Sim.

— Quando?

— Uma hora atrás.

— Cadê minha mãe?

— Está na capela, no primeiro andar. Rezando pela alma dele.

E provavelmente rezando para ter feito a coisa certa, pensa Doug. Porque mesmo quando o padre diz que sim, tudo bem, deixe Deus cuidar do resto, a sensação é de que há algo errado.

— Eu tenho que mandar uma mensagem se parecer que ele... — O tio de Brian dá de ombros.

Brian se aproxima da cama e olha para o rosto imóvel e pálido do pai. Com os óculos de armação preta de lado, o garoto acha que o pai não parece alguém com idade para ter um filho no nono ano. Está com cara de aluno do ensino médio. Ele pega a mão do pai e dá um beijo rápido na cicatriz em forma de lua crescente.

— Homens jovens como ele não deviam morrer — diz Brian. Ele fala baixo, como se o pai pudesse ouvir. — Meu Deus, tio Doug, ele acabou de fazer trinta e nove anos!

— Sente-se aqui — diz Doug e bate na cadeira vazia ao lado.

— É o lugar da mamãe.

— Quando ela voltar, você cede pra ela.

Brian tira a mochila e se senta.

— Quanto tempo você acha que vai demorar?

— Os médicos dizem que ele pode ir a qualquer momento. Antes de amanhã, quase com certeza. Você sabe que os aparelhos o estavam ajudando a respirar, não é? E que ele estava sendo alimentado por via intravenosa. Ele não... Brian, ele não está sentindo dor. Essa parte acabou.

— Glioblastoma — diz Brian amargamente. Quando se vira para o tio, está chorando. — Por que Deus levaria meu pai, tio Doug? Me explica.

— Não sei explicar. Os caminhos de Deus são um mistério.

— Que se foda o mistério — diz o garoto. — Os mistérios deviam ficar nos livros que é o lugar deles.

Tio Doug assente e passa o braço pelos ombros de Brian.

— Sei que é difícil, moleque, é difícil pra mim também, mas é tudo que tenho. A vida é um mistério. E a morte também.

Eles ficam em silêncio, ouvindo o *bip... bip... bip...* e o chiado enquanto Charles Krantz (Chuck para a esposa, para o irmão dela e para os amigos) dá uma respirada lenta atrás da outra, as últimas interações do seu corpo com o mundo, cada inspiração e expiração controlada (como as batidas do coração) por um cérebro débil onde algumas operações ainda acontecem. O homem que passou a vida profissional no departamento de contabilidade do Midwest Trust está agora fazendo seus cálculos finais: renda baixa, despesas altas.

— Em teoria, bancos são desumanos, mas ele era amado lá — diz Brian. — Enviaram um monte de flores. As enfermeiras colocaram naquele solário porque ele não pode ter flores aqui. O que acharam? Que ia dar alergia?

— Ele adorava trabalhar lá — diz Doug. — Não era alguém importante no grande esquema das coisas, acho; ele não ia ganhar um prêmio Nobel ou uma Medalha da Liberdade do presidente. Mas ele adorava.

— Dançar também — diz Brian. — Ele adorava dançar. E era bom nisso. Minha mãe também. Ele dizia que ela era boa de balançar o esqueleto. Mas ele era melhor.

Doug ri.

— Dizia que era o Fred Astaire dos pobres. E gostava de trens quando pequeno. O *zaydee* dele tinha um. Sabe, o avô dele?

— Sei — diz Brian. — Eu sei sobre o *zaydee* dele.

— Ele teve uma vida boa, Bri.

— Não o suficiente — diz Brian. — Ele nunca vai pegar o trem pra atravessar o Canadá, como queria. Nem visitar a Austrália. Ele também queria isso. Ele não vai estar lá para me ver me formar no ensino médio. Não vai ter uma festa de aposentadoria em que as pessoas fazem discursos engraçados e o presenteiam com um relógio... — Ele secou os olhos na manga da jaqueta. — Um relógio de ouro.

Doug aperta os ombros do sobrinho.

Brian fala olhando para as mãos unidas.

— Eu quero acreditar em Deus, tio, e acho que acredito, mas não entendo por que tem que ser assim. Por que Deus *deixaria* que fosse assim. Isso é um mistério? Você é o fodão da filosofia e isso é o melhor que consegue me dizer?

É, porque a morte é a ruína da filosofia, pensa Doug.

— Tem um ditado antigo, Brian, acho que africano, que diz que quando um homem velho morre, uma biblioteca queima até não sobrar nada. Seu pai não é velho, então acho que a biblioteca dele é menor, mas acho que a ideia é a mesma.

Brian tenta sorrir.

— Se isso era pra ser reconfortante, você vai ter que se esforçar mais.

Doug parece não ter ouvido. Ele está olhando para o cunhado, que é (na mente de Doug) um irmão de verdade. Que deu uma boa vida à irmã dele. Que o ajudou a começar no trabalho, e isso foi o mínimo. Eles tiveram momentos juntos. Não o suficiente, mas parece que terão que bastar.

— O cérebro humano é finito, não passa de tecido esponjoso dentro de uma caixa de osso, mas a mente dele é infinita. A capacidade de armazenamento é colossal, o alcance imaginativo além da nossa capacidade de compreensão. Eu não acho que uma biblioteca pega fogo quando um homem ou uma mulher morre, acho que um mundo inteiro cai em ruína, o mundo que a pessoa conheceu e em que acreditava. Pense nisso, moleque: tem bilhões de pessoas no mundo e cada uma delas tem um mundo dentro de si. A Terra que suas mentes conceberam.

— E agora o mundo do meu pai está morrendo.

— Mas não o nosso — diz Doug, e dá outro aperto no sobrinho. — O nosso vai continuar existindo mais um pouco. E o da sua mãe também. Temos que ser fortes por ela, Brian. O mais fortes que pudermos.

Eles ficam em silêncio e olham o homem que está morrendo no leito de hospital, ouvindo o *bip… bip… bip…* do monitor e a respiração lenta quando Chuck inspira e expira. Uma vez, para. O peito fica parado. Mas sobe de novo com outro chiado agonizante.

— Manda uma mensagem pra minha mãe — diz Brian. — Agora.

Doug já está com o celular na mão.

— Já estou cuidando disso.

E digita: **Melhor vir agora, mana. Brian está aqui. Acho que Chuck está perto do fim.**

3

Marty e Felicia foram para o gramado dos fundos. Sentaram-se em cadeiras que levaram da varanda. A cidade toda estava sem energia agora, e as estrelas tinham um brilho intenso. Mais fortes do que Marty se lembrava de ver quando criança em Nebraska. Naquela época, ele tinha um pequeno telescópio com o qual estudou o universo da janela do sótão.

— Ali está Aquila — disse ele. — A Águia. Ali está Cygnus, o Cisne. Está vendo?

— Estou. E ali está a Estrela do No... — Ela parou. — Marty? Você viu...

— Vi. Acabou de se apagar. E lá se vai Marte. Adeus, Planeta Vermelho.

— Marty, estou com medo.

Gus Wilfong estaria olhando o céu hoje? Andrea, a mulher que participou do Comitê de Vigilância do Bairro com Felicia? Samuel Yarbrough, o coveiro? E a garotinha de short vermelho? Últimas estrelas que vejo, façam tudo que eu desejo.

Marty segurou a mão dela.

— Também estou.

4

Ginny, Brian e Doug estão ao lado da cama de Chuck Krantz, as mãos unidas. Esperam que Chuck, marido, pai, contador, dançarino, fã de programas de mistério na TV, dê seus dois ou três últimos suspiros.

— Trinta e nove anos — diz Doug. — Trinta e nove *ótimos* anos. Obrigado, Chuck.

5

Marty e Felicia estavam sentados com o rosto virado para o céu, vendo as estrelas se apagarem. Primeiro umas e outras, depois às dezenas, depois às centenas. Quando a Via Láctea virou escuridão, Marty se virou para a ex-esposa.

— Eu te…

Escuridão.

ATO II: ARTISTAS DE RUA

Com a ajuda do amigo Mac, que tem uma van velha, Jared Franck monta a bateria no seu ponto favorito da rua Boylston, entre o mercado Walgreens e a loja da Apple. Ele tem uma intuição boa hoje. É uma tarde de quinta, o tempo está lindo pra caralho e as ruas estão lotadas de gente ansiosa pelo fim de semana, o que sempre é melhor do que o fim de semana em si. Para as pessoas de quinta à tarde, a expectativa é pura. As pessoas de sexta à tarde têm que deixar a expectativa de lado e trabalhar para se divertir.

— Tudo certo? — pergunta Mac.

— Tudo. Obrigado.

— Meus dez por cento são todo o agradecimento que eu quero, mano.

Mac se afasta, provavelmente a caminho da loja de quadrinhos, talvez para a livraria Barnes & Noble, depois para o Common para ler o que tiver comprado. Mac lê muito. Jared irá chamá-lo quando estiver na hora de arrumar as coisas. Mac vai trazer a van.

Jared coloca no chão uma cartola surrada (de veludo puído, com uma faixa de seda manchada) que comprou por setenta e cinco centavos num brechó em Cambridge, e na frente a placa que diz ESTA CARTOLA É MÁGICA! DOE COM GENEROSIDADE E SUA CONTRIBUIÇÃO VAI SE DUPLICAR! Ele coloca duas notas de um dólar dentro do chapéu para incentivar as pessoas. O tempo está quente para o começo de outubro, o que permite que ele se vista como gosta para os shows da Boylston, uma camiseta sem mangas com FRANCKAMENTE BATERIA escrito na frente, uma bermuda cáqui, um par de All Stars surrados de cano alto sem meias. Mas mesmo nos dias meio frios, ele tira o casaco se estiver usando um, porque, quando a batida soa no tambor, você sente o calor.

Jared monta o banquinho e faz uma batucada na bateria como ensaio. Algumas pessoas olham na direção dele, mas a maioria continua com seus afazeres, perdida nas conversas sobre amizades, planos para o jantar, onde tomar um drinque e o dia que se foi para o lixo misterioso para onde vão os dias terminados.

Enquanto isso, falta muito para as oito horas, que é quando uma viatura da polícia costuma parar no meio-fio com um policial na janela do passageiro dizendo que está na hora de encerrar. É nessa hora que ele liga para o Mac. Naquele momento, há dinheiro a ganhar. Ele arruma o chimbal e o prato e acrescenta uma campana, porque o dia parece pedir isso.

Jared e Mac trabalham meio período na Doctor Records, na rua Newbury, mas em um bom dia Jared fatura o mesmo que tocando na rua. E tocar bateria na rua Boylston em um dia ensolarado é melhor do que a atmosfera aromatizada da Doc e as longas conversas com os nerds amantes de vinil procurando um LP de Dave Van Ronk da época do selo Folkways ou raridades do Grateful Dead em vinil. Jared sempre tem vontade de perguntar onde eles estavam quando a Tower Records estava falindo.

Ele abandonou os estudos em Juilliard, que chama (com o devido respeito a Kay Kaiser) de Fakuldade de Konhecimento Musikal. Ele cursou por três semestres, mas, no fim das contas, não era para ele. Lá eles queriam que você pensasse sobre o que estava fazendo, e, para Jared, a batida é a amiga e o pensamento, o inimigo. Ele faz um show aqui e outro ali, mas bandas não o interessam muito. Apesar de nunca falar isso (tudo bem, talvez uma ou duas vezes, quando está bêbado), ele acha que é possível que a própria música seja a inimiga. Ele raramente pensa nessas questões quando está tocando. Quando começa a tocar, a música é um fantasma. Só a bateria importa. A batida.

Ele começa a se aquecer, tocando devagar no começo, um ritmo mais lento, sem a campana, sem tom-tom e sem *rimshot*, sem se importar que o Chapéu Mágico fique vazio exceto pelas duas notas amassadas de um dólar e uma moeda de vinte e cinco centavos jogada (com desprezo) por um garoto que andava de skate. Tem tempo. Tem um jeito de entrar. Assim como a expectativa das alegrias de um fim de semana de outono em Boston, encontrar o caminho é metade da diversão. Talvez a maior parte.

Janice Halliday está indo para casa depois de sete horas na Paper and Page, andando pela Boylston com a cabeça baixa e a bolsa perto do corpo. Ela pode andar até a Fenway antes de começar a procurar a estação de trem mais próxima, porque agora o que ela quer é andar. Seu namorado acabou de terminar com ela depois de um ano e quatro meses juntos. Ele terminou do jeito moderno, por mensagem de texto.

A gente não dá certo junto. [Emoji de carinha triste.]

E também: **Vc sempre vai estar no meu coração!** [Emoji de coração.]

E: **Amigos pra sempre, tá?** [Emoji de carinha sorrindo e de dedos cruzados.]

"Não dar certo" devia significar que ele tinha conhecido outra pessoa e ia passar o fim de semana com ela colhendo maçãs em New Hampshire e trepando em uma pousada. Ele não vai vê-la naquela noite nem nunca mais com a blusa rosa e a saia vermelha envelope que ela está usando, a não ser que ela envie uma foto com uma mensagem dizendo **É isso q vc está perdendo, seu** [emoji de cocô].

Foi totalmente inesperado, isso foi o que mais a abalou. Foi como se alguém batesse a porta na cara dela quando estava se preparando para entrar. O fim de semana, que pela manhã parecia cheio de possibilidades, agora parece a entrada para um barril oco girando lentamente e no qual ela precisa entrar. Ela não vai ter que trabalhar na P&P sábado, mas talvez ligue para Maybelline e peça para ficar no sábado de manhã, pelo menos. No domingo a loja fica fechada. Melhor não pensar no domingo ainda.

— Amigos pra sempre meu cu. — Ela fala isso para a bolsa, porque está olhando para baixo. Ela não está apaixonada por ele, nem tentou se enganar quanto a isso, mas é um choque e uma consternação mesmo assim. Ele era um cara legal (pelo menos ela pensava que fosse), um bom amante, uma boa companhia, como dizem. Agora ela tem vinte e dois anos, levou um fora e é tudo uma droga. Ela pensa em tomar um vinho quando chegar em casa e chorar. Chorar pode ser bom. Terapêutico. Talvez coloque uma das playlists de big bands e dance pela sala. Dançar sozinha, como diz a música do Billy Idol. Ela amava dançar no ensino médio, e aquelas danças nas noites de sexta foram uma época feliz. Talvez ela possa retomar um pouco daquela felicidade.

Não, ela pensa, *aquelas canções (e as lembranças) só vão te fazer chorar mais.* O ensino médio foi há muito tempo. Aquele é o mundo real, onde os caras terminam namoros sem aviso.

Uns dois quarteirões à frente, ela ouve uma bateria.

Charles Krantz, ou Chuck para os amigos, segue pela rua Boylston usando a armadura da contabilidade: terno cinza, camisa branca, gravata azul. Os sapatos pretos Samuel Windsor são baratos mas resistentes. A pasta vai balançando ao lado do corpo. Ele não repara na multidão barulhenta ao redor. Está em Boston para um congresso de uma semana chamado "Os bancos no século XXI". Ele foi enviado pelo banco *dele*, o Midwest Trust, com todas as despesas pagas. Muito bom, e não só porque ele nunca tinha ido à cidade antes.

O congresso está acontecendo no Four Seasons, em frente ao Boston Common. Chuck gostou dos palestrantes e das mesas (ele participou de uma e vai participar de outra antes do fim do congresso, ao meio-dia do dia seguinte), mas não deseja passar as horas de folga na companhia de outros setenta contadores. Ele fala a língua deles, mas gosta de achar que fala outras também. Pelo menos falava, apesar de agora ter perdido uma parte do vocabulário.

Ele fez uma reserva no Mandarin Oriental, a um quilômetro e meio da Boylston, e é para lá que seus confiáveis sapatos Samuel Windsor o estão levando agora. Sua vida pode ser mais limitada do que ele desejava no passado, mas ele entende que limitar é a ordem natural das coisas. Chega uma hora em que você percebe que nunca vai ser o presidente dos Estados Unidos e se contenta com ser presidente da Câmara de Comércio Júnior. E tem um lado positivo nisso. Ele tem uma esposa a quem é escrupulosamente fiel e um filho inteligente e bem-humorado no ensino fundamental II. Também tem nove meses de vida, mas ainda não sabe disso. A semente do fim dele, o lugar em que a vida se encerra, está plantada fundo, em um lugar que nenhum bisturi de cirurgião pode alcançar, e começou a despertar recentemente. Em pouco tempo, vai brotar.

Para quem passa por ele, as universitárias de saias coloridas, os universitários de bonés do Red Sox virados para trás, os ásio-americanos de

Chinatown impecavelmente vestidos, as matronas com sacolas de compras, o veterano do Vietnã segurando uma caneca enorme de cerâmica com uma bandeira americana e os dizeres ESSAS CORES NÃO SOMEM na lateral, Chuck Krantz deve parecer a personificação do homem branco americano, com a camisa abotoada até o pescoço por dentro da calça, correndo atrás do seu dinheiro. Ele é essas coisas, sim, a formiga operária seguindo o caminho determinado por montes de gafanhotos em busca do prazer, mas ele também é outras coisas. Ou era.

Ele está pensando na irmãzinha. O nome dela era Rachel ou Regina? Reba? Renee?

Ele não lembra direito, só lembra que ela era a irmãzinha do guitarrista principal. No seu segundo ano do ensino médio, bem antes de ele se tornar uma formiga operária naquela colina conhecida como Midwest Trust, Chuck era vocalista de uma banda chamada Retros. Tinham escolhido aquele nome porque tocavam muita coisa dos anos 1960 e 1970, caprichando em grupos britânicos como os Stones, os Searchers e Clash, porque a maioria daquelas melodias era simples. Eles ficavam longe dos Beatles, que tinham músicas cheias de acordes esquisitos como o de sétima alterado.

Chuck se tornou vocalista por dois motivos: apesar de não saber tocar um instrumento, ele conseguia levar uma melodia, e seu avô tinha uma caminhonete velha que deixava que Chuck usasse quando tinha show, desde que não fosse muito longe. Os Retros eram ruins no começo e só medíocres quando a banda acabou, no fim do segundo ano, mas, como o pai do guitarrista de base falou uma vez, eles "fizeram um salto quântico para a palatabilidade". E era difícil fazer um estrago muito grande quando se tocavam coisas como "Bits and Pieces" (Dave Clark Five) e "Rockaway Beach" (Ramones).

O tenor da voz do Chuck era agradável de uma forma comum, e ele não tinha medo de gritar ou cantar em falsete quando a ocasião pedia, mas ele gostava mesmo era das pausas instrumentais, porque eram o momento em que podia dançar e pular pelo palco como Mick Jagger, às vezes balançando o suporte do microfone entre as pernas de uma forma que ele considerava sugestiva. Ele também sabia fazer o *moonwalk*, o que sempre gerava aplausos.

Os Retros eram uma banda de garagem que às vezes ensaiava em uma garagem de verdade e às vezes no porão do guitarrista principal. Nessas ocasiões, a irmã mais nova do guitarrista (Ruth? Reagan?) descia dançando pelas escadas de bermuda. Ela ficava entre os dois amplificadores Fender, balançava os quadris e a bunda com exagero, botava os dedos nos ouvidos e a língua para fora. Uma vez, quando eles estavam descansando, ela foi na direção de Chuck e sussurrou:

— Aqui entre nós, você canta como gente velha trepa.

Charles Krantz, futuro contador, sussurrou em resposta:

— Como se você fosse saber, bunda de macaco.

A irmãzinha ignorou isso.

— Mas eu gosto de te ver dançar. Você dança como um branco, mas mesmo assim.

A irmãzinha também gostava de dançar. Às vezes depois do ensaio ela colocava uma das fitas cassetes caseiras e ele dançava com ela enquanto os outros integrantes da banda gritavam e faziam comentários engraçadinhos, os dois fazendo os passos de Michael Jackson e rindo como doidos.

Chuck está lembrando de ensinar a irmãzinha (Ramona?) a fazer o *moonwalk* quando ouve a bateria. Tem um cara tocando uma batida básica de rock que os Retros talvez tivessem tocado na época de "Hang on Sloopy" e "Brand New Cadillac". No começo, ele acha que é coisa da cabeça dele, talvez o começo de uma daquelas enxaquecas que andam incomodando, mas um grupo de pedestres no quarteirão seguinte se movimenta de forma que ele vê um garoto de camiseta sem mangas sentado num banquinho batucando o ritmo agradável de antigamente.

Chuck pensa: *Cadê uma irmãzinha com quem dançar quando precisamos?*

Jared está tocando há dez minutos e não tem nada além da moeda sarcástica de vinte e cinco centavos jogada no Chapéu Mágico pelo skatista. Não faz sentido para ele, em uma tarde agradável de quinta como esta e com o fim de semana chegando ele já devia estar com pelo menos cinco dólares no chapéu. Ele não precisa do dinheiro para não passar fome, mas um homem não vive só de comida e aluguel. Um homem precisa manter a imagem em ordem, e tocar bateria na Boylston é boa parte dela. Ele está no palco. Está se apresentando. Tocando solo, na verdade. O que tem no chapéu é como ele avalia quem está gostando da apresentação e quem não está. Até o momento ninguém está gostando, mas ele está só no aquecimento.

Ele gira as baquetas nos dedos, se ajeita e toca a introdução de "My Sharona", mas não está certo. Parece gravada. Ele vê um sujeito tipo almofadinha indo na direção dele, a pasta balançando como um pêndulo curto, e alguma coisa nele, só Deus sabe o quê, faz Jared querer anunciar sua aproximação. Ele começa uma batida de reggae e muda para algo mais gracioso, uma combinação de "I Heard It Through the Grapevine" e "Susie Q".

Pela primeira vez desde a hora que fez aquele paradiddle rápido para avaliar o som da bateria, Jared sente uma fagulha e entende por que levou a campana. Ele começa a bater nela fora do ritmo, e o que ele está tocando vira uma coisa como aquela música velha dos Champs, "Tequila". É bem legal. O ritmo chegou, e o ritmo é como uma estrada que dá vontade de seguir. Ele poderia acelerar o ritmo, incluir o tom-tom, mas está olhando o almofadinha, e o som parece errado para aquele cara. Jared não tem ideia de por que o almofadinha virou o ponto focal do ritmo, mas não se importa. Às vezes, simplesmente acontece desse jeito. O ritmo vira uma história. Ele imagina o almofadinha de férias em um daqueles lugares onde colocam um guarda-chuvinha cor-de-rosa na bebida. Talvez ele esteja com a esposa, talvez com a secretária, uma loura de biquíni turquesa. E é isso que eles estão ouvindo. Esse é o baterista aquecendo para o show da noite, antes das tochas serem acesas.

Ele acredita que o almofadinha vai passar direto a caminho do seu hotel de almofadinha e que as chances de ele alimentar o Chapéu Mágico são próximas de zero. Quando ele passar, Jared vai trocar para outra música, vai dar um descanso para a campana, mas agora aquela batida é a certa.

Só que em vez de passar direto, o almofadinha para. Está sorrindo. Jared abre um sorriso para ele e indica a cartola no chão, sem perder uma batida. O almofadinha não parece reparar nele e não bota nada no chapéu. Ele coloca a pasta entre os dois sapatos pretos de almofadinha e começa a mover os quadris de um lado para o outro seguindo a batida. Só os quadris; todo o resto fica imóvel. A expressão no rosto dele está ilegível. Parece estar olhando para um ponto acima da cabeça de Jared.

— Isso aí, cara — comenta um jovem, e joga umas moedas no chapéu. Por causa da dança do almofadinha, não da música, mas tudo bem.

Jared começa a bater no chimbal rapidamente, de leve, provocando, quase como uma carícia. Com a outra mão, ele começa a bater na campana fora do ritmo, usando o bumbo para acrescentar um tom grave. Fica bom. O cara de terno cinza parece banqueiro, mas aquele movimento de quadris é incrível. Ele levanta a mão e começa a balançar o indicador no ritmo. Na parte de trás da mão tem uma cicatriz pequena em forma de lua crescente.

Chuck ouve a batida mudar, ficar um pouco mais exótica, e por um momento quase volta a si e sai andando. Mas pensa: *Foda-se, não tem lei contra dançar um pouco na calçada.* Ele se afasta da pasta para não tropeçar, coloca as mãos nos quadris em movimento e dá uma rodopiada no sentido horário, como uma meia-volta. É como ele fazia antigamente, quando a banda estava tocando "Satisfaction" ou "Walking the Dog". Alguém ri, outra pessoa aplaude, e ele vira para o outro lado com a parte de trás do paletó esvoaçando. Ele está pensando em dançar com a irmãzinha. A irmãzinha era uma chata boca-suja, mas sabia sacudir o esqueleto.

Chuck não dança há anos, mas cada passo parece perfeito. Ele levanta uma perna e gira no outro calcanhar. Em seguida, junta as mãos nas costas como um garotinho chamado para recitar e faz o *moonwalk* parado na calçada, na frente da pasta.

O baterista solta um "Vai, tio!" com surpresa e satisfação. Ele acelera o ritmo, indo agora da campana para o tom-tom com a mão esquerda, trabalhando com o bumbo, sem perder o suspiro metálico do chimbal. Tem gente se reunindo ao redor. Tem dinheiro sendo colocado no Chapéu Mágico: notas e moedas. Alguma coisa está acontecendo ali.

Dois jovens de boinas e camisetas iguais do movimento Rainbow Coalition estão na frente da pequena multidão. Um deles joga o que parece ser uma nota de cinco no chapéu e grita:

— Vai, cara, vai!

Chuck não precisa de incentivo. Ele está mergulhado no momento. Os bancos no século XXI sumiram da mente dele. Ele desabotoa o paletó, empurra a parte de trás com as mãos, prende os polegares no cinto como um atirador e faz um meio espacate. Em seguida, um *quickstep* e um rodopio. O baterista está rindo e assentindo.

— Tá arrasando! — diz ele. — Tá arrasando, tio!

A multidão está aumentando, o chapéu está ficando cheio. O coração de Chuck não está só batendo no peito, está disparado. Seria uma boa maneira de ter um ataque cardíaco, mas ele não se importa. Seu filho poderia ficar com vergonha, mas ele não está lá. Ele apoia o pé direito na panturrilha esquerda, gira de novo, e quando volta para a frente e para o centro, ele vê uma mulher jovem e bonita parada ao lado dos caras de boina. Ela está usando uma blusa rosa de tecido leve e uma saia envelope vermelha. Está olhando para ele com uma expressão fascinada, olhos arregalados.

Chuck estica a mão para ela, sorri, estala os dedos.

— Vem — diz ele. — Vem, irmãzinha, dança.

Jared acha que ela não vai aceitar. Ela parece tímida, mas ela vai lentamente na direção do homem de terno cinza. Talvez o Chapéu Mágico seja mágico mesmo.

— Dancem! — diz um dos caras de boina, e o outro fala junto e bate palmas acompanhando a batida que Jared está tocando. — Dancem, dancem, dancem!

Janice abre um sorriso que parece dizer "e daí?", joga a bolsa ao lado da pasta de Chuck e segura as mãos dele. Jared para o que estava tocando e passa para Charlie Watts, batucando como um soldado. O almofadinha gira a garota, bota a mão na cintura fina dela, puxa-a para perto e faz o *quickstep* com ela até chegar quase na esquina do prédio do Walgreens. Janice se afasta, balança o dedo na direção dele num gesto de "menino levado", volta e segura as duas mãos de Chuck. Como se eles tivessem praticado aquilo cem vezes, ele faz outro meio espacate e ela passa entre as pernas dele, um movimento ousado que abre a saia envelope até o alto de uma de suas belas coxas. Há alguns ruídos de surpresa quando ela se segura na mão esticada dele e se levanta. Ela está rindo.

— Chega — diz Chuck, batendo no peito. — Não aguento…

Ela vai até ele e bota as mãos nos ombros dele, e ele consegue, sim. Ele a pega pela cintura, a gira no quadril e a coloca no chão. Ele levanta a mão esquerda dela e ela gira embaixo, como uma bailarina animada. Deve haver umas cem pessoas assistindo agora, lotando a calçada e ocupando até a rua. As pessoas começam a aplaudir.

Jared encerra as batidas, bate nos pratos e levanta as baquetas com triunfo. Há mais aplausos. Chuck e Janice estão se olhando, os dois sem fôlego. O cabelo de Chuck, que já tem alguns fios grisalhos, está grudado na testa suada.

— O que a gente está fazendo? — pergunta Janice. Agora que a bateria parou, ela parece atordoada.

— Sei lá — responde Chuck —, mas foi a melhor coisa que me aconteceu em sei lá quanto tempo.

O Chapéu Mágico está cheio, quase transbordando.

— Mais! — grita alguém, e as pessoas começam a gritar junto. Muitos telefones estão sendo erguidos, prontos para filmar a dança seguinte, e a garota está com cara de quem topalia, mas ela é jovem. Chuck está exausto. Ele olha para o baterista e balança a cabeça. O baterista assente para mostrar que entende. Chuck está se perguntando quantas pessoas foram rápidas e gravaram a primeira dança e o que sua esposa vai pensar se vir aquilo. Ou o filho. E se viralizar? É improvável, mas, se acontecer, se chegar ao banco, o que vão achar se virem o homem que enviaram para um congresso em Boston sacudindo a bunda na rua Boylston com uma mulher tão jovem que poderia ser sua filha? Ou sua irmãzinha, na verdade. O que ele achou que estava fazendo?

— Chega, pessoal — diz o baterista. — É melhor parar quando se está vencendo.

— E eu preciso ir pra casa — diz a garota.

— Ainda não — diz o baterista. — Por favor.

Vinte minutos depois, eles estão sentados em um banco virado para o laguinho de patos em Boston Common. Jared ligou para Mac. Chuck e Janice ajudaram Jared a desmontar e guardar a bateria e botar na van. Algumas pessoas ficaram, deram parabéns, bateram nas mãos deles, acrescentaram mais alguns dólares ao chapéu já lotado. Quando já estão em movimento, Chuck e Janice lado a lado no banco de trás, os pés em meio a pilhas de gibis, Mac diz que eles não vão encontrar lugar para estacionar perto do Common.

— Hoje, vamos — diz Jared. — Hoje é um dia mágico.

E eles encontram, bem em frente ao Four Seasons, onde os colegas contadores de Chuck devem estar reunidos no bar para o tão importante primeiro drinque antes do jantar.

Jared conta o dinheiro arrecadado. Alguém chegou a jogar uma nota de cinquenta, talvez o cara de boina achando que era uma de cinco. Tem mais de quatrocentos dólares no total. Jared nunca teve um dia assim. Nunca esperou ter. Ele separa os dez por cento de Mac (que está de pé na beira do lago, alimentando os pássaros com um pacote de biscoitos com creme de amendoim que ele por acaso tinha no bolso) e começa a dividir o resto.

— Ah, não — diz Janice quando entende o que ele está fazendo. — É seu.

Jared balança a cabeça.

— Não, vamos dividir igualmente. Eu sozinho não teria ganhado nem metade disso, nem que tocasse até a meia-noite. — Não que a polícia fosse permitir. — Às vezes eu chego a trinta dólares, e isso em um bom dia.

Chuck está sentindo o começo de uma das dores de cabeça e sabe que é provável que esteja bem ruim até as nove da noite, mas a sinceridade do jovem o faz rir mesmo assim.

— Tudo bem. Eu não preciso, mas acho que mereci. — Ele estica a mão e, sem vergonha alguma, bagunça o cabelo de Janice, como às vezes bagunçava o cabelo da irmãzinha boca-suja do guitarrista. — Você também, mocinha.

— Onde você aprendeu a dançar daquele jeito? — Jared pergunta a Chuck.

— Bom, tinha uma matéria extracurricular chamada balanço e gingado no fundamental II, mas foi minha avó que me ensinou os melhores passos.

— E você? — ele pergunta para Janice.

— Mesma coisa — diz ela e fica vermelha. — Nos bailes do ensino médio. Onde você aprendeu a tocar bateria?

— Aprendi sozinho. Como você — diz ele para o Chuck. — Você estava ótimo sozinho, mas a garota acrescentou uma nova dimensão. A gente podia fazer isso pra ganhar a vida, sabiam? Acho que podíamos nos apresentar na rua até ficarmos famosos e ricos.

Por um momento louco, Chuck realmente pensa no assunto, e vê que a garota também. Não de um jeito sério, mas como alguém sonha com uma vida alternativa. Uma vida em que se joga beisebol profissional ou se escala o monte Everest ou se faz um dueto com Bruce Springsteen em um show de estádio. Mas Chuck ri mais um pouco e balança a cabeça. Quando a garota guarda sua parte do dinheiro na bolsa, ela também está rindo.

— Na verdade foi você o responsável pelo sucesso — diz Jared para Chuck. — O que te fez parar na minha frente? E o que te fez começar a dançar?

Chuck pensa e dá de ombros. Ele poderia dizer que foi porque estava pensando naquela banda antiga, os Retros, e no quanto gostava de dançar pelo palco nos intervalos instrumentais, se exibindo, balançando o suporte do microfone entre as pernas, mas não é isso. E, falando sério, ele já tinha dançado com tanta vontade e liberdade mesmo naquela época, quando ainda era adolescente, jovem e ágil, livre de dores de cabeça e sem nada a perder?

— Foi mágico — diz Janice. Ela ri. Ela não esperava ouvir aquele som saindo de sua boca naquele dia. Choro, sim. Risos, não. — Como o seu chapéu.

Mac volta.

— Jere, a gente tem que ir, senão você vai acabar gastando o que ganhou com a minha multa de estacionamento.

Jared se levanta.

— Tem certeza de que não querem mudar de carreira, vocês dois? A gente poderia se apresentar nesta cidade de Beacon Hill a Roxbury. Fazer nosso nome.

— Eu tenho um congresso pra ir amanhã — diz Chuck. — No sábado, vou voltar pra casa. Tenho esposa e um filho me esperando.

— E eu não consigo sozinha — diz Janice, sorrindo. — Seria como a Ginger sem o Fred.

— Entendo — diz Jared e estica os braços. — Mas vocês têm que vir aqui antes de irem embora. Abraço em grupo.

Eles se juntam a ele. Chuck sabe que todos sentem o cheiro do seu suor, o terno vai ter que ser lavado a seco antes de ele voltar a usá-lo, e bem. Ele também sente o cheiro vindo deles. Mas tudo bem. Chuck acha que a garota foi certeira ao usar a palavra "mágico". Às vezes coisas assim acontecem. Não com muita frequência, mas de vez em quando. Como quando a gente encontra uma nota de cinquenta esquecida no bolso de um casaco velho. Ou fantasmas em um quarto abandonado.

— Artistas de rua pra sempre — diz Jared.

Chuck Krantz e Janice Halliday repetem.

124

— Artistas de rua pra sempre — diz Mac —, ótimo. Agora vamos sair daqui, antes que o fiscal dos parquímetros apareça, Jere.

Chuck diz para Janice que está indo para o Mandarin Oriental, perto do Prudential Center, caso ela esteja indo para aquele lado. Janice estava, o plano era andar até Fenway, pensando no namorado (agora ex) e murmurando coisas tristes para a bolsa, mas ela mudou de ideia. Ela diz que vai pegar o trem na rua Arlington.

Ele a leva até lá, os dois cortam caminho pelo parque. No alto da escada, ela se vira para ele e diz:

— Obrigada pela dança.

Ele faz uma pequena reverência.

— O prazer foi todo meu.

Ele fica olhando até ela sumir e volta para a Boylston. Anda devagar porque suas costas estão doendo, as pernas estão doendo e a cabeça está latejando. Ele não se lembra de ter dores de cabeça tão horríveis assim em nenhuma outra época da vida. Até alguns meses antes, claro. Ele acha que, se continuarem, ele vai ter que ir ao médico. Acha que sabe o que pode ser.

Mas tudo isso fica para depois. Naquela noite, ele acha que vai se permitir pedir um bom jantar do serviço de quarto (por que não? Ele merece) e uma taça de vinho. Pensando melhor, água Evian. Vinho pode piorar a dor de cabeça. Quando terminar a refeição, incluindo sobremesa, é claro, ele vai ligar para Ginny e contar que o marido dela talvez seja a próxima sensação instantânea da internet. É provável que nem aconteça, em algum lugar agora alguém deve estar filmando um cachorro fazendo malabarismo com latas de refrigerante vazias e outra pessoa deve estar tornando um bode fumando um charuto algo memorável, mas é melhor contar de uma vez só por garantia.

Quando passa pelo local onde Jared tinha montado a bateria, duas perguntas retornam: por que você parou e por que começou a dançar? Ele não sabe, e alguma resposta que desse tornaria uma coisa boa ainda melhor?

Mais tarde ele vai perder a capacidade de andar, menos ainda de dançar com a irmãzinha na rua Boylston. Mais tarde, ele vai perder a capacidade de mastigar comida e suas refeições terão que vir de um liquidificador.

Mais tarde, ele vai deixar de perceber a diferença entre andar e dormir e vai entrar em um submundo de dor tão grande que ele vai questionar por que Deus fez o mundo. Mais tarde, ele vai esquecer o nome da esposa. O que vai lembrar (ocasionalmente) é ter parado, deixado a pasta no chão e começado a mover os quadris com a batida da bateria, e ele vai pensar que foi por isso que Deus criou o mundo. Só por isso.

ATO I: EU CONTENHO MULTIDÕES

1

Chuck estava animado para ter uma irmãzinha. Sua mãe prometeu que ele poderia segurá-la se fosse muito cuidadoso. Claro que ele também estava animado com a ideia de ter pais, mas isso não deu muito certo graças a um trecho congelado na pista do viaduto da I-95. Bem mais tarde, na faculdade, ele contaria para uma namorada que havia vários tipos de livros, filmes e programas de TV em que os pais do protagonista morriam em um acidente de carro, mas ele era a única pessoa que ele conhecia que tinha sofrido isso na vida real.

A namorada pensou no assunto e deu seu veredito:

— Tenho certeza de que acontece o tempo todo, se bem que pais também podem morrer em incêndios, tornados, furacões, terremotos e avalanches no meio de férias pra esquiar. Isso só pra citar algumas possibilidades. E o que te faz pensar que você é personagem principal de qualquer coisa além da sua própria mente?

Ela era poeta e meio niilista. O relacionamento só durou um semestre.

Chuck não estava no carro quando o veículo saiu voando de cabeça para baixo do viaduto porque os pais tinham saído para jantar e ele tinha ficado com os avós, que na época ele ainda chamava de *Zaydee* e *Bubbie* (isso acabou lá pelo terceiro ano, quando os colegas debochavam dele e ele decidiu usar os termos mais comuns vovó e vovô). Albie e Sarah Krantz moravam a um quilômetro e meio na mesma rua, e foi um passo natural que eles o criassem depois do acidente, quando ele se tornou o que no começo ele achava que se chamava "orfante". Ele tinha sete anos.

Por um ano, talvez um ano e meio, aquela foi a casa da tristeza inabalada. Os Krantz não só perderam o filho e a nora, eles perderam a neta que nasceria em apenas três meses. O nome já tinha sido escolhido: Alyssa. Quando Chuck disse que o nome tinha som de chuva, a mãe riu e chorou ao mesmo tempo.

Ele nunca se esqueceu daquilo.

Ele conhecia os outros avós, claro, havia visitas todos os verões, mas eles eram estranhos. Eles passaram a ligar muito depois que ele ficou orfante, ligações básicas para perguntar como ele estava na escola, e as visitas de verão continuaram; Sarah (também chamada de *Bubbie*, e depois de vovó) o levava de avião. Mas os pais da mãe dele continuaram sendo estranhos, morando na terra estranha de Omaha. Enviavam presentes no aniversário dele e no Natal, principalmente no Natal porque a vovó e o vovô não "faziam" Natal, mas, fora isso, ele continuou pensando neles como pessoas distantes, como os professores que ficavam para trás conforme ele ia passando de série.

Chuck foi o primeiro a começar a tirar os trajes de luto metafóricos, tirando os avós (velhos, sim, mas não *pré-históricos*) da própria dor junto. Houve uma época, quando Chuck tinha dez anos, que eles levaram o menino à Disneyworld. Eles reservaram quartos conjugados no Swan Resort, a porta entre os cômodos ficava aberta à noite, e Chuck só ouviu a avó chorando uma vez. Na maior parte do tempo, eles se divertiram.

Uma parte dos sentimentos bons voltou com eles. Chuck às vezes ouvia a vovó cantarolando na cozinha ou cantando com o rádio. Houve muitas refeições pedidas em restaurantes depois do acidente (e cestos de lixo reciclável cheios de garrafas de Budweiser), mas no ano seguinte à Disneyworld, a vovó voltou a cozinhar. Boas refeições que botaram peso em um garoto magrelo.

Ela gostava de ouvir rock and roll quando estava cozinhando, um tipo de música que Chuck acharia jovem demais para ela, mas da qual ela claramente gostava. Se Chuck entrasse na cozinha procurando um biscoito ou talvez querendo um enroladinho de pão de forma com açúcar mascavo, a vovó podia muito bem esticar as mãos para ele e começar a estalar os dedos.

— Dança comigo, Henry — ela dizia.

Seu nome era Chuck, não Henry, mas ele costumava deixar passar. Ela o ensinou vários passos de dança. Disse que sabia mais, mas que suas costas estavam ruins e era um risco tentar. Ela disse que dava para encontrar no YouTube se ele quisesse olhar.

— Você deveria — acrescentou ela. — Você tem um talento natural, moleque.

Ele perguntou uma vez a ela, quando eles estavam tomando chá gelado depois de uma coreografia cansativa ao som de "Higher and Higher", de Jackie Wilson, como ela era no ensino médio.

— Eu era uma *kusit* — disse ela. — Mas não conte ao seu *zaydee* que falei isso. Ele é bem antiquado.

Chuck nunca contou.

E nunca entrou na cúpula.

Não naquela época.

Ele perguntou sobre ela, claro, e mais de uma vez. O que havia lá, o que dava para ver da janela, por que ficava trancada. A vovó disse que era porque o assoalho não era seguro e poderia cair. O vovô dizia a mesma coisa, que não havia nada lá por causa do chão podre, e que a única coisa que dava para ver das janelas era um shopping center, nada de mais. Ele disse isso até uma noite, logo antes do 11º aniversário de Chuck, quando ele contou pelo menos uma parte da verdade.

2

Beber não é bom para guardar segredos, todo mundo sabe disso, e depois da morte do filho, da nora e da futura neta (Alyssa, com som de chuva), Albie Krantz passou a beber muito. Ele devia ter comprado ações da Anheuser-Busch de tanto que bebia. Ele podia beber porque estava aposentado e tinha uma vida confortável, além de estar muito deprimido.

Depois da viagem à Disneyworld, a bebedeira se reduziu a uma taça de vinho no jantar ou uma cerveja enquanto assistia a um jogo de beisebol. Quase sempre. De vez em quando (uma vez por mês no começo e, mais tarde, a cada dois meses), o avô de Chuck enchia a cara. Sempre em casa, nunca fazendo alarde. No dia seguinte, ele se movia lentamente e comia pouco até a tarde, quando voltava ao normal.

Uma noite, quando estava vendo os Red Sox perdendo de lavada para os Yankees, já na segunda caixa de seis Buds, Chuck voltou a tocar no assunto da cúpula. Mais para ter algo sobre o que falar. Com o Sox perdendo, o jogo não estava exatamente prendendo a atenção dele.

129

— Aposto que dá pra ver depois do Westford Mall de lá — disse Chuck.

Seu avô pensou um pouco, apertou o botão do mudo no controle da TV, silenciando um anúncio do Mês das Picapes Ford. (O avô de Chuck dizia que Ford era sigla para Falhas Ou Reparos Diários.)

— Se você fosse lá em cima, acabaria vendo bem mais do que gostaria — disse ele. — É por isso que fica trancado, pirralho.

Chuck sentiu um arrepio leve e não totalmente desagradável percorrer o corpo, e sua mente gerou na mesma hora uma imagem do Scooby-Doo e seus amigos perseguindo fantasmas com a Máquina de Mistério. Ele queria perguntar o que o avô queria dizer com aquilo, mas a parte adulta nele (não presente em pessoa, não aos dez anos, mas uma coisa que tinha começado a falar em ocasiões raras) mandou que ele ficasse calado. Que ficasse calado e esperasse.

— Você sabe qual é o estilo desta casa, Chucky?

— Vitoriana — disse Chuck.

— Isso mesmo, e não é vitoriana falsa. Foi construída em 1885, reformada umas seis vezes depois, mas a cúpula estava lá desde o começo. Sua mãe e eu a compramos quando o mercado de calçados decolou, por uma barganha. Estamos aqui desde 1971, e em todos esses anos eu só subi naquela maldita cúpula umas seis vezes.

— Porque o piso está podre? — perguntou Chuck com o que ele esperava que fosse inocência apelativa.

— Porque está cheio de fantasmas — disse o avô, e Chuck sentiu aquele arrepio de novo. Não tão prazeroso desta vez. Se bem que o avô podia estar brincando. Ele *brincava* às vezes agora. Brincadeiras eram para o seu avô como a dança para a avó. Ele tomou um gole de cerveja. Arrotou. Seus olhos estavam vermelhos. — Natais por vir. Se lembra disso, Chucky?

Chuck lembrava. Eles assistiam a *Um conto de Natal* todos os anos na véspera de Natal, apesar de eles não "fazerem" mais nada de Natal, mas isso não queria dizer que ele soubesse do que o avô estava falando.

— O garoto dos Jeffery foi só um mês ou dois depois — disse seu avô. Ele estava olhando para a TV, mas Chuck achava que ele não estava vendo. — O que aconteceu com Henry Peterson... isso demorou mais. Foi quatro, talvez cinco anos depois. Àquelas alturas, eu quase já tinha esquecido o que vi lá em cima. — Ele apontou para o teto com o polegar. — Eu falei que nunca mais ia subir lá de novo depois daquilo e queria não ter ido mesmo. Por causa de Sarey e do pão. É a espera, Chucky, essa é a parte difícil. Você vai descobrir quando for...

A porta da cozinha foi aberta. Era sua avó voltando da casa da sra. Stanley, do outro lado da rua. A avó tinha levado canja de galinha para ela porque a sra. Stanley estava se sentindo mal. Ou foi o que ela disse, mas mesmo antes dos onze anos, Chuck tinha uma boa noção de que havia outro motivo. A sra. Stanley sabia todas as fofocas da região ("Ela é *yente*, aquela lá", dizia seu avô) e sempre estava disposta a compartilhar. A avó contava todas as notícias para o avô, normalmente depois de convidar Chuck a sair da sala. Mas fora da sala não queria dizer fora do alcance.

— Quem era Henry Peterson, vovô? — perguntou Chuck.

Mas o avô tinha ouvido a esposa chegando. Ele se empertigou na poltrona e botou a lata de Bud de lado.

— Olha só! — exclamou ele em uma imitação passável de sobriedade (não que a avó se deixasse enganar). — Os Sox ocuparam as bases!

3

Na alta da oitava entrada, a avó mandou o avô ir ao Zoney's Go-Mart no fim do quarteirão comprar leite para o cereal matinal Apple Jacks de Chuck.

— E nem pense em ir de carro. A caminhada vai te ajudar a ficar sóbrio.

O avô não discutiu. Com a avó de Chuck, ele raramente discutia, e quando tentava, os resultados não eram bons. Depois que ele saiu, a avó, *Bubbie*, se sentou ao lado de Chuck no sofá e passou o braço em volta dele. Chuck apoiou a cabeça no ombro confortavelmente macio.

— Ele estava falando sobre fantasmas? Os que moram na cúpula?

— Hum é. — Não fazia sentido mentir; a avó perceberia. — Tem algum? A senhora já viu?

A avó riu com deboche.

— O que você acha, *hantel*? — Mais tarde, Chuck se daria conta de que aquilo não era resposta. — Eu não prestaria muita atenção no *Zaydee*. Ele é um bom homem, mas às vezes bebe demais. E viaja na maionese. Sei que você sabe o que quero dizer.

Chuck sabia. O lugar de Nixon era na cadeia; os *faygehlehs* estavam dominando a cultura americana e a deixando cor-de-rosa; o concurso de Miss América (que sua avó adorava) era uma exibição de carne. Mas ele nunca tinha falado nada sobre fantasmas na cúpula antes daquela noite. Ao menos não para ele.

— *Bubbie*, quem foi o garoto dos Jeffery?

Ela suspirou.

— Foi uma coisa muito triste, pirralho. Ele morava no outro quarteirão e foi atropelado por um motorista bêbado quando saiu correndo atrás de uma bola na rua. Aconteceu muito tempo atrás. Se seu avô contou que viu antes de acontecer, ele se confundiu. Ou estava inventando uma das brincadeiras dele.

A avó sabia quando Chuck estava mentindo; naquela noite, Chuck descobriu que esse talento era uma via de mão dupla. Foi pelo jeito como ela parou de olhar para ele e desviou o olhar para a TV, como se o que estava acontecendo lá fosse interessante, mas Chuck sabia que a avó não ligava para beisebol, nem mesmo para a World Series.

— Ele só bebe demais — disse ela, e esse foi o fim da conversa.

Talvez fosse verdade. *Provavelmente* era. Mas, depois daquilo, Chuck ficou com medo da cúpula, com a porta trancada no alto de um lance curto (seis degraus) de escada estreita iluminado por uma única lâmpada exposta pendurada em um fio. Mas a fascinação é irmã gêmea do medo e, às vezes, depois daquela noite, quando a avó e o avô saíam, ele se desafiava a subir. Ele tocava no cadeado Yale, fazendo careta se balançasse (um som que poderia incomodar os fantasmas escondidos lá dentro), e voltava correndo para baixo, olhando para trás no caminho. Era fácil imaginar o cadeado se abrindo e caindo no chão. A porta se movendo nas dobradiças com pouco uso. Se isso acontecesse, ele achava que era capaz de morrer de medo.

4

Já o porão não era nem um pouco assustador. Era bem iluminado por luzes fluorescentes. Depois de vender as lojas de sapatos e se aposentar, o avô passava muito tempo lá embaixo trabalhando com madeira. Sempre tinha um cheiro doce de serragem. Em um canto, longe das plainas e lixadeiras e da serra fita na qual ele era proibido de tocar, Chuck encontrou uma caixa com os livros velhos dos Hardy Boys do avô. Eram antigos, mas eram bons. Ele estava lendo *O sinal fatídico* um dia na cozinha, esperando a avó tirar uma assadeira de biscoitos do forno, quando ela tirou o livro das mãos dele.

— Você pode ler coisa melhor — disse ela. — Está na hora de subir o nível, pirralho. Espera aqui.

— Eu estava chegando na parte boa — disse Chuck.

Ela riu com um ronco, um som ao qual só as avós judaicas fazem justiça.

— Não tem parte boa aqui — disse ela, e levou o livro.

Ela voltou com *O assassinato de Roger Ackroyd*.

— *Isso* é uma história boa de mistério — disse ela. — Não tem adolescentes inúteis correndo por aí numa lata-velha. Considere isso sua introdução à escrita de verdade. — Ela refletiu um pouco. — Tudo bem, não é nenhum Saul Bellow, mas não é ruim.

Chuck começou o livro só para agradar a avó, mas logo se perdeu. Em seu 11º ano de idade, ele leu mais de vinte livros de Agatha Christie. Ele experimentou dois da Miss Marple, mas gostava bem mais de Hercule Poirot com o bigode engraçado e as células cinzentas. Poirot era do tipo que pensava. Um dia, nas férias de verão, Chuck estava lendo *Assassinato no Expresso do Oriente* na rede do quintal e por acaso olhou para a janela da cúpula lá em cima. Ele se perguntou como Monsieur Poirot investigaria.

A-há, pensou ele. E depois, *Voilà*, que era melhor.

Quando a avó fez bolinhos de mirtilo, Chuck perguntou se podia levar alguns para a sra. Stanley.

— Que atencioso da sua parte — disse sua avó. — Por que você não leva? Mas se lembre de olhar para os dois lados quando for atravessar a rua. — Ela sempre falava isso quando ele ia a algum lugar. Agora, com as células cinzentas trabalhando, ele se perguntou se ela estaria pensando no garoto dos Jeffery.

Sua avó era gorducha (e estava ficando ainda mais), mas a sra. Stanley tinha o dobro do tamanho dela, uma viúva que chiava como um pneu furado quando andava e sempre parecia estar usando o mesmo robe rosa de seda. Chuck sentiu uma certa culpa de levar doces que só se acrescentariam ao peso dela, mas precisava de informações.

133

Ela agradeceu pelos bolinhos e perguntou, como ele tinha certeza que ela faria, se ele gostaria de comer um com ela na cozinha.

— Eu posso fazer um chá!

— Não, obrigado — disse Chuck —, mas eu gostaria muito de um copo de leite.

Quando eles estavam sentados à pequena mesa da cozinha sob a luz do sol de junho, a sra. Stanley perguntou como estavam as coisas com Albie e Sarah. Chuck, ciente de que qualquer coisa que dissesse na cozinha estaria na rua antes do fim do dia, disse que eles estavam ótimos. Mas como Poirot disse que você tinha que dar um pouco se queria receber um pouco, ele acrescentou que a avó estava recolhendo roupas para o abrigo luterano para os sem-teto.

— Sua avó é uma santa — disse a sra. Stanley, obviamente decepcionada por não haver mais. — E seu avô? Já foi ao médico ver aquela coisa nas costas?

— Foi — disse Chuck. Ele tomou um gole do leite. — O médico tirou e mandou examinar. Não era um dos ruins.

— Graças a Deus por isso!

— É — concordou Chuck. Depois de dar, ele se sentia no direito de receber. — Ele estava conversando com a vovó sobre alguém chamado Henry Peterson. Acho que já morreu.

Ele estava preparado para uma decepção; ela podia nunca ter ouvido falar de Henry Peterson. Mas a sra. Stanley arregalou os olhos até Chuck ficar com medo de caírem das órbitas e segurou o pescoço como se tivesse ficado entalada com um pedaço do bolinho.

— Ah, foi tão triste! Tão *horrível*! Ele era o contador que cuidava das contas do seu pai, sabe. De outras empresas também. — Ela se inclinou para a frente e o robe deixou expostos seios tão grandes que pareciam uma alucinação. Ela ainda estava segurando o pescoço. — *Ele se matou* — sussurrou ela. — Se *enforcou*!

— Ele estava desviando dinheiro? — perguntou Chuck. Havia muito desvio de dinheiro nos livros de Agatha Christie. E chantagem.

— O quê? Meu Deus, não! — Ela apertou os lábios, como se quisesse guardar algo que não era adequado aos ouvidos de um jovem imberbe como o que estava sentado à frente dela. Se foi esse o caso, a propensão natural dela de contar tudo (e para qualquer um) prevaleceu. — A esposa dele fugiu com um homem mais jovem! Mal tinha idade para votar, *e ela já tinha mais de quarenta!* O que você acha disso?

A única resposta que Chuck conseguiu dar na hora foi "Uau!", e isso pareceu bastar.

Em casa, ele tirou o caderno da prateleira e anotou: *V. viu o fantasma do garoto Jeffery* quatro meses antes de ele morrer. *Viu o fantasma de H. Peterson* quatro ou cinco ANOS antes de ele morrer. Chuck parou e mordeu a ponta da Bic, perturbado. Não queria escrever o que tinha na cabeça, mas achava que, como bom detetive, era necessário.

Sarey e o pão. ELE VIU O FANTASMA DA VOVÓ NA CÚPULA???

A resposta parecia óbvia. Por que outro motivo seu avô tinha falado que a espera era difícil?

Agora eu também estou esperando, pensou Chucky. *E torcendo para que tudo seja baboseira.*

5

No último dia do sexto ano, a srta. Richards, uma jovem doce e meio hippie que não controlava a disciplina na sala e provavelmente não duraria muito no sistema público de ensino, tentou ler na turma de Chuck alguns versos de "Canção de mim mesmo", de Walt Whitman. Não deu muito certo. As crianças estavam agitadas e não queriam saber de poesia, só de fugir para os meses de verão que as esperavam. Chuck estava igual, feliz em jogar bolinhas de papel com cuspe ou em mostrar o dedo para Mike Enderby quando a srta. Richards estava olhando para o livro, mas um verso vibrou em sua mente e o fez se sentar ereto.

Quando a aula acabou e as crianças foram liberadas, ele ficou. A srta. Richardson se sentou à mesa e soprou uma mecha de cabelo da testa. Quando viu Chuck ainda parado lá, ela abriu um sorriso cansado.

— *Isso* foi ótimo, você não acha?

Chuck entendia sarcasmo quando ouvia, mesmo quando o sarcasmo era gentil e direcionado à própria pessoa. Ele era judeu, afinal de contas. Bom, meio judeu.

135

—O que quer dizer quando ele fala: "Sou vasto, contenho multidões"?

Isso melhorou um pouco o sorriso dela. Ela apoiou um punho pequeno no queixo e o encarou com olhos cinzentos bonitos.

—O que você acha que quer dizer?

—Todas as pessoas que ele conhece? — arriscou Chuck.

—Sim — concordou ela —, mas talvez ele queira dizer ainda mais. Se incline para a frente.

Ele se inclinou por cima da mesa dela, onde o livro *American Verse* podia ser visto em cima da pauta. Delicadamente, ela botou as palmas das mãos nas têmporas dele. Estavam frias. A sensação foi tão maravilhosa que ele precisou sufocar um tremor.

—O que tem aí, entre as minhas mãos? Só as pessoas que você conhece?

—Mais — disse Chuck. Ele estava pensando na mãe e no pai e no bebê que ele nunca teve a oportunidade de segurar. Alyssa, tem som de chuva. — Lembranças.

—Sim — disse ela. — Tudo que você vê. Tudo que você sabe. O *mundo*, Chucky. Aviões no céu, tampas de bueiro na rua. A cada ano que você viver, o mundo dentro da sua cabeça vai ficar maior e mais luminoso, mais detalhado e complexo. Você entende?

—Acho que sim — disse Chuck. Ele estava sufocado com o pensamento de um mundo inteiro dentro da cachola frágil que era seu crânio. Pensou no garoto dos Jeffery, atropelado na rua. Pensou em Henry Peterson, o contador do pai, morto pendurado em uma corda (ele tivera pesadelos com isso). No mundo deles escurecendo. Como uma sala quando a luz é apagada.

A srta. Richards afastou as mãos. Tinha uma expressão preocupada.

—Está tudo bem, Chucky?

—Está — disse ele.

—Então vá embora. Você é um bom menino. Gostei de ter você na turma.

Ele foi até a porta e se virou.

—Srta. Richards, você acredita em fantasmas?

Ela pensou um pouco.

—Eu acredito que lembranças *são* fantasmas. Mas espectros voando por corredores de castelos úmidos? Acho que isso só existe nos filmes.

E talvez na cúpula da casa do vovô, pensou Chuck.

—Aproveite o verão, Chucky.

136

6

Chuck aproveitou o verão até agosto, quando sua avó morreu. Foi o tipo de morte em que as pessoas podem dizer com segurança "Pelo menos ela não sofreu" no enterro. A outra frase habitual, "Ela teve uma vida longa e plena", já não era tão real: Sarah Krantz ainda não tinha chegado aos sessenta e cinco anos, embora estivesse perto.

Mais uma vez, a casa na rua Pilchard se transformou num local de tristeza inabalada, só que desta vez não houve viagem à Disneyworld para marcar o começo da recuperação. Chuck voltou a chamar a avó de *bubbie*, ao menos em pensamento, e chorava até dormir quase todas as noites. Ele chorava com a cara no travesseiro para não fazer o avô se sentir pior. Às vezes, ele sussurrava "*Bubbie*, sinto sua falta. *Bubbie*, eu te amo" até o sono finalmente chegar.

O avô usou uma braçadeira de luto, perdeu peso, parou de contar piadas e começou a parecer ter mais do que seus setenta anos, mas Chuck também sentia (ou achava que sentia) uma sensação de alívio no avô. Se era verdade, Chuck podia entender. Quando se vivia com medo dia e noite, tinha que haver alívio quando a fonte do temor finalmente se comprovava e ficava para trás. Não havia?

Ele não subiu os degraus até a cúpula depois que ela morreu, não se desafiou a tocar no cadeado, mas foi ao Zoney's um dia logo antes de começar o sétimo ano na Acker Park Middle School. Ele comprou um refrigerante e uma barra de chocolate KitKat, depois perguntou ao funcionário onde a mulher estava quando teve o derrame e morreu. O funcionário, um garoto de vinte e poucos anos muito tatuado e com cabelos louros e cheios com pomada penteados para trás, deu uma risada desagradável.

— Garoto, que coisa sinistra. Por acaso você está preparando suas habilidades de serial killer precocemente?

— A moça era minha avó — disse Chuck. — Minha *bubbie*. Eu estava na piscina quando aconteceu. Voltei pra casa chamando por ela e meu avô me disse que ela tinha morrido.

Isso arrancou o sorriso da cara do funcionário.

— Ah, cara. Sinto muito. Foi ali. Naquele corredor.

Chuck foi até o terceiro corredor e olhou, já sabendo o que veria.

— Ela estava comprando pão — disse o funcionário. — Derrubou quase tudo da prateleira quando caiu. Desculpe se estou dando informações demais.

— Não — disse Chuck, e pensou: *É uma informação que eu já sabia.*

7

No seu segundo dia na Acker Park Middle, Chuck passou pelo quadro de avisos ao lado da secretaria e voltou. Em meio a pôsteres do clube da escola, da banda e dos testes para os times esportivos da primavera, havia um mostrando um menino e uma menina no meio de um passo de dança, ele com a mão no alto para ela girar embaixo. APRENDA A DANÇAR!, dizia acima dos jovens sorridentes, em letras da cor do arco-íris. Abaixo: ENTRE PARA O BALANÇO E GINGADO! O BAILE DE OUTONO ESTÁ CHEGANDO! VÁ PARA A PISTA DE DANÇA!

Uma imagem de clareza dolorosa surgiu para Chuck quando ele olhou para aquilo: a avó na cozinha com as mãos esticadas. Estalando os dedos e dizendo "Dança comigo, Henry".

Naquela tarde, ele foi até o ginásio, onde, junto com nove outros alunos hesitantes, foram recebidos com entusiasmo pela srta. Rohrbacher, a professora de educação física das meninas. Chuck era um de três meninos. Havia sete meninas. Todas as meninas eram mais altas.

Um dos meninos, Paul Mulford, tentou sair assim que percebeu que era o menor de todos, com um metro e trinta e oito. Um verdadeiro mosquitinho. A srta. Rohrbacher foi atrás dele e o levou de volta, rindo com alegria.

— Não, não, não — disse ela. — Você é *meu* agora.

E era mesmo. Todos eram. A srta. Rohrbacher era um monstro da dança e ninguém podia atrapalhar. Ela ligou o aparelho de som e mostrou como se dançava a valsa (Chuck já sabia), o chá-chá-chá (Chuck já sabia), o passo *ball change* (Chuck já sabia) e o samba. Chuck não sabia esse, mas quando a srta. Rohrbacher colocou "Tequila", do Champs, e mostrou os passos básicos, ele entendeu na hora e se apaixonou.

Ele era de longe o melhor dançarino do clubinho, e por isso a srta. Rohrbacher o colocou com as garotas desajeitadas. Ele entendia que ela tinha feito aquilo para deixá-las melhores e aceitou numa boa, mas era meio chato.

Mas perto do final dos 45 minutos de aula, o monstro da dança demonstrou misericórdia e o colocou com Cat McCoy, que era do oitavo ano e a melhor dançarina entre as meninas. Chuck não esperava romance (Cat não era só bonita, era dez centímetros mais alta do que ele), mas ele amava dançar com ela, e o sentimento era mútuo. Quando ficavam juntos, eles entravam no ritmo e deixavam que os levasse. Eles se olhavam nos olhos (ela precisava olhar para baixo, o que era meio chato, mas, ei... era assim e pronto) e riam só de alegria.

Antes de dispensar os alunos, a srta. Rohrbacher os juntou em pares (quatro das garotas tiveram que dançar umas com as outras) e mandou que eles dançassem em estilo livre. Conforme foram perdendo a inibição e o constrangimento, todos ficaram bons naquilo, embora a maioria jamais fosse dançar no clube Copacabana.

Um dia, e isso foi em outubro, só uma semana antes do Baile de Outono, a srta. Rohrbacher botou "Billie Jean" para tocar.

— Vejam isso — disse Chuck, e fez um *moonwalk* bem passável. Os colegas se impressionaram. A srta. Rohrbacher ficou boquiaberta.

— Ah, meu Deus — disse Cat. — Me mostra como você faz isso!

Ele fez de novo. Cat tentou, mas a ilusão de estar andando para trás não aconteceu.

— Tira os sapatos — disse Chuck. — Faz de meias. Desliza.

Cat fez. Ficou bem melhor e todos aplaudiram. A srta. Rohrbacher tentou e depois todos os outros começaram a fazer o *moonwalk* como loucos. Até Dylan Masterson, o mais desajeitado de todos, conseguiu. O balanço e gingado acabou meia hora mais tarde naquele dia.

Chuck e Cat saíram andando juntos.

— A gente devia ir naquele baile — disse ela.

Chuck, que não estava planejando ir, parou e olhou para ela com as sobrancelhas erguidas.

— Não como um encontro nem nada — disse Cat apressadamente. — Estou saindo com Dougie Wentworth... — Chuck sabia disso. — ... mas não quer dizer que não podemos mostrar uns passos legais. Eu quero, você não?

— Não sei — disse Chuck. — Sou bem mais baixo que você. Acho que as pessoas iam rir.

— Eu cuido disso — disse Cat. — Meu irmão tem umas botas com salto e acho que podem caber em você. Você tem pés grandes pra um garotinho.

— Valeu — disse Chuck.

Ela riu e deu um abraço de irmã nele.

No encontro seguinte do balanço e gingado, Cat McCoy levou as botas do irmão. Chuck, que já tinha aguentado piadas com sua masculinidade por participar do clube de dança, estava preparado para odiá-las, mas foi amor à primeira vista. Os saltos eram altos, a frente era pontuda e as botas eram pretas como uma madrugada em Moscou. Pareciam as que Bo Diddley usava antigamente. Tudo bem, *ficaram* meio grandes, mas papel higiênico enfiado na frente resolvia o problema. E o melhor de tudo... cara, eram *escorregadias*. Na parte de dança livre, quando a srta. Rohrbacher botou "Caribbean Queen", o piso do ginásio ficou parecendo gelo.

— Se você arranhar esse piso, os zeladores vão te dar uma surra — disse Tammy Underwood. É provável que ela estivesse certa, mas não ficaram arranhões. Chuck tinha os pés muito leves.

8

Chuck foi sozinho ao Baile de Outono, o que foi ótimo porque todas as garotas do balanço e gingado queriam dançar com ele. Principalmente Cat, porque o namorado dela, Dougie Wentworth, tinha dois pés esquerdos e passou a maior parte da noite encostado na parede com os amigos, todos tomando ponche e olhando os dançarinos com ar de desprezo e superioridade.

Cat ficava perguntando quando eles iam fazer o que eles sabiam, e Chuck ficava adiando. Ele disse que saberia qual era a música certa quando a ouvisse. Era na *bubbie* que ele estava pensando.

Por volta das nove horas, meia hora antes do fim do baile, a música certa começou a tocar. Era Jackie Wilson cantando "Higher and Higher". Chuck andou até Cat com as mãos esticadas. Ela tirou os sapatos, e com Chuck usando as botas do irmão dela, eles ficaram pelo menos quase da mesma altura. Eles foram para a pista e, quando fizeram o *moonwalk* duplo, todo mundo abriu espaço. Os colegas fizeram um círculo em volta dos dois e começaram a bater palmas. A srta. Rohrbacher, uma das supervisoras do baile, estava entre eles, batendo palmas com o resto dos alunos e gritando:

— Vai, vai, vai!

E eles foram. Enquanto Jackie Wilson cantava aquela melodia feliz e cheia de tom gospel, eles dançaram como Fred Astaire, Ginger Rogers, Gene Kelly e Jennifer Beals, tudo ao mesmo tempo. Terminaram com Cat girando primeiro para um lado, depois para o outro e caindo para trás nos braços de Chuck, com os dela esticados como um cisne morto. Ele desceu em um espacate que milagrosamente não rasgou os fundilhos da calça. Duzentos adolescentes gritaram quando Cat virou a cabeça e deu um beijo no canto da boca de Chuck.

— *Mais uma vez!* — alguém gritou, mas Chuck e Cat balançaram a cabeça em negativa. Eles eram jovens, mas eram inteligentes para saber a hora de parar. O melhor não tem como ser superado.

9

Seis meses antes de morrer de um tumor cerebral (com a injusta idade de trinta e nove anos) e com a mente ainda funcionando (quase inteiramente), Chuck contou para a esposa a verdade sobre a cicatriz nas costas da mão. Não era nada de mais e não tinha sido uma grande mentira, mas ele tinha chegado a um momento de sua vida que se esvaía tão rapidamente em que pareceu importante esclarecer tudo. A única vez em que ela tinha perguntado (era mesmo uma cicatriz muito pequena), ele disse que foi um garoto chamado Doug Wentworth que fez porque ficou com raiva de ele ter dançado com a namorada dele em um baile do fundamental II e o empurrou em um alambrado do lado de fora do ginásio.

— O que realmente aconteceu? — perguntou Ginny, não porque era importante para ela, mas porque parecia importante para ele. Ela não se importava muito com o que tinha acontecido a ele no fundamental. Os médicos disseram que ele provavelmente estaria morto antes do Natal. Era isso que importava para ela.

Quando a dança fabulosa acabou e o DJ botou uma música mais recente, Cat McCoy foi correndo até as amigas, que riram, gritaram e a abra-

141

çaram com uma intensidade que só garotas de treze anos conseguem ter. Chuck estava todo suado e com tanto calor que suas bochechas pareciam que iam pegar fogo. Ele também estava eufórico. Tudo que queria naquele momento era escuridão, ar fresco e estar sozinho.

Ele passou por Dougie e os amigos (que não prestaram a menor atenção nele) como um garoto num sonho, empurrou a porta dos fundos do ginásio e saiu para a meia quadra pavimentada. O ar fresco do outono aplacou o fogo nas bochechas dele, mas não a euforia. Ele olhou para o alto, viu um milhão de estrelas e entendeu que para cada uma desse milhão havia outro milhão por trás.

O universo é grande, pensou ele. *Contém multidões. Também me contém, e nesse momento eu sou maravilhoso. Tenho o direito de ser maravilhoso.*

Ele fez o *moonwalk* debaixo da cesta de basquete, se movendo ao ritmo da música dentro dele (quando fez sua pequena confissão para Ginny ele não conseguia mais lembrar qual era a música, mas, para deixar registrado, era "Jet Airliner", da Steve Miller Band), e girou com os braços esticados. Como se quisesse abraçar alguma coisa.

Ele sentiu dor na mão direita. Não uma dor forte, só causou um "ai" básico, mas foi o suficiente para o tirar daquela alegre elevação de espírito e o puxar de volta à Terra. Ele viu que as costas da mão estavam sangrando. Enquanto girava como um dervixe sob as estrelas, sua mão esticada bateu no alambrado, e uma ponta de arame o cortou. Foi um ferimento superficial, quase nem precisava de band-aid. Mas deixou cicatriz. Pequena e branca, em forma de lua crescente.

— Por que você mentiria sobre isso? — perguntou Ginny. Ela estava sorrindo quando pegou a mão dele e deu um beijo na cicatriz. — Eu entenderia se você tivesse me contado que bateu no valentão até ele virar patê, mas você nem disse isso.

Não, ele nunca diria isso e nunca tivera nenhum problema com Dougie Wentworth. Primeiro porque ele era um palhaço bobão. Além disso, Chuck Krantz era um anão do sétimo ano que sequer era digno de nota.

Por que ele *tinha* contado a mentira, então, se não foi para posar de herói de uma história fictícia? Porque a cicatriz era importante por outro motivo. Porque era parte de uma história que ele não podia contar, apesar de haver agora um prédio de apartamentos no lugar da casa vitoriana onde ele tinha passado boa parte da infância. A casa vitoriana *assombrada*.

A cicatriz tinha mais importância, então ele fez *mais* dela. Só não podia torná-la tão importante quanto realmente era. Fazia pouco sentido, mas conforme o glioblastoma o continuou agredindo, foi o melhor que sua mente em processo de se desintegrar conseguiu fazer. Ele contou a verdade de como a cicatriz aconteceu e isso teria que ser suficiente.

10

O avô de Chuck morreu de ataque cardíaco quatro anos depois do Baile de Outono. Aconteceu quando Albie estava subindo os degraus da biblioteca pública para devolver um exemplar de *As vinhas da ira*, que, ele disse, era tão bom quanto lembrava.

Chuck estava no segundo ano do ensino médio. O avô deixou tudo para ele. O patrimônio, antes grande, tinha encolhido consideravelmente ao longo dos anos desde a aposentadoria precoce do avô, mas ainda havia o suficiente para pagar os estudos de Chuck na faculdade. Mais tarde, a venda da casa vitoriana pagou a primeira casa da família de Chuck (pequena, mas em um bom bairro, com um quartinho lindo nos fundos para o bebê), para a qual ele e Virginia se mudaram depois da lua de mel em Catskills. Como novo contratado do Midwest Trust, um humilde caixa, eles nunca poderiam ter comprado uma casa sem o dinheiro da herança do avô dele.

Chuck se recusou a se mudar para Omaha e morar com os pais da mãe.

— Eu amo vocês — disse ele —, mas foi aqui que eu cresci e é aqui que quero ficar até a faculdade. Tenho dezessete anos, não sou mais um bebê.

Assim, já aposentados, os dois foram até ele e ficaram na casa vitoriana pelos vinte meses até a ida de Chuck para a Universidade de Illinois.

Mas eles não puderam estar presentes no funeral e no enterro. Foi rápido, como seu avô queria, e os pais da mãe dele tinham coisas a resolver em Omaha. Chuck não sentiu falta deles. Estava cercado de amigos e vizinhos que ele conhecia bem melhor do que os pais *goy* da sua mãe. Um dia antes da chegada deles, Chuck finalmente abriu o envelope pardo que estava na mesa do hall de entrada. Era da funerária Ebert-Holloway. Dentro estavam os pertences de Albie Krantz, ao menos os que estavam nos bolsos dele quando ele caiu na escada da biblioteca.

Chuck virou o conteúdo do envelope na mesa. Havia umas moedas, umas pastilhas Hall's, um canivete, o celular novo que o avô mal tivera oportunidade de usar e a carteira. Chuck pegou a carteira, sentiu o cheiro de couro velho, beijou-a e chorou um pouco. Agora ele era mesmo um orfante.

Havia também o chaveiro do avô. Chuck o enfiou no indicador da mão direita (o que tinha a cicatriz em forma de lua crescente) e subiu o lance curto e escuro de escada até a cúpula. Naquela última vez, ele fez mais do que sacudir o cadeado Yale. Depois de procurar um pouco, ele encontrou a chave certa e o destrancou. Deixou o cadeado pendurado na aba e empurrou a porta com uma careta ao ouvir o rangido das dobradiças velhas e sem lubrificação, pronto para qualquer coisa.

11

Mas não havia nada. O cômodo estava vazio.

Era pequeno, circular, com no máximo quatro metros de diâmetro, talvez menos. Do outro lado ficava um único janelão, coberto pela sujeira dos anos. Apesar de o dia estar ensolarado, a luz que entrava por ali era turva e difusa. Parado na porta, Chuck botou um pé para dentro e testou o piso como um garoto testando a água de um lago antes de entrar para ver se estava fria. Não houve gemido, nada cedeu. Ele entrou, pronto para pular para trás assim que sentisse o assoalho começar a ceder, mas estava firme. Ele foi até a janela, deixando pegadas na camada grossa de poeira.

O avô tinha mentido sobre o piso podre, mas não sobre a vista. Não era mesmo grande coisa. Chuck viu o shopping center depois do cinturão verde e, atrás, um trem Amtrak indo na direção da cidade, puxando cinco vagões de passageiros. Naquela hora do dia, com a movimentação matinal do transporte público no fluxo contrário, haveria pouca gente a bordo.

Chuck ficou na janela até o trem sumir e seguiu as próprias pegadas até a porta. Quando se virou para fechá-la, ele viu uma cama no meio do cômodo circular. Um leito de hospital. Havia um homem nele. Parecia inconsciente. Não havia aparelhos, mas Chuck ouviu um mesmo assim, fazendo *bip… bip… bip.* Um monitor cardíaco, talvez. Havia uma mesa ao lado da cama. Nela vários cremes e um par de óculos de armação preta. Os olhos do homem estavam fechados. Uma das mãos estava para fora da coberta e Chuck viu a cicatriz em forma de lua crescente nela sem surpresa nenhuma.

Naquele cômodo, o avô de Chuck, seu *zaydee*, tinha visto a esposa morta, os pacotes de pão que ela arrancaria da prateleira ao cair espalhados em volta. *É a espera, Chucky*, dissera ele. *Essa é a parte difícil.*

Agora, a espera dele começaria. Quanto tempo levaria? Quantos anos tinha o homem na cama de hospital?

Chuck entrou na cúpula para ver melhor, mas a visão tinha sumido. Não havia homem, não havia leito de hospital nem mesa. Houve um *bip* final e fraco vindo do monitor invisível, mas também sumiu. O homem não foi se apagando, como aparições fantasmagóricas faziam nos filmes; ele apenas sumiu, insistindo que nunca tinha estado lá.

Ele não estava, pensou Chuck. *Vou insistir que ele não estava e viver minha vida até que ela acabe. Sou maravilhoso, mereço ser maravilhoso e contenho multidões.*

Ele fechou a porta e colocou o cadeado no lugar.

COM SANGUE

[*Em janeiro de 2021, um pequeno envelope acolchoado endereçado ao detetive Ralph Anderson é entregue aos Conrad, vizinhos dos Anderson. A família Anderson está em férias prolongadas nas Bahamas e os Conrad combinaram de guardar a correspondência deles até que retornem, no dia 3 de fevereiro. Quando Ralph abre o pacote, ele encontra um pen-drive intitulado Com sangue, supostamente se referindo ao lema antigo da imprensa que diz "Qualquer notícia com sangue vende". O pen-drive contém dois itens. O primeiro é uma pasta com fotografias e espectogramas de áudio. O outro é uma espécie de relatório, ou diário falado, de Holly Gibney, com quem o detetive dividiu um caso que começou em Oklahoma e terminou em uma caverna do Texas. Foi um caso que mudou a percepção de Ralph Anderson da realidade para sempre. As palavras finais do relatório de áudio de Holly datam de 19 de dezembro de 2020. Ela parece sem fôlego.*]

Fiz o melhor que pude, Ralph, mas talvez não tenha sido o bastante. Apesar de todo o meu planejamento, há uma chance de eu não sair disso viva. Se for esse o caso, preciso que você saiba o quanto sua amizade foi importante pra mim. Se eu morrer e se você decidir continuar o que comecei, por favor, tome cuidado. Lembre que você tem esposa e filho.

[*O relatório termina aqui.*]

8-9 DE DEZEMBRO DE 2020

1

O município de Pineborough é uma comunidade não muito distante de Pittsburgh. Embora boa parte da Pensilvânia ocidental seja composta de fazendas, Pineborough tem um centro próspero e pouco menos de quarenta mil habitantes. Ao entrar no limite municipal, há uma criação gigantesca de mérito cultural duvidoso feita de bronze (apesar de os locais parecerem gostar). De acordo com a placa, é A MAIOR PINHA DO MUNDO! Tem uma saída para quem quiser fazer piquenique e tirar fotos. Muitos fazem isso, e algumas pessoas colocam os filhos mais novos nas escamas da pinha. (Uma placa pequena diz: "Favor não colocar crianças de mais de 25 kg na pinha".) Neste dia está frio demais para fazer piquenique, o banheiro químico foi removido até o fim da estação e a criação de bronze de mérito cultural duvidoso está decorada com luzes cintilantes de Natal.

Não muito longe da enorme pinha, perto de onde o primeiro sinal de trânsito marca o começo do centro de Pineborough, fica a Albert Macready Middle School, frequentada por quase quinhentos alunos entre o sétimo e o nono ano.

Às quinze para as dez daquele dia, um caminhão de entregas Pennsy Speed para na entrada circular da escola. O entregador desce do veículo e fica parado na frente do caminhão por um ou dois minutos, examinando a prancheta. Ele empurra os óculos pelo nariz estreito, coça o bigodinho e vai até a parte de trás do caminhão. Remexe lá dentro e tira um pacote quadrado que deve ter uns noventa centímetros de lado. Ele o carrega com facilidade, então não deve estar muito pesado.

151

Na porta há um aviso que diz TODOS OS VISITANTES DEVEM SER ANUNCIADOS E AUTORIZADOS. O motorista aperta o botão no interfone abaixo da placa e a sra. Keller, a secretária da escola, pergunta como pode ajudar.

— Tenho um pacote aqui pra uma sociedade chamada... — Ele se inclina para ler a etiqueta. — Caracoles. Parece latim. É pra Nemo... Nemo Impune... ou talvez seja Impuny...

A sra. Keller o ajuda.

— Pra Sociedade Nemo Me Impune Lacessit, certo?

No monitor de vídeo, o entregador parece aliviado.

— Se você diz. A primeira palavra é Sociedade mesmo. O que significa?

— Aqui dentro eu conto.

A sra. Keller está sorrindo quando ele passa pelo detector de metais, entra na secretaria e coloca o pacote no balcão. Está cheio de adesivos, alguns de árvores de Natal e de azevinhos e de Papais Noéis, muitos outros de escoceses de kilt e soldados da Guarda Negra tocando gaita de fole.

— E então? — diz ele, tirando o leitor do cinto e apontando para a etiqueta com o endereço. — O que é a Nemo Me Impuny quando chega em casa e tira os sapatos?

— É o lema nacional escocês — diz ela. — Significa *Ninguém me provoca com impunidade*. A turma de atualidades do sr. Griswold tem uma escola parceira na Escócia, perto de Edimburgo. Eles trocam e-mails e mensagens pelo Facebook e enviam fotos uns para os outros e coisas assim. Os alunos da Escócia torcem pelo Pittsburgh Pirates, os nossos, pelo clube de futebol Buckie Thistle. Os alunos assistem aos jogos no YouTube. Botar o nome de Sociedade Nemo Me Impune Lacessit deve ter sido ideia de Griswold. — Ela olha o endereço do remetente. — Isso aí, Renhill Secondary School. Ela mesma. Com carimbo da alfândega e tudo.

— Aposto que são presentes de Natal — diz o entregador. — Tem que ser. Olha aqui. — Ele vira a caixa e mostra para ela os dizeres NÃO ABRIR ANTES DO DIA 18 DE DEZEMBRO, escritos com cuidado e com um escocês tocador de gaita de fole de cada lado.

Keller assente.

— É o último dia de aula aqui antes das férias de Natal. Meu Deus, espero que os alunos de Griswold tenham mandado alguma coisa pra *eles*.

— Que tipo de presente você acha que as crianças escocesas mandaram pras americanas?

Ela ri.

— Espero que não sejam haggis.

— O que é isso? Mais latim?

— Coração de ovelha — diz a sra. Keller. — Misturado com fígado e pulmão. Eu sei porque meu marido me levou à Escócia no nosso décimo aniversário de casamento.

O entregador faz uma careta que provoca nela mais algumas risadas, então ele pede que ela assine na tela do aparelho. Ela faz isso. Ele deseja um bom-dia a ela e um feliz Natal. Ela deseja o mesmo. Quando o entregador sai, a sra. Keller pega um garoto zanzando pelo corredor no horário de aula (sem autorização, mas ela deixa passar dessa vez) e o manda levar a caixa para o depósito que fica entre a biblioteca e a sala dos professores do primeiro andar. Ela conta ao sr. Griswold sobre o pacote durante o almoço. Ele diz que vai levar para a sala de aula às três e meia, depois do último sinal. Se ele tivesse levado no almoço, a carnificina poderia ter sido ainda pior.

O Clube Americano da Renhill Secondary não enviou uma caixa de Natal para os alunos da Albert Macready. Não existe uma empresa de entregas chamada Pennsy Speed. O caminhão, encontrado abandonado mais tarde, foi roubado de um estacionamento de shopping pouco depois do dia de Ação de Graças. A sra. Keller vai se censurar por não reparar que o entregador não usava crachá nem que, quando ele apontou o leitor para a etiqueta de endereço do pacote, não houve apito, como acontecia com as entregas da UPS e FedEx, porque o leitor era falso. Assim como o carimbo da alfândega.

A polícia vai dizer que aquelas coisas poderiam ter passado despercebidas por qualquer um e que ela não tem motivo para se sentir responsável. Mas ela se sente. Os protocolos de segurança da polícia, como as câmeras, a porta principal que fica trancada durante o horário de funcionamento da escola, o detector de metais, são bons, mas são só máquinas. Ela é (ou era) a parte humana da equação, a guardiã do portal, e falhou com a escola. Falhou com as *crianças*.

A sra. Keller sente que o braço que perdeu vai ser só o começo da sua expiação.

2

São duas e quarenta e cinco e Holly Gibney está se preparando para uma hora que sempre a deixa feliz. Isso pode indicar um gosto meio duvidoso, mas ela ainda aprecia seus sessenta minutos para assistir à TV durante a semana, e tenta garantir que a Achados e Perdidos (numa sede nova bem legal, no quinto andar do Frederick Building no centro) esteja vazia das três às quatro. Como ela é a chefe, algo em que até hoje ainda tem dificuldade de acreditar, isso não é difícil.

Hoje, Pete Huntley, seu parceiro no negócio desde que Bill Hodges morreu, está na rua tentando encontrar uma fugitiva nos vários abrigos para sem-teto da cidade. Jerome Robinson, tirando um ano sabático de Harvard enquanto tenta transformar a tese do mestrado em livro, também trabalha para a Achados e Perdidos, embora só em meio período. Naquela tarde, ele está ao sul da cidade, procurando um golden retriever sequestrado chamado Lucky, que pode ter sido largado no abrigo para cães de Youngstown, Akron ou Canton depois que os donos se recusaram a pagar o resgate exigido de dez mil dólares. Claro que também existe a possibilidade de o cachorro só ter sido solto no interior de Ohio (ou mesmo morto), mas talvez não. O nome do cachorro é um bom presságio, ela disse para Jerome. Ela disse que estava esperançosa.

— Você tem esperança típica de Holly — disse Jerome, sorrindo.

— Isso mesmo — respondeu ela. — Agora vá, Jerome. Pega.

As chances de que ela fique sozinha até a hora de fechar o escritório são altas, mas Holly só se importa com o horário entre três e quatro horas. Com um olho no relógio ela escreve um e-mail formal para Andrew Edwards, um cliente que estava desconfiado de que o sócio estava tentando esconder ativos de negócios. O sócio não estava, mas a Achados fez o trabalho e precisa ser paga. *É a terceira vez que nós mandamos a fatura*, escreve Holly. *Por favor, acerte suas contas para que não sejamos obrigados a entregar a questão para uma agência de cobrança.*

Holly percebe que consegue fazer mais pressão quando pode escrever "nós" e "nossa" em vez de "eu" e "minha". Ela está cuidando disso, mas como seu avô costumava dizer, "Roma não foi construída em um dia, nem a Filadélfia".

154

Ela envia o e-mail — *whoosh* — e desliga o computador. Olha para o relógio. Sete para as três. Ela vai até a geladeira e pega uma lata de Pepsi Diet. Coloca-a sobre um dos porta-copos que a empresa distribui (VOCÊ PERDE, NÓS ACHAMOS E VOCÊ GANHA) e abre a gaveta superior esquerda da mesa. Ali, embaixo de uma pilha de papéis, há um saco de bombons Snickers. Ela pega seis, um para cada intervalo comercial do programa, desembrulha e enfileira os chocolates.

Cinco para as três. Ela liga a TV, mas deixa sem som. Maury Povich está andando pelo palco e inflamando a plateia do estúdio. Ela pode ter um gosto duvidoso, mas não a esse ponto. Ela pensa em comer um dos Snickers, mas diz a si mesma para esperar. Quando está se parabenizando pela paciência, ela ouve o elevador e revira os olhos. Deve ser Pete. Jerome está indo para o sul, e se Jerome voltasse cedo, ele usaria a escada, subindo dois degraus de cada vez desde o térreo.

É Pete, sim, e ele está sorrindo.

— Ah, que dia feliz — diz ele. — Alguém finalmente convenceu Al de enviar um técnico...

— Al não fez nada — diz Holly. — Jerome e eu resolvemos. Era só uma pequena falha.

— Como...

— Houve um pequeno hack envolvido. — Ela ainda está com um dos olhos no relógio: três minutos para as três. — Foi Jerome que fez, mas poderia ter sido eu. — Mais uma vez, a honestidade a move. — Pelo menos, eu acho. Encontrou a garota?

Pete faz sinal de positivo.

— Na Casa Sunrise. Minha primeira parada. A boa notícia é que ela quer ir pra casa. Ela ligou pra mãe, que está indo buscá-la.

— Tem certeza? Ou foi o que ela disse?

— Eu estava lá quando ela fez a ligação. Eu vi as lágrimas. Foi uma boa resolução de caso, Holly. Só espero que a mãe não seja tão caloteira quanto aquele tal de Edwards.

— Edwards vai pagar — diz ela. — Estou determinada. — Na TV, Maury foi substituído por um frasco dançante de remédio para diarreia. Que, na opinião de Holly, é uma melhoria. — Agora fica quieto, Pete, meu programa vai começar em um minuto.

— Ah, meu Deus, você ainda assiste aquele cara?

Holly olha para ele com expressão ameaçadora.

— Você pode assistir comigo, Pete, mas se pretende fazer comentários sarcásticos e estragar meu divertimento, prefiro que vá embora.

Seja assertiva, Allie Winters costuma dizer para ela. Allie é sua terapeuta. Holly foi a um outro terapeuta por um curto espaço de tempo, um homem que escreveu livros e artigos acadêmicos. Isso foi por motivos diferentes dos demônios que a acompanharam no final da adolescência. Ela precisava falar sobre demônios mais recentes com o dr. Carl Morton, mas agora isso ficou para trás.

— Nada de comentários sarcásticos, entendi — diz Pete. — Cara, não acredito que você e Jerome superaram o Al. Seguraram o touro pelos chifres mesmo. Você é demais, Holly.

— Estou tentando ser mais assertiva.

— E está conseguindo. Tem Coca na geladeira?

— Só diet.

— Eca. Aquele troço tem gosto de…

— Shh.

São três horas. Ela liga o som da TV na hora em que a música-tema do programa dela começa. É Bobby Fuller Four cantando "I Fought the Law (and the Law Won)". Aparece uma sala de tribunal na tela. Os espectadores, que são uma plateia de estúdio, como a de Maury, mas menos selvagem, batem palmas no ritmo da música, e o locutor anuncia:

— Cuidado se você é delinquente, John Law está com a gente!

— Todos de pé! — grita o meirinho George.

Os espectadores se levantam, ainda batendo palmas e pulando, quando o juiz John Law sai dos aposentos dele. Ele tem um metro e noventa e sete (Holly sabe disso pela revista *People*, que ela esconde ainda melhor do que os bombons Snickers) e é careca como uma bola de bilhar… Se bem que ele está mais para chocolate amargo do que preto. Está usando uma veste volumosa que oscila quando ele anda gingando até seu lugar. Ele segura o martelo e balança de um lado para o outro como um metrônomo, exibindo os dentes branquíssimos.

— Ah, meu Jesus numa cadeira de rodas motorizada — diz Pete.

Holly lança seu olhar mais fulminante para ele. Pete coloca a mão sobre a boca e acena com a outra em rendição.

— Sentem-se, sentem-se — diz o juiz Law, cujo verdadeiro nome é Gerald Lawson, o que Holly também sabe pela revista *People*, mas até que é parecido. Todos os espectadores se sentam. Holly gosta de John Law porque ele é bem direto, não sarcástico e desagradável como aquela juíza Judy. Ele vai direto ao ponto, como Bill Hodges fazia... só que o juiz John Law não é nenhum substituto de Bill, e não só porque ele é um personagem fictício de programa de TV. Tem anos que Bill faleceu, mas Holly ainda sente falta dele. Tudo que ela é, tudo que tem, ela deve a Bill. Não existe ninguém como ele, se bem que Ralph Anderson, seu amigo detetive de Oklahoma, chega perto.

— O que temos aqui hoje, Georgie, meu irmão de outra mãe? — Os espectadores riem da piada. — Civil ou criminal?

Holly acha improvável que o mesmo juiz cuidasse dos dois tipos de caso, ainda mais um novo a cada tarde, mas não se importa; os casos são sempre interessantes.

— Civil, juiz — diz o meirinho George. — A querelante é a sra. Rhoda Daniels. O réu é seu ex-marido, Richard Daniels. O que está em questão é a guarda do cachorro da família, Bad Boy.

— Um caso de cachorro — diz Pete. — Nossa especialidade.

O juiz Law se apoia no martelo, que é mais comprido que o normal.

— E o tal Bad Boy está presente, Georgie, meu amigo?

— Ele está na sala de espera, juiz.

— Muito bem, muito bem. E Bad Boy morde, como seu nome pode sugerir?

— De acordo com a segurança, ele parece ter um comportamento muito dócil, juiz Law.

— Excelente. Vamos ouvir o que a querelante tem a dizer sobre Bad Boy.

Nesse momento, a atriz que faz o papel de Rhoda Daniels entra na sala do tribunal. Na vida real, Holly sabe que a querelante e o réu já estariam sentados, mas dessa maneira é mais dramático. Enquanto a sra. Daniels anda rebolando pelo corredor central com um vestido apertado demais e com saltos altos demais, o locutor diz:

— Voltamos ao tribunal do juiz Law em um minuto.

Um anúncio de seguro de vida aparece na tela e Holly coloca o primeiro bombom Snickers na boca.

— Será que eu podia comer um desses? — pergunta Pete.

157

— Você não estava de dieta?

— Meu açúcar fica baixo a essa hora do dia.

Holly abre a gaveta com relutância, mas antes que ela possa chegar ao pacote de chocolates, a senhora idosa preocupada com as despesas funerárias do marido é substituída por uma imagem que diz NOTÍCIA URGENTE. Então Lester Holt aparece, e Holly sabe na mesma hora que algo sério virá em seguida. Lester Holt é o grandão da emissora. *Não outro Onze de setembro*, ela pensa toda vez que uma coisa daquelas acontece. *Por favor, meu Deus, que não seja outro Onze de Setembro e que não seja nada nuclear.*

— Interrompemos a programação para trazer a notícia de uma grande explosão em uma escola de ensino fundamental II em Pineborough, Pensilvânia, cidade a sessenta e cinco quilômetros a sudeste de Pittsburgh. Há relatos de muitos feridos, muitos dos quais crianças — diz Lester.

— Ah, meu Deus — diz Holly. Ela coloca a mão que estava na gaveta sobre a boca.

— Essas informações ainda não foram confirmadas, quero enfatizar. Acho… — Lester leva a mão ao ouvido e escuta. — Sim, tudo bem. Chip Ondowsky, da nossa afiliada de Pittsburgh, está no local. Chip, está me ouvindo?

— Estou — diz uma voz. — Estou, sim, Lester.

— Quais são as informações que você tem no momento, Chip?

A imagem passa de Lester Holt para um homem de meia-idade com o que Holly considera um rosto de noticiário local: não bonito a ponto de se tornar âncora de grande alcance, mas apresentável. Só que o nó da gravata dele está torto, não tem maquiagem cobrindo a pinta ao lado da boca e o cabelo foi arrumado com mousse, como se ele não tivesse tido tempo de pentear.

— O que é aquilo do lado dele? — pergunta Pete.

— Não sei — diz Holly. — Shh.

— Parece uma espécie de pinha gig…

— *Shh!* — Holly não quer saber da pinha gigante nem da pinta ou do cabelo de Chip Ondowsky; sua atenção está grudada nas duas ambulâncias que passam berrando atrás dele, uma atrás da outra, as luzes piscando. *Feridos*, ela pensa. *Muitos feridos, muitas crianças.*

— Lester, o que posso dizer é que é quase certo que haja pelo menos dezessete mortos aqui na Albert Macready Middle School e muitos outros feridos. Essa informação veio de um policial do condado que pediu para não ser identificado. O dispositivo explosivo talvez estivesse na secretaria ou num depósito próximo. Se você olhar ali...

Ele aponta e a câmera segue obedientemente seu dedo. No começo, a imagem está desfocada, mas quando o câmera altera o foco, Holly vê um buraco grande que foi aberto na lateral do prédio. Há tijolos espalhados no gramado formando o que lembra uma coroa. E enquanto ela observa essa cena, junto com milhões de outras pessoas, provavelmente, um homem de colete amarelo sai do buraco com alguma coisa nos braços. Uma coisa pequena com um par de tênis. Não, um tênis. O outro parece ter sido arrancado com a explosão.

A câmera volta para o correspondente e o pega ajeitando a gravata.

— É certo que a polícia vai convocar uma coletiva de imprensa em algum momento, mas agora oferecer informações ao público é a última das preocupações. Os pais já começaram a chegar ao local... Senhora? Senhora, posso falar com você um momento? Chip Ondowsky, WPEN, canal 11.

A mulher que aparece na tela está bem acima do peso. Ela chegou ao local sem casaco e o vestido florido de usar em casa balança em volta do corpo como uma túnica. O rosto dela está pálido, exceto por pontos vermelhos nas duas bochechas, o cabelo está tão desgrenhado que faz o penteado improvisado com mousse de Chip parecer arrumado e as bochechas gordas brilham com lágrimas.

Não deviam estar mostrando isso, Holly pensa, *e eu não devia estar assistindo*. Mas estão mostrando e ela está assistindo.

— A senhora tem um filho que frequenta a Albert Macready?

— Meu filho e minha filha estudam aí — diz ela, e segura o braço de Ondowsky. — Eles estão bem? Você sabe, senhor? Irene e David Vernon. David está no sétimo ano. Irene está no nono. Nós chamamos Irene de Deenie. Você sabe se eles estão bem?

— Não sei, sra. Vernon — diz Ondowsky. — Acho que a senhora deveria falar com um dos policiais, ali onde estão montando os cavaletes.

— Obrigada, senhor, obrigada. Ore pelos meus filhos!

— Vou orar — diz Ondowsky enquanto ela se afasta, uma mulher que vai ter muita sorte de sobreviver àquele dia sem nenhum problema cardíaco... embora Holly ache que naquele momento o próprio coração seja a menor das preocupações daquela mulher. Naquele momento, o coração dela está com David e Irene, também conhecida como Deenie.

Ondowsky se volta para as câmeras.

— Todos nos Estados Unidos vão orar pelos filhos da sra. Vernon e por todas as crianças que estavam na Albert Macready Middle School hoje. De acordo com informações que recebi agora, que ainda são incertas e podem mudar, a explosão aconteceu às duas e quinze, uma hora atrás, e foi tão forte que estilhaçou janelas a um quilômetro e meio de distância. O vidro... Mike, você consegue filmar esta pinha?

— Viu, eu sabia que era uma pinha — diz Pete. Ele está inclinado para a frente, os olhos grudados na TV.

O câmera de Mike se aproxima, e nas pétalas da pinha, ou folhas, como quer que chamassem aquilo, Holly vê estilhaços de vidro. Um pedaço parece ter sangue, embora ela espere que seja o reflexo das luzes de uma ambulância passando.

— Chip, que coisa horrível. Que tragédia — diz Lester Holt.

A câmera recua e volta para Ondowsky.

— É, sim. É uma cena horrível. Lester, quero ver se...

Um helicóptero com uma cruz vermelha e as palavras MERCY HOSPITAL pintadas na lateral está pousando na rua. O cabelo de Chip Ondowsky gira com o movimento das hélices, e ele precisa erguer a voz para ser ouvido.

— *Quero ver se posso fazer alguma coisa pra ajudar! É uma tragédia horrível! De volta a você no estúdio em Nova York!*

Lester Holt aparece, parecendo preocupado.

— Tome cuidado, Chip. Voltamos agora à programação normal, mas vamos continuar trazendo atualizações sobre essa situação em desenvolvimento no NBC Breaking News no seu...

Holly pega o controle remoto e desliga a TV. Ela perdeu a vontade de ver justiça de mentira, ao menos naquele dia. Ela fica pensando na forma inerte nos braços do homem de colete amarelo. *Com um pé do sapato, sem o outro,* ela pensa. Ai bota aqui, ai bota aqui o seu pezinho. Ela vai assistir ao noticiário mais tarde? Acha que sim. Não vai querer, mas não vai conseguir se controlar. Ela vai ter que saber quantos mortos. E quantos são crianças.

Pete a surpreende e segura sua mão. Em condições normais ela continua não gostando que toquem nela, mas naquele momento a sensação da mão dele segurando a dela é boa.

— Quero que você se lembre de uma coisa — diz ele.

Ela se vira para ele. Pete está sério.

— Você e Bill impediram que uma coisa muito pior do que isso aí acontecesse — diz ele. — Aquele maluco fodido do Brady Hartsfield poderia ter matado centenas naquele show de rock em que tentou botar uma bomba. Talvez milhares.

— E o Jerome — diz ela em voz baixa. — O Jerome também estava lá.

— Sim, e o Jerome. Os três mosqueteiros. Aquilo vocês *puderam* impedir. Impedir isso aí… — Pete indica a TV. — Isso aí era responsabilidade de outra pessoa.

— Você acha que foram terroristas?

— Aquela mulher gorda pareceu aterrorizada para você? — pergunta Pete.

Holly assente.

— Então pronto. Caso encerrado.

3

Às sete horas, Holly ainda está no escritório, repassando faturas que não precisam da atenção dela. Ela conseguiu resistir ao impulso de ligar a TV do escritório e assistir ao programa de Lester Holt às seis e meia, mas ainda não quer ir para casa. Naquela manhã, ela estava ansiosa pelo delicioso jantar vegetariano do Mr. Chow que ela comeria vendo *O despertar amargo*, um thriller desconhecido de 1968 com Anthony Perkins e Tuesday Weld, mas naquela noite ela não quer nada amargo, muito menos um despertar. Ela se sente amargurada pelas notícias da Pensilvânia e talvez ainda não consiga resistir ao impulso de ligar a TV na CNN e consumir mais. Isso lhe renderia horas rolando na cama, até umas duas ou três da madrugada.

Como a maioria das pessoas que vivem bombardeadas por notícias no século XXI, Holly se habituou à violência que os homens (são quase sempre homens) cometem uns contra os outros em nome da religião ou da política, esses dois fantasmas, mas o que aconteceu naquela escola de subúrbio é parecido demais com o que quase aconteceu no Complexo Cultural de Arte do Meio-Oeste, onde Brady Hartsfield tentou explodir alguns milhares de adolescentes, e o que aconteceu no City Center, onde ele jogou um Mer-

161

cedes em uma multidão de pessoas que procuravam emprego, matando... ela não lembra quantos. Não quer lembrar.

Feridos, ela pensa. *Muitas crianças.*

Ela está guardando os arquivos (afinal, precisa ir para casa em algum momento) quando ouve o elevador de novo. Ela espera para ver se vai passar pelo quinto andar, mas ele para. É Jerome, então, pela primeira vez não subindo de escada. Ele não deve ter visto o carro dela, que está estacionado na garagem municipal do outro lado da rua, mas adivinhou que ela ainda estava lá. Ele a conhece bem, assim como ela o conhece, e isso é bom. Eles são amigos, e sendo uma pessoa que nunca teve muitos, Holly o valoriza muito.

Quando ele entra, ela fica impressionada (e não pela primeira vez desde que ele voltou de Harvard) com o quanto ele está alto e bonito. Ela não gosta daqueles pelos em volta da boca, que ele chama de "barbicha", mas jamais diria isso a ele. Naquela noite, o caminhar normalmente energético do amigo está lento e meio curvado. Ele a cumprimenta com um superficial "E aí, Hollyberry" e se senta em uma cadeira que durante o horário comercial é reservada aos clientes.

Normalmente, ela chamaria a atenção dele porque detesta o apelido infantil, é como eles interagem, mas naquela noite ela nem se dá ao trabalho.

— Você parece muito cansado.

— Eu dirigi por muito tempo. Soube da escola? Deu em todas as estações de rádio via satélite.

— Eu estava vendo *John Law* quando a notícia foi dada. Estou fugindo desde então. Qual foi a gravidade?

— Estão falando em vinte e sete mortos até agora, vinte e três deles crianças entre doze e catorze anos. Mas vai aumentar. Ainda tem algumas crianças e dois professores que não foram localizados e uns doze em estado grave. Foi pior do que Parkland. Fez você pensar no Brady Hartsfield?

— Claro — diz Holly.

— É, eu também. Os que ele matou no City Center e os que poderia ter matado se tivéssemos agido uns minutos mais tarde naquela noite no show do 'Round Here. Tento não pensar muito naquilo, digo pra mim mesmo que vencemos aquela batalha, porque quando minha mente pensa naquilo, eu fico com cagaço.

Holly sabe bem o que é cagaço. Ela também sente com frequência.

Jerome passa a mão por uma bochecha lentamente, e no silêncio ela ouve o roçar dos dedos na barba começando a crescer.

— No segundo ano em Harvard, fiz um curso de filosofia. Já contei isso?

Holly faz que não com a cabeça.

— Se chamava... — Jerome faz sinais de aspas no ar. — "O problema do mal." Nele, nós conversamos muito sobre conceitos chamados o mal interno e o mal externo. Nós... Holly, tudo bem aí?

— Tudo — diz ela, e está mesmo... mas ao ouvir falar de mal externo, sua mente se volta na mesma hora para o monstro que ela e Ralph perseguiram até a toca naquela caverna no Texas. O monstro tinha usado muitos nomes e muitas caras, mas ela sempre pensou nele só como um forasteiro, e o forasteiro era tão malvado quanto alguém podia ser. Ela nunca contou a Jerome sobre aquela noite, apesar de desconfiar que ele saiba que algo terrível aconteceu no Texas... bem pior do que saiu nos jornais.

Ele está olhando para ela com ar de insegurança.

— Continua — diz ela. — Isso é muito interessante pra mim. — E é verdade.

— Bom... o consenso foi que havia mal externo se acreditássemos que existe um bem externo...

— Meu Deus — diz Holly.

— Sim. Assim, podemos acreditar que existem mesmo demônios e que o exorcismo é uma reação válida a eles, que existem mesmo espíritos malignos...

— Fantasmas — diz Holly.

— Isso. Sem mencionar maldições que realmente funcionam, bruxas, *dybbuks* e sei lá mais o quê. Mas, na faculdade, todo mundo ri disso e descarta. Mesmo Deus é motivo de risadas e descarte.

— Ou Deusa — diz Holly com afetação.

— É, tanto faz, porque se Deus não existe, o gênero pouco importa. Só sobra o mal interno. Coisa de babaca. Homens que espancam os filhos até a morte, assassinos em série como o escroto do Brady Hartsfield, limpeza étnica, genocídio. O Onze de Setembro, disparos contra multidões, ataques terroristas como o de hoje.

— É isso que estão dizendo? — pergunta Holly. — Que foi ataque terrorista, talvez do isis?

163

— É o que estão *supondo*, mas ninguém assumiu a autoria ainda.

Agora a outra mão na outra bochecha fazendo barulho, e aquilo são lágrimas nos olhos de Jerome? Ela acha que sim, e se ele chorar, ela também vai, não vai conseguir se segurar. Tristeza é contagiosa, e o quanto isso é uma merda?

— Mas a questão sobre o mal interno e o externo é a seguinte, Holly: *eu acho que não tem a menor diferença*. Você acha que tem?

Ela pensa em tudo que sabe e em tudo pelo que passou com aquele jovem, com Bill e com Ralph Anderson.

— Não. Acho que não tem.

— Eu acho que é um pássaro — diz Jerome. — Um pássaro grande, todo imundo, cinza e gelado. Voa pra cá, pra lá, pra toda parte. Voou pra cabeça do Brady Hartsfield. Voou pra cabeça do cara que atirou naquela gente toda em Las Vegas. Eric Harris e Dylan Klebold receberam o pássaro. Hitler. Pol Pot. Voa pra dentro da cabeça deles e, quando o trabalho sujo acaba, sai voando de lá. Eu queria pegar esse pássaro. — Ele aperta as mãos e olha para ela e, sim, são lágrimas mesmo. — Pegar e torcer a porra do pescoço dele.

Holly contorna a escrivaninha, se ajoelha ao lado dele e passa os braços em volta do corpo dele. É um abraço desajeitado com ele sentado na cadeira, mas funciona. A barragem se rompe. Quando ele fala perto da bochecha dela, ela sente a aspereza da barba por fazer.

— O cachorro morreu.

— O quê? — Ela mal consegue entender o que ele está dizendo em meio aos soluços dele.

— Lucky. O golden. Quando o filho da mãe que roubou não conseguiu o resgate, cortou ele e jogou numa vala. Alguém o encontrou, ainda vivo, mas por pouco, e o levou para o Hospital Veterinário Ebert, em Youngstown. Lá, ele passou tipo meia hora vivo. Não puderam fazer nada. Não teve lá tanta sorte, afinal.

— Está tudo bem — diz Holly, batendo nas costas dele. Suas lágrimas estão jorrando, e tem catarro junto. Ela sente escorrendo pelo nariz. Eca. — Está tudo bem, Jerome. Tudo bem.

— Não está. Você sabe que não está. — Ele se afasta e olha para ela, a bochecha molhada e brilhando, o cavanhaque úmido. — Cortar a barriga daquele cachorrinho fofo e jogar ele numa vala com as entranhas pra fora, e sabe o que aconteceu depois?

Holly sabe, mas balança a cabeça.

— O pássaro saiu voando. — Ele passa a manga da camisa nos olhos. — Agora, está na cabeça de outra pessoa, está melhor do que nunca, e assim vamos em frente, porra.

4

Pouco antes das dez, Holly desiste do livro que está tentando ler e liga a TV. Ela dá uma olhada nas cabeças falantes da CNN, mas não aguenta a falação. Ela quer notícias objetivas. Por isso, muda para a NBC, onde um gráfico, com música sombria e tudo, diz REPORTAGEM ESPECIAL: TRAGÉDIA NA PENSILVÂNIA. Andrea Mitchell está agora como âncora em Nova York. Ela começa dizendo para os Estados Unidos que o presidente tuitou seus "sentimentos e orações", como ele faz depois de cada show de horrores desses: Pulse, Las Vegas, Parkland. A falação sem sentido vem seguida dos números atualizados: trinta e um mortos, setenta e três (meu Deus, tantos) feridos, nove em estado grave. Se Jerome estava certo, isso quer dizer que pelo menos três dos que estavam em estado grave morreram.

— Duas organizações terroristas, a Jihad Houthi e a Tigres de Liberação do Tamil, assumiram a responsabilidade pela bomba — diz Mitchell —, mas fontes no Departamento de Estado dizem que nenhuma das duas declarações tem credibilidade. Estão pendendo para a hipótese de que a bomba tenha sido o ato de um lobo solitário, similar ao executado por Timothy McVeigh, responsável por uma explosão enorme no Alfred P. Murrah Federal Building vinte e cinco anos atrás. Essa explosão matou cento e sessenta e oito pessoas.

Muitas também crianças, Holly pensa. Matar crianças em nome de Deus, de ideologia ou de ambos… nenhum inferno é quente o bastante para quem faz esse tipo de coisa. Ela pensa no pássaro cinza gelado do Jerome.

— O homem que entregou a bomba foi fotografado por uma câmera de segurança quando tocou o interfone para entrar — continua Mitchell. — Vamos mostrar a foto por trinta segundos. Olhem com atenção, e se alguém o reconhecer, deve ligar para o número que aparece na tela. Há uma recompensa de duzentos mil dólares pela prisão e subsequente condenação dele.

165

A foto aparece. É colorida e nítida como um dia ensolarado. Não é perfeita porque a câmera está posicionada acima da porta e o homem está olhando para a frente, mas é boa. Holly se inclina para a frente, todas as capacidades formidáveis que ela tem (algumas com as quais ela nasceu, outras apuradas no tempo que trabalhou com Bill Hodges) empenhadas. O homem é caucasiano e bronzeado (o que não é provável naquela época do ano, mas também não é impossível), é latino de pele clara, é do Oriente Médio ou talvez esteja usando maquiagem. Holly escolhe caucasiano com maquiagem. Ela o classifica como tendo uns quarenta e poucos anos. Ele está de óculos com armação dourada. O bigode preto é pequeno e está bem aparado. O cabelo, também preto, é curto. Ela vê isso porque ele não está de boné, o que teria obscurecido boa parte do rosto. *Que filho da mãe ousado*, pensa Holly. Ele sabia que haveria câmeras, sabia que haveria fotos, mas não ligou.

— Não é um filho da mãe — diz ela, ainda olhando. Registrando cada feição. Não por ser um caso dela, mas por ser da sua natureza. — Ele é um filho da *puta*, isso sim.

De volta a Andrea Mitchell.

— Se você o conhecer, ligue para o número na tela, e ligue agora mesmo. Agora, vamos até a Macready Middle School, com nosso repórter no local. Chip, ainda está por aí?

Ele está parado em uma área de luz forte da câmera. Mais luzes fortes brilham no lado destruído da escola; cada tijolo caído tem sua própria sombra. Há geradores rugindo. Pessoas de uniforme correm para lá e para cá, gritando e falando em rádios. Holly vê a sigla FBI em algumas jaquetas, ATF em outras. Tem uma equipe de macacão branco de proteção. Tem fita de proteção amarela para isolar a cena do crime ondulando. A sensação é de caos controlado. Pelo menos, Holly espera que esteja controlado. Alguém deve estar no comando, talvez no trailer que ela vê no canto esquerdo da imagem.

Lester Holt deve estar em casa, assistindo de pijama e chinelos, mas Chip Ondowsky ainda está trabalhando. Um coelho da Duracell, esse sr. Ondowsky, e Holly entende isso; deve ser a maior notícia que ele vai cobrir na vida, ele estava cobrindo quase desde o começo e quer se empenhar naquela cobertura o máximo que puder. Ele ainda está com o paletó, que devia estar adequado quando chegou ao local, mas agora a temperatura caiu. Ela vê a respiração dele e tem quase certeza de que ele está tremendo.

Deem uma roupa mais quente pra ele, pelo amor de Deus, pensa Holly. *Uma parca ou até um moletom.*

O paletó vai ter que ser jogado fora. Está sujo de pó de tijolo e rasgado em alguns lugares, na manga e no bolso. A mão segurando o microfone também está suja de pó de tijolo e mais alguma coisa. Sangue? Holly acha que é. E a mancha na bochecha dele também é sangue.

— Chip? — É a voz desencarnada de Andrea Mitchell. — Está me ouvindo?

A mão que não está segurando o microfone vai até o fone no ouvido, e Holly vê que dois dedos estão com band-aid.

— Sim, estou aqui. — Ele olha para a câmera. — Aqui é Chip Ondowsky, falando do local onde explodiu a bomba, na Albert Macready Middle School, em Pineborough, Pensilvânia. Esta escola comum e tranquila foi abalada por uma explosão de enorme potência pouco depois das duas da tarde de hoje...

Andrea Mitchell aparece na tela dividida.

— Chip, soubemos por uma fonte da Segurança Nacional que a explosão aconteceu às duas e dezenove. Não sei como as autoridades conseguem identificar o momento exato, mas parece que é possível.

— Sim — diz Chip, parecendo meio distraído, e Holly pensa no quanto ele deve estar cansado. Será que ele vai conseguir dormir à noite? Ela acha que não. — Sim, isso me parece correto. Como você pode ver, Andrea, a busca por vítimas está diminuindo, mas o trabalho da perícia está só começando. Vai haver mais gente no local ao amanhecer e...

— Com licença, Chip, mas você também participou das buscas, não é mesmo?

— É, Andrea, isso mesmo. Eu estava aqui e todos ajudaram. O pessoal da cidade, alguns pais. E também Alison Greer e Fred Witchick, da KDKA, Donna Forbes da WPCW e Bill Larson da...

— Sim, mas eu soube que você tirou duas crianças dos escombros, Chip.

Ele não se dá ao trabalho de fazer cara de falsa modéstia e constrangimento; Holly o valoriza por isso. Ele continua reportando os fatos.

— Isso mesmo, Andrea. Ouvi uma gemendo e vi a outra. Uma garota e um garoto. Sei o nome do garoto, Norman Fredericks. A garota... — Chip umedece os lábios. O microfone na mão dele treme, e Holly acha que não é só de frio. — A garota estava mal. Ela estava... chamando a mãe.

Andrea Mitchell parece abalada.

— Chip, que horror.

É mesmo. É horrível demais para Holly. Ela pega o controle remoto para desligar a TV (pois já tem os fatos importantes, mais do que precisa) e hesita. É para o bolso rasgado que ela está olhando. Talvez rasgado quando Ondowsky estava procurando vítimas, mas, se ele for judeu, pode ser que tenha feito de propósito. Pode ter sido *keriah*, quando se rasga uma roupa depois de uma morte e se expõe simbolicamente o coração ferido. Ela acha que foi isso que aconteceu com aquele bolso rasgado. É nisso que ela quer acreditar.

5

A falta de sono que ela esperava não acontece; Holly apaga em questão de minutos. Talvez chorar com Jerome tenha dispersado um pouco do veneno que a notícia da Pensilvânia tinha injetado nela. Dar consolo e receber. Quando está quase adormecendo, ela pensa que devia conversar sobre isso com Allie Winters na próxima consulta.

Ela acorda em algum momento da madrugada do dia 9 de dezembro, pensando no correspondente, Ondowsky. Havia algo nele... o quê? O quanto ele parecia cansado? Os arranhões e o pó de tijolo nas mãos? O bolso rasgado?

Isso, ela pensa. *Deve ter sido. Talvez eu estivesse sonhando com isso.*

Ela murmura brevemente no escuro, uma espécie de oração.

— Sinto sua falta, Bill. Mas estou tomando meu Lexapro e não estou fumando.

Ela apaga e só acorda quando o alarme toca, às seis da manhã.

9-13 DE DEZEMBRO DE 2020

1

A Achados e Perdidos pôde mudar para um escritório novo e mais caro no quinto andar do Frederick Building, no centro, porque os negócios vão bem, e o resto da semana é agitado para Holly e Pete. Não sobra tempo para Holly assistir a *John Law* e pouco para pensar na explosão na escola da Pensilvânia.

A agência tem parceria de trabalho com dois dos grandes escritórios de direito da cidade, do tipo prestigiado com muitos nomes na porta. "Macintosh, Winesap e Spy", Pete gosta de brincar. Como policial aposentado, ele não tem nenhum grande amor por advogados, mas seria o segundo a admitir (Holly seria a primeira) que intimações e citações compensam muito.

— Uma porra de um feliz Natal pra esses caras — diz Pete quando sai na manhã de quinta com uma pasta cheia de infortúnios e aborrecimentos.

Além de entregar notificações, a Achados e Perdidos está entre as favoritas de várias seguradoras (locais, não afiliadas às grandes), e Holly passa boa parte da sexta investigando uma alegação de incêndio criminoso. É um caso dos grandes, o beneficiário da apólice precisa muito do dinheiro, e ela recebeu a tarefa de confirmar que ele estava mesmo em Miami, como alegou, quando seu armazém foi destruído pelas chamas. Ele estava mesmo, o que é bom para ele, mas não tão bom para a Lake Fidelity.

Além desses trabalhos, que sempre pagam as contas grandes, tem um devedor fugitivo para encontrar (Holly faz isso pelo computador e o localiza rapidamente verificando as cobranças do cartão de crédito), pessoas que fugiram do controle da condicional para botar no radar (o que é conhecido no ramo como rastreio de fujão) e crianças e cachorros desaparecidos.

169

mas, enquanto fala, ele rasga as roupas. Não só o bolso do paletó e a manga, mas primeiro uma lapela e depois a outra. Ele arranca a gravata e a rasga no meio. Depois a camisa é rasgada na frente, arrancando os botões.

O sonho acaba antes de ele começar a rasgar a calça do terno ou a mente consciente dela se recusa a lembrar disso na manhã seguinte, quando o alarme do celular toca. De qualquer modo, ela acorda como se não tivesse descansado, e come o ovo e a torrada sem prazer, só se alimentando para um dia que vai ser cansativo. Ela costuma gostar de viajar de carro, mas a perspectiva daquela viagem pesa nos ombros como algo físico.

A bolsa azul pequena, a que ela chama de "bolsa de miudezas", está ao lado da porta, com uma muda de roupas e artigos de higiene, para o caso de ela ter que passar a noite. Ela pendura a alça no ombro, sai do apartamentinho aconchegante, pega o elevador, abre a porta, e ali está Jerome Robinson, sentado no degrau de entrada. Ele está tomando uma Coca e a mochila com o adesivo escrito JERRY GARCIA ESTÁ VIVO está ao lado.

— Jerome? O que você está fazendo aqui? — E porque não consegue se segurar: — E tomando Coca às sete e meia da manhã, aff!

— Eu vou com você — diz ele, e o jeito como ele olha para ela diz que discutir não vai adiantar. Mas tudo bem, porque ela não quer.

— Obrigada, Jerome — diz Holly. É difícil, mas ela consegue não chorar. — Obrigada.

3

Jerome dirige na primeira metade da viagem, e na parada para o xixi e a gasolina na rodovia eles trocam. Holly fica com uma sensação de medo pelo que a aguarda (*nos aguarda*, corrige ela) cada vez maior conforme eles vão chegando perto do subúrbio de Covington, em Cleveland. Para afastá-la, ela pergunta a Jerome como está o projeto dele. O livro.

— Mas, se você não quiser conversar sobre isso, tudo bem, sei que alguns autores não…

Mas Jerome está disposto, apesar de rir com timidez ao pensar em si mesmo como autor. O livro começou como um trabalho de faculdade, um ensaio aumentado, para uma matéria chamada história americana em preto e branco. Jerome decidiu escrever sobre seu tataravô, filho de antigos escravos nascido em 1878. Alton Robinson passou a infância e o começo da vida adulta em Memphis, onde existia uma classe média negra próspera nos anos finais do século XIX. Quando a febre amarela e as gangues de justiceiros brancos atingiram aquela subeconomia bem equilibrada, boa parte da comunidade negra simplesmente foi embora, deixando os brancos para quem eles trabalhavam responsáveis por preparar a própria comida, tirar o próprio lixo e limpar as bundas cagadas dos próprios bebês.

Alton foi morar em Chicago, onde trabalhou em um frigorífico, guardou dinheiro e abriu um bar com música ao vivo dois anos antes da Lei Seca. Em vez de fechar quando "começaram a furar os barris" (isso retirado de uma carta que Alton escreveu para a irmã; Jerome encontrou um baú de cartas e documentos guardados), ele mudou de local e abriu um bar clandestino no South Side, que ficou conhecido como Coruja Preta.

Quanto mais Jerome foi descobrindo sobre Alton Robinson, como seus negócios com Alphonse Capone, suas três escapadas de tentativas de assassinato (a quarta não deu tão certo), sua provável ocupação secundária de chantagem, sua influência política, mais o trabalho da faculdade foi crescendo, e mais insignificantes os trabalhos das outras disciplinas pareceram. Mas depois de muita reflexão (e uma avaliação profunda de suas emoções), ele entregou o trabalho e recebeu nota máxima.

— O que foi meio que uma piada — conta ele para Holly quando eles entram nos oitenta quilômetros finais da viagem. — Aquele trabalho era só a ponta do iceberg. Ou o primeiro verso em uma daquelas baladas inglesas intermináveis. Mas eu já estava no semestre final e tinha que compensar as outras matérias. Dar orgulho à família, sabe.

— Foi uma atitude muito adulta da sua parte — diz a mulher que sente que nunca teve sucesso em deixar a mãe e o pai orgulhosos. — Mas deve ter sido difícil.

— *Foi* difícil — diz Jerome. — Eu estava pegando fogo, garota. Queria largar tudo e pesquisar o tataravô Alton. O cara teve uma vida fabulosa. Alfinetes de gravata de diamante e de pérola e um casaco de pele de marta. Mas deixar passar um tempo foi o certo a fazer. Quando voltei à pesquisa, e isso foi no verão passado, depois que me formei, eu percebi que tinha um tema, ou poderia ter se eu fizesse o trabalho direito. Você já leu *O poderoso chefão*?

— Li o livro, vi o filme — diz Holly na mesma hora. — Os três filmes. — Ela se sente compelida a acrescentar: — O último não é muito bom.

— Se lembra da epígrafe do livro?

Ela balança a cabeça.

— É de Balzac. "Por trás de toda grande fortuna há um crime." Esse foi o tema que vi, apesar de a fortuna já ter escapado pelos dedos dele bem antes de ele levar um tiro em Cícero.

— É mesmo parecido com *O poderoso chefão* — comenta Holly, maravilhada, mas Jerome balança a cabeça.

— Não é, porque pessoas negras não podem ser americanas da mesma forma que os italianos e os irlandeses. A pele negra não se mistura, mesmo no caldeirão de raças. Quer dizer... — Ele faz uma pausa. — Eu quero dizer que a discriminação é a mãe do crime. Quero dizer que a tragédia de Alton Robinson foi ele ter achado que *pelo* crime poderia alcançar algum tipo de igualdade, mas isso acabou sendo uma quimera. No fim, ele não foi morto porque cruzou o caminho de Paulie Ricca, o sucessor de Capone, mas sim porque era negro. Porque era um *crioulo*.

Jerome, que às vezes irritava Bill Hodges (e escandalizava Holly) imitando um sotaque negro carregado e caricato (cheio de *issaí*, *chefia* e *xá comigo*, *sinhô!*), praticamente cospe a última palavra.

— Você já escolheu o título? — pergunta Holly baixinho. Eles estão chegando na saída para Covington.

— Bom... não exatamente. Não eu. — Jerome parece constrangido. — Escuta, Hollyberry, se eu contar uma coisa, você promete guardar segredo? Do Pete, da Barb e dos meus pais? Principalmente deles?

— Claro. Sei guardar segredo.

Jerome sabe que é verdade, mas hesita mesmo assim por um momento antes de falar.

— Meu professor da turma de história negra enviou meu trabalho pra uma agente em Nova York. O nome dela é Liz Darhansoff. Ela ficou interessada, e mês passado mandei as primeiras sessenta páginas do livro pra ela. Ela acha que dá pra publicar, e não só por um selo acadêmico, que era o máximo que eu almejava. Ela acha que uma das grandes editoras pode se interessar. Ela sugeriu chamar o livro do nome do bar clandestino do meu tataravô. *Coruja Preta: A ascensão e queda de um gângster americano.*

— Jerome, que maravilha! Aposto que um monte de gente se interessaria por um livro com um título desses.

— Pessoas negras, você quer dizer.

— Não! Todo tipo de gente! Você acha que só brancos ou negros ou… ou asiáticos gostaram de *O poderoso chefão*? — Um pensamento lhe ocorre. — Mas o que sua família acharia disso? — Ela está pensando na própria família, que ficaria horrorizada de ter um esqueleto desses retirado do armário.

— Bom — diz Jerome —, meus pais leram o trabalho e adoraram. Claro que é bem diferente de um livro, né. Um livro que pode ser lido por muito mais pessoas do que um professor e uma agente literária de Nova York. Mas, afinal, isso aconteceu há quatro gerações…

Jerome parece perturbado. Ela o vê olhar para ela, mas só com o canto do olho; Holly sempre fica olhando para a frente quando está dirigindo. Aquelas sequências de filmes em que o motorista olha para o passageiro por alguns segundos enquanto conversa a deixam louca. Ela sempre fica com vontade de gritar *Olha pra estrada, seu burro! Você quer atropelar uma criança enquanto discute sua vida amorosa?*

— O que você acha, Hols?

Ela pensa cuidadosamente.

— Acho que você devia mostrar aos seus pais o mesmo que mostrou à agente — diz ela. — E escutar o que eles têm a dizer. Interpretar os sentimentos deles e respeitá-los. E depois… seguir em frente. — Eles tinham chegado à saída para Covington. Holly liga a seta. — Eu nunca escrevi um livro, então não posso afirmar com certeza, mas acho que precisa de certa coragem. É isso que você devia fazer, eu acho. Ter coragem.

E é isso que eu preciso fazer agora, ela pensa. *A casa da minha mãe está a três quilômetros de distância, e é lá que está todo o sofrimento.*

4

A casa dos Gibney fica em um condomínio chamado Meadowbrook Estates. Enquanto Holly percorre a teia de ruas (*até a casa da aranha*, ela pensa, e fica com vergonha na mesma hora de pensar na mãe dessa maneira), Jerome diz:

— Se eu morasse aqui e voltasse pra casa bêbado, acho que passaria pelo menos uma hora procurando a minha casa.

Ele está certo. São casas típicas da Nova Inglaterra, todas iguais, diferenciadas apenas pelas cores... o que não ajudaria muito à noite, mesmo com a iluminação dos postes. Deve haver canteiros de flores diferentes nos meses quentes, mas agora os pátios das casas de Meadowbrook Estates estão cobertos de lascas duras de neve velha. Holly poderia dizer a Jerome que a mãe gosta que seja tudo igual, faz com que ela se sinta segura (Charlotte Gibney tem suas próprias questões), mas não diz nada. Ela está se preparando para o que promete ser um almoço estressante e uma tarde ainda mais estressante. *Dia de mudança*, ela pensa. *Ah, Deus.*

Ela embica na entrada da garagem da Lily Court, número 42, desliga o motor e se vira para Jerome.

— Você precisa estar preparado. Minha mãe disse que ele piorou muito nas últimas semanas. Às vezes ela exagera, mas acho que não é o caso desta vez.

— Sei como é. — Ele aperta uma das mãos dela de leve. — Vou ficar bem. Preocupe-se com você, tá?

Antes que ela possa responder, a porta do número 42 se abre e Charlotte Gibney sai de dentro da casa, ainda com a roupa boa de ir à igreja. Holly levanta a mão em um gesto hesitante de cumprimento, mas Charlotte não retribui.

— Entra — diz ela. — Você está atrasada.

Holly sabe que está atrasada. Cinco minutos.

Quando eles se aproximam da porta, Charlotte olha para Jerome com uma cara de "o que ele está fazendo aqui".

— Você conhece o Jerome — diz Holly. É verdade; eles se encontraram umas cinco ou seis vezes e Charlotte sempre olha para ele do mesmo jeito. — Ele veio me fazer companhia e me dar apoio moral.

Jerome abre seu sorriso mais encantador para Charlotte.

— Oi, sra. Gibney. Eu me convidei pra vir junto. Espero que a senhora não se importe.

Charlotte não pode dizer nada em resposta que não seja abertamente grosseiro, então só diz:

— Entrem, estou congelando aqui. — Como se tivesse sido ideia deles que ela saísse de casa e não dela mesma.

176

O número 42, onde Charlotte mora com o irmão desde que o marido morreu, está quente demais e com um cheiro tão forte de flores secas que Holly espera não começar a tossir. Ou ter ânsia de vômito, o que seria ainda pior. Tem quatro mesinhas no pequeno corredor, estreitando a passagem até a sala a ponto de tornar o percurso perigoso, principalmente porque cada mesinha está abarrotada dos bonequinhos de porcelana que são a paixão de Charlotte: elfos, gnomos, trolls, anjos, palhaços, coelhos, bailarinas, cachorrinhos, gatinhos, bonecos de neve, um Jack e uma Jill da canção de ninar (com balde e tudo) e o grande destaque, um Pillsbury Doughboy.

— O almoço está na mesa — diz Charlotte. — Só frutas e frango frio, infelizmente, mas tem bolo de sobremesa e... e...

Seus olhos se enchem de lágrimas, e quando Holly as vê, ela sente (apesar de todo o trabalho feito na terapia) uma onda de ressentimento que se aproxima do ódio. Ela pensa em todas as vezes que chorou na presença da mãe e ouviu a ordem de ir para o quarto "até tirar isso aí do seu organismo". Sente vontade de jogar as mesmas palavras na cara dela agora, mas em vez disso dá um abraço desajeitado em Charlotte. Ao fazer isso, sente como os ossos dela estão próximos da pele fina e flácida e percebe que a mãe está velha. Como pode desgostar de uma mulher velha que precisa da ajuda dela de forma tão óbvia? A resposta parece ser "com facilidade".

Após um momento, Charlotte empurra Holly com uma careta, como se tivesse sentido um cheiro ruim.

— Vá ver seu tio e diga a ele que o almoço está pronto. Você sabe onde ele está.

Holly sabe mesmo. Da sala vem o som de locutores profissionalmente animados fazendo um programa pré-jogo de futebol americano. Ela e Jerome vão em fila, para não correr o risco de perturbar nenhum integrante da galeria de porcelana.

— Quantos desses ela tem? — murmura Jerome.

Holly balança a cabeça.

— Não sei. Ela sempre gostou, mas a coisa fugiu de controle desde que meu pai morreu. — Ela ergue a voz para parecer artificialmente animada: — Oi, tio Henry! Pronto para o almoço?

Tio Henry não foi à igreja, pelo que dá para perceber. Ele está sentado na poltrona, usando um moletom da universidade Purdue com um pouco

177

6

Charlotte Gibney pode não ter ficado muito feliz de ver o amigo de Holly chegar junto com ela, mas está mais do que disposta a deixar Jerome guiar o velho Buick que mais parece um barco do tio Henry (com seus duzentos mil quilômetros rodados) até o Residencial Geriátrico das Colinas, onde há um quarto esperando por ele desde o dia 1º de dezembro. Charlotte tinha esperanças de o irmão poder ficar em casa até o Natal, mas agora ele começou a fazer xixi na cama, o que é ruim, e a vagar pelo bairro, às vezes de pantufas, o que é pior.

Quando eles chegam, Holly não vê uma única colina na região, só uma loja de conveniência Wawa e um boliche decrépito do outro lado da rua. Um homem e uma mulher de uniforme azul estão levando uma fila de seis ou oito idosos do boliche para casa, o homem erguendo a mão para fazer o trânsito parar até o grupo estar em segurança do outro lado. Os detentos (não é a palavra certa, mas é a que lhe ocorre) estão de mãos dadas, parecendo crianças prematuramente envelhecidas em um passeio da escola.

— Aqui é o cinema? — pergunta o tio Henry quando Jerome vira o Buick para o caminho na frente da porta da clínica. — Achei que a gente ia ao cinema.

Ele está sentado na frente com Jerome. Em casa, ele tentou ir para trás do volante, até que Charlotte e Holly fizeram com que desse meia-volta. Tio Henry não pode mais dirigir. Charlotte roubou a habilitação do irmão da carteira dele em junho, durante uma das sonecas cada vez mais longas de Henry. Logo depois, se sentou à mesa da cozinha e chorou.

— Aqui também vai ter filme — diz Charlotte. Ela está sorrindo e mordendo o lábio ao mesmo tempo.

Eles são recebidos no saguão por uma sra. Braddock, que trata o tio Henry como um velho amigo, segura as duas mãos dele e diz como está feliz "de ter você com a gente".

— Com a gente pra quê? — pergunta Henry, olhando em volta. — Tenho que ir trabalhar daqui a pouco. A papelada está toda errada. Aquele Hellman é um inútil.

— Trouxeram as coisas dele? — pergunta a sra. Braddock a Charlotte.

— Trouxemos — diz Charlotte, ainda sorrindo e mordendo o lábio. Ela pode começar a chorar a qualquer momento. Holly conhece os sinais.

— Vou buscar as malas — diz Jerome baixinho, mas não tem nada de errado com os ouvidos do tio Henry.

— Que malas? *Que malas?*

— Temos um quarto muito bonito pra você, sr. Tibbs — diz a sra. Braddock. — Com muita luz do sol…

— As pessoas me chamam de *Mister* Tibbs! — grita tio Henry, e numa imitação muito boa de Sidney Poitier no filme *Noite sem fim*, que faz a mulher da recepção e um funcionário que está passando olharem, sobressaltados. Tio Henry ri e se vira para a sobrinha. — Quantas vezes nós vimos esse filme, Holly? Seis?

Desta vez ele acertou o nome dela, o que a faz se sentir ainda pior.

— Mais — diz Holly, sabendo que pode começar a chorar a qualquer momento. Ela e o tio viram muitos filmes juntos. Janey podia ser a favorita, mas Holly era a companheira de filmes, quando os dois se sentavam no sofá com uma bacia de pipoca.

— Sim — diz tio Henry. — É verdade. — Mas ele está se perdendo de novo. — Onde estamos? Onde realmente estamos?

No lugar onde você provavelmente vai morrer, pensa Holly. *A não ser que o levem para o hospital antes.* Lá fora, ela vê Jerome tirando duas malas com padronagem xadrez do carro. E uma capa de terno. O tio vai usar terno de novo? Sim, provavelmente… mas só uma vez.

— Vamos ver seu quarto — diz a sra. Braddock. — Você vai gostar, Henry! Ela pega o braço dele, mas Henry resiste. Ele olha para a irmã.

— O que está acontecendo aqui, Charlie?

Não chore agora, pensa Holly, *segure, não ouse. Ah, que bosta, lá vem o aguaceiro, e vem com tudo.*

— Por que você está chorando, Charlie? — pergunta tio Henry. — Eu não quero ficar aqui! — Agora não com a voz potente de "Mister Tibbs", mais com um choramingo. Como uma criança que percebe que vai tomar vacina. Ele afasta o olhar das lágrimas de Charlotte e vê Jerome chegando com as malas. — Ei! Ei! O que você está fazendo com minha bagagem? Essas malas são minhas!

— Bem — diz Jerome, mas parece não saber como continuar.

Os idosos estão entrando depois da ida ao boliche, onde Holly tem certeza de que muitas bolas foram jogadas na canaleta. O funcionário que levantou a mão para fazer o trânsito parar se junta a uma enfermeira que parece ter surgido do nada. Ela tem o corpo e o braço largos.

Os dois se aproximam de Henry e o seguram delicadamente pelos braços.

— Vamos por aqui — diz o cara do boliche. — Vamos dar uma olhada no seu quarto novo, irmão. Vamos ver o que você acha.

— O que eu acho de quê? — pergunta Henry, mas vai andando.

— Quer saber de uma coisa? — diz a enfermeira. — O jogo está passando na sala comunitária e temos a maior TV que você já viu. Vai parecer que você está dentro do campo. Vamos dar uma olhada no seu quarto e você pode ir pra lá assistir.

— Tem um monte de biscoitos também — diz a sra. Braddock. — Fresquinhos.

— São os Browns jogando? — pergunta Henry. Eles estão se aproximando da porta dupla. Ele logo vai desaparecer atrás delas. *E vai começar a viver o restante de sua vida desbotada*, Holly pensa.

A enfermeira ri.

— Não, não, não os Browns, eles estão fora. Os Ravens. Eles bicam e arrasam!

— Que bom — diz Henry, e acrescenta uma coisa que ele jamais teria dito antes de seus transmissores neurais começarem a enferrujar. — Esses Browns são uns escrotos.

Ele se vai.

A sra. Braddock enfia a mão no bolso do vestido e entrega um lenço para Charlotte.

— É perfeitamente natural que eles fiquem abalados no dia da mudança. Ele vai se acomodar. Tenho mais alguns documentos pra senhora terminar de preencher se estiver disposta, sra. Gibney.

Charlotte assente. Acima do buquê encharcado que é o lenço, seus olhos estão vermelhos e úmidos. *Essa é a mulher que me repreendeu por chorar em público*, pensa Holly, impressionada. *A que me mandou parar de tentar ser o centro das atenções. É uma vingança, e eu não precisava disso.*

Outro funcionário (*o bosque está cheio deles*, ela pensa) se materializou e está colocando as malas desbotadas de Henry e o terno Brooks Brothers em um carrinho, como se aquele lugar fosse só um Holiday Inn ou um motel de beira de estrada. Holly está olhando para a cena e segurando as lágrimas quando Jerome segura seu braço com delicadeza e a leva para fora.

Eles se sentam em um banco, no frio.

— Eu quero um cigarro — diz Holly. — É a primeira vez em muito tempo.

— Finge — diz ele, e expira uma nuvem de ar gelado.

Ela inspira e sopra uma nuvem de vapor. Ela finge.

7

Eles não passam a noite lá, apesar de Charlotte garantir que há espaço. Holly não gosta de pensar na mãe passando a primeira noite sozinha, mas não suporta ficar ali. Não é a mesma casa onde Holly passou a infância, mas a mulher que mora lá é a mesma com quem ela passou a infância. Holly está muito diferente da garota pálida, fumante inveterada e escritora de poesia (ruim) que cresceu à sombra de Charlotte Gibney, mas isso é difícil de lembrar na presença dela, porque a mãe ainda a vê como a garota problemática que ia para todo canto com os ombros encolhidos e o olhar voltado para baixo.

É Holly quem dirige pelo primeiro trecho do trajeto daquela vez, e Jerome pega o final. Já batendo cabeça, pensando de uma forma desconexa sobre o fato de o tio Henry a confundir com Janey, a mulher que explodiu no carro de Bill Hodges. Isso leva sua mente à explosão que ocorreu na Macready Middle School e ao correspondente com o bolso rasgado e o pó de tijolo nas mãos. Ela se lembra de pensar que havia algo diferente nele naquela noite.

Bom, é claro, ela pensa ao começar a cochilar de novo. Entre o primeiro boletim naquela tarde e a reportagem especial à noite, Ondowsky ajudou na busca pelos destroços, passando assim do papel de relatar a história a fazer parte dela. Isso mudaria qualquer pes…

De repente, ela abre os olhos e se senta ereta, sobressaltando Jerome.

— O quê? Você está b…

— A pinta!

Ele não sabe do que ela está falando e Holly não liga. Não deve significar nada, mas ela sabe que Bill Hodges a teria parabenizado pela observação. E pela memória, o que o tio Henry está perdendo.

— Chip Ondowsky — disse ela. — O correspondente que foi o primeiro a chegar na cena depois da explosão na escola. De tarde, ele tinha uma pinta ao lado da boca, mas quando a reportagem especial começou, às dez da noite, tinha sumido.

— Graças a Deus pela maquiagem, hein? — diz Jerome enquanto sai da via expressa.

Ele está certo, claro, até passou pela cabeça dela quando o boletim começou: gravata torta, sem tempo de cobrir a pinta com maquiagem. Mais tarde, depois que a equipe de apoio de Ondowsky chegou, eles cuidaram disso. Ainda assim, é meio estranho. Holly tem certeza de que um maquiador teria deixado os arranhões, pois eram bons para a TV, faziam o correspondente parecer heroico. Mas o cara ou garota da maquiagem não teria limpado um pouco do pó de tijolo em volta da boca de Ondowsky quando estivesse cobrindo a pinta?

— Holly? — pergunta Jerome. — Você está fundindo o cérebro de novo?

— Estou — diz ela. — Acho que estou. Muito estresse, pouco descanso.

— Deixa pra lá.

— É — diz ela. É um bom conselho. Ela pretende segui-lo.

14 DE DEZEMBRO DE 2020

1

Holly esperava outra noite agitada sem dormir, mas ela dorme direto até o alarme do celular (a música "Orinoco Flow") a acordar gentilmente às seis horas. Ela se sente descansada, sente que voltou a ser ela mesma. Ela fica de joelhos, faz uma curta meditação matinal e então se senta à mesinha da cozinha para comer uma tigela de mingau de aveia, um copo de iogurte e uma caneca grande de chá Constant Comment.

Enquanto aprecia a pequena refeição, ela lê o jornal local no iPad. A notícia da bomba na escola Macready saiu da primeira página (dominada, como é de costume, pelas palhaçadas do presidente) e foi para a seção de Notícias Nacionais. Isso porque não houve nenhuma novidade no caso. Mais vítimas receberam alta do hospital; duas crianças, um deles um talentoso jogador de beisebol, permanecem em estado grave; a polícia alega estar seguindo várias pistas. Holly duvida. Não tem nada sobre Chip Ondowsky, e ele foi a primeira pessoa em quem ela pensou quando Enya a despertou. Não na mãe, não no tio. Ela estava sonhando com Ondowsky? Se estava, não lembra.

Ela sai do aplicativo do jornal, abre o navegador e digita o nome de Ondowsky. A primeira coisa que descobre é que o primeiro nome dele é Charles e que trabalha na afiliada da NBC em Pittsburgh há dois anos. A bio dele é uma aliteração encantadora: crimes, comunidade e fraudes contra o consumidor.

Há vários vídeos. Holly clica no mais recente, intitulado "WPEN dá as boas-vindas a Chip e Fred". Ondowsky entra na redação (usando um terno novo), seguido de um jovem usando camisa xadrez e calça cáqui com bolsos

185

grandes nas laterais. Eles são recebidos por uma onda de aplausos da equipe da emissora, tanto as pessoas no ar quanto a equipe do estúdio. Umas quarenta ou cinquenta pessoas no total. O jovem, Fred, sorri. Ondowsky reage com surpresa e depois com o prazer de um tipo adequadamente modesto. Ele até aplaude em resposta. Uma mulher bem-vestida, provavelmente a âncora, se aproxima.

— Chip, você é nosso herói — diz ela e dá um beijo na bochecha dele.
— Você também Freddy. — Mas o jovem não ganha um beijo, só um tapinha rápido no ombro.

— Eu resgato você quando precisar, Peggy — diz Ondowsky, gerando gargalhadas e mais palmas. O clipe termina aí.

Holly assiste a mais vídeos, escolhendo de forma aleatória. Em um, Chip está do lado de fora de um prédio em chamas. Em outro, está no local de um acidente com vários veículos em uma ponte. No terceiro, está dando a notícia inovadora de uma nova ACM, com pá de prata cerimonial e trilha sonora tocando "Y.M.C.A.", do Village People. Um quarto, logo antes do dia de Ação de Graças, mostra-o batendo repetidamente na porta de uma chamada "clínica da dor" em Sewickley sem receber nada para *suas* dores além de um abafado "Nada a declarar, vai embora!".

Que cara ocupado, Holly pensa. E em nenhum dos vídeos Charles "Chip" Ondowsky tem uma pinta. *Porque está sempre coberta com maquiagem*, ela diz a si mesma enquanto lava a pouca louça na pia. Foi só daquela vez, quando ele teve que entrar no ar correndo, que a pinta apareceu. *E por que você está preocupada com isso, afinal? Parece uma música da moda que gruda que nem chiclete na cabeça.*

Como ela acorda cedo, dá tempo de ver um episódio de *The Good Place* antes de ir trabalhar. Ela vai para a sala, pega o controle remoto e fica segurando, olhando para a tela apagada. Depois de um tempo, ela larga o controle remoto e volta para a cozinha. Pega o iPad de novo e encontra o vídeo de Chip Ondowsky fazendo a investigação sobre a clínica da dor em Sewickley.

Depois que o cara manda Chip ir embora, a câmera volta para Ondowsky, em um close médio, segurando o microfone (com o logo da WPEN em destaque) junto à boca e com um sorriso triste.

— Vocês ouviram, o autodeclarado "médico da dor" Stefan Muller se recusou a responder perguntas e nos mandou ir embora. Nós fomos, mas vamos continuar voltando e fazendo perguntas até termos respostas. Aqui é Chip Ondowsky, em Sewickley. Voltamos com você, David.

Holly assiste de novo. Nessa repetição, ela congela a imagem na hora que Ondowsky está dizendo *vamos continuar voltando*. O microfone abaixa um pouco nessa hora e é possível ter uma boa visão da boca. Ela abre os dedos para dar zoom na imagem até a boca ocupar a tela toda. Não tem pinta ali, ela tem certeza. Ela veria o fantasma mesmo que estivesse coberta com base e pó.

Não tem mais pensamento nenhum sobre *The Good Place* na cabeça dela.

O relato inicial de Ondowsky da cena da explosão não está no site da WPEN, mas está no site do programa ABC News. Ela entra e novamente abre os dedos, ampliando a imagem até a tela estar tomada pela boca de Chip. E, adivinha, aquilo não é uma pinta. É terra? Ela acha que não. Ela acha que é pelo. Uma área que ele deixou sem barbear, talvez.

Ou quem sabe outra coisa.

Quem sabe o resquício de um bigode falso.

Agora o pensamento de chegar cedo no escritório para poder ouvir as mensagens da secretária eletrônica e cuidar da papelada em paz antes de Pete chegar também sumiu da mente dela. Ela se levanta e anda duas vezes pela cozinha, o coração batendo forte no peito. O que ela está pensando não pode ser verdade, é uma idiotice, mas e se for verdade?

Ela pesquisa no Google *Explosão na Macready Secondary School* e encontra a imagem do entregador/ homem da bomba. Usa o dedo para aumentar a foto e se concentra no bigode do homem. Ela está pensando naqueles casos sobre os quais a gente lê de tempos em tempos, em que um incendiário em série acaba sendo um bombeiro, ou alguém do departamento oficial ou de uma equipe de voluntários. Havia até um livro de crime real sobre isso, *Fire Lover*, de Joseph Wambaugh. Ela leu quando estava no ensino médio. É uma história maluca de síndrome de Munchausen.

É monstruoso demais. Não pode ser.

Mas Holly se vê questionando pela primeira vez como Chip Ondowsky chegou ao local da explosão tão rápido, superando todos os outros repórteres por... bom, ela não sabe quanto tempo, mas ele chegou primeiro. Disso ela sabe.

Mas espere, sabe mesmo? Ela não viu nenhum outro repórter ao fundo naquele primeiro boletim, mas dá para ter certeza?

Ela remexe na bolsa e encontra o celular. Desde o caso que dividiu com Ralph Anderson, que acabou no tiroteio no Buraco de Marysville, ela e Ralph costumam conversar, normalmente logo cedo. Às vezes, ele liga para ela; às vezes, é ela que o procura. O dedo dela paira sobre o número dele, mas não chega a tocar. Ralph está de férias com a esposa e o filho, e mesmo que não esteja dormindo às sete da manhã, é tempo dele com a família. Ela quer incomodá-lo por algo tão pequeno?

Talvez ela possa usar o computador e descobrir sozinha. Ela fica mais calma. Ela aprendeu com o melhor, afinal.

Holly liga o computador, abre a foto do falso entregador e a imprime. Seleciona então várias imagens do rosto de Chip Ondowsky; como ele é repórter, há muitas. Ela também as imprime. Leva tudo para a cozinha, onde a luz é mais forte de manhã. Arruma tudo em um quadrado, a foto do homem da bomba no meio, as de Chip ao redor. Ela se inclina e observa cada uma com cuidado por um minuto. Em seguida, fecha os olhos, conta até trinta e olha de novo. Ela solta um suspiro que é um pouco decepcionado e exasperado, mas acima de tudo aliviado.

Ela se lembra de uma conversa que teve com Bill uma vez, um mês ou dois antes do câncer de pâncreas dar cabo no seu sócio ex-policial. Ela perguntou se ele lia livros de detetive, e Bill disse que só as histórias de Harry Bosch escritas por Michael Connolly e as do 87º distrito de Ed McBain. Ele disse que aqueles livros eram baseados em trabalho policial real. A maioria dos outros era "baboseira tipo Agatha Christie".

Ele disse uma coisa sobre os livros do 87º distrito que ficou na cabeça dela: "McBain disse que só existem dois tipos de rostos humanos, rostos de porco e rostos de raposa. Eu acrescentaria que às vezes a gente vê um homem ou mulher com cara de cavalo, mas é raro. A maioria é de porco ou raposa mesmo".

Holly acha esse critério útil enquanto estuda as fotos na mesa da cozinha. Os dois homens têm aparência razoável ("não quebrariam um espelho", sua mãe diria), mas de formas diferentes. O entregador/ homem da bomba (Holly decide chamá-lo de George só por conveniência) tem rosto de raposa: estreito, lábios finos, o queixo pequeno e encolhido. O tanto que o rosto é estreito só se acentua pelo fato de que o cabelo preto de George começa alto nas têmporas, curto e penteado bem baixinho junto ao crânio. Ondowsky, por sua vez, tem rosto de porco. Não de um jeito nojento, mas é redondo e não estreito. O cabelo é castanho-claro. O nariz é mais largo e os lábios, mais carnudos. Os olhos de Chip Ondowsky são redondos, e se ele estiver usando lentes de grau, são de contato. Os olhos de George (o que ela consegue ver por trás dos óculos) parecem ser puxados nos cantos. Os tons de pele também são diferentes. Ondowsky é um cara branco típico. George, por sua vez, tem um tom meio amorenado na pele. Além de tudo, Ondowsky tem um buraquinho no queixo, como Kirk Douglas. George, não.

Eles não devem ser nem da mesma altura, pensa Holly, embora, claro, seja impossível ter certeza disso.

Mesmo assim, ela pega uma caneta permanente na caneca na bancada da cozinha e desenha um bigode em uma das fotos de Ondowsky. Coloca ao lado da imagem de George da câmera de segurança. Não muda nada. Os dois não podem ser o mesmo cara.

Mas… já que ela está ali…

Ela volta novamente para o computador (ainda de pijama) e começa a procurar a cobertura inicial que devia ter chegado das afiliadas das redes, como ABC, FOX, CBS. Em dois vídeos, ela vê a van da WPEN ao fundo. No terceiro, ela vê o câmera de Ondowsky enrolando um cabo elétrico e se preparando para ir para um novo local. A cabeça dele está inclinada, mas Holly o reconhece mesmo assim, pela calça cáqui larga com os bolsos laterais. É Fred, do vídeo de boas-vindas. Ondowsky não aparece, já deve estar ajudando.

Ela volta para o Google e encontra outra emissora, independente desta vez, que devia estar no local. Ela joga *Notícia WPIT Macready School* no site de buscas e encontra um vídeo de uma jovem que parece ter acabado de sair do ensino médio. Ela está falando ao lado de uma pinha de metal gigante decorada com luzes de Natal que piscam. A van da emissora está atrás dela, estacionada na saída atrás de um sedã Subaru.

A jovem repórter está horrorizada, tropeçando nas palavras, noticiando tudo de um jeito que nunca vai fazer com que ela seja contratada (nem mesmo notada) por uma das emissoras maiores. Holly não liga. Quando o câmera da jovem dá zoom no exterior destruído da escola, mostrando médicos, a polícia e civis remexendo nos destroços e carregando macas, ela mira (palavra de Bill) em Chip Ondowsky. Ele está cavando como um cachorro, inclinado e jogando tijolos e tábuas quebradas para trás entre as pernas abertas. Ele ficou com aqueles cortes nas mãos de forma honesta.

— Ele *chegou* lá primeiro — diz Holly. — Talvez não antes das primeiras respostas, mas antes de qualquer outra emissora de tv…

Seu telefone toca. Ainda está no quarto, e ela atende no computador, uma solução que Jerome acrescentou em uma de suas visitas.

— Você está vindo? — pergunta Pete.

— Pra onde? — Holly está mesmo confusa. Ela parece ter sido arrancada de um sonho.

— Toomey Ford — diz ele. — Você esqueceu mesmo? Não é a sua cara, Holly.

Talvez não seja, mas ela esqueceu. Tom Toomey, dono da concessionária, tem certeza de que um dos vendedores (o melhor, na verdade) está alterando os valores das suas contas para menos, talvez para sustentar uma mocinha com quem ele está saindo paralelamente, talvez para bancar um vício em drogas. ("Ele funga muito", diz Toomey. "Alega que é o ar-condicionado. Em dezembro? Dá um tempo.") É o dia de folga de Dick Ellis, o que quer dizer que é a oportunidade perfeita para Holly olhar os números, fazer umas comparações e ver se tem algo errado.

Ela poderia dar uma desculpa para Pete, mas a desculpa seria mentira, e ela não faz isso. A não ser que seja realmente necessário, pelo menos.

— Eu esqueci mesmo. Desculpe.

— Quer que eu vá até aí?

— Não. — Se os números sustentarem as desconfianças de Toomey, Pete vai ter que sair mais tarde para confrontar Ellis. Por ser ex-policial, ele é bom nisso. Holly, não tanto. — Diz para o sr. Toomey que posso me encontrar com ele na hora do almoço onde ele quiser e que a Achados vai pagar a conta.

— Tudo bem, mas ele vai escolher um lugar caro. — Uma pausa. — Holly, você está investigando alguma coisa?

Ela está? E por que pensou tão rapidamente em Ralph Anderson? Tem alguma coisa que ela não está dizendo para si mesma?

— Holly? Ainda está aí?

— Estou — diz ela. — Estou aqui. Eu só perdi a hora.

Então acabou mentindo mesmo.

2

Holly toma um banho rápido e veste um dos terninhos discretos de trabalho. Chip Ondowsky fica na cabeça dela o tempo todo. Ela pensa que talvez saiba uma forma de responder a principal pergunta que a incomoda, e por isso volta ao computador e abre o Facebook. Não há sinal de Chip Ondowsky usar a rede, o que é incomum para uma personalidade da tv. Elas costumam amar as redes sociais.

Holly tenta o Twitter e bingo, ali está: Chip Ondowsky, @condowsky1.

A explosão na escola aconteceu às duas e dezenove. O primeiro tuíte de Chip no local aconteceu uma hora depois, e isso não surpreende Holly: condowsky1 estava ocupadíssimo. O tuíte diz: *Escola Macready. Tragédia horrível. Quinze mortos até agora, talvez muitos mais. Ore, Pittsburgh, ore.* É tocante, mas o coração de Holly não se deixa enganar. Possivelmente por ela ter se cansado dessa baboseira toda de "sentimentos e orações", talvez por parecer muito oportuno, provavelmente porque ela não está interessada nos tuítes que Ondowsky postou depois do acontecido. Não é isso que ela está procurando.

Ela se torna uma viajante do tempo e volta pelo *feed* de Ondowsky até antes de a explosão acontecer, e a uma e quarenta e seis ela encontra uma foto em uma lanchonete retrô com um estacionamento ao fundo. A placa em néon na janela diz TEMOS COMIDA CASEIRA APETITOSA! O tuíte de Ondowsky está embaixo da foto. *Tempo só pra um café com torta no Clauson's antes de ir pra Eden. Veja minha matéria sobre o Maior Bazar de Garagem do Mundo na PEN às seis!*

Holly pesquisa o Clauson's Diner e encontra dois estabelecimentos, um na Carolina do Norte e um em Pierre Village, Pensilvânia. Outra pesquisa no Google (como a gente vivia sem, ela se pergunta) mostra que Pierre Village fica a menos de quinze minutos de Pineborough e da escola Macready. O que explica como ele e o câmera chegaram lá primeiro. Ele estava indo cobrir o Maior Bazar de Garagem do Mundo em uma cidade chamada Eden. Outra pesquisa mostra que o município de Eden fica quinze quilômetros ao norte de Pierre Village e a mesma distância de Pineborough. Ele só estava no lugar certo (ou perto) por acaso, na hora certa.

Além do mais, ela tem certeza de que a polícia local (ou talvez os investigadores da ATF) já interrogaram Ondowsky e o câmera Fred sobre a chegada fortuita, não por algum deles ser suspeito, mas porque as autoridades vão cruzar todos os Ts e botar o pingo em todos os Is em uma situação de bomba em que houve múltiplas vítimas e feridos.

O celular dela está na bolsa agora. Ela o pega, liga para Tom Toomey e pergunta se está tarde para ela passar na concessionária e olhar os números. Talvez uma espiada no computador do vendedor suspeito?

— Claro — diz Toomey. — Mas arrumei a cara pra almoçar no DeMasio's. O fettuccini Alfredo de lá é maravilhoso. Isso ainda faz parte do acordo?

— Sem dúvida — diz Holly, fazendo uma careta interna ao pensar na prestação de contas que vai preencher mais tarde; o DeMasio's não é barato. Quando sai de casa, ela diz para si mesma para encarar aquilo como penitência por ter mentido para Pete. Mentiras são uma bola de neve, vão ficando cada vez maiores.

3

Tom Toomey devora o fettuccini Alfredo com um guardanapo enfiado na gola da camisa, sugando sem vergonha nenhuma, e depois pede uma *panna cotta* de frutas secas. Holly pede uma entrada e recusa a sobremesa, preferindo uma xícara de café descafeinado (ela evita cafeína depois das oito da manhã).

— Você devia pedir sobremesa — diz Toomey como se aquela refeição fosse de graça. — É uma comemoração. Parece que você me poupou algo em torno de doze mil dólares, se suas contas estiverem certas.

— Estão — diz Holly. — Pete vai fazer com que ele assuma o crime. Isso deve acabar com o problema.

— Pronto! Então, vamos lá — insiste ele. Vender parece ser sua postura padrão. — Coma alguma coisa doce. Permita-se.

Holly balança a cabeça e diz que está satisfeita. O fato é que ela não estava com fome quando se sentou, embora tivesse comido o mingau de aveia horas antes. Sua mente fica voltando a Chip Ondowsky. Sua música chiclete.

— Está cuidando do peso, então, é?

— É — diz Holly, o que não é totalmente mentira; ela toma conta da ingestão de calorias e o peso se cuida sozinho. Não que ela tenha alguém para quem cuidar. O sr. Toomey é que devia cuidar do dele, pois está cavando o próprio túmulo com o garfo e a colher, mas não é papel dela falar isso.

— Você devia chamar seu advogado e seu contador se planeja processar o sr. Ellis — diz ela. — Meus cálculos não serão suficientes no tribunal.

— Pode ter certeza. — Toomey se concentra na *panna cotta*, acaba com o que restou e olha para a frente. — Não entendo, Holly. Achei que você ficaria mais feliz. Você pegou um bandido.

Se o vendedor é muito ou pouco bandido dependeria do motivo de ele estar desviando dinheiro, mas isso não é da conta de Holly. Ela só abre para Toomey o que Bill chamava de seu sorriso de Mona Lisa.

— Tem outra coisa na sua cabeça? — pergunta Toomey. — Outro caso?

— De jeito nenhum — responde Holly, o que também não é mentira, não totalmente; a explosão da escola Macready também não é da conta dela. Ela não tem nada em jogo, Jerome diria. Mas aquela pinta que não era pinta fica na cabeça dela. Tudo em Chip Ondowsky parece legítimo (como diria Pete… ou Bill), exceto pela coisa que a fez parar para pensar nele desde o começo.

Há uma explicação racional, ela pensa enquanto faz sinal para o garçom trazer a conta. Você só não está vendo. Deixa pra lá.

Só deixa pra lá.

4

O escritório está vazio quando ela volta. Pete deixou um bilhete no computador dela dizendo *Rattner visto em um bar perto do lago. Estou indo. Me liga se precisar de mim.* Herbert Rattner é um fugitivo de condicional com longo histórico de não aparecer quando seus casos (foram muitos) são levados a julgamento. Holly deseja sorte mentalmente a Pete e abre os arquivos, que ela (e Jerome, quando ele tem a oportunidade) estão digitalizando. Ela imagina que vai afastar a mente dela de Ondowsky, mas não é o que acontece. Depois de só quinze minutos, ela desiste e abre o Twitter.

A curiosidade matou o gato, ela pensa, mas a satisfação o trouxe de volta. Vou só olhar uma coisinha e voltar para o trabalho burocrático.

Ela encontra o tuíte da lanchonete de Ondowsky. Antes, estava se concentrando nas palavras. Agora, é a fotografia que ela observa. É uma lanchonete retrô. Tem um sinal bonitinho de néon na vitrine. Estacionamento na frente. O estacionamento está só parcialmente ocupado, e ela não vê a van da WPEN por lá.

— Eles podem ter estacionado nos fundos — diz ela. Talvez seja verdade, ela não tem como saber se tem mais vagas atrás da lanchonete, mas por que fazer isso com tantas vagas disponíveis na frente, a poucos passos da porta de entrada?

Ela começa a sair do tuíte, mas para e se inclina para a frente até o nariz estar quase tocando a tela. Seus olhos estão arregalados. Ela tem a sensação de satisfação que sente quando finalmente pensa na palavra que a está incomodando nas palavras-cruzadas ou quando finalmente vê onde uma peça difícil encaixa no quebra-cabeça.

Ela seleciona a foto da lanchonete de Ondowsky e a puxa para o lado. Em seguida, encontra o vídeo da jovem repórter desajeitada falando ao lado da pinha gigante. A van da emissora independente, mais velha e mais humilde do que as das afiliadas das redes grandes, está estacionada na saída atrás de um sedã Subaru verde-musgo. O que quer dizer que o Subaru muito provavelmente estava lá primeiro, senão as posições estariam invertidas. Holly pausa o vídeo e abre a foto da lanchonete com o máximo de close que consegue, e, sim, tem um sedã Subaru verde-musgo no estacionamento da lanchonete. Não é conclusivo, existem muitos Subarus nas ruas, mas Holly tem seu instinto. É o mesmo. É do Ondowsky. Ele parou na saída e correu para a cena.

Ela está tão concentrada que, quando o celular toca, ela dá um gritinho. É Jerome. Ele quer saber se ela tem algum cachorro perdido para ele. Ou criança perdida; ele diz que se sente pronto para subir um degrau da escada.

— Não — diz ela —, mas você poderia...

Ela para antes de perguntar se ele pode pesquisar sobre um câmera da WPEN chamado Fred, talvez se passando por blogueiro ou jornalista de revista. Ela deve conseguir encontrar Fred sozinha, usando o computador de confiança. E tem outra coisa. Ela não quer Jerome envolvido naquilo. Não se permite pensar exatamente no motivo, mas a sensação é forte.

— Poderia o quê? — pergunta ele.

— Eu ia dizer que, se você quisesse ir de bar em bar perto do lago, você poderia procurar...

— Eu *amo* ir de bar em bar — diz Jerome. — Amo.

— Sei que ama, mas você estaria procurando Pete, não indo tomar cerveja. Veja se ele precisa de ajuda com um fugitivo de condicional chamado Herbert Rattner. Rattner é branco, uns cinquenta anos...

— Com tatuagem de um falcão ou algo do tipo no pescoço — diz Jerome. — Eu vi a foto no quadro de avisos, Hollyberry.

— Ele é um criminoso não violento, mas tome cuidado mesmo assim. Se o encontrar, não o aborde sem Pete.

— Pode deixar, pode deixar. — Jerome parece animado. Seu primeiro bandido de verdade.

— Toma cuidado, Jerome. — Ela não consegue deixar de dizer isso de novo. Se acontecesse alguma coisa com Jerome, ela ficaria destruída. — E não me chame de Hollyberry. Estou perdendo a paciência.

Ele promete e então desliga.

Holly volta a atenção para o computador, os olhos indo de um Subaru verde-musgo para o outro. *Não quer dizer nada*, ela diz para si mesma. *Você só está pensando o que está pensando por causa do que aconteceu no Texas.* Bill chamaria de síndrome do Ford azul. Ele dizia que, se você comprasse um Ford azul, de repente passaria a ver Fords azuis em toda parte. Mas aquilo não era um Ford azul, era um Subaru verde. E ela não consegue controlar seu pensamento.

Nada de *John Law* para Holly naquela tarde. Quando sai do escritório, ela já tem mais informações e está incomodada.

5

Em casa, Holly prepara uma refeição e quinze minutos depois já esqueceu o que era. Ela liga para a mãe para perguntar se ela foi visitar o tio Henry. "Sim", diz Charlotte. Holly pergunta como ele está. "Confuso", diz Charlotte, mas ele parece estar se adaptando. Holly não tem ideia se é verdade, porque a mãe tem um jeito de distorcer a visão de mundo até que esteja de acordo com o que ela deseja.

— Ele queria ver você — diz Charlotte, e Holly promete que vai assim que puder, talvez no próximo fim de semana. Sabendo que ele vai chamá-la de Janey, porque é Janey que ele quer. A que ele ama mais. Não é autopiedade, é só a verdade. É preciso aceitar a verdade.

— É preciso aceitar a verdade — diz ela. — Quer eu goste ou não.

Com isso em mente, ela pega o telefone, quase liga para Ralph, mas se controla novamente. Qual é o sentido de estragar as férias dele só porque os dois compraram um Ford azul no Texas e agora ela está vendo o mesmo carro em toda parte?

Mas ela se dá conta de que não *precisa* falar com ele, ao menos não em pessoa. Ela pega o celular e uma garrafa de refrigerante e vai para a sala. Lá, as paredes são cobertas de livros de um lado e de DVDs do outro, tudo arrumado em ordem alfabética. Ela se senta na poltrona confortável, mas em vez de ligar a Samsung de tela grande, abre o aplicativo de gravação do celular. Só olha para a tela por alguns momentos e depois aperta o botão vermelho.

— Oi, Ralph, sou eu. Estou gravando isto no dia 14 de dezembro. Não sei se você vai ouvir porque, se o que estou pensando acabar não sendo nada, e provavelmente é o que vai acontecer, eu vou só apagar, mas falar em voz alta pode ajudar a organizar meus pensamentos.

Ela faz uma pausa na gravação, pensando em como começar.

— Sei que você se lembra do que aconteceu naquela caverna quando finalmente encontramos o forasteiro cara a cara. Ele não estava acostumado a ser encontrado, né? Ele perguntou o que me permitiu acreditar. Foi Brady que me permitiu fazer aquilo, Brady Hartsfield, mas ele não sabia sobre o Brady. Ele perguntou se foi porque vi um igual a ele em outro lugar. Lembra como ficou a cara e a voz dele quando ele perguntou isso? Eu lembro. Não só ansioso, mas *ávido*. Ele achava que era o único. Eu também achava, tenho a impressão de que nós dois achamos. Mas, Ralph, estou começando a pensar se pode existir outro. Não igual, mas parecido... da mesma forma que cachorros e lobos são parecidos, digamos. Pode ser só o que meu velho amigo Bill Hodges chamava de síndrome do Ford azul, mas, se eu estiver certa, vou ter que fazer alguma coisa a respeito. Não é?

Esse último trecho ficou lamurioso, perdido. Ela pausa a gravação de novo, pensa em deletar essa parte, mas decide não fazer isso. Lamuriosa e perdida é como ela se sente agora. Além do mais... é provável que Ralph nunca escute aquilo.

Ela continua.

— Nosso forasteiro precisava de tempo para se transformar. Havia um período de hibernação, semanas ou meses, quando a aparência dele mudava de uma pessoa para a outra. Ele usou uma série de rostos ao longo de anos, talvez séculos. Mas esse cara... se o que estou pensando for verdade, ele pode mudar bem mais rápido, e é difícil acreditar nisso. O que é meio irônico. Lembra o que falei pra você naquele motel pulguento na noite anterior ao dia em que saímos atrás do criminoso? Falei que você tinha que deixar o conceito de realidade de toda a sua vida de lado. Que não tinha problema os outros não acreditarem, mas você tinha que acreditar. Eu falei que, se você não acreditasse, a gente provavelmente ia morrer, e que isso permitiria que o forasteiro continuasse usando o rosto de outros homens e os abandonando pra assumirem a culpa quando mais crianças morressem.

Ela balança a cabeça e até ri um pouco.

— Eu era como um daqueles pastores de cultos itinerantes que convocam os descrentes para encontrar Jesus, não era? Só que *eu* acreditava, e no final fiz *você* acreditar, o que bastou para que a gente fosse em frente. Só que agora *sou eu* que estou tentando não acreditar. Estou tentando dizer a mim mesma que é só a paranoica da Holly Gibney pulando atrás de sombras como eu fazia antes de o Bill aparecer e me ensinar a ter coragem.

Holly respira fundo.

— O homem que me preocupa se chama Charles Ondowsky, mas usa o nome Chip. Ele é repórter de TV e a linha dele é o que ele próprio chama de três Cs: crimes, comunidade e fraudes contra o consumidor. Ele cuida de casos da comunidade, coisas como cerimônias inovadoras e o Maior Bazar de Garagem do Mundo e também cobre fraudes contra o consumidor; tem até um segmento no noticiário noturno da emissora dele chamado Chip em Alerta. Mas o que ele mais cobre são crimes e desastres. Tragédias. Morte. Dor. E se isso tudo não te fizer se lembrar do forasteiro que matou aquele garotinho em Flint City, eu ficaria muito surpresa. Chocada, na verdade.

Ela pausa a gravação para tomar um gole grande de refrigerante, pois sua garganta está seca como o deserto, e solta um arroto alto que a faz rir. Sentindo-se um pouco melhor, Holly aperta o botão da gravação e faz o relato, como faria ao investigar um caso: recuperação de bens, cachorros perdidos, um vendedor de carros que tira seiscentos dólares aqui, oitocentos ali. Fazer isso é bom. É como desinfetar uma ferida que começou a ficar um pouquinho vermelha, e naquela noite ela dorme como um anjinho.

15 DE DEZEMBRO DE 2020

Quando acorda na manhã seguinte, Holly se sente nova em folha, pronta para trabalhar e também pronta para deixar Chip Ondowsky e suas desconfianças paranoicas sobre ele para trás. Foi Freud ou Dorothy Parker que disse uma vez que às vezes um charuto é só um charuto? Mas não importava quem tenha sido; às vezes, um ponto escuro ao lado da boca de um repórter era só pelo ou sujeira que *parece* pelo. Ralph diria isso se algum dia ouvisse a gravação, o que quase certamente não aconteceria. Mas funcionou: falar em voz alta tirou a ideia da cabeça dela. De certa forma, era como as consultas da terapia com Allie. Porque se Ondowsky podia se transformar em George da Bomba e depois voltar a ser ele mesmo, por que ele deixaria um pedacinho do bigode de George para trás? A ideia é ridícula.

Ou o Subaru verde. Sim, o carro pertence a Chip Ondowsky, ela tem certeza. Ela supôs que ele e o câmera (o nome dele é Fred Finkel, descobrir isso foi fácil, sem necessidade da ajuda de Jerome) estivessem juntos na van da emissora, mas foi mais uma suposição do que uma dedução, e Holly acredita que o caminho até o inferno está cheio de suposições.

Agora que sua mente está descansada, ela consegue ver que a decisão de Ondowsky de seguir de carro sozinho é lógica e perfeitamente inocente. Ele é um repórter de destaque em um canal grande de tv. É o Chip em Alerta, caramba, e, como tal, pode acordar um pouco mais tarde do que a ralé, talvez passar pela emissora e depois tomar café com torta na lanchonete favorita enquanto Fred, o câmera fiel, vai até Eden fazer o B-roll (como fã de cinema, Holly sabe que é assim que chamam) e talvez até, se Fred tiver aspirações de subir na hierarquia do departamento de notícias, fazer pré-entrevistas com as pessoas com quem Ondowsky vai falar quando filmar a notícia do Maior Bazar de Garagem do Mundo para o programa das seis horas.

Só que Ondowsky recebe a notícia, talvez em um rádio que capta as ondas da polícia, sobre a explosão na escola e corre até o local. Fred Finkel faz o mesmo na van da emissora. Ondowsky estaciona ao lado daquela pinha ridícula, e é lá que ele e Finkel começam a trabalhar. Tudo perfeitamente justificável, sem a necessidade de usar elementos sobrenaturais. É só um caso de uma investigadora particular a centenas de quilômetros de distância que por acaso está sofrendo de síndrome do Ford azul.

Voilà.

Holly tem um bom dia no escritório. Rattner, aquele mestre do crime, foi visto por Jerome em um bar com o incrível (ao menos para Holly) nome de Taberna Edmund Fitzgerald e foi acompanhado para a cadeia do condado por Pete Huntley. Pete está na concessionária Toomey agora, onde vai confrontar Richard Ellis.

Barbara Robinson, irmã de Jerome, aparece lá e conta para Holly (com uma certa arrogância) que ela foi liberada das aulas da tarde porque está preparando um trabalho chamado *Investigação particular: fatos x ficção.* Ela faz algumas perguntas a Holly (e grava as respostas no celular), depois ajuda Holly com os arquivos. Às três horas, elas se sentam para assistir a *John Law.*

— Eu amo esse cara, ele é tão irado — diz Barbara enquanto o juiz Law anda gingando até seu lugar.

— Pete não concorda — diz Holly.

— É, mas o Pete é branco — declara Barbara.

Holly se vira para Barbara com os olhos arregalados.

— *Eu* sou branca.

Barbara ri.

— Bom, tem branco e tem *muito* branco. O sr. Huntley é isso.

Elas riem e assistem ao juiz Law resolver o caso de um ladrão que alega não ter feito nada, que só foi acusado por ser negro. Holly e Barbara trocam um daqueles olhares telepáticos: *até parece.* As duas caem na gargalhada de novo.

Um dia *muito* bom, e Chip Ondowsky quase não passa pela cabeça de Holly até o telefone dela tocar às seis da tarde, quando está se sentando para ver *Clube dos cafajestes.* A ligação do dr. Carl Morton muda tudo. Quando a ligação é finalizada, Holly faz outra. Uma hora depois, recebe mais uma. Ela faz anotações durante as três.

No dia seguinte, segue a caminho de Portland, no Maine.

16 DE DEZEMBRO DE 2020

1

Holly se levanta às três horas da madrugada. Ela já fez a mala, já imprimiu o cartão de embarque da Delta, só precisa estar no aeroporto às sete e o trajeto é curto, mas ela não consegue mais dormir. Na verdade, ela nem acharia que dormiu se não fosse o Fitbit, que registra duas horas e trinta minutos. Um sono leve e muito curto, mas ela já se virou com menos.

Ela toma café e um iogurte. A mala (pequena, de mão, claro) está pronta ao lado da porta. Ela liga para o escritório e deixa uma mensagem para Pete, avisando que não vai ao escritório naquele dia e talvez nem no resto da semana. Por motivos pessoais. Ela está prestes a encerrar a ligação quando outra coisa passa pela cabeça dela.

— Pede ao Jerome para dizer pra Barbara que ela devia ver *Relíquia macabra*, *À beira do abismo* e *O caçador de aventuras* pra parte de "ficção" do trabalho sobre investigações particulares. Tem os três filmes na minha coleção. Jerome sabe onde fica a chave extra do meu apartamento.

Depois disso, ela abre o aplicativo de gravação do celular e começa a acrescentar informações ao relato que está fazendo para Ralph Anderson. Está começando a achar que talvez tenha que enviar a gravação para ele, afinal.

2

Apesar de Allie Winters ser sua terapeuta há anos, Holly fez umas pesquisas e procurou Carl Morton depois que voltou das aventuras sombrias em

Oklahoma e no Texas. O dr. Morton tinha escrito dois livros sobre casos, parecidos com os de Oliver Sachs, mas científicos demais para serem best-sellers. Ainda assim, ela achou que ele era o homem certo, e o consultório dele ficava relativamente perto, e por isso ela o procurou.

Ela foi a duas consultas de cinquenta minutos com Morton, o suficiente para contar a história completa e sem cortes da parte dela do caso do forasteiro. Ela não se importou se o dr. Morton acreditou em tudo, em uma parte ou em nada. O importante para Holly era botar para fora antes que aquilo pudesse crescer nela como um tumor maligno. Ela não procurou Allie porque achou que envenenaria o trabalho que as duas estavam fazendo com as outras questões de Holly, o que era a última coisa que ela queria.

Havia outro motivo para procurar um confessor secular como Carl Morton. *Você já viu outro como eu em algum lugar?*, perguntara o forasteiro. Holly não tinha visto; Ralph não tinha visto; mas a lenda de criaturas assim, conhecidas pelos latinos dos dois lados do Atlântico como *el cuco*, existia havia séculos. Então... talvez *houvesse* outros.

Talvez houvesse.

3

Perto do final da segunda e última consulta, Holly disse:

— Posso dizer o que eu acho que *você* acha? Sei que é muita impertinência, mas posso?

Morton abriu um sorriso que devia ter a intenção de ser encorajador, mas que Holly interpretou como indulgente; não era tão difícil de interpretar como ele talvez gostasse de imaginar.

— Vá em frente, Holly. O tempo é seu.

— Obrigada. — Ela tinha cruzado as mãos. — Você deve saber que ao menos uma parte da minha história é verdade, porque os acontecimentos foram bastante divulgados, desde o estupro seguido de assassinato do pequeno Peterson em Oklahoma até os acontecimentos, ao menos alguns deles, que ocorreram no Buraco de Marysville, no Texas. A morte do detetive Jack Hoskins, de Flint City, Oklahoma, por exemplo. Estou certa?

Morton assentiu.

— Quanto ao resto da minha história, sobre o forasteiro que muda de forma e o que aconteceu com ele na caverna, você acredita que são ilusões induzidas pelo estresse. Estou certa sobre isso?

— Holly, eu não definiria...

Ah, me poupe do jargão, pensou Holly, mas o interrompeu em seguida, uma coisa que ela seria incapaz de fazer não muito tempo antes.

— Não importa como você define — disse ela. — Você pode acreditar no que quiser. Mas quero uma coisa de você, dr. Morton. Você vai a muitas conferências e simpósios. Sei disso porque pesquisei sobre você on-line. Você publicou muitos artigos em vários periódicos médicos além dos seus livros e costuma receber compensações por sua presença nesse tipo de evento, acredito.

— Holly, você não está se afastando um pouco do assunto da sua história? E das suas percepções a respeito dessa história?

Não, pensou ela, *porque essa história está contada. O que importa é o que vem depois. Espero que não seja nada, e provavelmente não será, mas não faz mal ter certeza. Ter certeza ajuda a gente a dormir melhor à noite.*

— Quando você comparecer a essas conferências e simpósios, quero que fale sobre meu caso. Quero que você o descreva. Pode anotar, se quiser, não tem problema. Eu quero que você seja específico sobre minha crença, que você pode ficar à vontade pra diagnosticar como delirante, dizendo que encontrei uma criatura que se renova comendo a dor de quem está morrendo. Você pode fazer isso? E se algum dia, *algum dia*, encontrar alguém ou receber um e-mail de um colega terapeuta dizendo que tem ou teve algum paciente com o mesmo delírio, você pode dar meu nome e meu número de telefone? — E para tentar ser neutra (o que ela sempre tenta ser): — Ou uma colega terapeuta.

Morton franziu a testa.

— Não seria muito ético.

— Engano seu — disse Holly. — Eu verifiquei a lei. Conversar com o *paciente* de outro terapeuta seria antiético, mas você pode dar ao terapeuta meu nome e meu telefone se eu permitir. E estou permitindo.

Holly esperou a resposta dele.

4

Ela faz uma pausa na gravação para ver a hora e pegar uma segunda xícara de café. Vai causar tremores e azia, mas ela está precisando.

— Eu o vi pensando a respeito — diz Holly no celular. — Acho que o que fez diferença foi saber como a *minha* história ficaria bem no próximo livro, artigo ou presença remunerada. E foi mesmo. Eu li um dos artigos e vi um dos vídeos. Ele muda os locais, me chama de Carolyn H., mas fora isso é tudo igual. Ele capricha quando fala sobre o que aconteceu com o bandido quando bati nele com o Porrete Feliz, o que fez a plateia do vídeo exclamar de surpresa. E tenho que admitir que ele sempre termina minha parte das palestras dizendo que gostaria de falar com qualquer pessoa que tenha pacientes sofrendo dos mesmos delírios fantasiosos.

Ela faz uma pausa para pensar e retoma a gravação.

— O dr. Morton me ligou ontem à noite. Tem um tempo, mas eu sabia quem era na mesma hora e sabia que me levaria até Ondowsky. Eu me lembro de outra coisa que você disse uma vez, Ralph: "Existe o mal no mundo, mas também existe uma força do bem". Você estava pensando no pedaço de cardápio que encontrou, o do restaurante de Dayton. Foi assim que eu me envolvi, por um pedacinho de papel que podia facilmente ter voado com o vento. Talvez algo *quisesse* ser encontrado. Pelo menos é como gosto de pensar. E talvez essa mesma coisa, essa força, tenha mais uma tarefa pra mim. Porque eu acredito no inacreditável. Não quero, mas acredito.

Ela para e guarda o telefone na bolsa. Ainda está cedo para ir para o aeroporto, mas ela vai mesmo assim. Ela é assim.

Vou chegar cedo no meu próprio enterro, pensa ela, e abre o iPad para chamar o Uber mais próximo.

5

Às cinco da manhã, o terminal enorme do aeroporto está quase completamente vazio. Quando está cheio de viajantes (às vezes quase explodindo tamanha a falação), quase não dá para perceber a música que sai dos alto-falantes, mas àquela hora, sem nada além do zumbido da enceradeira do faxineiro como concorrência, "The Chain", do Fleetwood Mac, além de ser sinistra, parece um arauto da desgraça.

Não tem nada aberto depois de passar pela checagem de segurança, só um Au Bon Pain, mas para Holly é suficiente. Ela resiste à tentação de tomar uma terceira xícara de café e escolhe um copo de plástico de suco de laranja e um lanche leve. Ela leva a bandeja para uma mesa no fundo, onde toma o suco e come um bagel. Quando acaba, depois de olhar ao redor para ter certeza de que não tem ninguém por perto (na verdade, ela é a única cliente), ela pega o celular e continua o relato, falando baixo e parando de tempos em tempos para organizar os pensamentos. Ela espera que Ralph nunca receba aquilo. Ainda espera que o que acha que pode ser um monstro acabe sendo apenas uma sombra. Mas, se ele receber, ela quer ter certeza de que ele vai ouvir tudo.

Principalmente se ela estiver morta.

6

Do relato de Holly Gibney para o detetive Ralph Anderson:

Ainda é dia 16 de dezembro. Estou no aeroporto, cheguei cedo e tenho um tempo. Bastante tempo, na verdade.

[*Pausa*]

Acho que parei quando estava contando que reconheci o dr. Morton na mesma hora. Desde que ele disse oi. Ele falou que tinha conversado com o advogado depois da nossa última consulta, segundo ele só por curiosidade, para descobrir se eu estava certa quando falei que me colocar em contato com o terapeuta de outro paciente não seria falha ética.

"No fim das contas, é uma área nebulosa", disse ele, "então não fiz o que você pediu, principalmente porque você decidiu parar com a terapia, ao menos comigo. Mas a ligação que recebi ontem de um psiquiatra de Boston chamado Joel Lieberman me fez reconsiderar."

Ralph, Carl Morton tinha notícias reais de outro possível forasteiro havia mais de um ano, mas não me ligou. Ficou acanhado. Como pessoa acanhada, eu entendo isso, mas sinto raiva de qualquer modo. Acho que não devia, porque o sr. Bell não sabia sobre Ondowsky na época, mas mesmo assim.

[*Pausa*]

Estou me adiantando. Desculpe. Vamos ver se consigo seguir a ordem dos acontecimentos aqui.

Em 2018 e 2019, o dr. Joel Lieberman estava atendendo um paciente que morava em Portland, Maine. O paciente pegava o Downeaster, que suponho que seja um trem, para comparecer às consultas mensais em Boston. O homem, Dan Bell é o nome dele, é um senhor idoso que pareceu perfeitamente racional para o dr. Lieberman, exceto pela crença firme de que tinha descoberto a existência de uma criatura sobrenatural, que ele chamou de "vampiro psíquico". O sr. Bell acreditava que essa criatura existia havia muito tempo, pelo menos sessenta anos, talvez bem mais.

Lieberman foi a uma palestra que o meu terapeuta, Morton, deu em Boston. Isso foi no verão passado, em 2019. Durante a palestra, o dr. Morton discutiu o caso de "Carolyn H.". Eu, em outras palavras. Ele pediu aos presentes que tivessem pacientes com delírios similares para fazerem contato com ele, como eu tinha pedido. E Lieberman fez.

Entendeu a história? Morton falou sobre meu caso, como pedi. Ele perguntou se havia médicos ou terapeutas com pacientes que tivessem convicções neuróticas similares, *também* como eu pedi. Mas por um ano e quatro meses não me colocou em contato com Lieberman, como eu praticamente *implorei* que ele fizesse. As preocupações éticas o impediram, mas havia algo mais. Vou chegar lá.

Mas ontem, o dr. Lieberman ligou para o dr. Morton de novo. O paciente dele de Portland tinha parado de ir às consultas havia um tempo, e Lieberman supôs que não o veria mais. Mas no dia seguinte à explosão da escola Macready, o paciente ligou do nada e perguntou se podia ter uma consulta de emergência. Ele estava muito perturbado, e Lieberman abriu um horário de encaixe pra ele. O paciente, Dan Bell, como agora eu sei, alegou que a bomba da escola Macready foi trabalho do vampiro psíquico dele. Declarou isso sem hesitar. Ele estava tão abalado que o dr. Lieberman pensou em intervenção e talvez até numa curta internação involuntária. Mas o homem se acalmou e disse que precisava discutir as ideias com uma pessoa que ele só conhecia como Carolyn H.

Eu preciso consultar minhas anotações agora.

[*Pausa*]

Pronto, peguei. Aqui, quero citar Morton da forma mais exata possível, porque foi o outro motivo pra ele ter hesitado em me ligar.

Ele disse: "Não foram só preocupações éticas que me impediram, Holly. Há um grande perigo em botar pessoas com concepções delirantes similares juntas. Elas têm a tendência de reforçar as ideias uma da outra, o que pode aumentar a neurose até virar uma psicose intensa. Isso é bem documentado".

"Então por que você fez contato?"

"Porque muito da sua história foi baseado em fatos conhecidos", disse ele. "Porque em um certo grau desafiou minhas crenças. E porque o paciente de Lieberman já sabia sobre você, não pelo terapeuta dele, mas por um artigo que escrevi sobre seu caso na *Psychiatric Quarterly*. Ele disse que Carolyn H. o entenderia."

Entende o que quero dizer sobre uma possível força do bem, Ralph? Dan Bell estava me procurando, assim como eu o estava procurando antes de poder ter certeza de que ele ou qualquer outro forasteiro existia.

"Vou te dar o número do escritório e o do celular do dr. Lieberman", disse o dr. Morton. "Ele vai decidir se deve ou não colocar você em contato com o paciente dele." Ele perguntou se eu também tinha preocupações relacionadas à explosão da escola na Pensilvânia, preocupações relacionadas às nossas discussões na terapia. Ele estava sendo arrogante ao dizer isso, pois *não houve* discussões; só eu falava e Morton ouvia. Eu agradeci por ele fazer contato comigo, mas não respondi à pergunta. Acho que eu ainda estava com raiva por ele ter esperado tanto tempo para me ligar.

[*Aqui há um suspiro alto.*]

Na verdade, não tem "acho" nenhum. Eu ainda preciso trabalhar nos meus problemas de raiva.

Vou ter que parar daqui a pouco, mas não devo demorar pra atualizar a história pra você. Liguei para o celular de Lieberman porque já era noite. Eu me apresentei como Carolyn H. e pedi o nome e número de contato do paciente dele. Ele me deu ambos, com certa relutância.

Ele disse: "O sr. Bell está ansioso pra falar com você, e depois de pensar bem, decidi concordar. Ele está bem idoso agora e isso é como um último desejo. Se bem que devo acrescentar que, fora a fixação dele com o dito vampiro psíquico, ele não está sofrendo de nenhum dos declínios cognitivos que costumamos ver nos idosos".

Isso me fez pensar no meu tio Henry, Ralph, que tem Alzheimer. Tivemos que botá-lo numa casa de repouso semana passada. Pensar nisso me deixa muito triste.

Lieberman disse que o sr. Bell tem noventa e um anos, e ir à consulta mais recente deve ter sido bem difícil pra ele, apesar de ele ter levado o neto pra ajudar. Ele disse que o sr. Bell está sofrendo de várias doenças físicas, sendo a pior delas insuficiência cardíaca. Ele também disse que, em outras circunstâncias, talvez ficasse com medo de que falar comigo fosse reforçar a fixação neurótica e prejudicar o resto do que poderia ser uma vida frutífera e produtiva, mas considerando a idade atual do sr. Bell e a condição dele, ele achava que isso não era um problema.

Ralph, pode ser projeção da minha parte, mas achei o dr. Lieberman meio pomposo. Ainda assim, ele disse uma coisa no final da nossa conversa que me emocionou, e isso me marcou. Ele disse: "Ele é um homem idoso que está com muito medo. Tente não deixá-lo com mais medo do que já está".

Não sei se consigo fazer isso, Ralph. Eu mesma estou com medo.

[*Pausa*]

O aeroporto está ficando cheio e tenho que ir para o meu portão, então vou terminar rápido. Liguei para o sr. Bell e me apresentei como Carolyn H. Ele perguntou meu verdadeiro nome. Isso foi como o meu rio Rubicão, Ralph, e eu o atravessei. Eu disse que era Holly Gibney e perguntei se podia ir vê-lo. Ele disse: "Se for sobre a explosão da escola e a coisa se apresentando como Ondowsky, venha o mais rápido possível".

7

Com uma mudança de aeronaves em Boston, Holly chega ao Portland Jetport antes do meio-dia. Ela faz check-in no Embassy Suites e liga para o número de Dan Bell. O telefone toca mais de dez vezes, tempo suficiente para Holly se perguntar se o homem teria morrido durante a noite, deixando suas perguntas sobre Charles "Chip" Ondowsky sem resposta. Supondo que o sujeito tenha mesmo respostas.

Quando ela está quase encerrando a ligação, um homem atende. Não Dan Bell, um homem mais jovem.

— Alô.

— Aqui é a Holly — diz ela. — Holly Gibney. Eu queria saber quando...

— Ah, sra. Gibney. Agora seria ótimo. Meu avô está tendo um bom dia. Dormiu a noite toda depois de falar com você e não consigo lembrar a última vez que isso aconteceu. Você tem o endereço?

— Rua Lafayette, 19.

— Isso mesmo. Sou Brad Bell. A que horas você consegue chegar?

— Assim que eu conseguir um Uber. — *E um sanduíche*, ela pensa. Um sanduíche também seria bom.

8

Quando ela entra no banco de trás do Uber, o telefone toca. É Jerome, querendo saber onde ela está, o que está fazendo e se ele pode ajudar. Holly pede desculpas, mas diz que é um assunto pessoal. Diz que vai contar depois, se puder.

— É sobre o tio Henry? — pergunta ele. — Você está caçando alguma opção de tratamento? É o que o Pete acha.

— Não, não é o sobre o tio Henry. — *É outro homem idoso*, ela pensa. Um que pode ou não ter *compos mentis*. — Jerome, eu não posso mesmo falar sobre isso.

— Tudo bem. Desde que você esteja bem.

É uma pergunta, na verdade, e ela acha que ele tem o direito de perguntar, porque ele se lembra de quando ela não estava bem.

— Eu estou bem. — E, para provar que ela não perdeu nenhum parafuso: — Não esqueça de falar com a Barbara sobre os filmes de detetive particular.

— Já falei — diz ele. — Pete passou o recado.

— Diz que ela talvez não possa usar no trabalho, mas que vão fornecer uma base valiosa. — Holly faz uma pausa e sorri. — Além disso, são muito divertidos.

— Vou contar pra ela. E você tem certeza de que...

— Estou bem — diz ela, mas, ao encerrar a ligação, ela pensa no homem, na *coisa*, que ela e Ralph enfrentaram na caverna e estremece.

Ela mal aguenta pensar naquela criatura, e se houver outra, como ela vai poder encará-la sozinha?

9

Holly não vai ter esse confronto na companhia de Dan Bell; ele pesa uns quarenta quilos e está sentado em uma cadeira de rodas com um tanque de oxigênio preso ao lado. Isso a lembra de Lovey Bolton, uma mulher que ela e Ralph conheceram no Texas. Mas Lovey ainda estava cheia de vitalidade. Bell é um homem-sombra, com fiapos brancos de cabelo em volta do crânio quase inteiramente careca em uma casa bonita e velha de tijolos marrons cheia de móveis bons e velhos. A sala é arejada; as cortinas estão abertas para permitir a entrada da fria luz do sol de dezembro. Mas os odores por baixo do aromatizador de ambientes (Glade toque de maciez, se ela não estiver enganada) a lembram inevitavelmente dos odores, teimosos e que não podiam ser ignorados, que ela detectava no saguão do Residencial Geriátrico das Colinas: Vick Vaporub, Bengué, talco em pó, urina, o fim da vida se aproximando.

Ela é levada à presença de Bell pelo neto, um homem de uns quarenta anos cujas roupas e trejeitos parecem curiosamente antiquados, quase polidos. No corredor há desenhos a lápis emoldurados, retratos de rosto de quatro homens e duas mulheres, todos bons e todos feitos pela mesma mão. Parecem uma estranha apresentação à casa; a maior parte das pessoas parece desagradável. Tem um quadro bem maior acima da lareira da sala, onde um fogo pequeno e aconchegante foi aceso. Esse, uma pintura a óleo, mostra uma bela jovem com olhos escuros e alegres.

— Minha esposa — diz Bell com a voz rouca. — Morta há muitos anos, e como sinto a falta dela. Bem-vinda à nossa casa, sra. Gibney.

Ele leva a cadeira de rodas até ela, respirando chiado com o esforço, mas quando o neto se adianta para ajudar, Bell o dispensa. Ele estica a mão que a artrite transformou numa escultura de madeira. Ela a aperta com cuidado.

— Você almoçou? — pergunta Brad Bell.

— Sim — diz Holly. Um sanduíche de frango engolido rapidamente no curto trajeto do hotel até aquele bairro obviamente chique.

— Gostaria de chá ou café? Ah, e temos doces da padaria Two Fat Cats. São deliciosos.

— Chá está ótimo — diz Holly. — E eu adoraria um doce.

— Quero chá e um folhado — diz o homem idoso. — De maçã ou mirtilo, tanto faz.

— Às ordens — diz Brad, e os deixa sozinhos.

Dan Bell se inclina para a frente na mesma hora, o olhar fixo no de Holly, e diz num tom baixo e conspiratório.

— Brad é terrivelmente gay, sabe.

— Ah. — Holly não consegue pensar em mais nada a dizer exceto *Tive certeza que era*, mas isso parecia grosseria.

— *Terrivelmente* gay. Mas é um gênio. Ele me ajudou com as minhas pesquisas. Posso ter certeza, eu *tenho* certeza, mas foi Brad quem encontrou a prova. — Ele balança um dedo na direção dela, separando cada sílaba. — *In-con-tes-tá-vel!*

Holly assente e se senta em uma cadeira de encosto alto, os joelhos unidos e a bolsa no colo. Ela está começando a achar que Bell realmente *está* sendo vítima de uma fantasia neurótica e que ela está percorrendo um beco sem saída. Isso não a irrita nem exaspera; ao contrário, só a enche de alívio. Porque, se ele estiver, ela deve estar sofrendo de síndrome do Ford azul, afinal.

— Me conte sobre a *sua* criatura — diz Dan, se inclinando ainda mais para a frente. — Nesse artigo, o dr. Morton diz que você o chama de forasteiro. — Os olhos brilhantes e exaustos ainda estão grudados nos dela. Holly pensa em um abutre de desenho animado sentado em um galho de árvore.

Embora um dia já tivesse sido difícil para Holly não fazer o que as pessoas pediam, quase impossível, ela balança a cabeça.

Ele se encosta na cadeira de rodas, decepcionado.

— Não?

— Você já sabe a maior parte da minha história pelo artigo que o dr. Morton publicou na *Psychiatric Quarterly* e pelos vídeos que pode ter visto na internet. Eu vim ouvir a *sua* história. Você chamou Ondowsky de coisa. Quero saber como você pode ter tanta certeza de que ele é um forasteiro.

— Forasteiro é um bom nome pra ele. Muito bom. — Bell ajeita a cânula, que tinha ficado torta. — Um ótimo nome. Vou contar quando o chá e os doces chegarem. Vamos lá para cima, na sala de trabalho do Brad. Vou contar tudo. Você vai ficar convencida. Ah, vai.

— Brad...

— Brad sabe de tudo — diz Dan, balançando a mão de escultura de madeira. — É um bom garoto, gay ou não. — Holly tem tempo para refletir que, quando se tem noventa anos, até homens vinte anos mais velhos do que Brad Bell devem parecer garotos. — E um menino *inteligente*. E você não precisa me contar sua história se não quiser, embora eu fosse adorar que você preenchesse algumas lacunas sobre as quais tenho curiosidade. Mas antes de eu contar o que sei, devo insistir pra que você me conte o que a fez desconfiar de Ondowsky.

É um pedido razoável, e ela explica seus motivos... como são mesmo.

— Foi mais aquele pontinho de pelo ao lado da boca que ficou me incomodando — conclui ela. — Era como se ele tivesse colocado um bigode falso e estivesse com tanta pressa quando arrancou que não tirou tudo. Só que, se ele podia mudar a aparência física toda, por que *precisaria* de um bigode falso?

Bell balança a mão de novo.

— O *seu* forasteiro tinha pelos no rosto?

Holly pensa um pouco, com a testa franzida. A primeira pessoa (que ela sabia) que o forasteiro incorporou, um auxiliar chamado Heath Holmes, não tinha. A segunda também não. O terceiro alvo tinha cavanhaque, mas quando Holly e Ralph enfrentaram o forasteiro na caverna do Texas, a transformação dele no filho de Lovey Bolton não tinha terminado.

— Acho que não. O que você está dizendo?

— Acho que eles não conseguem fazer crescer pelos no rosto — diz Bell. — Acho que, se você visse seu forasteiro nu... Estou supondo que você não viu.

— Não — diz Holly, e porque não consegue segurar: — Eca.

Isso faz Dan sorrir.

— Se tivesse visto, acho que ele não teria pelos pubianos. E as axilas seriam lisas.

— A coisa que encontramos na caverna tinha cabelo na cabeça. Ondowsky também tem. George também tinha.

— George?

— É como chamo o homem que entregou o pacote com a bomba na escola Macready.

— George. Ah, entendi. — Dan parece meditar sobre isso por um momento. Um sorrisinho toca os cantos da boca dele. Mas some. — Mas cabelo na cabeça é diferente, não é? Crianças têm cabelo na cabeça antes da puberdade. Algumas *nascem* com cabelo na cabeça.

Holly entende o que ele diz e espera mesmo que seja algo importante e não só mais uma faceta do delírio daquele homem idoso.

— Tem outras coisas que o cara da bomba, George, se você preferir, não pode mudar da forma como muda a aparência física. Ele precisou vestir um uniforme falso e usar óculos falsos. Precisou de uma van falsa e de um leitor de pacotes. E precisou de um bigode falso.

— Ondowsky também talvez tenha sobrancelhas falsas — diz Brad, chegando com uma bandeja. Nela há um bule de chá e uma pilha de folhados. — Mas provavelmente não. Observei fotos dele até meus olhos praticamente escorrerem pela cara. Acho que ele talvez tenha feito implante pra normalizar o que talvez fosse só uma penugem. Da mesma forma que sobrancelhas de bebê são só uma penugem. — Ele se inclina para colocar a bandeja na mesa de centro.

— Não, não, vamos para a sua sala de trabalho — diz Dan. — Está na hora de botar o show pra rolar. Sra. Gibney, Holly, pode me empurrar? Estou um pouco cansado.

— Claro.

Eles passam por uma sala de jantar formal e uma cozinha enorme. No fim do corredor tem uma cadeira de escada, que sobe até o segundo andar em um trilho de aço. Holly espera que seja mais confiável do que o elevador no Frederick Building.

— Brad mandou instalar isso quando perdi o movimento das pernas — diz Dan. Brad entrega a bandeja a Holly e transfere o homem para a cadeira com a facilidade de quem tem prática. Dan aperta um botão e começa a subir. Brad pega a bandeja de volta, e ele e Holly andam ao lado da cadeira, que é lenta, mas firme.

— Sua casa é muito bonita — diz Holly. *Deve ter sido muito cara* é o corolário não enunciado.

Mesmo assim, Dan lê a mente dela.

— Meu avô. Fábrica de polpa e papel.

A ficha cai para Holly. O armário de suprimentos do escritório é cheio de papel Bell para copiadora. Dan vê o rosto dela e sorri.

— É, isso mesmo, Produtos de Papel Bell, agora parte de um conglomerado estrangeiro que manteve o nome. Até os anos 1920, meu avô era dono de fábricas por todo o oeste do Maine, em Lewiston, Lisbon Falls, Hay, Mechanic Falls. Tudo fechado agora, ou transformado em shopping center. Ele perdeu boa parte da fortuna na Queda da Bolsa de 1929 e na Grande Depressão. A vida não foi moleza nem para o meu pai nem para mim, nós tivemos que trabalhar pra pagar nossa cerveja e nossas balinhas. Mas conseguimos ficar com a casa.

No segundo andar, Brad transfere Dan para outra cadeira de rodas e o prende a outro tanque de oxigênio. Esse andar parece consistir em uma sala grande onde o sol de dezembro está proibido de entrar, pois as janelas foram cobertas com cortinas blecaute. Tem quatro computadores em duas escrivaninhas, vários consoles de jogos que parecem moderníssimos aos olhos de Holly, um monte de equipamentos de áudio e uma TV de tela plana gigantesca. Vários alto-falantes foram colocados nas paredes. Mais dois nas laterais da TV.

— Coloca a bandeja na mesa, Brad, antes que você derrame tudo.

A mesa que Dan indica com as mãos de madeira está coberta de revistas de computação (várias são edições da *SoundPhile*, da qual Holly nunca ouviu falar), pen-drives, HDS externos e cabos. Holly começa a tentar abrir espaço.

— Ah, bota essa porcaria toda no chão — diz Dan.

Ela olha para Brad, que assente com um pedido de desculpas.

— Sou meio bagunceiro — diz ele.

Quando a bandeja está num lugar seguro, Brad serve chá e coloca doces em três pratos. Parecem deliciosos, mas Holly não sabe mais se está com fome. Ela está começando a se sentir como Alice na festa do Chapeleiro Maluco. Dan Bell toma um gole de chá, estala os lábios, faz uma careta e coloca a mão no lado esquerdo da camisa. Brad vai para o lado dele na mesma hora.

— Está com seus comprimidos, vovô?

— Sim, sim — diz Dan, e bate no bolso lateral da cadeira de rodas. — Estou bem, não precisa ficar *rondando*. É só a empolgação de receber alguém em casa. Uma pessoa que *sabe*. Acho que vai ser bom pra mim.

— Não tenho tanta certeza, vovô — diz Brad. — Talvez seja melhor tomar um comprimido.

— Estou bem, eu falei.

— Sr. Bell... — diz Holly.

— Dan — diz o homem, mais uma vez balançando o dedo, que está grotescamente torto por causa da artrite, mas ainda repreende. — Sou Dan, ele é Brad e você é Holly. Somos todos amigos aqui. Os Três Mosqueteiros! — Ele ri de novo. Desta vez, o som é sem fôlego.

— Você tem que ir mais devagar — diz Brad. — A não ser que queira parar no hospital novamente.

— Sim, mãe — diz Dan. Ele fecha a mão na frente do nariz bicudo e respira fundo o oxigênio várias vezes, mais uma vez lembrando a Holly de Lovey Bolton. — Agora me dá um folhado. E precisamos de guardanapos.

Mas não tem guardanapos.

— Vou pegar umas toalhas de papel no banheiro — diz Brad e se afasta. Dan se vira para Holly.

— Terrivelmente esquecido além de terrivelmente gay. Onde eu estava mesmo? E isso importa?

Alguma coisa aqui importa?, pergunta-se Holly.

— Eu estava contando que meu pai e eu tivemos que trabalhar pra ganhar a vida. Você viu os quadros lá embaixo?

— Vi — diz Holly. — Seus, suponho.

— Sim, sim, todos meus. — Ele levanta as mãos retorcidas. — Antes de *isto* acontecer comigo.

— São muito bons.

— Não são ruins — diz ele —, embora os do corredor não sejam os melhores. Aqueles foram de trabalho. Brad os pendurou. Insistiu em fazer isso. Eu também fiz umas capas de livros nos anos 1950 e 1960, pra editoras como a Gold Medal e a Monarch. Eram bens melhores. A maioria de crime: gatas com pouca roupa e armas automáticas soltando fumaça. Traziam um dinheirinho. Irônico quando se pensa no meu emprego de tempo integral. Eu fui da polícia de Portland. Me aposentei aos sessenta e oito anos. Trabalhei meus quarenta anos e mais quatro.

Não só artista, mas outro policial, pensa Holly. Primeiro Bill, depois Pete, agora ele. Ela pensa novamente que uma força, invisível, porém for-

214

te, parece estar puxando-a para aquilo, insistindo silenciosamente em paralelos e continuações.

— Meu avô era um capitalista dono de fábrica, mas desde então todos fomos da polícia. Meu pai foi e eu segui os passos dele. E meu filho seguiu os meus. O pai de Brad, é dele que estou falando. Ele morreu em um acidente quando estava perseguindo um homem, provavelmente bêbado, que dirigia um carro roubado. O homem sobreviveu. Talvez esteja vivo até hoje, até onde eu sei.

— Sinto muito — diz Holly.

Dan ignora as condolências dela.

— Até a mãe de Brad foi do ofício. Bom, de certa forma. Ela era estenógrafa de tribunal. Quando ela morreu, eu fiquei com o garoto. Não ligo se ele é gay ou não, nem o departamento de polícia. Apesar de ele não trabalhar lá em tempo integral. Pra ele, é mais um hobby. O que ele faz é… isso. — Ele aponta a mão deformada para o equipamento de computadores.

— Eu trabalho com áudio pra videogames — diz Brad baixinho. — A música, os efeitos, a mixagem. — Ele voltou com um rolo de papel-toalha. Holly pega duas folhas, abre no colo e coloca o doce (até agora intocado) em cima.

Dan continua, parecendo perdido no passado.

— Depois que meus dias de patrulha acabaram, e eu nunca cheguei a detetive, também nunca quis, eu trabalhei quase o tempo todo no atendimento. Alguns policiais não gostam de ficar sentados a uma mesa, mas eu nunca me importei, porque eu tinha outro trabalho, que me manteve ocupado por muito tempo depois da aposentadoria. Você poderia dizer que era um lado da moeda. O que Brad faz quando o chamam é o outro lado. Nós dois juntos, Holly, nós *pegamos* esse *merdinha*, com o perdão do linguajar. Ele está na nossa mira há anos.

Holly finalmente deu uma mordida no folhado, mas agora abre a boca, permitindo que uma chuva incomum de migalhas caia nas toalhas de papel no colo.

— *Anos?*

— É — diz Dan. — Brad sabe desde que tinha uns vinte e poucos anos. Ele trabalha comigo nisso desde 2005, mais ou menos. Não é isso, Brad?

— Um pouco depois — diz Brad depois de engolir um pedaço do folhado dele.

Dan dá de ombros. Parece um gesto doloroso.

—Tudo começa a ficar confuso quando se tem a minha idade—diz ele, e volta um olhar que é quase de raiva para Holly. As sobrancelhas peludas (ali não tem nada falso) estão unidas. — Mas não sobre Ondowsky, como ele está se chamando agora. Sobre ele, está tudo claro. Desde o começo… ou pelo menos onde eu entrei. Nós arrumamos um show e tanto pra você, Holly. Brad, aquele primeiro vídeo está pronto?

—Prontinho, vovô. — Brad pega o iPad e usa um controle remoto para ligar a TV grande. Está mostrando só uma tela azul e a palavra PRONTO.

Holly espera que *ela* esteja pronta.

10

—Eu tinha trinta e um anos quando o vi pela primeira vez—diz Dan. — Sei disso porque minha esposa e meu filho fizeram uma festa de aniversário pra mim uma semana antes. Parece que foi muito tempo atrás e ao mesmo tempo parece que não passou tempo nenhum. Eu ainda trabalhava nas viaturas com rádio na época. Marcel Duchamp e eu estávamos estacionados perto da via Marginal, atrás de um banco de neve, esperando por motoristas que ultrapassassem o limite de velocidade, o que não era muito provável de acontecer numa manhã de dia de semana. Comendo rosquinha, tomando café. Lembro que Marcel estava me zoando por causa de uma capa de livro que eu tinha feito, me perguntando o que minha esposa achava de eu desenhar mulheres gostosas só de calcinha e sutiã. Acho que eu estava dizendo que a esposa dele tinha posado para aquela quando o cara correu até o carro e bateu na janela do motorista. — Ele para. Balança a cabeça. — A gente sempre lembra onde estava quando recebe uma notícia ruim, não é?

Holly pensa no dia em que descobriu que Bill Hodges tinha morrido. Jerome fez a ligação, e ela tinha quase certeza de que ele estava segurando o choro.

—Marcel abriu a janela e perguntou se o cara precisava de ajuda. Ele disse que não. Ele tinha um rádio transistorizado, que era o que a gente usava em vez de iPod na época, e perguntou se tínhamos ouvido sobre o que tinha acabado de acontecer em Nova York.

Dan para, ajeita a cânula e ajusta o fluxo de oxigênio do tanque na lateral da cadeira.

— Nós não tínhamos ouvido nada além do que vinha pelo rádio da polícia, e Marcel o desligou e sintonizou o regular. Encontrou o noticiário. Era disso que o radialista estava falando. Pode passar o primeiro, Brad.

O neto de Dan está com o tablet no colo. Ele aperta um botão e diz para Holly:

— Vou espelhar isto na tela grande. Um segundo… pronto, lá vai.

Na tela, com uma música séria, aparece o título de um noticiário antigo. PIOR ACIDENTE AÉREO DA HISTÓRIA é o que diz. O que aparece em seguida é uma filmagem em preto e branco de uma rua de cidade que parece ter sido atingida por uma bomba.

— As consequências terríveis do pior desastre aéreo da história! — diz o repórter. — Em uma rua do Brooklyn estão os destroços de um jato que colidiu com outra aeronave no céu escuro de Nova York. — Na cauda do avião, ou no que restava dela, Holly consegue ler UNIT. — A aeronave da United Airlines despencou em um bairro residencial de casas de tijolos marrons, matando seis pessoas em terra além de oitenta e quatro passageiros e tripulação.

Agora, Holly vê bombeiros com elmos antiquados correndo pelos destroços. Alguns estão carregando macas nas quais estão presos corpos protegidos por cobertores.

— Normalmente — continua o repórter —, esse voo da United e o voo Trans World Airlines com o qual ele colidiu estariam separados por quilômetros, mas o avião da TWA, o voo 226, transportando quarenta e quatro passageiros mais a tripulação, estava fora da rota. Ele caiu em Staten Island.

Mais corpos cobertos em macas. Uma roda enorme de avião, a borracha destroçada e ainda soltando fumaça. A câmera mostra os destroços do 226, e Holly vê presentes de Natal embrulhados em papel colorido espalhados para todo lado. A câmera dá zoom em um, que mostra um pequeno Papai Noel preso em um laço de fita. O Papai Noel está soltando fumaça e preto de fuligem.

— Pode parar aí — diz Dan. Brad cutuca o tablet e a TV de tela grande volta a ficar com a tela azul.

Dan se vira para Holly.

— Cento e trinta e dois mortos no total. E quando aconteceu? No dia 16 de dezembro de 1960. Sessenta anos atrás, certinho.

Só uma coincidência, Holly pensa, mas um arrepio percorre sua espinha mesmo assim, e novamente ela reflete que pode haver forças nesse mundo movendo as pessoas como querem, como homens (e mulheres) em um tabuleiro de xadrez. A confluência de datas pode ser coincidência, mas ela pode dizer isso de tudo que a levou para aquela casa, mais uma de tijolos marrons, em Portland, no Maine? Não só o pedaço de papel que Ralph Anderson encontrou, o pedaço de papel que acabou deixando-a cara a cara com um monstro, mas tudo, desde um outro monstro chamado Brady Hartsfield? Porque foi Brady quem permitiu que ela acreditasse primeiro.

— Houve um sobrevivente — diz Dan Bell, arrancando-a do devaneio.

Holly aponta para a tela azul, como se as imagens ainda estivessem sendo exibidas.

— Alguém sobreviveu *àquilo?*

— Só por um dia — diz Brady. — Os jornais o chamaram de Garoto que Caiu do Céu.

— Mas foi outra pessoa que criou o apelido — diz Dan. — Naquela época, na área metropolitana de Nova York, havia três ou quatro emissoras de TV independentes, além das grandes redes. Uma delas era a WLPT. Já não existe mais, claro, mas se algo está filmado ou gravado, há uma boa chance de dar pra encontrar na internet. Prepare-se pra um choque, mocinha. — Ele assente para Brad, que começa a mexer no tablet de novo.

Holly aprendeu ainda no colo da mãe (e com a aprovação tácita do pai) que exibições ostensivas de emoção não eram só constrangedoras e desagradáveis, mas também vergonhosas. Mesmo depois de anos de trabalho com Allie Winters, ela costuma manter os sentimentos sob controle rígido, mesmo entre amigos. Todos ali são estranhos, mas quando o trecho seguinte começa na tela grande, ela grita. Não consegue segurar.

— *É ele! É Ondowsky!*

— Eu sei — diz Dan Bell.

11

Só que a maioria das pessoas diria que não era, e Holly sabe.

Elas diriam *Ah, sim, tem uma semelhança, assim como há uma semelhança entre o sr. Bell e o neto, ou entre John Lennon e seu filho Julian, ou entre mim e minha avó Stella.* Elas diriam *Aposto que é o avô do Chip Ondowsky. Nossa, o fruto não cai mesmo longe do pé, não é mesmo?*

Mas Holly, assim como o homem idoso na cadeira de rodas, sabe.

O homem segurando o microfone antiquado da WLPT tem o rosto mais arredondado do que Ondowsky e as linhas de expressão sugerem que é dez, talvez até vinte anos, mais velho. O cabelo curto está ficando grisalho e tem um bico de viúva, diferente de Ondowsky. Ele tem o começo de uma papada, o que também é diferente de Ondowsky.

Atrás dele, alguns bombeiros correm pela neve suja de fuligem, pegando pacotes e bagagens, enquanto outros apontam mangueiras para os destroços do avião da United e para duas casas de tijolos marrons atrás. Uma ambulância Cadillac enorme e velha está se afastando com as luzes piscando.

— Aqui é Paul Freeman, falando do Brooklyn, do local do pior acidente aéreo da história americana — diz o repórter, bufando vapor branco a cada palavra. — Todos a bordo desse jato da United Airlines foram mortos, exceto um garoto. — Ele aponta para a ambulância que está se afastando. — O garoto, ainda não identificado, está naquela ambulância. Ele é... — O repórter que se apresenta como Paul Freeman faz uma pausa dramática. — O Garoto que Caiu do Céu! Ele foi arremessado da parte traseira do avião, ainda em chamas, e caiu em um banco de neve. Pessoas horrorizadas o rolaram na neve e apagaram as chamas, mas eu o vi ser colocado na ambulância e posso garantir que os ferimentos pareceram graves. As roupas estavam quase todas queimadas ou derretidas na pele.

— Pare aí — ordena o homem idoso. O neto faz o que ele manda. Dan se vira para Holly. Os olhos azuis desbotaram, mas continuam intensos. — Está vendo, Holly? Está *ouvindo*? Tenho certeza de que para a plateia assistindo ele só pareceu horrorizado, alguém fazendo o trabalho em condições difíceis, mas...

— Ele não está horrorizado — diz Holly. Ela está pensando na primeira aparição de Ondowsky na escola Macready depois da bomba. Agora, ela vê com olhos lúcidos. — Ele está *empolgado*.

— Sim — diz Dan e assente. — Isso mesmo. Você entendeu. Que bom.

— Graças a Deus mais alguém entende — diz Brad.

— O nome do garoto era Stephen Baltz — diz Dan —, e esse Paul Freeman viu o garoto queimado, talvez tenha ouvido os gritos de dor, porque as testemunhas dizem que o garoto *estava* consciente, ao menos no começo. E sabe o que eu acho? O que passei a acreditar? Que ele estava se *alimentando*.

— Claro que estava — diz Holly. Seus lábios estão dormentes. — Da dor do garoto e do horror dos passantes. Da *morte*.

— Sim. Se prepare para o próximo, Brad. — Dan se encosta mais na cadeira, com expressão cansada. Holly não se importa. Ela precisa saber o restante. Precisa saber tudo. A antiga febre voltou.

— Quando você foi procurar isso? Como descobriu?

— Vi as imagens que você acabou de assistir pela primeira vez naquela noite, no *The Huntley-Brinkley Report*. — Ele vê a incompreensão dela e sorri um pouco. — Você é jovem demais pra se lembrar de Chet Huntley e David Brinkley. Agora se chama *NBC Nightly News*.

— Se uma emissora independente chegava a um grande evento de notícias primeiro e conseguia boas imagens, eles vendiam a reportagem para uma das redes. É o que deve ter acontecido com isso e como vovô pôde ver — diz Brad.

— Freeman chegou lá primeiro — reflete Holly. — Você está dizendo... você acha que Freeman *provocou* o acidente dos aviões?

Dan Bell sacode a cabeça com tanta ênfase que os fios finos de cabelo voam.

— Não, ele teve sorte. Ou apostou nas chances. Porque sempre há tragédias nas cidades grandes, não é? Chances pra uma coisa como ele se alimentar. E, quem sabe, uma criatura como ele pode estar sintonizada com a aproximação de grandes desastres. Talvez ele seja como um mosquito; eles sentem cheiro de sangue a quilômetros, sabe. Como nós podemos saber se nem sabemos o que ele é? Passe o próximo vídeo, Brad.

Brad começa o clipe, e o homem que aparece na tela grande é novamente Ondowsky... mas está diferente. Mais magro. Mais jovem do que

220

"Paul Freeman" e mais jovem do que a versão de Ondowsky fazendo a reportagem perto da lateral explodida da escola Macready. Mas é *ele*. O rosto está diferente, mas é o mesmo. O microfone que ele está segurando tem as letras KTVT grudadas. Tem três mulheres com ele. Uma está usando um bóton de Kennedy. Outra carrega um cartaz, amassado e meio maltratado, que diz ATÉ O FIM COM JFK em 64!

— Aqui é Dave Van Pelt, falando do Dealey Plaza, em frente ao Texas School Depository, onde…

— Pausa — diz Dan, e Brad faz isso. Dan se vira para Holly. — É ele de novo, não é?

— É — diz Holly. — Não sei se qualquer pessoa veria, não sei bem como *você* viu tanto tempo depois da reportagem do acidente dos aviões, mas é. Meu pai me disse uma coisa uma vez sobre carros. Ele disse que as empresas, a Ford, a Chevrolet, a Chrysler, oferecem muitos modelos diferentes e que os mudam de um ano para o outro, mas são todos derivados da mesma base. Ele… Ondowsky… — Mas as palavras somem e ela só consegue apontar para a imagem em preto e branco na tela. Sua mão está tremendo.

— Sim — diz Dan baixinho. — Bem colocado. Ele é modelos diferentes, mas da mesma base. Só que há pelo menos duas bases, talvez mais.

— O que você quer dizer?

— Vou chegar lá. — A voz dele está mais rouca do que nunca e ele toma um pouco de chá para lubrificá-la. — Eu só vi essa reportagem por coincidência, porque eu era espectador do *Huntley-Brinkley* quando o assunto eram as notícias da noite. Mas depois que Kennedy levou o tiro, todo mundo mudou para o Walter Cronkite, inclusive eu. Porque a CBS tinha a melhor cobertura. Kennedy foi alvejado numa sexta. Essa reportagem saiu no *CBS Evening News* no dia seguinte, sábado. Era o que o pessoal chama de notícia de base. Vá em frente, Brad. Mas comece do começo.

O jovem repórter com um paletó esporte xadrez horrível começa de novo.

— Aqui é Dave Van Pelt, falando do Dealey Plaza, em frente ao Texas School Depository, onde John F. Kennedy, o 33º presidente dos Estados Unidos, levou um tiro fatal ontem. Estou aqui com Greta Dyson, Monica Kellogg e Juanita Alvarez, apoiadoras de Kennedy que estavam bem aqui onde eu estou quando os tiros foram disparados. Senhoras, podem me contar o que viram? Srta. Dyson?

— Tiros... sangue... tinha sangue da parte de trás da pobre *cabeça*...
— Greta Dyson está chorando tanto que mal dá para entender o que ela fala, e Holly acha que o objetivo é esse mesmo. Os espectadores em casa devem estar chorando com ela, pensando que a dor dela representa a deles. E a dor de uma nação. Só o repórter...

— Ele está ingerindo tudo — diz ela. — Está fingindo estar preocupado e não se saindo muito bem, na verdade.

— Sem dúvida — diz Dan. — Depois que a gente olha do jeito certo, fica impossível não ver. E veja as outras duas moças. Elas também estão chorando. Ora, muita gente estava chorando naquele sábado. E nas semanas seguintes. Você está certa. Ele está ingerindo tudo.

— E você acha que ele sabia o que ia acontecer? Como o mosquito sentindo cheiro de sangue?

— Não sei — diz Dan. — Simplesmente não sei.

— Nós sabemos que ele só começou a trabalhar na KTVT naquele verão — diz Brad. — Não consegui descobrir muito sobre ele, mas isso eu encontrei. Da história da emissora na internet. E ele saiu na primavera de 1964.

— A próxima vez que ele aparece, ao menos que eu saiba, é em Detroit — diz Dan. — Em 1967. Durante o que ficou conhecido na época como Rebelião de Detroit ou 12ª Revolta de Rua. Começou quando a polícia invadiu um bar clandestino de jogatina chamado *blind pig*, e se espalhou por toda a cidade. Foram quarenta e três mortos, mil e duzentos feridos. Foi a notícia principal por cinco dias, que foi o tempo que a violência durou. Isso foi de outra emissora independente, mas foi comprado pela NBC e passou no noticiário noturno. Vá em frente, Brad.

Tem um repórter parado na frente de uma loja em chamas, entrevistando um homem negro com sangue escorrendo pelo rosto. O homem está quase incoerente de tanto sofrimento. Ele diz que é sua tinturaria pegando fogo do outro lado da rua e que ele não sabe onde estão a esposa e a filha. Elas desapareceram na confusão que se espalha pela cidade.

— Eu perdi tudo — diz ele. — *Tudo*.

E o repórter desta vez se chama Jim Avery. Ele é um sujeito de TV de cidade pequena, com certeza. Mais robusto do que "Paul Freeman", quase gordo, e baixo (seu entrevistado é bem mais alto) e calvo. Um modelo diferente a partir da mesma base. É Chip Ondowsky enterrado naquela cara gorda. Também é Paul Freeman. E Dave Van Pelt.

— Como você soube disso, sr. Bell? Como é que...

— Dan, lembra? É Dan.

— Como você pôde ver a semelhança que não era só uma semelhança?

Dan e o neto se entreolham e trocam um sorriso. Holly, ao ver essa comunicação momentânea, pensa de novo: modelos diferentes, mesma base.

— Você reparou nos desenhos no corredor, não foi? — pergunta Brad.

— Era o outro trabalho do vovô quando ele estava na polícia. Ele tinha talento natural.

Novamente, a ficha cai. Holly se vira para Dan.

— Você era desenhista. Esse era seu outro trabalho na polícia!

— Sim, mas eu fazia bem mais do que desenhar. Eu não era cartunista. Eu fazia *retratos*. — Ele pensa e acrescenta: — Você já ouviu gente que diz que nunca esquece um rosto? Em geral, elas estão exagerando ou mentindo. Eu, não. — O homem idoso fala com segurança. *É um dom*, Holly pensa, *é tão velho quanto ele*. Talvez o impressionasse uma época. Agora, é algo óbvio para ele.

— Eu o vi trabalhar — diz Brad. — Se não fosse a artrite nas mãos, ele poderia se virar para a parede e desenhar você em vinte minutos, Holly, e cada detalhe estaria certo. Sabe aqueles desenhos do corredor? São todos de gente que foi pega por causa dos retratos do vovô.

— Ainda assim... — ela começa a falar, com dúvida.

— Lembrar rostos é só uma parte — diz Dan. — Não ajuda quando é pra captar a semelhança de um criminoso porque não fui *eu* que o vi. Você entende?

— Sim — diz Holly. Ela está interessada nisso por motivos além da sua identificação de Ondowsky nos disfarces variados. Ela está interessada porque, em seu trabalho como investigadora, ainda está aprendendo.

— A testemunha entra. Em alguns casos, como um sequestro de carro ou roubo, várias testemunhas entram. Elas descrevem o criminoso. Só que é como o homem cego com o elefante. Conhece a história?

Holly conhece. O cego que pega o rabo diz que é uma trepadeira. O que pega a tromba pensa que é um píton. O que pega a perna tem certeza

223

de que é o tronco de uma palmeira. Chega um ponto em que os homens cegos começam a brigar sobre quem está certo.

— Cada testemunha vê o cara de um jeito um pouco diferente — diz Dan. — E se for uma testemunha, ele ou ela o vê de jeitos diferentes em dias diferentes. Não, não, eles dizem, eu me enganei, o rosto está gordo demais. Está magro demais. Ele tinha cavanhaque. Não, era bigode. Os olhos eram azuis. Não, eu dormi e pensei e acho que eram cinzentos.

Ele inspira mais um pouco de oxigênio. Está com cara mais cansada do que nunca. Exceto pelos olhos nas bolsas roxas. Eles brilham. Estão concentrados. Holly pensa que, se a coisa-Ondowsky visse aqueles olhos, talvez sentisse medo. Talvez quisesse fechá-los antes de falarem demais. Ela acha que talvez já tenham falado demais.

— Meu trabalho é olhar além de todas as variações e ver as semelhanças. Esse é o verdadeiro dom e era o que eu botava nos meus desenhos. Foi o que botei nos meus primeiros desenhos desse cara. Olha.

Do bolso lateral da cadeira ele tira uma pequena pasta e entrega para ela. Dentro há seis folhas de papel fino de desenho ficando ressecados com o tempo. Há uma versão diferente de Charles "Chip" Ondowsky em cada uma. Não são tão detalhadas quanto a galeria do corredor, mas são extraordinárias. Nas primeiras três ela vê Paul Freeman, Dave Van Pelt e Jim Avery.

— Você desenhou isso de memória? — pergunta ela.

— Sim — diz Dan. Novamente, não se gabando, só declarando um fato. — Os primeiros três foram desenhados logo depois que vi Avery. No verão de 1967. Fiz cópias, mas esses são os originais.

— Lembre-se da época, Holly. O vovô viu esses homens na TV antes do videocassete, do DVD e da internet. Qualquer espectador comum via o que via e pronto. Ele teve que contar com a memória — disse Brad.

— E esses outros? — Ela abriu os outros três como cartas de baralho. Rostos com cabelos diferentes, olhos e bocas diferentes, linhas diferentes, idades diferentes. Todos modelos diferentes a partir da mesma base. Todos Ondowsky. Ela consegue ver porque já viu o elefante. O fato de Dan Bell ter visto tanto tempo antes é incrível. Genial, até.

Ele aponta para os desenhos que ela está segurando, um depois do outro.

— Aquele é Reginald Holder. Ele apareceu em Westfield, Nova Jersey, depois que John List matou a família toda. Entrevistou amigos e vizinhos aos prantos. O seguinte é Harry Vail, que apareceu em Cal State Fullerton depois que um zelador chamado Edward Allaway atirou e matou seis pessoas. Vail estava na cena antes do sangue secar, entrevistando sobreviventes. O último, o nome me escapou...

— Fred Liebermanenbach — diz Brad. — Correspondente da WLS de Chicago. Ele cobriu os envenenamentos por Tylenol em 1982. Várias pessoas morreram. Ele conversou com parentes. Tenho todos os vídeos se você quiser ver.

— Ele tem muitos vídeos. Encontramos dezessete versões do seu Chip Ondowsky — diz Dan.

— *Dezessete?* — Holly está perplexa.

— Esses são só os que a gente sabe. Não precisa olhar todos. Junte os três primeiros desenhos e os levante na frente da TV, Holly. Não é uma caixa de luz, mas deve funcionar.

Ela levanta os desenhos na frente da tela azul, sabendo o que vai ver. É um rosto.

O rosto de Ondowsky.

Um forasteiro.

12

Quando eles descem, Dan Bell não vai exatamente sentado na cadeira da escada; ele vai balançando. Agora não só cansado, mas exausto. Holly não quer incomodá-lo mais, mas vai precisar.

Dan Bell também sabe que não acabou. Ele pede a Brad para pegar um gole de uísque.

— Vovô, o médico disse...

— Foda-se o médico — diz Dan. — Vai me dar um ânimo. Nós vamos terminar, você vai mostrar a Holly aquela última... coisa... e eu vou me deitar. Dormi a noite passada inteira e acho que hoje vai ser igual. Estou tirando um peso tão grande dos ombros.

Mas agora está nos meus, pensa Holly. *Eu queria que o Ralph estivesse aqui. Queria ainda mais que o Bill estivesse.*

Brad leva um copinho de geleia dos Flintstones com uma quantidade de uísque que só cobre o fundo. Dan olha de cara feia, mas aceita sem comentar. Do bolso lateral da cadeira ele pega um frasco de comprimidos com uma tampa de rosca com facilidade de uso para idosos. Ele tira um comprimido e seis outros caem no chão.

— Droga — diz o homem. — Pega esses aí, Brad.

— Deixa que eu pego — diz Holly, e pega os comprimidos. Enquanto isso, Dan coloca um na boca e o engole com o uísque.

— *Isso* eu sei que não é boa ideia, vovô — diz Brad, a voz arrogante.

— No meu enterro, ninguém vai dizer que morri jovem e lindo — responde Dan. Um pouco de cor voltou às bochechas dele e ele está ereto na cadeira de novo. — Holly, acho que tenho uns vinte minutos antes do efeito desse dedinho quase inútil de uísque passar. Meia hora no máximo. Sei que você tem mais perguntas e que temos mais uma coisa pra você olhar, mas vamos tentar ser breves.

— Joel Lieberman — diz ela. — O psiquiatra com quem você se consultou em Boston no começo de 2018.

— O que tem ele?

— Você não o procurou porque achava que estava maluco, não é?

— Claro que não. Eu fui pelo mesmo motivo que acho que você foi a Carl Morton, com os livros e palestras sobre pessoas com neuroses estranhas. Fui contar tudo que sabia pra alguém que era pago pra ouvir. E pra encontrar outra pessoa que tivesse motivos pra acreditar no inacreditável. Eu estava te procurando, Holly. Assim como você estava procurando outro forasteiro.

Eu não estava, ela quase diz... só que, talvez, lá no fundo, ela estivesse. Senão, Ondowsky poderia ter passado despercebido.

— Apesar de Morton ter mudado os nomes e locais do artigo, foi fácil para o Brad encontrar o caso real. A coisa que se chamava Ondowsky não estava lá cobrindo a história, aliás. Brad e eu olhamos todas as imagens de noticiários.

— Meu criminoso *estava* lá — diz Holly. — Só que ele não apareceu em nenhuma imagem de tv. — Ela bate nos desenhos dos vários disfarces de Ondowsky. — *Esse* criminoso aparece na tv o tempo *todo*.

— Então ele é diferente — diz o homem idoso e dá de ombros. — Assim como gatos domésticos e gatos selvagens são diferentes, porém parecidos: mesma base, modelos diferentes. Quanto a você, Holly, você quase não foi mencionada nas reportagens, e nunca por nome. Só como uma cidadã que ajudou na investigação.

— Eu pedi pra ficar de fora — murmura Holly.

— Àquela altura, eu já tinha lido sobre Carolyn H. nos artigos do dr. Morton. Tentei fazer contato com você pelo dr. Lieberman; fiz uma viagem até Boston pra vê-lo, o que não foi fácil. Eu sabia que mesmo que você não tivesse percebido o que Ondowsky era, teria bons motivos pra acreditar na minha história se a ouvisse. Lieberman ligou pra Morton e aqui está você.

Uma coisa perturba Holly, e muito.

— Por que agora? Você sabe sobre essa coisa há anos, a estava *caçando...* — diz ela.

— Não estava caçando — diz Dan. — Acompanhando seria uma forma mais precisa de dizer. Desde 2005, mais ou menos, Brad está monitorando a internet. Em todas as tragédias, em todos os tiroteios em massa, nós o procuramos. Não é, Brad?

— É — diz Brad. — Ele nem sempre está presente, não estava em Sandy Hook nem em Las Vegas, quando Stephen Paddock matou todas aquelas pessoas no show, mas estava trabalhando na WFTV de Orlando em 2016. Ele entrevistou sobreviventes dos tiros na boate Pulse no dia seguinte. Ele sempre escolhe as pessoas mais chateadas, as que estavam no lugar ou que perderam amigos que estavam.

Claro, pensa Holly. *Claro. A dor deles é saborosa.*

— Mas nós só soubemos que ele estava lá depois da bomba na escola na semana passada — diz Brad. — Sabia, vovô?

— Não — concorda Dan. — Apesar de termos olhado todas as imagens de notícias sobre a Pulse depois do acontecido.

— Como você deixou passar? — pergunta Holly. — A Pulse foi mais de quatro anos atrás! Você disse que nunca esquece um rosto e naquela época já conhecia o de Ondowsky, mesmo com as mudanças é sempre o mesmo, um rosto de porco.

Os dois olham para ela com a mesma cara franzida, e Holly explica o que Billy contou a ela, sobre a maioria das pessoas ter rosto de porco ou rosto de raposa. Em cada versão que ela viu, o rosto de Ondowsky é redondo. Às vezes um pouco, às vezes muito, mas sempre um rosto de porco.

Brad continua parecendo intrigado, mas o avô sorri.

— Isso é bom. Gostei. Se bem que há exceções, algumas pessoas têm...

— Rosto de cavalo — conclui Holly por ele.

— É o que eu ia dizer. E algumas pessoas têm cara de fuinha... se bem que acho que dá pra dizer que as fuinhas têm um aspecto de raposa, não é? Certamente, Philip Hannigan... — Ele para de falar. — Sim. E *naquele* aspecto, ele sempre tem cara de raposa.

— Não entendi.

— Mas vai — diz Dan. — Mostra o trecho da Pulse, Brad.

Brad dá início ao vídeo e vira o iPad para Holly. Novamente, é um repórter fazendo uma reportagem de rua, desta vez na frente de uma pilha enorme de flores e balões de coração e cartazes dizendo MAIS AMOR E MENOS ÓDIO. O repórter está começando a entrevistar um jovem aos prantos com restos de terra ou rímel manchando as bochechas. Holly não escuta e desta vez não grita porque não tem fôlego. O repórter, Philip Hannigan, é jovem, louro, magro. Parece ter começado no emprego assim que saiu do ensino médio e, sim, ele tem o que Bill chamaria de rosto de raposa. Ele está olhando para o entrevistado com o que poderia ser preocupação... empatia... solidariedade... ou avidez mal disfarçada.

— Congela — diz Dan para Brad. E para Holly: — Você está bem?

— Aquele não é o Ondowsky — sussurra ela. — É o *George*. É o homem que entregou a bomba na escola Macready.

— Ah, mas *é* Ondowsky — diz Dan. Ele fala com gentileza. Quase com delicadeza. — Eu já falei. Essa criatura não tem só uma base. Tem duas. *Pelo menos* duas.

13

Holly desligou o celular antes de bater na porta dos Bell e só pensa em ligá-lo de novo quando está no quarto no Embassy Suites. Seus pensamentos estão girando como folhas durante uma ventania. Quando o liga para continuar o relato para Ralph, ela vê que tem quatro mensagens de texto, cinco ligações perdidas e cinco mensagens na caixa postal. As ligações e mensagens são todas da mãe. Charlotte sabe usar mensagem de texto, Holly ensinou, mas ela nunca usa esse recurso, ao menos não com a filha. Holly acha que a mãe decidiu que o meio é insuficiente quando precisa elaborar uma onda de culpa realmente eficaz.

Ela abre as mensagens de texto primeiro.

Pete: **Tudo bem, H? Estou cuidando das coisas, pode fazer o que precisa. Qualquer coisa é só pedir.**

Holly sorri ao ler isso.

Barbara: **Peguei os filmes. Parecem legais. Valeu, vou devolver.** ☺

A última, também do Jerome: **Hollyberry.** ☺

Apesar de tudo que descobriu na casa da rua Lafayette, ela tem que rir. E também lacrimeja um pouco. Todos gostam dela e ela gosta deles. É incrível. Ela tenta se agarrar a esse sentimento enquanto lida com a mãe. Já sabe como os recados de Charlotte na caixa postal vão terminar.

"Holly, como você está? Me liga." Esse foi o primeiro.

"Holly, preciso falar com você sobre ir ver seu tio no fim de semana. Me liga." O segundo.

"Onde você está? Por que seu celular está desligado? É muita falta de consideração. E se fosse uma emergência? Me liga!" O terceiro.

"Aquela mulher do Residencial das Colinas, a sra. Braddock, eu não gostei dela, ela pareceu muito arrogante, ela ligou e disse que o tio Henry está *muito chateado*! Por que você não está retornando minhas ligações. Me liga!" O quarto recado, o grande.

O quinto, a simplicidade em duas palavras:

"Me liga!"

Holly entra no banheiro, abre a nécessaire e pega uma aspirina. Ela fica de joelhos e junta as mãos na beirada da banheira.

— Deus, aqui é a Holly. Preciso ligar pra minha mãe agora. Me ajude a lembrar que consigo ficar de pé sozinha sem ser malvada, sem falar merda e sem entrar numa briga. Me ajude a terminar mais um dia sem fumar, porque ainda sinto falta dos cigarros, principalmente numa hora dessas. Também sinto saudades do Bill, mas estou feliz que Jerome e Barbara estão na minha vida. O Pete também, apesar de ele ser meio lerdo pra entender as coisas às vezes. — Ela começa a se levantar, mas volta rapidamente à posição. — Também sinto saudades do Ralph e espero que ele esteja tendo férias divertidas com a esposa e o filho.

Depois de colocar essa armadura (ou era o que ela esperava), Holly liga para a mãe. Charlotte é quem fala quase o tempo todo. O fato de Holly não contar onde está, o que está fazendo nem quando vai voltar deixa Charlotte muito irritada. Por baixo da raiva, Holly percebe medo, porque Holly escapou. Holly tem vida própria. Isso não era para acontecer.

— O que quer que você esteja fazendo, você *tem* que vir no próximo fim de semana — diz Charlotte. — Nós temos que ir ver Henry juntas. Nós somos a *família* dele. Tudo que ele tem.

— Eu talvez não possa fazer isso, mãe.

— Por quê? Quero saber por quê!

— Porque... — *Porque estou investigando um caso.* Era o que Bill diria. — Porque estou trabalhando.

Charlotte começa a chorar. Sempre é o último recurso quando ela quer que Holly a obedeça. Não funciona mais, mas ainda é o recurso automático e ainda a magoa.

— Eu te amo, mãe — diz Holly no fim da ligação.

É verdade? É. Foi o gostar que se perdeu, e amar sem gostar é como uma corrente com uma algema em cada ponta. Ela seria capaz de quebrar a corrente? Tirar a algema? Talvez. Ela já tinha discutido a possibilidade com Allie Winters várias vezes, principalmente depois que a mãe lhe disse com orgulho que ela e tio Henry tinham votado em Donald Trump (eca). Ela consegue? Não agora, talvez nunca. Durante a infância de Holly, Charlotte Gibney ensinou à filha, com paciência, talvez até com boas intenções, que ela era imprudente, indefesa, azarada, descuidada. Que ela era *menos*. Holly acreditou nisso tudo até conhecer Bill Hodges, que achava que ela era mais. Agora ela tem uma vida, com frequência uma vida feliz. Se ela rompesse com a mãe, isso faria dela uma pessoa menor.

Eu não quero ser menos, pensa Holly quando se senta na cama do quarto no Embassy Suites. *Já passei por isso, já senti isso.*

— E até comprei a camiseta — acrescenta ela.

Ela se levanta e pega uma Coca no frigobar (a cafeína vai segurar a aspirina). Em seguida, abre o aplicativo de gravação do celular e continua o relato de onde tinha parado. Assim como rezar para um Deus em que ela não acredita, ajuda a deixar sua cabeça mais lúcida, e quando termina, ela sabe como vai em frente.

14

Do relato de Holly Gibney para o detetive Ralph Anderson:

Daqui em diante, Ralph, vou me esforçar para te passar nossa conversa palavra por palavra enquanto ainda está fresca na minha mente. Não vai ser totalmente precisa, mas vai chegar perto. Eu devia ter gravado a conversa, mas nem pensei nisso. Ainda tenho muito a aprender sobre esse trabalho. Só espero ter a oportunidade.

Eu vi que o sr. Bell, o sr. Bell velho, queria continuar, mas quando o efeito daquela pequena dose de uísque passou, ele não conseguiu. Ele disse que precisava se deitar e descansar. A última coisa que ele disse para Brad foi algo sobre as gravações de som. Não entendi isso. Mas agora entendo.

O neto o levou para o quarto, mas primeiro me deu o iPad e abriu uma galeria de fotos para me mostrar. Vi as fotos quando ele saiu, olhei de novo e ainda estava olhando quando Brad voltou. Dezessete fotos, todas tiradas de vídeos na internet, todas de Chip Ondowsky em suas várias...

[*Pausa*]

Suas várias encarnações, acho que podemos chamar assim. E uma 18ª. Essa de Philip Hannigan em frente à boate Pulse quatro anos atrás. Sem bigode, o cabelo louro e não escuro, mais jovem do que a foto de câmera de segurança de George com o uniforme falso de entregador, mas era ele, sim. O mesmo rosto por baixo. O mesmo rosto de raposa. Mas não o mesmo de Ondowsky. Não mesmo.

Brad voltou com uma garrafa e mais dois copos de geleia.

"O uísque do vovô", ele disse. "Maker's Mark. Quer um pouco?" Quando falei que não, ele serviu uma dose generosa em um dos copos. "Bom, eu preciso de uma dose. O vovô disse que eu era gay? *Terrivelmente* gay?"

Eu falei que sim e Brad sorriu.

"É assim que ele começa todas as conversas sobre mim. Ele quer falar logo de uma vez, deixar registrado, pra mostrar que não se importa. Mas claro que se importa. Ele me ama, mas se importa."

Quando falei que tinha o mesmo sentimento pela minha mãe, ele sorriu e disse que tínhamos algo em comum. Acho que temos mesmo.

Ele disse que seu avô sempre se interessou pelo que chamava de "segundo mundo". Histórias sobre telepatia, fantasmas, desaparecimentos estranhos, luzes no céu. Ele disse: "Algumas pessoas colecionam selos. Meu avô coleciona histórias sobre o segundo mundo. Eu tinha minhas dúvidas sobre essas coisas todas até isso".

Ele apontou para o iPad, onde a foto do George ainda estava na tela. George, com o pacote cheio de explosivos, esperando para entrar na secretaria da escola Macready.

Brad disse: "Agora eu acho que poderia acreditar em qualquer coisa, de discos voadores a palhaços assassinos. Porque existe mesmo um segundo mundo. Existe porque as pessoas se recusam a acreditar que está lá".

Sei que é verdade, Ralph. E você também. Foi como a coisa que matamos no Texas sobreviver pelo tempo que sobreviveu.

Pedi a Brad para explicar por que o avô dele esperou tanto tempo, apesar de já ter uma boa ideia.

Ele disse que o sr. Bell achava que era basicamente inofensivo. Uma espécie de camaleão exótico, e se não era o último da espécie, era um dos últimos. Vive da dor e do sofrimento, talvez não uma coisa muito boa, mas não tão diferente de larvas, que vivem de corpos em decomposição, ou abutres e urubus, que vivem da carniça de animais atropelados.

"Os coiotes e as hienas também vivem assim", disse Brad. "São os zeladores do reino animal. E nós somos muito melhores? As pessoas não reduzem a velocidade pra dar uma boa olhada em acidentes na estrada? Isso também é carniça."

Eu falei que eu não olhava, que virava o rosto para o outro lado. E fazia uma oração para que as pessoas envolvidas no acidente estivessem bem.

Ele disse que, se era verdade, eu era uma exceção. Falou que a maioria das pessoas *gosta* da dor, desde que não seja a delas. E falou: "Você também não vê filmes de terror, então?".

Bom, eu vejo, Ralph. Ou via. Não sei se vou continuar depois disso. E claro que os filmes são faz de conta. Quando o diretor grita corta, a garota que foi degolada pelo Jason ou pelo Freddy se levanta e pega uma xícara de café.

Brad disse: "E tem as notícias. Pra cada clipe de mortes ou desastres que o vovô e eu coletamos, há outras centenas. Talvez milhares. O pessoal da imprensa tem uma frase: 'Qualquer notícia com sangue vende'. Isso porque as histórias pelas quais as pessoas mais se interessam são as de notícias ruins. Assassinatos. Explosões. Acidentes de carro. Terremotos. Maremotos.

232

As pessoas gostam dessas coisas e gostam ainda mais quando tem vídeos de celular. Sabe as imagens das câmeras de segurança gravadas dentro da Pulse, quando Omar Mateen ainda estava matando as pessoas? Os vídeos tiveram milhões de visualizações. *Milhões*".

Ele disse que o sr. Bell achava que aquela rara criatura só estava fazendo o que todas as pessoas que viam as notícias faziam: se alimentando da tragédia. Só tinha a sorte de viver mais ao fazer isso. O sr. Bell ficou satisfeito de assistir e apreciar, quase torcer pela criatura. Mas aí, ele viu a imagem tirada da câmera de segurança do homem da bomba. Ele tem aquela memória boa pra rosto e sabia que tinha visto uma versão daquele rosto em algum ato de violência não muito tempo antes. Brad levou menos de uma hora pra encontrar Philip Hannigan.

"Encontrei o homem da bomba da escola Macready mais três vezes até agora", disse Brad, e me mostrou fotos do homem de cara de raposa, sempre diferente, mas sempre George por baixo, fazendo três coisas diferentes. No furacão Katrina, em 2005. Nos tornados do Illinois, em 2004. E no World Trade Center, em 2001. "Sei que tem mais, mas ainda não tive tempo de caçar todos."

"Talvez seja um homem diferente", falei. "Ou criatura." Eu estava pensando que, se havia duas, Ondowsky e a que matamos no Texas, podia haver três. Ou quatro. Ou doze. Me lembrei de um programa que vi na PBS sobre espécies ameaçadas de extinção. Só tem sessenta rinocerontes-negros no mundo, só setenta leopardos-de-amur, mas são bem mais do que três.

"Não", disse Brad. Ele parecia seguro. "É o mesmo cara."

Perguntei como ele podia ter tanta certeza.

"O vovô fazia desenhos pra polícia", disse ele. "Eu às vezes preparo escutas com ordem judicial pra eles e já botei escutas em infiltrados algumas vezes. Sabe o que é isso?"

Eu sabia, claro. Policiais disfarçados.

"Não tem mais isso de microfone por baixo da camisa. Nós usamos abotoaduras ou botões de camisa falsos atualmente. Uma vez, botei um microfone no B do logo de um boné do Boston Red Sox. Mas as escutas são só uma parte do que eu faço. Olha isso."

Ele puxou a cadeira pra perto da minha pra podermos olhar o iPad. Ele abriu um aplicativo chamado VocaKnow. Dentro havia vários arquivos. Um tinha o título de Paul Freeman. Ele era a versão do Ondowsky que noticiou o acidente de avião em 1960, você lembra.

Brad apertou play e ouvi a voz de Freeman, mas seca e mais clara. Brad disse que tinha limpado o áudio e removido os ruídos de fundo. Chamou isso de apurar o áudio. A voz saiu do alto-falante do iPad. Na tela, eu conseguia *ver* a voz, da forma como dá pra ver as ondas sonoras na parte de baixo do celular ou do tablet quando se clica no ícone do microfone pra enviar uma mensagem de áudio. Brad chamou de espectograma de impressão de voz e alega ser um avaliador certificado de impressões de voz. Ele já deu testemunho em tribunal.

Você vê a força sobre a qual conversamos trabalhando aqui, Ralph? Eu vejo. Avô e neto. Um bom com retratos, o outro bom com vozes. Sem os dois, essa coisa, esse forasteiro, ainda estaria usando seus diferentes rostos e se escondendo a olhos vistos. Algumas pessoas chamariam de sorte ou de coincidência, como escolher os números vitoriosos na loteria, mas não acredito nisso. Não consigo e não quero.

Brad botou o vídeo do desastre de avião do Freeman para repetir. Em seguida, abriu o arquivo de som de Ondowsky da reportagem da escola Macready, também para repetir. As duas vozes se sobrepuseram, deixando tudo uma falação indecifrável, e as duas formas de onda ficavam pulando uma por cima da outra. Brad tirou o som e usou o dedo para separar os dois espectogramas, o de Freeman na metade superior do iPad e o de Ondowsky na metade inferior.

"Você está vendo, não está?", perguntou ele, e claro que vi. Não sei se a comparação seria aceita no tribunal, mas os mesmos picos e vales corriam nas duas, quase sincronizados. Havia algumas pequenas diferenças, mas era basicamente a mesma voz, embora as gravações tivessem sido feitas com sessenta anos de diferença. Perguntei a Brad como as duas ondas podiam ser tão parecidas se Freeman e Ondowsky estavam dizendo coisas diferentes.

"O rosto dele muda e o corpo muda, mas a voz é sempre a mesma. Chama-se singularidade vocal. Ele *tenta* mudar; às vezes aumenta o tom, às vezes abaixa, às vezes até tenta usar um pouco de sotaque… mas não muito."

"Porque ele tem confiança de que as mudanças físicas são suficientes, além das mudanças de local", falei.

"É, acho que sim", disse Brad. "Tem outra coisa. Todo mundo também tem um jeito único de falar. Um ritmo que é determinado pela respiração. Olha os picos. É Freeman enfatizando certas palavras. Olha os vales, onde ele respira. Agora, olha o Ondowsky."

Eram iguais, Ralph.

"Tem outra coisa", disse Brad. "As duas vozes estalam em certas palavras, sempre com sons de *s*. Acho que, em algum momento, só Deus sabe quanto tempo atrás, essa coisa falava com ceceio, mas claro que um repórter de TV não pode ter distúrbio de fala. Ele aprendeu a corrigir encostando a língua no céu da boca, deixando longe dos dentes, porque é lá que o ceceio acontece. É leve, mas está lá. Escuta."

Ele tocou um trecho de Ondowsky na escola, a parte em que ele disse: "O dispositivo explosivo talvez estivesse na secretaria".

Brad perguntou se eu tinha ouvido. Pedi para ele botar de novo, para eu ter certeza de que não era minha imaginação tentando ouvir o que Brad disse que estava lá. Não era imaginação. Ele diz: "O *clique* dispositivo explosivo talvez *clique* estivesse na *clique* secretaria".

Em seguida, ele tocou um trecho de Paul Freeman no local do desastre de 1960. Freeman diz: "Ele foi arremessado da parte traseira do avião, ainda em chamas". E eu ouvi de novo, Ralph. Os pequenos cliques em *arremessado* e *chamas*. A língua encostando no céu da boca para impedir o ceceio.

Brad botou um terceiro espectograma no tablet. Era de Philip Hannigan entrevistando o jovem da Pulse, o garoto com rímel borrado nas bochechas. Não ouvi o jovem porque Brad apagou a voz dele junto com os outros ruídos de fundo, como sirenes e gente falando. Era só Hannigan, só *George*, e ele poderia estar ali na sala com a gente. "Como estava lá dentro, Rodney? E como você escapou?"

Brad repetiu o áudio três vezes. Os picos e vales no espectograma encaixavam nos que ainda estavam se repetindo acima, de Freeman e Ondowsky. Essa era a parte técnica, Ralph, e compreendi a importância, mas o que realmente me afetou, o que me deu arrepios, foram os pequenos cliques. Um leve em *como estava*, mas outro bem mais claro em *escapou*, que devia ser mais difícil de uma pessoa com ceceio dominar.

Brad me perguntou se eu estava satisfeita e eu disse que sim. Ninguém que não tenha passado pelo que nós passamos ficaria, mas eu fiquei. Ele não é como nosso forasteiro, que precisava hibernar durante as transformações e não podia ser visto em vídeo, mas é um primo de primeiro ou segundo grau daquela coisa. Tem tanto sobre essas criaturas que a gente não sabe e acho que nunca vai saber.

Preciso parar agora, Ralph. Não comi nada hoje além de um bagel e um sanduíche de frango, e se não comer uma coisa logo acho que vou desmaiar.

Volto depois.

15

Holly pede uma pizza veggie pequena e uma Coca grande na Domino's. Quando o jovem entregador chega, ela dá a gorjeta de acordo com a regra de Bill Hodges: dez por cento da conta se o serviço é regular, o dobro de dez por cento se é bom. O jovem é eficiente e ela dá a gorjeta completa.

Ela se senta à mesinha junto à janela, comendo e vendo o crepúsculo chegar ao estacionamento do Embassy Suites. Uma árvore de Natal está piscando lá embaixo, mas Holly nunca teve menos espírito natalino na vida. Hoje, a coisa que ela está investigando era só fotos em uma tela de TV e espectogramas em um iPad. Amanhã, se tudo for como ela espera que seja (ela tem esperança de Holly), ela vai ficar cara a cara com ela. Vai ser assustador.

Precisa ser feito; ela não tem escolha. Dan Bell está velho demais e Brad Bell tem medo demais. Ele se recusou abertamente, mesmo depois que Holly explicou que o que planejava fazer em Pittsburgh não tinha como oferecer risco a ele.

— Você não sabe — disse Brad. — A coisa pode ser telepata.

— Já estive cara a cara com uma — respondeu Holly. — Se fosse telepata, Brad, eu estaria morta e a criatura ainda viva.

— Eu não vou — disse Brad. Os lábios dele estavam tremendo. — Meu avô precisa de mim. Ele tem o coração ruim. Você não tem amigos?

Ela tem, claro, mas Ralph está nas Bahamas e quanto a Jerome… não. Não mesmo. A parte do plano em desenvolvimento que vai se passar em Pittsburgh não deve ser perigosa, mas Jerome não ficaria satisfeito de só participar dessa parte. Ele ia querer participar de tudo, e *isso* seria perigoso. Tem Pete, mas seu parceiro tem imaginação quase zero. Ele faria, mas trataria a coisa toda como piada, e se tem uma coisa que Chip Ondowsky não é, essa coisa é piada.

Dan Bell talvez tivesse enfrentado o transmorfo quando mais jovem, mas naquela época ele ficou satisfeito em ver, fascinado, quando ele aparecia de tempos em tempos, um *Onde está Wally* dos desastres. Agora, não está mais querendo viver só dos resultados de tragédias, engolindo dor e sofrimento antes que o sangue seque.

Desta vez, ele *gerou* a carnificina, e se conseguir uma vez sem consequências, vai repetir. Na próxima vez a contagem de mortes pode ser bem maior, e ela não vai permitir isso.

Ela abre o notebook na escrivaninha ridícula do quarto e encontra o e-mail de Brad Bell que estava esperando.

O que você pediu segue anexo. Use o material com sabedoria e nos deixe fora disso. Nós fizemos o que pudemos.

Bom, Holly pensa, *não exatamente*. Ela faz download do anexo e liga para o telefone de Dan Bell. Espera que Brad atenda novamente, mas é o avô, parecendo relativamente rejuvenescido. Não há nada como um cochilo para um efeito assim; Holly descansa sempre que pode, mas atualmente as oportunidades não surgem com a frequência que ela gostaria.

— Dan, é a Holly. Posso fazer mais uma pergunta?

— Manda.

— Como ele vai de um emprego a outro sem ser descoberto? Principalmente na era das redes sociais? Não entendo isso.

Por alguns segundos, só tem o som da respiração pesada, com assistência do oxigênio. E ele diz:

— Nós conversamos sobre isso, Brad e eu. Não sabemos como ele faz o que faz há anos, mas sabemos algumas coisas. Ele. Espera, Brad quer a porcaria do telefone.

Tem uma conversinha rápida ao fundo que ela não entende, mas Holly percebe a essência: ele não gosta que passem por cima dele. De repente, ela fica impaciente com os dois. Foi um longo dia.

— Brad, coloca o telefone no viva-voz.

— Hã? Ah, tudo bem, boa ideia.

— *Eu acho que ele estava fazendo no rádio também!* — grita Dan. Parece que ele pensa que está se comunicando por latas e um barbante. Holly faz uma careta e afasta o aparelho do ouvido.

— Vovô, não precisa falar tão alto.

Dan baixa a voz, mas só um pouco.

— No rádio, Holly! Antes mesmo de a TV existir! E antes de haver rádio, ele talvez estivesse cobrindo o derramamento de sangue nos jornais! Só Deus sabe há quanto tempo está vivo.

— Ele fez bons testes — diz Brad — e deve ter uma série de referências. Talvez esse outro aspecto, o que você chama de George, tenha escrito algumas delas, como o que você chama de Ondowsky escreveu para o George. Entende?

Holly entende… mais ou menos. Faz com que ela pense em uma piada que Bill contou uma vez, sobre corretores presos em uma ilha deserta que ficam ricos negociando as roupas do outro.

— A única coisa de que temos certeza é que ele se enfia em todos os mercados novos — diz Brad.

— Não entendi — diz Holly.

— Me deixa falar, droga — diz Dan. — Eu entendo tão bem quanto você, Bradley. Não sou burro.

Brad suspira. *Viver com Dan Bell não deve ser nada fácil,* Holly pensa. Por outro lado, viver com Brad Bell também não deve ser nenhum paraíso.

— É assim que personalidades do rádio e repórteres de TV sobem na carreira — diz o velho. — Os mercados grandes sempre têm pelo menos uma TV local. Não afiliada. Elas costumam fazer reportagens locais. Tudo, desde a inauguração de uma ponte a eventos beneficentes e reuniões de conselho. Esse cara entra no ar lá, cumpre alguns meses e se candidata a uma das estações grandes.

Brad se intromete.

— Inclusive com vídeos de testes e referências. Funciona porque sempre tem muita rotatividade nas estações grandes, gente que sobe, gente que desce, gente que sai, e ele vai se enfiando.

— *A coisa* — diz o homem mais velho. — *A coisa* vai se enfiando. — Ele começa a tossir.

— Vovô, toma um dos comprimidos.

— Meu Deus, você pode parar de ser uma velha?

Felix e Oscar, um gritando com o outro por cima da diferença de gerações, pensa Holly. Pode ser um bom programa de TV, mas quando o assunto é obter informações, é um cocô.

— Dan? Brad? Vocês podem parar... — *Implicar* é a palavra que vem à mente, mas Holly não consegue falar, apesar de estar quase. — Parar a discussão por um minuto?

Eles ficam abençoadamente em silêncio.

— Entendo o que vocês estão dizendo, e faz sentido, na verdade, mas e o histórico de trabalho? Onde ele estudou jornalismo? Não questionam? Não fazem perguntas?

— Ele deve dizer que ficou parado um tempo e decidiu voltar — diz Dan com rispidez.

— Mas nós não sabemos de verdade — diz Brad. Ele também parece irritado, ou por não poder responder à pergunta de Holly como ela quer (ou ele) ou porque está irritado por ter sido chamado de velha. — Olha, teve um garoto no Colorado que se passou por médico por quase quatro anos. Receitou remédios, fez cirurgias. Talvez você tenha lido sobre isso. Ele tinha dezessete anos e fingia ter vinte e cinco, não tinha diploma universitário de *nada*, menos ainda de medicina. Se conseguiu passar pelas frestas, esse forasteiro também consegue.

— Acabou? — pergunta Dan.

— Acabei, vovô. — E suspira.

— Que bom. Porque *eu* tenho uma pergunta. Você vai se encontrar com ele, Holly?

— Vou. — Além das fotos, Brad incluiu uma captura de tela dos espectogramas de Freeman, Ondowsky e Philip Hannigan, também conhecido como George da bomba. Aos olhos de Holly, os três são idênticos.

— Quando?

— Espero que amanhã e gostaria que vocês dois não comentassem nada sobre isso, por favor. Vocês podem fazer isso?

— Nós vamos — diz Brad. — Claro que vamos. Não vamos, vovô?

— Desde que você nos conte o que vai acontecer — diz Dan. — Se você puder, claro. Eu era policial, Holly, e Brad trabalha com a polícia. Acho que não precisamos nem dizer que encontrar com ele pode ser perigoso. *Vai ser perigoso.*

— Eu sei — diz Holly com voz baixa. — Eu trabalho com um ex-policial. — *E trabalhei com outro melhor ainda antes dele*, ela pensa.

— Você vai tomar cuidado?

— Vou tentar — diz Holly, mas ela sabe que sempre chega um ponto em que você tem que parar de tomar cuidado. Jerome falou sobre um pássaro que carregava o mal como um vírus. Todo imundo, cinza gelo, ele disse. Se você queria pegá-lo e torcer seu pescoço maldito, chegava uma hora em que tinha que parar de tomar cuidado. Ela acha que não vai ser no dia seguinte, mas vai ser em breve.

Em breve.

16

Algumas semanas antes de morrer, Bill Hodges fez um novo testamento e deixou a casa na Harper Road para os pais de Jerome e Barbara Robinson, pensando que eles poderiam vendê-la para pagar a faculdade de Barbara. Jerome tem bolsa em Harvard, mas é parcial, e Hodges achou que pagar o restante das mensalidades acabaria com as economias da família. Eles provavelmente vão ter que vender a casa, mas ainda não fizeram isso, e Jerome a está usando para trabalhar no livro sobre o tataravô, Alton Robinson, também conhecido como Coruja Preta.

Ele está trabalhando naquela noite quando Barbara entra e pergunta a Jerome se está interrompendo. Ele diz que precisa de uma pausa. Eles vão para a cozinha e pegam Cocas na geladeira, onde Hodges costumava guardar seu suprimento de cerveja Rolling Rock.

— Onde ela está? — pergunta Barbara.

Jerome suspira.

— Nada de como está seu livro, J? Nada de encontrou aquele labrador chocolate, J? E encontrei, aliás. São e salvo.

— Que bom. E como está o livro, J?

— Cheguei na página 93 — diz ele, e passa a mão pelo cabelo. — Estou *voando.*

— Que bom também. Agora onde ela está?

Jerome pega o celular no bolso, liga e clica num aplicativo chamado WebWatcher.

— Veja você mesma.

Barbara observa a tela.

— No aeroporto de Portland? Portland, *Maine*? O que ela foi fazer lá?

— Por que você não liga e pergunta? — diz Jerome. — É só dizer: "Jerome enfiou um rastreador escondido no seu celular, Hollyberry, porque nos preocupamos com você, então o que você está fazendo? Conta logo, garota". Acha que ela gostaria disso?

— Nem brinca — diz Barbara. — Ela ficaria superfuriosa. E isso seria ruim, mas ela também ficaria magoada, e isso seria pior. Além do mais, nós sabemos qual é o assunto. Não sabemos?

Jerome tinha sugerido, só sugerido, que Barbara podia espiar o histórico do computador da casa da Holly quando fosse lá buscar os filmes para o trabalho da escola. Isso se a senha da Holly fosse a mesma que ela usava no trabalho, claro.

No fim das contas, era a mesma, e apesar de Barbara se sentir péssima e sorrateira por olhar o histórico de buscas da amiga, foi o que ela fez. Porque Holly não era a mesma depois da viagem a Oklahoma e da subsequente viagem ao Texas, onde ela quase foi morta por um policial fora de si chamado Jack Hoskins. Havia bem mais coisa na história do que a quase morte dela naquele dia e todos sabiam disso, mas Holly se recusava a falar sobre o que tinha acontecido. E no começo pareceu tudo bem, porque aos poucos aquela expressão de assombro foi sumindo dos olhos dela. Ela voltou ao normal... ao menos o normal da Holly. Mas agora ela tinha ido fazer uma coisa da qual se recusara a falar.

Por isso, Jerome decidiu rastrear a localização da Holly com o aplicativo WebWatcher.

E por isso Barbara olhou o histórico de buscas.

E Holly, como a alma confiante que era, ao menos quando se tratava dos amigos, não tinha apagado nada.

Barbara descobriu que Holly tinha visto muitos trailers de filmes que seriam lançados, tinha visitado os sites do Rotten Tomatoes e do *Huffington Post* e tinha entrado várias vezes em um site de encontros chamado

"Corações e amigos" (quem poderia imaginar?), mas muitas das buscas recentes tinham a ver com o ataque terrorista a bomba na Albert Macready Secondary School. Também havia buscas sobre Chip Ondowsky, um repórter de TV da WPEN de Pittsburg, sobre um lugar chamado Clauson's Diner em Pierre, Pensilvânia, e alguém chamado Fred Finkel, que era um câmera da WPEN.

Barbara levou isso tudo para Jerome e perguntou se ele achava que Holly poderia estar à beira de algum colapso maluco, talvez deflagrado pela bomba da escola Macready.

— Pode ser que ela esteja tendo lembranças de quando a prima foi explodida pelo Brady Hartsfield.

Com base nas buscas dela, passou mesmo pela cabeça do Jerome que Holly tinha farejado outro homem mau, mas havia outra coisa que parecia igualmente plausível, ao menos para ele.

— Corações e amigos — diz ele para a irmã agora.

— O que tem?

— Não passou pela sua cabeça que Holly possa estar... fica calma... indo ficar com alguém?

Barbara olha para ele com a boca aberta. Quase ri, mas se controla. O que ela diz é:

— Hum.

— O que isso quer dizer? — diz Jerome. — Me dá uma ajuda aqui. Você teve alguns momentos só de meninas com ela...

— Que coisa mais machista, J.

Ele ignora isso.

— Ela tem alguma amizade do sexo masculino? Agora? Já teve?

Barbara pensa com cuidado.

— Quer saber, acho que não. Acho que talvez ela ainda seja virgem.

E você, B? Essa é a pergunta que pula na mesma hora na cabeça de Jerome, mas algumas perguntas não devem ser feitas a garotas de dezoito anos pelos irmãos mais velhos.

— Ela não é *gay* nem nada — diz Barbara rapidamente. — Ela não perde um filme do Josh Brolin e quando viu aquele filme idiota de tubarão uns dois anos atrás até *gemeu* quando viu Jason Statham sem camisa. Você acha mesmo que ela iria até o *Maine* só pra um encontro?

242

— A história se complica — diz ele, olhando no celular. — Ela não está no aeroporto. Se a gente der zoom, vai ver que ela está no Embassy Suites. Deve estar tomando champanhe com um cara que gosta de frozen daiquiri, comédias românticas e passeios ao luar.

Barbara finge que vai dar um soco na cara dele, mas abre a mão no último segundo.

— Quer saber — diz Jerome —, acho melhor a gente deixar isso pra lá.

— É mesmo?

— Eu acho, sim. Temos que lembrar que ela sobreviveu ao Brady Hartsfield. *Duas vezes*. E também superou o que aconteceu no Texas. Ela é meio trêmula na superfície, mas lá no fundo… dura como aço.

— Nisso você acertou — diz Barbara. — Olhar o histórico do navegador dela… fez eu me sentir mal.

— *Isso* faz com que me sinta mal — diz ele, e bate no ponto que está piscando na tela do celular em cima do Embassy Suites. — Vou dormir e pensar nisso amanhã, mas se ainda estiver com essa sensação, vou apagar o aplicativo. Ela é uma boa mulher. Corajosa. E solitária também.

— E a mãe dela é uma bruxa — acrescenta Barbara.

Jerome não discorda.

— Talvez a gente devesse deixar ela em paz. Deixar que resolva seja lá o que for.

— Talvez. — Mas Barbara não parece muito feliz com isso.

Jerome se inclina para a frente.

— Mas tenho uma certeza, Barb. Ela nunca vai descobrir que a gente rastreou o paradeiro dela. Vai?

— Nunca — diz Barbara. — Nem que olhei o histórico de buscas dela.

— Que bom. Isso está combinado. Agora, posso voltar ao trabalho? Quero escrever mais duas páginas antes de encerrar por hoje.

17

Holly não está nem perto de parar. Na verdade, está prestes a começar com o verdadeiro trabalho da noite. Ela pensa em ficar de joelhos para rezar mais um pouco primeiro, mas decide que seria procrastinação, depois lembra a si mesma de que Deus ajuda quem ajuda a si mesmo.

Além do trabalho como repórter, Chip Ondowsky cobre fraudes contra o consumidor em um segmento bissemanal chamado Chip em Alerta. Tem página própria na internet, e as pessoas que se sentem lesadas podem ligar para um número gratuito. A linha funciona vinte e quatro horas, e a página anuncia que todas as chamadas serão confidenciais.

Holly respira fundo e faz a ligação. Toca só uma vez.

— Chip em Alerta, aqui é a Monica. Como posso ajudar?

— Monica, eu preciso falar com o sr. Ondowsky. É urgente.

A mulher responde de forma tranquila e sem hesitação. Holly tem certeza de que ela tem um roteiro cheio de possíveis variações de saudações na tela à frente.

— Sinto muito, senhora, mas Chip já foi embora pra casa ou está trabalhando na rua. Posso anotar seus contatos e passar pra ele. Alguma informação sobre a natureza da sua reclamação de fraude contra o consumidor também seria útil.

— Não é exatamente uma reclamação de fraude contra o consumidor — diz ela —, mas é *sobre* consumo. Você pode dizer isso pra ele, por favor?

— Senhora? — Monica está intrigada.

— Preciso falar com ele hoje, antes das nove da noite. Diga que é sobre Paul Freeman e o acidente de avião. Anotou isso?

— Sim, senhora. — Holly escuta o barulho da mulher digitando.

— Diz que também é sobre Dave Van Pelt, de Dallas, e Jim Avery, de Detroit. E diz pra ele, e essa parte é muito importante, que é sobre Philip Hannigan e a boate Pulse.

Isso tira Monica de seu estado tranquilo.

— Não foi lá que aquele homem atirou...

— Foi — diz Holly. Diz pra ele ligar até as nove, senão vou levar minhas informações pra outro lugar. E não se esqueça de dizer que não é sobre consumidores, é sobre consumo. Ele vai saber o que isso significa.

— Senhora, eu posso passar a mensagem, mas não posso garantir...

— Se você passar a mensagem, ele vai ligar — diz Holly e espera estar certa. Porque ela não tem plano B.

— Preciso das suas informações de contato, senhora.

— Você tem meu número na sua tela — diz Holly. — Vou esperar a ligação do sr. Ondowsky pra dizer meu nome. Tenha uma boa noite.

Holly desliga, limpa o suor da testa e verifica o Fitbit. Batimentos cardíacos em oitenta e nove. Não está ruim. Houve uma época em que uma ligação como essa faria seu coração disparar a cento e cinquenta. Ela olha para o relógio. Quinze para as sete. Ela tira o livro da bolsa de viagem e guarda logo em seguida. Está tensa demais para ler. Então, anda.

Às quinze para as oito, ela está no banheiro sem blusa, lavando as axilas (ela não usa desodorante; o cloridróxido de alumínio em teoria é seguro, mas Holly tem suas dúvidas), quando o celular toca. Ela respira fundo duas vezes, faz uma breve oração (*Deus, me ajuda a não estragar tudo*) e atende.

18

A tela do celular dela mostra NÚMERO DESCONHECIDO. Holly não está surpresa. Ele está ligando do telefone particular ou talvez de um número falso de aplicativo.

— Aqui é Chip Ondowsky. Com quem estou falando? — A voz é suave, simpática e controlada. Voz de um repórter veterano.

— Meu nome é Holly. Isso é tudo que você precisa saber agora. — Ela acha que está indo bem até ali. Ela clica no Fitbit. Os batimentos estão em noventa e oito.

— Qual é o assunto, Holly? — Interessado. Aberto a confidências. Não é o mesmo homem que fez a reportagem do horror sanguinário no município de Pineborough; é o Chip em Alerta, querendo saber como o cara que pavimentou a entrada da sua casa cobrou uma facada ou quantos quilowatts a mais a companhia elétrica cobrou de você.

— Acho que você sabe — diz ela —, mas vamos ter certeza. Vou enviar umas fotos. Me dê seu e-mail.

— Se você der uma olhada na página do Chip em Alerta, Holly, você vai encontrar…

— Seu e-mail *pessoal*. Porque você não vai querer que mais ninguém veja isso. Acredite em mim, não vai mesmo.

Há uma pausa tão longa que Holly pensa que o perdeu, mas ele dá o endereço. Ela anota em uma folha de papel de carta do Embassy Suites.

— Vou enviar agora mesmo. Preste muita atenção à análise espectrográfica e à foto de Philip Hannigan. Me liga em quinze minutos.

— Holly, isso é muito incom…

— *Você* é muito incomum, sr. Ondowsky. Não é? Me liga em quinze minutos, senão vou levar o que sei a público. O relógio começa a contar assim que meu e-mail for enviado.

— Holly…

Ela desliga, larga o telefone no tapete e se inclina, a cabeça entre os joelhos e o rosto nas mãos. *Não desmaie*, ela diz para si mesma. *Não desmaie, droga.*

Quando se sente bem novamente, tão bem quanto possível, considerando as circunstâncias estressantes, ela abre o notebook e envia o material que Brad Bell lhe deu. Nem se dá ao trabalho de acrescentar uma mensagem. As fotos *são* a mensagem.

E espera.

Onze minutos depois, o celular toca. Ela o pega na mesma hora, mas deixa tocar quatro vezes antes de atender a ligação.

Ele nem diz um "oi".

— Isso não prova nada. — Ainda é o tom perfeitamente modulado da personalidade veterana da TV, mas toda a afabilidade sumiu. — Você sabe disso, não sabe?

— Espere até as pessoas compararem a foto de você como Philip Hannigan com a foto em que você está parado na frente da escola com aquele pacote nas mãos. O bigode falso não vai enganar ninguém. Espere até compararem o espectograma da voz do Philip Hannigan com o espectograma da voz do Chip Ondowsky — diz Holly.

— A quem você está se referindo, Holly? À polícia? Eles ririam da sua cara até você sair correndo da delegacia.

— Ah, não, a polícia não. Posso fazer ainda melhor. Se o TMZ não estiver interessado, o Gossip Glutton vai estar. Ou o Gawker. O DeepDive. E o Drudge Report, eles sempre estão interessados em coisas estranhas. Na TV tem o *Inside Edition* e o *Celeb*. Mas sabe quem eu procuraria primeiro?

Silêncio do outro lado da linha. Mas ela pode ouvi-lo respirar.

A criatura respirar.

— O *Inside View* — diz ela. — Eles comentaram sobre a notícia do Night Flyer por mais de um ano, do Slender Man por dois. Espremeram tudo que dava desses casos. Ainda tem uma circulação de mais de três milhões de exemplares e vão adorar isso.

— Ninguém acredita naquela merda.

Não é verdade e os dois sabem disso.

— Vão acreditar porque é verdade. Tenho muitas informações, sr. Ondowsky, o que acredito que seus repórteres chamam de base, e se sair, quando sair, as pessoas vão começar a remexer nos seus passados. Em *todos* os seus passados. Seu disfarce não vai só se desfazer, vai explodir. — *Como a bomba que você plantou para matar aquelas crianças*, ela pensa.

Nada.

Holly morde os dedos e espera. É difícil, mas ela consegue.

Ele acaba perguntando:

— Onde você conseguiu essas fotos? Quem deu pra você e como você encontrou essa pessoa?

Holly sabia que ele perguntaria e sabe que tem que dizer alguma coisa.

— Um homem que está atrás de você tem muito tempo. Você não o conhece e nunca vai encontrá-lo, mas também não precisa se preocupar com ele. Já está muito velho. Você tem que se preocupar é comigo.

Há outra pausa longa. Agora, um dos dedos de Holly está sangrando. Finalmente, chega a pergunta que ela estava esperando.

— O que você quer?

— Conto amanhã. Você vai me encontrar ao meio-dia.

— Eu tenho um compromisso…

— Cancela — ordena a mulher que antes passava pela vida com a cabeça baixa e os ombros encolhidos. — Esse é seu compromisso agora e acho que você não vai querer furar.

— Onde?

Holly está pronta para isso. Ela pesquisou.

— Na praça de alimentação do Monroeville Mall. Fica a menos de vinte e cinco quilômetros da emissora onde você trabalha e deve ser conveniente pra você e seguro pra mim. Vá ao Sbarro's, olhe ao redor e você vai me ver. Estarei com uma jaqueta marrom de couro aberta e um suéter rosa de gola alta por baixo. Vou estar com uma fatia de pizza e café num copo da Starbucks. Se você não estiver lá até meio-dia e cinco, vou embora e vou começar a vender minhas mercadorias.

— Você é doida e ninguém vai acreditar em você. — Ele não parece confiante, mas também não parece com medo. Parece com raiva. *Tudo bem*, Holly pensa, *posso trabalhar com a raiva.*

— Quem você está tentando convencer, sr. Ondowsky? A mim ou a si mesmo?

— Você é uma peça, moça. Sabia?

— Vai ter um amigo meu de olho — diz ela. Não é verdade, mas Ondowsky não tem como saber. — Ele não sabe qual é o assunto, não se preocupe com isso, mas vai estar de olho em mim. — Ela faz uma pausa. — E em você.

— O que você quer? — pergunta ele de novo.

— Amanhã — responde ela e encerra a ligação.

Mais tarde, depois de planejar o voo para Pittsburgh na manhã seguinte, ela se deita na cama, torcendo para dormir, mas sem muitas esperanças. Ela se pergunta, como fez quando concebeu o plano, se realmente precisa se encontrar com ele cara a cara. Ela acha que sim. Acha que o convenceu que está com ele no papo (como Bill diria). Agora, ela tem que olhar nos olhos dele e lhe dar esperança. Tem que convencê-lo de que está disposta a entrar num acordo. E que tipo de acordo? Sua primeira ideia louca é dizer que quer ser como ele, que quer viver... talvez não para sempre, isso parece muito extremo, mas por centenas de anos. Ele acreditaria nisso ou acharia que ela está o enganando? Arriscado demais.

Dinheiro, então. Tem que ser.

Nisso ele vai acreditar.

Pouco depois da meia-noite, Holly finalmente adormece. Ela sonha com uma caverna no Texas. Sonha com uma coisa que parecia um homem até ela bater nele com uma meia cheia de bilha e a cabeça cair como a fachada falsa que era.

Ela chora durante o sono.

17 DE DEZEMBRO DE 2020

1

Como formanda com honras da Houghton High, Barbara Robinson tem liberdade para andar por onde quiser durante o tempo livre, que vai das nove até as nove e cinquenta. Quando o sinal toca e a libera da aula de escritores ingleses antigos, ela vai até a sala de artes, que está vazia naquele horário, tira o celular do bolso e liga para Jerome. Pelo som da voz dele, ela tem certeza de que o acordou. *Ah, a vida de um escritor*, ela pensa.

Barbara não perde tempo.

— Onde ela está agora, J?

— Não sei — diz ele. — Desliguei o rastreador.

— Verdade?

— Verdade.

— Bom... tudo bem.

— Posso dormir de novo agora?

— Não — diz ela. Barbara está acordada desde quinze para as sete e a infelicidade não gosta de sofrer sozinha. — Está na hora de acordar e segurar o mundo pelas bolas.

— Olha a boca, mana — diz ele e bum, desliga.

Barbara para ao lado de uma aquarela bem ruim que algum aluno fez de um lago, olhando para o telefone com a testa franzida. Jerome deve estar certo, Holly foi passar um tempo com um cara que conheceu em um site de encontros. Portland deve ficar a pelo menos oitocentos quilômetros do local da bomba pela qual ela se interessou tanto, afinal. Talvez mais.

Barbara diz a si mesma para se colocar no lugar dela. *Você não ia querer privacidade? E não ficaria irritada se descobrisse que seus amigos, seus supostos amigos, estavam te espionando?*

249

Holly *não* ia descobrir, mas isso mudava aquela equação?

Não.

Ela ainda estava preocupada (*um pouco* preocupada)?

Estava. Mas algumas preocupações tinham que ser toleradas. Barbara se lembra da mãe dizendo que ficou aliviada quando Jerome saiu de casa, porque quando ele ainda morava na casa dos pais, ela só conseguia adormecer depois que ele chegava, por mais tarde que fosse. Barbara tem esse mesmo tipo de preocupação com Holly, mas é a vida.

Ela coloca o celular no bolso e decide ir para a sala de música praticar violão até a hora da aula de história norte-americana do século xx. Ela está tentando aprender a antiga música de Wilson Pickett, "In the Midnight Hour". Os acordes com barra na ponte são difíceis, mas ela está quase conseguindo.

Quando está saindo, ela quase esbarra em Justin Freilander, um aluno do segundo ano que é membro fundador do esquadrão geek de Houghton e que tem, pelo que dizem, uma queda por ela. Ela sorri para ele, e Justin fica na mesma hora daquele tom alarmante de vermelho do qual só os garotos brancos conseguem ficar. Boato confirmado. De repente, passa pela cabeça de Barbara que pode ser o destino.

— Ei, Justin. Eu queria saber se você pode me ajudar com uma coisa.

E tira o celular do bolso.

2

Enquanto Justin Freilander examina o celular de Barbara (que, ah, Deus, ainda está quente porque estava no bolso de trás da calça dela), Holly está pousando no Aeroporto Internacional de Pittsburgh. Dez minutos depois, ela está na fila da agência de aluguel de carros Avis. Um Uber sairia mais barato, mas ter carro próprio é melhor. Um ano depois que Pete Huntley entrou na Achados e Perdidos, os dois fizeram um curso voltado para ensinar vigilância e evasão com o carro. Foi um curso de reciclagem para ele, mas novidade para ela. Ela não espera precisar da primeira habilidade hoje, mas recorrer à segunda não está fora de questão. Ela vai se encontrar com um homem perigoso.

Ela para no estacionamento de um hotel do aeroporto para matar tempo (*eu chegaria cedo ao meu próprio enterro*, ela pensa de novo). Ela liga para a mãe. Charlotte não atende, o que não quer dizer que ela não está lá; deixar entrar na caixa postal é uma das velhas técnicas de punição para quando ela acha que a filha saiu da linha. Holly liga para Pete em seguida, e ele pergunta novamente o que ela está fazendo e quando vai voltar. Pensando em Dan Bell e seu neto *terrivelmente gay*, ela diz que foi visitar amigos na Nova Inglaterra e vai estar no escritório logo cedo na segunda-feira.

— É melhor que esteja — diz Pete. — Você tem um depoimento na terça. E a festa de Natal do escritório é na quarta. Tenho planos de te beijar embaixo do visco.

— Eca — diz Holly, mas está sorrindo.

Ela chega ao Monroeville Mall às onze e quinze e se obriga a ficar esperando mais quinze minutos, apertando o Fitbit (os batimentos passando de cem) e rezando para ter força e calma. E também para ser convincente.

Às onze e meia, ela entra no shopping e caminha lentamente por algumas lojas, Jimmy Jazz, Payless, Clutch, Boobaloo Strollers, olhando as vitrines não para ver as mercadorias expostas, mas para identificar o reflexo de Chip Ondowsky caso ele a esteja observando. E *vai* ser Chip. O outro eu dele, o que ela chama de George, é o homem mais procurado dos Estados Unido agora. Holly acha que ele pode ter uma terceira base, mas acha improvável; ele tem o eu-porco e o eu-raposa, por que precisaria de mais?

Finalmente, faltando dez minutos para o meio-dia, ela entra na fila da Starbucks para comprar um café e depois na fila do Sbarro's para comprar uma fatia de pizza que não quer comer. Ela abre a jaqueta para que a gola alta rosa apareça e encontra uma mesa vazia na praça de alimentação. Apesar de ser hora do almoço, há várias mesas vagas; mais do que ela esperava, e isso a deixa inquieta. O shopping tem pouca gente, principalmente para o período de compras de Natal. Parece estar passando por uma época difícil, todo mundo compra na Amazon atualmente.

Dá meio-dia. Um jovem de óculos de sol descolados e jaqueta xadrez (com etiquetas de esqui penduradas no zíper) anda mais devagar, como se pretendesse dar uma cantada nela, mas segue em frente. Holly fica aliviada. Ela não é muito boa em se livrar de homens, nunca teve muitos motivos para desenvolver essa habilidade.

Quando dá meio-dia e cinco, ela começa a pensar que Chip Ondowsky não vai aparecer. Ao meio-dia e sete, Holly escuta uma voz de homem atrás dela, com um tom caloroso de "somos amigos" de um repórter de TV.

— Oi, Holly.

Ela dá um pulo e quase derrama o café. É o jovem com os óculos de sol descolados. Primeiro, ela acha que é mesmo uma terceira base, mas quando ele os tira, ela vê que é Ondowsky. O rosto está ligeiramente mais anguloso, as rugas em volta da boca sumiram e os olhos estão mais próximos um do outro (o que não é um visual bom para a TV), mas é ele. E não está nada jovem. Ela não vê linhas e rugas no rosto dele, mas as sente e acha que podem ser muitas. A máscara é boa, mas de perto é como se fosse botox ou cirurgia plástica.

Porque eu sei, ela pensa. *Eu sei o que ele é.*

— Achei que seria melhor se eu estivesse só um pouco diferente — diz ele. — Como Chip costumo ser reconhecido. Jornalistas de TV não são como o Tom Cruise, mas... — Um movimento de ombros modesto conclui o pensamento.

Sem os óculos de sol, ela vê outra coisa: os olhos dele são meio difusos, como se estivessem embaixo da água... ou não estivessem lá. E não tem uma coisa parecida acontecendo com a boca? Holly pensa nas imagens quando a gente tira os óculos em um filme 3-D.

— Você vê, né? — A voz continua calorosa e simpática. Combina bem com o sorrisinho no canto da boca. — A maioria das pessoas não vê. É a transição. Vai sumir em cinco minutos, dez no máximo. Eu tive que vir pra cá direto da emissora. Você me causou alguns problemas, Holly.

Ela percebe que consegue ouvir o pequeno clique quando ele encosta a língua no céu da boca para segurar o ceceio.

— Isso me faz pensar em uma música country antiga do Travis Tritt — ela fala com calma, mas não consegue afastar o olhar do dele, a esclera se mescla na íris e a íris se mescla na pupila. Por enquanto, são territórios com fronteiras instáveis. — Chama-se "Toma uma moeda, liga pra alguém que se importa".

Ele sorri, os lábios se esticando demais, até que de repente... A ondulação nos olhos continua, mas a boca está sólida de novo. Ele olha para a esquerda dela, onde um cavalheiro idoso de parca e boné de tweed está lendo revistas.

— É aquele o seu amigo? Ou é a mulher ali, olhando a vitrine da Forever 21 há muito tempo?

— Talvez os dois — diz Holly. Agora que a parte do confronto chegou, ela se sente bem. Ou quase; aqueles olhos perturbam e desorientam. Olhar para eles por tempo demais vai causar uma dor de cabeça nela, mas, se ela desviasse o olhar, ele interpretaria como fraqueza. E seria mesmo.

— Você me conhece, mas só tenho seu primeiro nome. Qual é o resto?

— Gibney. Holly Gibney.

— E o que você quer, Holly Gibney?

— Dinheiro. Trezentos mil dólares.

— Chantagem — diz ele, e balança a cabeça de leve, como se estivesse decepcionado com ela. — Você sabe o que é chantagem?

Ela se lembra das máximas do falecido Bill Hodges (havia muitas): você não responde às perguntas de um criminoso; o criminoso responde às suas. Por isso, ela fica parada esperando, com as mãos pequenas cruzadas ao lado da fatia de pizza indesejada.

— Chantagem é aluguel — diz ele. — Nem é aluguel para compra, um golpe que o Chip em Alerta conhece bem. Vamos supor que eu tivesse trezentos mil dólares, o que não tenho; há uma diferença enorme entre o que um repórter de TV ganha e o que um ator de TV ganha. Mas vamos supor.

— Vamos supor que você esteja por aí há muito tempo — diz Holly — e esteja guardando dinheiro esse tempo todo. Vamos supor que é assim que você financia seu... — Seu o quê, exatamente? — Seu estilo de vida.

Ele sorri. É encantador.

— Tudo bem, Holly Gibney, vamos supor isso. O problema principal pra mim continua existindo: chantagem é aluguel. Quando os trezentos mil acabarem, você vai voltar com suas fotos alteradas por Photoshop e suas gravações alteradas eletronicamente e vai ameaçar me expor de novo.

Holly está pronta para isso. Ela não precisava de Bill dizendo que a melhor argumentação é a que contém mais verdade.

— Não — diz ela. — Trezentos mil é tudo que quero porque é tudo de que preciso. — Ela faz uma pausa. — Mas *tem* outra coisa.

— E o que seria? — O tom agradável treinado para a TV se tornou condescendente.

253

— Vamos ficar só no dinheiro agora. Recentemente, meu tio Henry foi diagnosticado com Alzheimer. Ele está em uma residência para idosos especializada em abrigar e tratar gente como ele. É muito caro, mas essa não é a questão, porque ele odeia o lugar, está muito *chateado*, e minha mãe quer levá-lo de volta pra casa. Só que ela não pode cuidar dele. Ela acha que pode, mas não pode. Ele está ficando velho, tem problemas de saúde e a casa teria que ser adaptada pra receber um inválido. — Ela pensa em Dan Bell. — Rampas, uma cadeira de escada e um suporte para ele se levantar da cama, isso só pra começar, mas essas coisas são menores. Eu gostaria de contratar um cuidador vinte e quatro horas pra ele, inclusive uma enfermeira durante o dia.

— Que ambições caras, Holly Gibney. Você deve amar muito esse velho.

— Amo mesmo — diz Holly.

É verdade, apesar de o tio Henry ser um saco. O amor é um presente; e também é uma corrente com uma algema em cada ponta.

— A saúde dele está ruim em geral. Insuficiência cardíaca é o problema físico principal. — Novamente, ela se inspira em Dan Bell. — Ele está numa cadeira de rodas e precisa de oxigênio. É possível que viva mais dois anos. Pode ser até que viva três. Já fiz as contas e trezentos mil o sustentariam por cinco.

— E, se ele viver seis, você voltaria.

Ela se vê pensando no jovem Frank Peterson, assassinado pelo outro forasteiro em Flint City. Assassinado da forma mais hedionda e dolorosa possível. De repente, ela fica furiosa com Ondowsky. Ele, com a voz de repórter treinado e o sorriso condescendente. Ele é um cocô. Só que *cocô* é uma palavra leve demais. Ela se inclina para a frente e fixa o olhar naqueles olhos (que finalmente começaram a sossegar, ainda bem).

— Escuta aqui, seu merdinha assassino de crianças. Não quero pedir mais dinheiro. Eu nem queria pedir dinheiro *agora*. Nunca mais quero ver a sua cara. Nem acredito que estou planejando te deixar em paz, e se você não arrancar esse maldito sorriso da cara, pode ser que eu mude de ideia.

Ondowsky se encolhe como se tivesse levado um tapa e o sorriso some mesmo. Já falaram com ele assim? Talvez, mas há muito tempo. Ele é um jornalista de tv respeitado! Quando é o Chip em Alerta, empreiteiros trapaceiros e médicos charlatães choramingam quando ele se aproxima! As sobrancelhas (que são muito finas, ela repara, como se os pelos não quisessem mesmo crescer ali) se unem.

— Você não pode…

— Cala a boca e me escuta — diz Holly com a voz baixa e intensa. Ela se inclina para a frente e invade o espaço dele. Essa é uma Holly que a mãe dela nunca viu, se bem que Charlotte já viu o suficiente para considerar a filha uma estranha, talvez até uma mutação. — Está escutando? Espero que esteja, senão cancelo isso agora e vou embora. Não vou conseguir trezentos mil do *Inside View*, mas aposto que consigo cinquenta, e vai ser um bom começo.

— Estou escutando. — *Escutando* tem um daqueles cliques no meio. Esse sai mais alto. Porque ele está perturbado, conclui Holly. Que bom. Perturbado é como ela quer que ele fique.

— Trezentos mil dólares. Em dinheiro. Notas de cinquenta e cem. Coloque em uma caixa como a que você levou pra escola Macready, mas não precisa ter o trabalho de botar os adesivos engraçadinhos nem vestir o uniforme falso. Leve ao meu local de trabalho no fim da tarde de sábado, às seis horas. Você tem o restante do dia hoje e amanhã pra conseguir o dinheiro. Chegue na hora, não atrasado como hoje. Se você atrasar, o negócio vai ficar feio. É melhor você lembrar como estou quase entornando o caldo aqui. Você me enoja. — Também é verdade, e ela acha que, se apertar o botão na parte lateral do Fitbit agora, a pulsação vai estar por volta de cento e setenta.

— Só porque você mencionou, qual é seu local de trabalho? E que trabalho você faz lá?

Responder àquelas perguntas pode ser como assinar o próprio atestado de óbito se ela fizer besteira, Holly sabe, mas é tarde demais para voltar atrás.

— O Frederick Building. — Ela cita a cidade. — No sábado, às seis, e como é antes do Natal, o prédio vai ser só nosso. Quinto andar. Achados e Perdidos.

— O que é a Achados e Perdidos, exatamente? Uma agência de cobrança? — Ele franze o nariz, como se alguma coisa estivesse fedendo.

— Nós fazemos algumas cobranças — admite Holly. — Mas fazemos mais outras coisas. Somos uma agência de investigação.

— Ah, meu Deus, você é *detetive particular* de verdade? — Ele reconquistou o sangue-frio o suficiente para bater sarcasticamente no peito na região do coração (Holly nem sabe se ele tem um coração).

Holly não tem intenção de cair nisso.

— Seis horas, quinto andar. Trezentos mil. Notas de cinquenta e de cem em uma caixa. Use a porta lateral. Me ligue quando chegar e mando a senha da porta por mensagem de texto.

— Tem câmera?

A pergunta não surpreende Holly nem um pouco. Ele é repórter de TV. Diferentemente do forasteiro que matou Frank Peterson, as câmeras são a vida dele.

— Tem, mas está quebrada. Por causa da tempestade de gelo no começo do mês. Ainda não foi consertada.

Ela vê que ele não acredita, mas por acaso é verdade. Al Jordan, o zelador do prédio, é um preguiçoso que devia ter sido despedido (na humilde opinião de Holly) muito tempo antes. Não é só por causa da câmera da entrada lateral; se não fosse Jerome, as pessoas com as salas no oitavo andar ainda estariam subindo de escada até o alto do prédio.

— Tem um detector de metais depois da porta e *está* funcionado. Está inserido nas paredes; não dá pra desativar. Se você chegar cedo, eu vou saber. Se tentar levar uma arma, eu vou saber. Está acompanhando?

— Estou. — Sem sorriso agora. Ela não precisa ser telepata para saber que ele está pensando que ela é uma vaca intrometida e chata. Por ela, tudo bem; é melhor do que ser uma banana com medo da própria sombra.

— Pegue o elevador. Eu vou ouvir, é barulhento. Quando abrir, vou estar esperando no corredor. Vamos fazer a troca lá. Todo o material está em um pen-drive.

— E como vai ser a troca?

— Não pense nisso agora. Só acredite que vai dar certo de forma que os dois vamos embora.

— E eu tenho que confiar em você quanto a isso?

Outra pergunta que ela não tem intenção de responder.

— Vamos falar da outra coisa que preciso de você. — É agora que ela vai selar o acordo… ou não.

— O que é? — Agora ele está quase rabugento.

— O senhor idoso que mencionei, o que percebeu…

— Como? Como ele fez isso?

— Isso também não importa. A questão é que ele está de olho em você há anos. *Décadas.*

Ela observa o rosto dele com atenção e fica satisfeita com o que vê: choque.

— Ele te deixou em paz porque achava que você era uma hiena. Ou um corvo. Uma coisa que sobrevive de carniça. Não é legal, mas faz parte do… sei lá, do ecossistema, eu acho. Mas aí você decidiu que isso não era o suficiente, não foi? Pensou: *Por que esperar uma tragédia, um* massacre, *se posso criar o meu.* Não foi?

Nada de Ondowsky. Ele só olha para ela, e apesar de os olhos já estarem imóveis agora, continuam horríveis. É o atestado de óbito dele e ela não está só assinando. Está escrevendo ele todo.

— Você já fez isso antes?

Uma longa pausa. Quando Holly conclui que ele não vai responder, o que vai *ser* uma resposta, ele fala.

— Não. Mas eu estava com fome. — E sorri. Ela fica com vontade de gritar. — Você parece com medo, Holly Gibney.

Não adianta mentir sobre isso.

— Estou mesmo. Mas também estou determinada. — Ela se inclina para a frente até invadir o espaço dele de novo. É uma das coisas mais difíceis que ela já fez. — Eis a outra coisa. Vou deixar passar desta vez, mas *nunca mais faça isso.* Se fizer, eu vou saber.

— E vai fazer o quê? Vir atrás de mim?

É a vez de Holly não falar.

— Quantas cópias desse material você tem, Holly Gibney?

— Só uma. Todo o material está no pen-drive que vou te entregar no fim da tarde de sábado. *Mas.* — Ela aponta para ele e fica satisfeita de ver que o dedo não treme. — Eu conheço a sua cara. Conheço suas *duas* caras. Conheço sua voz, coisas nela que você talvez nem saiba. — Ela está pensando no clique. — Siga seu caminho, coma sua comida podre, mas se eu *desconfiar* que você provocou outra tragédia, outra escola Macready, sim, eu vou atrás de você. Vou te caçar, vou destruir sua vida.

257

Ondowsky olha para a praça de alimentação quase vazia. Tanto o idoso de boné de tweed quanto a mulher que estava olhando os manequins na vitrine da Forever 21 sumiram. Tem gente fazendo fila nos restaurantes e lanchonetes, mas estão de costas.

— Acho que não tem *ninguém* nos olhando Holly Gibney. Acho que você está sozinha. Acho que eu consigo esticar as mãos por cima dessa mesa e torcer seu pescoço magrelo e ir embora antes que percebam o que aconteceu. Sou muito rápido.

Se ele vir que ela está apavorada (e ela está, porque sabe que ele está ao mesmo tempo desesperado e furioso por estar naquela posição), pode ser que faça aquilo mesmo. É *provável* que faça. Por isso, ela novamente se obriga a se inclinar para a frente.

— Você pode não ser tão rápido a ponto de me impedir de gritar seu nome, que acho que todo mundo na área metropolitana de Pittsburgh conhece. Sou bem rápida também. Quer arriscar?

Há um momento em que ele está decidindo ou fingindo decidir.

— Fim da tarde de sábado, às seis, Frederick Building, quinto andar. Eu levo o dinheiro, você me dá o pen-drive. É esse o acordo?

— É esse o acordo.

— E você vai ficar quieta.

— Se não houver outra escola Macready, vou. Se houver, vou começar a gritar o que sei pra todo mundo ouvir. E vou continuar gritando até alguém acreditar.

— Tudo bem.

Ele estica a mão, mas não parece surpreso quando Holly se recusa a apertar. Até a tocar nele. Ele se levanta e sorri de novo. É o sorriso que dá vontade nela de gritar.

— A escola foi um erro. Agora vejo isso.

Ele coloca os óculos e está na metade da praça de alimentação quando Holly tem tempo de perceber a partida dele. Ele não estava mentindo sobre ser rápido. Talvez ela pudesse ter evitado as mãos dele se ele as tivesse esticado por cima da mesinha, mas ela tem suas dúvidas. Uma virada rápida e ele estaria longe, deixando uma mulher com o queixo no peito, como se tivesse cochilado na hora do almoço. Mas é só um adiamento temporário.

Tudo bem, ele disse. Só isso. Sem hesitação, sem pedir garantias. Sem perguntas sobre como ela poderia saber se alguma explosão futura resultando em múltiplas mortes (num ônibus, num trem, num shopping center como aquele) era coisa dele e não de algum maluco obcecado pelo ISIS.

A escola foi um erro, ele disse. *Agora vejo isso.*

Mas *ela* era o erro, um que precisava ser corrigido.

Ele não pretende me pagar, pretende me matar, ela pensa enquanto leva a fatia de pizza inteira e o copo da Starbucks até a lixeira mais próxima. E ela quase ri.

Até parece que eu não sabia disso o tempo todo.

3

O estacionamento do shopping está gelado e tomado apenas pelo vento. É o auge da temporada de compras de Natal, mas só está ocupado pela metade, no máximo. Holly está absurdamente ciente de que está sozinha. Há enormes áreas vazias onde o vento consegue soprar forte, deixando seu rosto dormente e às vezes a fazendo cambalear, mas também há amontoados de carros estacionados. Ondowsky poderia estar escondido atrás de qualquer um deles, pronto para pular (*Eu sou muito rápido*) e a pegar.

Ela corre os últimos dez passos até o carro alugado e, quando entra, aperta o botão que tranca todas as portas. Fica sentada dentro do veículo por meio minuto, se controlando. Ela não olha o Fitbit porque não gostaria do que veria.

Holly dirige para longe do shopping, verificando o retrovisor em intervalos de segundos. Ela não acredita que esteja sendo seguida, mesmo assim entra no modo de direção evasivo. É melhor prevenir do que remediar.

Ela sabe que Ondowsky talvez espere que ela pegue um voo comercial para casa e por isso planeja passar a noite em Pittsburgh e pegar um trem no dia seguinte. Ela entra em um Holliday Inn Express e liga o celular para verificar as mensagens antes de entrar no hotel. Tem uma da mãe.

— Holly, não sei onde você está, mas tio Henry sofreu um acidente naquele maldito Residencial das Colinas. Talvez tenha quebrado o braço. Por

259

favor, me ligue. *Por favor.* — Holly ouve a consternação da mãe e a antiga acusação: eu precisei de você e você me decepcionou. De novo.

A ponta do dedo chega a um milímetro de retornar a ligação da mãe. É difícil abandonar velhos hábitos e é difícil mudar atitudes automáticas. A vergonha já está esquentando sua testa, suas bochechas e o pescoço, e as palavras que ela vai dizer quando a mãe atender já estão na boca: *me desculpe.* E por que não? A vida toda ela pediu desculpas para a mãe, que sempre a perdoa com aquela expressão no rosto que diz: *Ah, Holly, você não muda nunca. Você sempre decepciona.* Porque Charlotte Gibney também tem suas atitudes automáticas.

Desta vez, Holly firma o dedo e pensa.

Por que exatamente ela deve pedir desculpas? Por não estar lá para salvar o pobre e confuso tio Henry de quebrar o braço? Por não ter atendido o telefone no minuto, no *segundo* que a mãe ligou, como se a vida de Charlotte fosse importante e real, e a de Holly só existisse na sombra da vida da mãe?

Enfrentar Ondowsky foi difícil. Recusar-se a atender imediatamente o pedido de socorro da mãe é tão difícil quanto, talvez mais, mas ela consegue. Apesar de fazer com que se sinta uma má filha, ela liga para o Residencial Geriátrico das Colinas. Identifica-se e pede para falar com a sra. Braddock. É colocada na espera e aguenta primeiro "The Little Drummer Boy" e uma parte de "Run Run Rudolph" até a sra. Braddock atender.

— Srta. Gibney! — diz a sra. Braddock. — É cedo demais pra desejar boas festas?

— Nem um pouco. Obrigada. Sra. Braddock, minha mãe ligou e disse que meu tio sofreu um acidente.

A sra. Braddock ri.

— *Salvou* um, na verdade! Liguei pra sua mãe e contei. O estado mental do seu tio pode ter se deteriorado, mas não tem nada errado com os reflexos dele.

— O que houve?

— No primeiro dia, ele não quis sair do quarto — diz a sra. Braddock —, mas isso não é incomum. Os recém-chegados sempre ficam perdidos e muitas vezes consternados. Às vezes, muito, e nesse caso damos alguma coisa pra acalmá-los um pouco. Seu tio não precisou, e ontem ele saiu por conta própria do quarto e se sentou na sala. Até ajudou a sra. Hatfield com o quebra-cabeça. Ele viu aquele programa maluco do juiz de que gosta...

John Law, Holly pensa e sorri. Ela nem percebe que fica olhando os espelhos para ver se Chip Ondowsky (*Eu sou muito rápido*) não está se aproximando.

— ... lanche da tarde.

— Perdão? — diz Holly. — A ligação cortou por um segundo.

— Eu falei que quando o programa acabou, alguns se levantaram pra ir pra sala de jantar, onde é servido o lanche da tarde. Seu tio estava andando com a sra. Hatfield, que tem oitenta e dois anos e não tem muita firmeza. Ela tropeçou e poderia ter sofrido uma queda terrível, só que Henry a segurou. Sarah Whitlock, uma das nossas ajudantes de enfermeira, disse que ele foi muito rápido. "Parecia um raio", essas foram as palavras dela. Ele sustentou o peso da sra. Hatfield e caiu na parede, onde tem um extintor de incêndio. É lei do estado, sabe. Ele ficou com um hematoma, mas talvez tenha salvado a sra. Hatfield de uma concussão ou até de coisa pior. Ela é muito frágil.

— Então o tio Henry não quebrou nada? Quando bateu no extintor?

A sra. Braddock ri de novo.

— Ah, céus, não!

— Que bom. Diz pro meu tio que ele é o meu herói.

— Pode deixar. E, mais uma vez, boas festas.

— Meu nome é Holly e já tem o primeiro "Ho" do "Ho Ho Ho" — diz ela, uma piadinha que usa nesta época do ano desde que tinha doze anos. Ela encerra a ligação com uma risada da sra. Braddock e olha para a lateral de tijolos do Holiday Inn Express por um tempo, os braços cruzados sobre os seios pequenos, a testa franzida enquanto pensa. Ela toma uma decisão e liga para a mãe.

— Ah, Holly, finalmente! Por onde você andou? Já não basta eu ter que me preocupar com meu irmão, agora tenho que me preocupar com você também?

A vontade de dizer *Desculpa* surge novamente e ela lembra a si mesma de que não tem motivo para se desculpar.

— Eu estou bem, mãe. Estou em Pittsburgh...

— Em *Pittsburgh*!

— ... mas posso estar em casa em pouco mais de duas horas se o trânsito não estiver ruim e a Avis me deixar devolver o carro lá. Meu quarto está preparado?

— Está *sempre* preparado — diz Charlotte com indignação.

Claro que está, Holly pensa. Porque em algum momento eu vou recobrar a razão e voltar para lá.

— Ótimo — diz Holly. — Chego até a hora do jantar. Podemos ver TV e visitar o tio Henry amanhã se isso for...

— Estou muito preocupada com ele! — grita Charlotte.

Mas não tanto a ponto de entrar no carro e ir lá, pensa Holly. Porque a sra. Braddock ligou e você sabe. A questão aqui não é seu irmão; é botar cabresto na filha. É tarde demais para isso e acho que, no fundo do coração, você sabe, mas você não vai parar de tentar. Essa também é sua atitude automática.

— Tenho certeza de que ele está bem, mãe.

— Dizem que está, mas claro que diriam isso, né? Esses lugares estão sempre preparados por causa de processos.

— Nós vamos lá ver pessoalmente — diz Holly. — Certo?

— Ah, tudo bem. — Uma pausa. — Você vai embora depois da visita, não vai? Vai voltar para aquela cidade. — O que está implícito: aquela Sodoma, aquela Gomorra, aquele antro de pecado e degradação. — Vou passar o Natal sozinha enquanto você vai ter um jantar de Natal com seus amigos. — Inclusive aquele jovem negro que tem cara de quem usa drogas.

— Mãe. — Às vezes, Holly tem vontade de gritar. — Os Robinson me convidaram semanas atrás. Logo depois do dia de Ação de Graças. Eu falei com você e você disse que tudo bem. — O que Charlotte realmente disse foi *Ora, acho que sim, se você achar que precisa.*

— Naquela época eu achava que o Henry ainda estaria aqui.

— Bom, que tal eu ficar na noite de sexta também? — Ela pode fazer isso pela mãe e também por si. Tem certeza de que Ondowsky é perfeitamente capaz de descobrir onde ela mora na cidade e de aparecer lá vinte e quatro horas antes, com assassinato em mente. — Nós podemos fazer um Natal antecipado.

— Seria maravilhoso — diz Charlotte, se animando. — Posso assar um frango. E aspargos! Você adora aspargos!

Holly odeia aspargos, mas dizer isso para a mãe seria inútil.

— Parece ótimo, mãe.

4

Holly faz o acordo com a Avis (por um valor adicional, claro) e pega a estrada, parando só uma vez para abastecer, comer um McFish e fazer umas ligações. Sim, ela diz para Jerome e Pete, ela terminou o assunto pessoal. E vai passar uma parte do fim de semana com a mãe e visitar o tio na residência nova. Estará de volta na segunda.

— Barbara está gostando dos filmes — diz Jerome —, mas diz que são muito bobinhos. Ela diz que quem vê deve achar que gente negra não existe.

— Diz pra ela botar isso no trabalho — diz Holly. — Vou dar *Shaft* pra ela quando voltar. Agora, tenho que voltar pra estrada. O tráfego está pesado, mas não sei pra onde essa gente toda está indo. Fui ao shopping e estava meio vazio.

— As pessoas estão indo visitar os parentes, como você — diz Jerome. — Os parentes são a única coisa que a Amazon não consegue entregar.

Quando volta para a I-76, passa pela cabeça da Holly que a mãe vai ter presentes de Natal para ela, mas ela não tem nada para Charlotte. Sua mente andou cheia por causa da bomba na escola e Ondowsky. Ela já vê a expressão martirizada da mãe quando ela chegar de mãos vazias.

Então, ela para no próximo shopping, apesar de significar que vai estar escuro quando ela chegar em casa (ela odeia dirigir à noite) e compra uns chinelos e um roupão de banho bonito para a mãe. Ela guarda a nota para quando Charlotte disser que Holly comprou os tamanhos errados.

Quando volta para a estrada e está segura dentro do carro alugado, Holly respira fundo e solta um grito.

Isso ajuda.

5

Charlotte abraça a filha na porta e a puxa para dentro. Holly sabe o que vem em seguida.

— Você perdeu peso.

— Na verdade, estou igual — diz Holly, e a mãe olha para ela com Aquela Cara, a que diz que uma vez anoréxica, sempre anoréxica.

O jantar é comida pedida no restaurante italiano da rua, e enquanto elas comem, Charlotte conta como as coisas têm sido difíceis sem Henry. É como se o irmão dela estivesse fora havia cinco anos e não cinco dias, e não ido para um residencial próximo, mas sim passando a velhice negociando na Austrália ou pintando pores do sol nas ilhas tropicais. Ela não pergunta a Holly sobre sua vida, seu trabalho nem o que ela está fazendo em Pittsburgh. Às nove horas, quando Holly pode alegar razoavelmente que está cansada e ir para a cama, ela já começou a sentir como se estivesse ficando mais jovem e menor, se reduzindo à garota triste, solitária e anoréxica (sim, era verdade, pelo menos durante o horrível primeiro ano do ensino médio, quando ela era conhecida como Taga-Taga) que morava naquela casa.

Seu quarto está igual, com as paredes rosa-escuro que sempre a fizeram pensar em carne parcialmente cozida. Os bichos de pelúcia ainda estão na prateleira acima da cama estreita, com Mr. Rabbit Trick reinando em lugar de destaque. As orelhas do Mr. Rabbit Trick estão destruídas porque ela as roía quando não conseguia dormir. O pôster de Sylvia Plath ainda está pendurado na parede da escrivaninha, onde Holly escrevia seus poemas ruins e às vezes se imaginava cometendo suicídio como seu ídolo. Enquanto tira a roupa e fica de sutiã e calcinha (ela não tem intenção de vestir o pijama que sabe que vai achar na gaveta de cima da cômoda, é horrível), ela pensa que talvez tivesse cometido ou ao menos tentado o suicídio se o forno fosse a gás e não elétrico.

Seria fácil, fácil demais, pensar que aquele quarto de infância a estava esperando, como um monstro num filme de terror. Ela dormiu lá várias vezes nos anos sãos (*relativamente* sãos) da idade adulta e o quarto nunca a comeu. Sua mãe também nunca a comeu. *Existe* um monstro, mas não está no quarto, nem naquela casa. Holly sabe que seria bom ela se lembrar disso e lembrar quem ela é. Não a criança que roía as orelhas do Mr. Rabbit Trick. Não a adolescente que vomitava o café quase todos os dias antes de ir para a escola. Ela é a mulher que, junto com Bill e Jerome, salvou as crianças do Complexo Cultural de Arte do Meio-Oeste. Ela é a mulher que sobreviveu a Brady Hartsfield. A que enfrentou outro monstro em uma caverna do Texas. A garota que se escondia naquele quarto e não queria sair não existia mais.

Ela fica de joelhos, faz a oração noturna e vai para a cama.

18 DE DEZEMBRO DE 2020

1

Charlotte, Holly e tio Henry estão sentados em um canto da sala comunal do Residencial das Colinas, que foi decorada para as festas. Há fitas metálicas e galhos cheirosos de abeto que quase encobrem o odor mais permanente de urina e água sanitária. Há uma árvore com luzes e doces em forma de bengala. Há música de Natal saindo dos alto-falantes, melodias cansadas sem as quais Holly poderia viver para sempre.

Os residentes (só que na verdade são detentos, Holly pensa) não parecem tomados pelo espírito natalino; a maioria está vendo a propaganda de uma coisa chamada Ab Lounge, com uma mulher gostosa de collant laranja. Alguns estão virados para longe da TV, alguns em silêncio, alguns conversando com outros e alguns falando sozinhos. Uma senhora magrinha de roupão verde está inclinada por cima de um quebra-cabeça.

— Aquela é a sra. Hatfield — diz o tio Henry. — Não me lembro do primeiro nome dela.

— A sra. Braddock disse que você a salvou de uma queda terrível — diz Holly.

— Não, foi a Julia — diz o tio Henry. — Lá no antiiiigo buraco onde a gente nadava. — Ele ri como as pessoas fazem quando estão lembrando os dias esquecidos. Charlotte revira os olhos. — Eu tinha dezesseis anos e acho que a Julia tinha… — Ele para de falar.

— Me mostra seu braço — ordena Charlotte.

Tio Henry inclina a cabeça.

— Meu braço? Por quê?

— Só mostra. — Ela o segura e afasta a manga da camisa. Tem um hematoma grande, mas não muito impressionante. Para Holly, parece uma tatuagem que deu errado.

— Se é assim que cuidam das pessoas aqui, a gente devia processar em vez de pagar — diz Charlotte.

— Processar quem? — diz tio Henry. E, com uma risada: — "Horton e o mundo dos quem"! As crianças adoram esse!

Charlotte se levanta.

— Vou buscar um café. Talvez uma daquelas tortinhas também. Holly? Holly balança a cabeça.

— Você não está comendo de novo — diz Charlotte, e sai antes que Holly possa responder.

Henry a vê se afastar.

— Ela nunca desiste, não é?

Desta vez, é Holly que ri. Não dá para segurar.

— Não. Nunca.

— Não, nunca. Você não é Janey.

— Não. — E espera.

— Você é… — Ela quase ouve as engrenagens enferrujadas do cérebro dele girando. — Holly.

— Isso mesmo. — Ela dá um tapinha na mão dele.

— Eu queria voltar para o meu quarto, mas não lembro onde é.

— Eu sei o caminho — diz Holly. — Posso te levar lá.

Eles andam lentamente pelo corredor juntos.

— Quem foi Julia? — pergunta Holly.

— Linda como uma flor — diz tio Henry. Holly decide que essa resposta basta. É melhor do que qualquer verso de poema que ela tenha escrito.

Já no quarto, ela tenta levá-lo até a cadeira perto da janela, mas ele solta a mão dela e vai para a cama, onde se senta com as mãos unidas entre as coxas. Ele parece uma criança idosa.

— Acho que vou me deitar, querida. Estou cansado. Charlotte me deixa cansado.

— Às vezes, ela me deixa cansada também — diz Holly. No passado, ela jamais teria admitido isso para o tio Henry, que muitas vezes era cúmplice da sua mãe, mas aquele homem é outro. De algumas formas, é um homem bem mais gentil. Além do mais, em cinco minutos ele vai esquecer tudo que ela falou. Em dez, vai esquecer que ela esteve lá.

Ela se inclina para beijar a bochecha do tio e para com os lábios acima da pele dele quando ele diz:

— O que houve? Por que você está com medo?

— Eu não…

— Ah, está. Está, sim.

— Tudo bem. Estou. Estou com medo. — É um alívio admitir. Dizer em voz alta.

— Sua mãe… minha irmã… está na ponta da minha língua…

— Charlotte.

— Sim. Charley é covarde. Sempre foi, mesmo quando éramos crianças. Não entrava na água no… naquele lugar… não lembro. *Você* era covarde, mas se livrou disso.

Ela olha para ele impressionada. Sem palavras.

— Se livrou disso — repete ele, e tira os chinelos e coloca os pés em cima da cama. — Vou tirar um cochilo, Janey. O lugar aqui nem é ruim, mas eu queria ter aquela coisa… aquela coisa que a gente gira… — Ele fecha os olhos.

Holly se levanta e vai até a porta. Há lágrimas nos olhos dela. Ela pega um lenço no bolso e as seca. Não quer que Charlotte as veja.

— Eu queria que você pudesse lembrar que salvou aquela mulher de uma queda — diz ela. — A ajudante de enfermeira disse que você se moveu como um raio.

Mas tio Henry não escuta. Tio Henry já foi dormir.

2

Do relato de Holly Gibney para o detetive Ralph Anderson:

Eu esperava terminar a noite de ontem em um motel da Pensilvânia, mas uma questão de família surgiu e vim pra casa da minha mãe. Estar aqui é difícil. Traz lembranças e muitas delas não são boas. Mas vou ficar esta noite. É melhor eu ficar. Minha mãe saiu pra comprar coisas pra um jantar de Natal antecipado que provavelmente não vai ser gostoso. Cozinhar nunca foi um dos talentos dela.

267

Espero terminar meus negócios com Chip Ondowsky, ou a coisa que se chama assim, pelo menos, amanhã à noite. Estou com muito medo, Ralph, mas também estou determinada. Ele prometeu nunca mais fazer nada como a escola Macready, prometeu na mesma hora, sem pensar, e não acreditei. Bill não acreditaria e acho que você também não. Ele pegou o gosto. Pode ser que também tenha pegado o gosto de ser o herói salvador, apesar de provavelmente saber que chamar atenção para si é uma má ideia.

Liguei para o Dan Bell e contei pra ele que pretendia botar fim no Ondowsky. Eu achei que, sendo ex-policial, ele entenderia e aprovaria. E ele entendeu, mas me disse pra ter cuidado. Vou tentar fazer isso, mas estaria mentindo se dissesse que não tenho uma sensação muito ruim em relação a isso. Também liguei pra minha amiga Barbara Robinson e falei pra ela que vou ficar na casa da minha mãe na noite de sábado. Preciso ter certeza de que ela e o irmão acreditem que não vou estar na cidade amanhã. Não importa o que vai acontecer comigo, mas eu preciso saber que eles não estarão correndo riscos.

Ondowsky está com medo do que posso fazer com as informações que consegui, mas ele também está confiante. Ele vai me matar se puder. Sei disso. O que ele *não* sabe é que já estive nesse tipo de situação e não vou subestimá-lo.

Bill Hodges, meu amigo e às vezes parceiro, se lembrou de mim no testamento. Havia um benefício no seguro de vida dele, mas havia outros itens que são ainda mais importantes pra mim. Um era a arma de serviço dele, um revólver militar e da polícia Smith & Wesson calibre .38. Bill me disse que a maior parte da polícia agora carrega uma Glock calibre .22, que pode dar quinze tiros em vez de seis, mas que ele era antiquado com orgulho.

Não gosto de armas, odeio, na verdade, mas vou usar a do Bill amanhã e não vou hesitar em fazer isso. Não vai haver discussão. Tive uma conversa com Ondowsky e já bastou. Vou dar um tiro no peito dele e não só porque o melhor tiro é sempre no centro de massa, uma coisa que aprendi na aula de tiro que fiz dois anos atrás.

O motivo é…

[*Pausa*]

Lembra o que aconteceu na caverna quando acertei a coisa que encontramos lá dentro na cabeça? Claro que lembra. Nós tivemos sonhos com aquilo e nunca vamos esquecer. Acredito que a força, a força *física*, que anima aquelas coisas é uma espécie de cérebro alienígena que substituiu o cérebro humano que talvez tenha existido bem antes. Não sei onde se originou e não me importo. Atirar no peito daquela coisa pode não matá-la. Na verdade, Ralph, até que estou contando com isso. Acredito que haja uma outra forma de me livrar dela de vez. Sabe, houve uma falha.

Minha mãe acabou de chegar. Vou tentar terminar mais tarde ou amanhã.

3

Charlotte não deixa Holly ajudar na cozinha; cada vez que a filha entra, ela a expulsa. O dia acaba sendo longo, mas a hora do jantar finalmente chega. Charlotte botou o vestido verde que usa todos os natais (orgulhosa por ainda conseguir caber nele). Seu broche de Natal, de azevinho e umas bagas, está no lugar habitual acima do seio esquerdo.

— Um jantar de Natal autêntico, como antigamente! — exclama ela enquanto leva Holly para a sala de jantar pelo cotovelo. *Como uma prisioneira sendo levada para uma sala de interrogatório*, pensa Holly. — Fiz todas as suas comidas favoritas!

Elas se sentam uma em frente à outra. Charlotte acendeu todas as velas de aromaterapia, que exalam um aroma de capim-limão que faz Holly ter vontade de espirrar. Elas brindam com tacinhas de vinho Mogen David (uma eca autêntica, a maior de todas) e desejam um feliz Natal uma para a outra. Primeiro tem uma salada já temperada com o molho ranch que parece meleca que Holly odeia (Charlotte acha que ela ama) e o peru seco como um papiro, que só dá pra engolir com muito molho para lubrificar a passagem. O purê de batatas está caroçudo. Os aspargos estão cozidos demais e tão odiosos quanto sempre foram. Só o bolo de cenoura (comprado pronto) está gostoso.

Holly come tudo no prato e elogia a mãe. Que abre um sorriso largo.

Depois que os pratos foram lavados (Holly os seca, como sempre; a mãe alega que ela nunca tira o "grude" das travessas), elas vão para a sala, onde Charlotte procura o DVD de *A felicidade não se compra*. Em quantos natais elas viram aquele filme? Pelo menos doze, provavelmente mais. Tio Henry sabia citar todas as falas. *Talvez ainda saiba*, pensa Holly. Ela procurou Alzheimer no Google e descobriu que não dá para saber que áreas da mente continuam acesas enquanto os circuitos vão se apagando um a um.

Antes de o filme começar, Charlotte dá a Holly um gorro de Papai Noel... com muita cerimônia.

— Você sempre usa quando a gente assiste. Desde que era pequenininha. É *tradição*.

Holly foi fã de cinema a vida toda e descobriu coisas a apreciar mesmo em filmes que os críticos malharam (ela acredita, por exemplo, que *Cobra*, do Stallone, é lamentavelmente subestimado), mas *A felicidade não se compra* sempre a deixou inquieta. Ela se identifica com George Bailey no começo do filme, mas no final ele parece uma pessoa com bipolaridade séria que chegou à parte mais maníaca do ciclo. Ela até se perguntou se, depois que o filme termina, ele sai da cama e mata a família toda.

Elas veem o filme, Charlotte com o vestido de Natal e Holly com o gorro de Papai Noel. Holly pensa: *estou indo para outro lugar agora. Sinto que estou indo. É um lugar triste, cheio de sombras. É o lugar onde você sabe que a morte está bem próxima.*

Na tela, Janie Bailey diz:

— Por favor, Deus, tem alguma coisa errada com o papai.

Naquela noite, quando dorme, Holly sonha que Chip Ondowsky sai do elevador do Frederick Building com o paletó rasgado na manga e no bolso. As mãos estão sujas de pó de tijolo e sangue. Os olhos estão brilhando, e quando os lábios se abrem num sorriso largo, um monte de insetos vermelhos cai da boca e corre pelo queixo.

19 DE DEZEMBRO DE 2020

1

Holly está em uma das quatro pistas de tráfego parado para o sul, ainda a oitenta quilômetros da cidade, pensando que se aquele engarrafamento de quilômetros não melhorar, ela pode se atrasar para o próprio enterro em vez de se adiantar.

Como muita gente que luta com a insegurança, ela é uma planejadora compulsiva e consequentemente quase sempre se adianta. Ela esperava estar no escritório da Achados e Perdidos à uma hora de sábado no máximo, mas isso não vai acontecer. Às três talvez ainda seja possível, mas está começando a parecer otimismo demais. Os carros em volta dela (e um caminhão grande e velho à frente, com a bunda suja parecendo um penhasco de aço) a fazem sentir claustrofobia, enterrada viva (*meu próprio enterro*). Se tivesse cigarros no carro, certamente estaria fumando um atrás do outro. Ela recorre a pastilhas para a tosse, o que chama de dispositivo antifumo, mas só botou umas seis no bolso do casaco e vão acabar rápido. Só restariam as unhas dela se não tivessem sido cortadas bem curtas para que pudesse segurar a arma com mais firmeza.

Estou atrasada, estou atrasada para um encontro importante.

Não foi por causa da troca de presentes, que veio depois do café da manhã tradicional de Natal da mãe com waffles e bacon (só vai ser Natal quase uma semana depois, mas Holly estava disposta a fingir com Charlotte). Charlotte deu a Holly uma blusa de seda com babados que ela provavelmente nunca vai usar (mesmo se sobreviver), um par de sapatos de salto médio (idem) e dois livros: *O poder do agora* e *O fim da ansiedade: O segredo bíblico para livrar-se das preocupações*. Holly não tinha tido a oportunidade de embrulhar os presentes, mas comprou uma sacola com tema de Natal para botar tudo dentro. Charlotte se impressionou com os chinelos forrados de pele e balançou a cabeça com indulgência por causa do roupão, uma compra de setenta e nove dólares e cinquenta.

— É pelo menos dois tamanhos grande demais. Imagino que não tenha guardado a nota, querida.

Holly, que sabia muito bem que tinha guardado, respondeu:

— Acho que guardei. Está no bolso do meu casaco.

Até ali, tudo bem. Mas aí, do nada, Charlotte sugeriu que elas fossem ver Henry para desejar um feliz Natal, já que Holly não estaria presente no dia real. Holly olhou para o relógio. Quinze para as nove. Ela esperava estar na estrada indo para o sul às nove, mas não dava para levar os comportamentos obsessivos longe demais; por que exatamente ela queria chegar cinco horas mais cedo? Além do mais, se as coisas fossem mal com Ondowsky, aquela seria sua última chance de ver Henry, e ela estava curiosa sobre o que ele disse: *Por que você está com medo?*

Como ele sabia? Ele nunca tinha parecido particularmente sensível aos sentimentos dos outros. Era mais o contrário, na verdade.

Assim, Holly concordou, e elas foram, e Charlotte insistiu em dirigir, e houve uma batida em um cruzamento. Nenhum airbag se abriu, ninguém se machucou, a polícia foi chamada, mas envolveu certas justificativas previsíveis da parte de Charlotte. Ela invocou uma área congelada mítica, ignorando o fato de que só tinha reduzido em vez de parar na placa, como ela sempre fazia; em toda a vida de motorista, Charlotte Gibney supôs que a preferência era dela.

O homem no outro veículo foi gentil, assentiu e concordou com tudo que Charlotte disse, mas envolveu uma troca de cartões de seguro, e quando elas voltaram a seguir caminho (Holly tinha quase certeza de que o homem em cujo para-choque elas tinham batido deu uma piscadela para ela antes de entrar no próprio veículo), eram dez horas, e acabou dando tudo errado com a visita. Henry não sabia quem elas eram. Disse que tinha que se vestir para o trabalho e mandou que elas não o incomodassem mais. Quando Holly deu um beijo de despedida nele, ele olhou para ela com desconfiança e perguntou se era coisa dos testemunhas de Jeová.

— Você dirige na volta — disse Charlotte quando elas saíram. — Estou chateada demais.

Holly ficou feliz em fazer isso.

Ela tinha deixado a bolsa de viagem no saguão de entrada. Ao pendurá-la no ombro e se virar para a mãe para a despedida de sempre, dois beijos secos nas bochechas, Charlotte passou os braços em volta da filha que tinha criticado e diminuído a vida toda (nem sempre conscientemente) e caiu no choro.

— Não vá. Por favor, Hollyberry, fique mais um dia. Se você não puder ficar até o Natal, pelo menos fique o fim de semana. Não aguento ficar sozinha. Ainda não. Talvez depois do Natal, mas ainda não.

A mãe estava agarrada a ela como uma mulher que estava se afogando e Holly precisou sufocar uma vontade desesperada não só de empurrá-la para longe, mas de lutar com ela. Mas aguentou a reação pelo tempo que conseguiu e se soltou.

— Eu tenho que ir, mãe. Tenho um compromisso.

— É um encontro? — Charlotte sorriu. Não foi um sorriso bonito. Havia dentes demais nele. Holly achou que já não tinha mais como ficar chocada com a mãe, mas parecia que não era bem assim. — É mesmo? *Você?*

Lembra que essa pode ser a última vez que você vai vê-la, pensou Holly. Se for, você não quer ir embora com palavras de raiva. Você vai poder ficar zangada com ela de novo se sobreviver a isso.

— É outra coisa. Mas vamos tomar um chá. Tenho tempo pra isso.

Elas tomaram chá com os biscoitos recheados de tâmaras que Holly sempre odiou (tinham um gosto *sombrio*, ela não sabia como) e eram quase onze horas quando ela finalmente conseguiu escapar da casa da mãe, onde o cheiro de velas de capim-limão ainda estava no ar. Ela beijou Charlotte quando elas estavam na porta.

— Eu te amo, mãe.

— Eu também te amo, Hollyberry.

Holly chegou à porta do carro alugado, estava com a mão na maçaneta, quando Charlotte a chamou. Holly se virou, quase esperando que a mãe descesse a escada saltitando, os braços abertos, os dedos curvos como garras, gritando: *Fica! Você tem que ficar! Eu ordeno!*

Mas Charlotte ainda estava no degrau com os braços envolvendo o próprio corpo. Tremendo. Ela parecia velha e infeliz.

— Eu me enganei sobre o roupão. *É do meu tamanho.* A etiqueta devia estar errada.

273

Holly sorriu.

— Que bom, mãe. Fico feliz.

Ela deu ré pelo caminho da garagem, viu se vinha algum carro e foi na direção da rodovia. Onze e dez. Chegar à uma hora agora estava fora de questão, mas ela poderia chegar às duas e quinze. Às duas em ponto se forçasse um pouco. Ainda quatro horas antes do encontro com Chip Ondowsky. Tempo suficiente.

Foi o que ela pensou na hora.

2

A incapacidade de descobrir a causa do engarrafamento só aumenta a ansiedade de Holly. As estações locais AM e FM não dizem nada, nem mesmo a que deveria oferecer informações sobre o trânsito na rodovia. O aplicativo Waze, normalmente tão confiável, não presta para nada. A tela mostra um homenzinho sorridente cavando um buraco com uma pá acima da mensagem ESTAMOS TRABALHANDO, MAS VOLTAMOS EM BREVE!

Droga.

Se conseguir seguir mais quinze quilômetros, ela pode pegar a saída 56 e a rodovia 73, mas agora é como se a rodovia 73 ficasse em Júpiter. Ela tateia os bolsos do casaco, encontra a última pastilha e a desembrulha enquanto olha para a traseira do caminhão de lixo, que tem um adesivo que diz COMO ESTOU DIRIGINDO?.

Toda essa gente devia estar no shopping, Holly pensa. Devia estar fazendo compras no shopping e nos centros de compras das cidades e ajudando a economia local e não dando o dinheiro para a Amazon e para o UPS e para o Federal Express. Vocês deviam sair dessa porcaria de estrada para que as pessoas com compromissos realmente importante pudessem...

O trânsito começa a andar. Holly dá um grito de triunfo que mal sai e o caminhão para de novo. À esquerda, tem um homem conversando no celular. À direita, uma mulher retocando o batom. O relógio digital do carro alugado diz que ela agora não pode esperar chegar ao Frederick Building antes de quatro horas. Quatro, pelo menos.

Isso ainda me deixa duas horas, pensa Holly. Por favor, Deus, me deixa chegar lá a tempo de me preparar para ele. Para aquilo. Para o monstro.

3

Barbara Robinson coloca de lado o catálogo de faculdades que estava lendo, liga o celular e abre o aplicativo WebWatcher que Justin Freilander instalou no aparelho.

— Você sabe que rastrear alguém sem a permissão da pessoa não é muito certo, né? — perguntou Justin. — Nem sei se é legal.

— Eu só quero saber que minha amiga está bem — disse Barbara, e abriu um sorriso radiante que acabou com qualquer reserva que ele pudesse ter.

Barbara tem suas próprias reservas; só de olhar o pontinho verde no mapa, ela já sente culpa, principalmente porque Jerome apagou o rastreador dele. Mas o que Jerome não sabe (e Barbara não vai contar) é que, depois de Portland, Holly foi para Pittsburgh. Isso, junto com as buscas que Barbara viu no computador da casa de Holly, faz com que ela pense que Holly está interessada na bomba da escola Macready, afinal, e esse interesse parece voltado para Charles "Chip" Ondowsky, o repórter da WPEN que foi o primeiro a chegar ao local, ou em Fred Finkel, o câmera dele. Barbara tem quase certeza de que é em Ondowsky que ela está interessada, porque há mais buscas sobre ele. Holly até anotou o nome dele no bloco ao lado do computador... com dois pontos de interrogação ao lado.

Ela não quer pensar que a amiga está tendo algum tipo de confusão mental, talvez até um colapso nervoso, e também não quer acreditar que Holly possa ter encontrado uma pista do homem da bomba da escola... mas ela sabe que isso não está fora de questão, como dizem. Holly é insegura, Holly passa tempo *demais* duvidando de si mesma, mas também é inteligente. É possível que Ondowsky e Finkel (uma dupla que a lembra inevitavelmente de Simon e Garfunkel) tenham encontrado uma pista do homem da bomba sem saber, sem nem perceber?

Essa ideia faz Barbara pensar em um filme que ela viu com Holly. O nome era *Blow-up — Depois daquele beijo*. Nele, um fotógrafo que está tirando fotos de casais em um parque fotografa acidentalmente um homem escondido na vegetação com uma pistola. E se uma coisa assim aconteceu na escola Macready? E se o homem da bomba voltou à cena do crime para se gabar pelo trabalho e o pessoal da TV o filmou enquanto ele olhava (ou até mesmo fingia ajudar)? E se Holly tivesse se dado conta disso? Barbara sabia e aceitava que a ideia era improvável, mas a vida não imitava a arte às vezes? Talvez Holly tivesse ido a Pittsburgh entrevistar Ondowsky e Finkel. Barbara acha que isso seria seguro, mas e se o homem da bomba ainda estivesse no local e Holly fosse atrás dele?

E se o *homem da bomba* fosse atrás *dela*?

Tudo aquilo devia ser besteira, mas Barbara fica aliviada quando o aplicativo WebWatcher mostra Holly saindo de Pittsburgh e indo para a casa da mãe dela. Ela quase apagou o aplicativo nessa hora, o que certamente aliviaria sua consciência, mas aí Holly ligou no dia anterior, aparentemente sem motivo algum além de contar que ia ficar na casa da mãe na noite de sábado. E, no final da ligação, Holly disse "Eu te amo".

Bom, claro que amava, e Barbara a amava também, mas isso era óbvio, não o tipo de coisa que precisava ser dita em voz alta. Exceto talvez em ocasiões especiais. Como quando você briga com um amigo e depois faz as pazes. Ou quando vai fazer uma viagem longa. Ou vai lutar na guerra. Barbara tinha certeza de que era a última coisa que homens e mulheres diziam para os pais e companheiros antes de irem embora por esse motivo.

E houve um certo *tom* no jeito como ela falou do qual Barbara não gostou. Triste, quase. E agora, o ponto verde diz para Barbara que Holly não vai passar a noite na casa da mãe, afinal. Parece que ela está voltando para a cidade. Mudança de planos? Talvez uma briga com a mãe?

Ou ela tinha mentido?

Barbara olha para a escrivaninha e vê os DVDs que pegou na casa de Holly para o trabalho da escola: *Relíquia macabra*, *À beira do abismo* e *O caçador de aventuras*. Ela acha que vão ser a desculpa perfeita para falar com a amiga quando ela voltar. Vai fingir surpresa de encontrar Holly em casa e vai tentar descobrir o que era tão importante em Portland e Pittsburgh. Ela pode até confessar sobre o rastreador; vai depender de como as coisas vão se desenrolar.

Ela verifica a localização da Holly no celular de novo. Ainda na rodovia. Barbara acha que o trânsito deve estar lento por causa de algum acidente. Ela olha para o relógio e para o ponto vermelho. Acha que Holly vai ter sorte se chegar muito antes das cinco.

E vou estar na casa dela às cinco e meia, pensa Barbara. Espero que não tenha nada errado com ela... mas acho que pode ser que tenha.

4

O trânsito segue lento... e para.

Segue lento... e para.

Para.

Vou ficar maluca, Holly pensa. *Vou surtar sentada aqui olhando a traseira daquele caminhão de lixo. Acho que vou ouvir quando acontecer. Como um galho se quebrando.*

A luz começou a sumir naquele dia de dezembro, a dois quadradinhos de calendário do dia mais curto do ano. O relógio do painel diz que o mais cedo que ela pode esperar agora chegar ao Frederick Building é cinco horas e isso só vai acontecer se os carros começarem a andar de novo logo... e se ela não ficar sem gasolina. Ela está com um pouco mais de um quarto de tanque.

Eu posso acabar não o encontrando, ela pensa. *Ele pode aparecer e me ligar para receber a mensagem com a senha da porta e não receber resposta. Ele vai achar que perdi a coragem e amarelei.*

A ideia de que uma coincidência ou uma força maligna (o pássaro do Jerome, todo imundo e cinza gelo) pode ter decretado que seu segundo confronto com Ondowsky não aconteça não oferece alívio. Porque ela não está só na lista pessoal dele agora, ela é a número um para levar bala. Enfrentá-lo no seu território e com um plano era para ser sua vantagem. Se ela a perder, ele vai tentar pegá-la desprevenida. E pode conseguir.

Uma vez, ela pega o celular para ligar para o Pete, para contar que um homem perigoso vai aparecer na porta lateral do prédio e que ele devia ir ao encontro com cautela, mas Ondowsky resolveria as coisas no papo. Com facilidade. Falar é o que ele faz da vida. Mesmo que não fosse, Pete está mais velho e pelo menos dez quilos mais gordo do que quando se aposentou pela polícia. Pete é lento. A coisa fingindo ser repórter de TV é rápida. Ela não vai botar Pete em risco. Foi ela quem tirou o gênio da garrafa.

À frente, a luz de freio do caminhão se apaga. Ele anda uns quinze metros e para de novo. Mas, desta vez, a parada é mais breve e o deslocamento seguinte é mais longo. Seria possível que o engarrafamento estivesse acabando? Ela nem ousa acreditar, mas tem esperanças.

E essa esperança acaba sendo justificável. Em cinco minutos, ela está a sessenta quilômetros por hora. Em sete, chega a noventa. Em onze, Holly enfia o pé no acelerador e ocupa a pista de ultrapassagem. Quando passa pelo engavetamento de três carros que provocou o engarrafamento, ela mal olha para os carros batidos que foram levados para o acostamento.

Se ela puder manter a velocidade em 110 até sair da rodovia na cidade e se pegar a maioria dos sinais abertos, ela estima que pode estar no prédio às cinco e vinte.

5

Holly chega à região do prédio às cinco e cinco, mais cedo do que esperava. (*Cedo para meu próprio enterro*, ela pensa.) Ao contrário do bizarramente vazio Monroeville Mall, o centro está bem movimentado. Isso é bom e ruim. Suas chances de ver Ondowsky na confusão de pessoas agasalhadas na rua Buell é pequena, mas a chance de ele a pegar (se ele quiser fazer isso e ela não descarta a possibilidade) é igualmente pequena. É o que Bill chamaria de empurrão.

Como se para compensar o azar na rodovia, ela vê um carro saindo de uma vaga quase em frente ao Frederick Building. Ela espera o veículo sair e dá ré com cuidado para entrar na vaga, tentando ignorar o cabeça de cocô atrás dela com a mão na buzina. Em circunstâncias menos estressantes, a buzina constante talvez a fizesse deixar a vaga, mas ela não vê outra no quarteirão todo. Isso só deixaria a opção do edifício-garagem, provavelmente em um dos andares mais altos, e Holly já viu filmes demais em que coisas ruins acontecem com mulheres em edifícios-garagem. Principalmente depois que escurece, e já escureceu agora.

O buzinador avança assim que a frente do carro alugado de Holly permite passagem, mas a cabeça de cocô, que não é homem e sim mulher, desacelera o suficiente para dar um cumprimento de Natal para Holly com o dedo do meio.

Há uma pausa no trânsito quando ela sai do carro. Holly poderia atravessar fora da faixa, atravessar *correndo*, mas ela vai até o grupo de pessoas esperando o sinal de trânsito na esquina. A segurança está nos números. Ela está com a chave da porta da frente do prédio na mão. Não tem intenção de ir até a porta lateral. Fica numa viela de serviço onde ela seria um alvo fácil.

Quando ela enfia a chave na fechadura, um homem com a parte inferior do rosto coberta e um chapéu russo enfiado quase até as sobrancelhas passa por ela quase perto o suficiente para esbarrar nela. Ondowsky? Não. Pelo menos, *provavelmente* não. Como ela pode ter certeza?

O saguão amplo e quadrado está vazio. As luzes estão baixas. As sombras se projetam para todos os lados. Ela corre até o elevador. Aquele é um dos prédios mais antigos do centro, só tem oito andares, é Meio-Oeste até o osso e só tem um social. É espaçoso e supostamente moderno, mas só um. Os condôminos já reclamaram disso, e os que estão com pressa muitas vezes sobem de escada, principalmente os que têm escritórios nos andares mais baixos. Holly sabe que tem também um elevador de carga, mas vai estar trancado durante o fim de semana. Ela aperta o botão e tem uma certeza repentina de que o elevador vai estar novamente quebrado e seu plano vai desmoronar. Mas as portas se abrem na mesma hora e uma voz feminina de robô dá as boas-vindas:

— Olá. Bem-vinda ao Frederick Building.

Com o saguão vazio, parece uma voz desencarnada em um filme de terror.

As portas se fecham e ela aperta o número cinco. Tem uma tela de tv que passa notícias e propagandas durante a semana, mas está desligada. Não tem música de Natal, graças aos céus.

— Elevador subindo — diz a voz.

Ele vai estar me esperando, ela pensa. *Conseguiu entrar de alguma forma, vai estar me esperando quando as portas do elevador se abrirem e eu não vou ter para onde correr.*

Mas as portas se abrem em um corredor vazio. Ela passa pela sala de correspondência (tão antiquada quanto o elevador falante é moderno), passa pelo banheiro feminino e pelo masculino e para em uma porta com uma placa que diz escada. Todo mundo reclama de Al Jordan e com razão; o zelador do prédio é incompetente e preguiçoso. Mas ele deve ter contatos, porque não perde o emprego apesar de o lixo se acumular no porão, apesar de a câmera da entrada lateral quebrada e da entrega lenta, quase excêntrica, de pacotes. E tem a questão do elevador japonês chique, que irritou *todo mundo*.

Naquela tarde, Holly torce ativamente por mais um descuido de Al, para que não perca tempo pegando uma cadeira no escritório para subir.

279

Ela abre a porta da escada e dá sorte. Amontoados no patamar, bloqueando o caminho para o sexto andar e provavelmente violando as leis do Código de Segurança Contra Incêndio, há um estoque de produtos de limpeza que inclui um esfregão apoiado no corrimão da escada e um balde com rodinhas com água até a metade.

Holly pensa em jogar a água suja do balde na escada, seria bem-feito para o Al, mas não consegue fazer isso. Ela o empurra até o banheiro feminino, tira o rodo que o acompanha e derrama a água imunda em uma da pias. Em seguida, empurra o balde até o elevador com a bolsa pendurada na dobra do braço, desajeitada. Ela aperta o botão para chamar o elevador. As portas se abrem e a voz de robô diz (caso ela tenha esquecido):

— Quinto andar.

Holly se lembra do dia em que Pete entrou bufando no escritório e disse: "Dá pra programar aquela coisa pra dizer 'Diga para o Al me consertar e depois o mate'?".

Holly vira o balde. Se mantiver os pés juntos (e tomar cuidado), tem espaço para ela subir nele entre as rodinhas. Da bolsa ela tira a fita adesiva e um pequeno pacote embrulhado com papel pardo. Nas pontas dos pés, se esticando até a blusa sair de dentro da calça, ela prende o pacote no canto esquerdo do teto do elevador. Fica bem acima da altura dos olhos, em um lugar para onde (de acordo com o falecido Bill Hodges) as pessoas não costumam olhar. É melhor que Ondowsky não olhe. Se ele olhar, ela está ferrada.

Ela tira o celular do bolso, levanta e tira uma foto do pacote. Se as coisas saírem como ela espera. Ondowsky nunca vai ver aquela foto, que não é nenhuma apólice de seguro, de qualquer modo.

As portas do elevador se fecharam de novo. Holly aperta o botão para abrir e empurra o balde pelo corredor, para colocá-lo onde estava, no patamar da escada. Ela passa pela Brilliancy Beauty Products (onde não parece trabalhar ninguém além de um homem de meia-idade que lembra a Holly um antigo personagem de desenho animado chamado Droopy) até chegar à Achados e Perdidos, no fim do corredor. Ela destranca a porta e entra com um suspiro de alívio. E olha para o relógio. Quase cinco e meia. O tempo está bem apertado agora.

Ela vai até o cofre do escritório e insere a combinação. Pega o revólver Smith & Wesson do falecido Bill Hodges. Apesar de saber que está carregado (*uma arma descarregada é inútil até como porrete*, outra frase do seu mentor), ela gira o tambor para ter certeza e depois o fecha.

Centro da massa, ela pensa. Assim que ele sair do elevador. Não se preocupe com a caixa com o dinheiro; se for de papelão, a bala vai passar direito, mesmo que ele a esteja segurando na frente do peito. Se for de aço, ela vai ter que atirar na cabeça. A distância vai ser curta. Pode fazer sujeira, mas...

Ela surpreende a si mesma com uma gargalhada curta.

Mas Al foi atencioso e deixou os produtos de limpeza.

Holly olha para o relógio. São cinco e trinta e quatro. Ela tem vinte e seis minutos até Ondowsky chegar, supondo que ele seja pontual. Ela ainda tem coisas a fazer. E todas são importantes. Decidir qual é a *mais* importante é moleza, porque, se ela não sobreviver, alguém tem que saber sobre a coisa que mandou a bomba para a escola Macready para comer a dor dos sobreviventes e dos familiares e amigos dos que faleceram, e só tem uma pessoa que vai acreditar nela.

Ela liga o celular, abre o aplicativo de gravação e começa a falar.

6

Os Robinson deram à filha um Ford Focus no 18º aniversário dela, e quando Holly está estacionando na rua Buell, Barbara está a três quarteirões do prédio onde Holly mora, parada em um sinal de trânsito. Ela aproveita a oportunidade para olhar o aplicativo WebWatcher no celular e murmura "merda". Holly não foi para casa. Ela está no escritório, e Barbara não consegue entender por que ela iria para lá em uma tarde de sábado tão perto do Natal.

O prédio onde Holly mora fica logo em frente, mas quando o sinal fica verde, Barbara vira para a direita, indo para o centro. Ela não vai demorar para chegar lá. A porta da frente do Frederick Building vai estar trancada, mas ela sabe a senha da porta lateral na viela de serviço. Ela já foi à Achados e Perdidos com o irmão muitas vezes e às vezes eles entram por lá.

Vou fazer uma surpresa, Barbara pensa. *Vou chamá-la para tomar um café e descobrir o que está acontecendo. De repente a gente até pode comer alguma coisa e ir ao cinema.*

O pensamento a faz sorrir.

7

Do relato de Holly Gibney para o detetive Ralph Anderson:

Não sei se contei tudo, Ralph, e não tenho tempo de voltar e verificar, mas você sabe o mais importante: encontrei outro forasteiro, não como o que enfrentamos no Texas, mas parecido. Um modelo novo e melhorado, digamos.

Estou na pequena recepção da Achados e Perdidos, esperando que ele chegue. Meu plano é atirar nele assim que ele sair do elevador com o dinheiro da chantagem e acho que vai ser assim mesmo. Acho que ele vem me pagar e não me matar, porque acho que o convenci que só quero dinheiro, junto com a promessa de não cometer mais nenhum assassinato em massa. Uma promessa que ele provavelmente não pretende cumprir.

Tentei pensar sobre isso da forma mais lógica que consigo, porque minha vida depende disso. Se eu fosse ele, eu pagaria uma vez e veria o que acontece. Planejaria deixar o emprego na emissora de Pittsburgh logo depois? Talvez, mas eu talvez ficasse. Para testar a boa-fé da chantagista. Se a mulher voltasse, tentasse lucrar duas vezes, *aí* eu a mataria e desapareceria. Esperaria um ou dois anos e retomaria o padrão antigo. Talvez em São Francisco, talvez em Seattle, ou em Honolulu. Começaria trabalhando numa emissora pequena pra ir subindo. Ele vai conseguir uma identidade nova e referências novas. Só Deus sabe como se sustentam nessa era de computadores e redes sociais, Ralph, mas a verdade é que conseguem. Ou pelo menos conseguiram até agora.

Ele se preocuparia de eu passar o que sei pra outra pessoa? Talvez pra emissora de TV dele? Não, porque depois que eu fizer chantagem, vou ter me tornado cúmplice do crime dele. Estou contando mais com a confiança dele. Com sua *arrogância*. Por que ele não seria confiante e arrogante? Ele tem se safado disso há muito, muito tempo.

Mas meu amigo Bill me ensinou a sempre ter um plano B. "Cinto e suspensórios, Holly", ele dizia. "Cinto e suspensórios."

Se ele desconfiar que pretendo matá-lo em vez de chantagear pra pegar os trezentos mil dólares, ele vai tentar tomar precauções. Que precauções? Não sei. Ele deve saber que tenho uma arma de fogo, mas ele não vai poder entrar com uma no prédio por causa do detector de metais. Ele pode subir de escada, e isso poderia ser um problema mesmo que eu o ouça subindo. Se isso acontecer, vou ter que improvisar.

[*Pausa*]

O .38 do Bill é meu cinto; o pacote que prendi no elevador é meu suspensório. Minha garantia. Tenho uma foto. Ele vai querer, mas não tem nada naquele pacote além de um batom.

Fiz o melhor que pude, Ralph, mas talvez não tenha sido o bastante. Apesar de todo o meu planejamento, há uma chance de eu não sair disso viva. Se for esse o caso, preciso que você saiba o quanto sua amizade foi importante pra mim. Se eu morrer e se você decidir continuar o que comecei, por favor, tome cuidado. Lembre que você tem esposa e filho.

8

São cinco e quarenta e três. O tempo está voando.

Porcaria de engarrafamento! Se ele chegar cedo, antes de eu estar pronta...

Se isso acontecer, vou inventar alguma coisa para segurá-lo lá embaixo por uns minutos. Não sei o quê, mas vou pensar em alguma coisa.

Holly liga o computador da recepção. Ela tem uma sala só sua, mas prefere aquele computador porque gosta de estar na frente e não escondida nos fundos. Também é o computador que ela e Jerome usaram quando se cansaram de ouvir Pete reclamar de ter que subir de escada até o quinto andar. O que eles fizeram provavelmente não estava dentro da lei, mas resolveu o problema, e aquela informação ainda devia estar na memória do computador. Melhor que esteja. Se não estiver, ela está ferrada. Pode estar ferrada de qualquer jeito se Ondowsky usar a escada. Se ele fizer isso, ela vai ter noventa por cento de certeza de que ele foi para matá-la e não pagá-la.

O computador é um iMac Pro novíssimo, mas parece demorar uma eternidade para ligar. Enquanto espera, ela usa o celular para enviar por e-mail o arquivo de som do relato para si mesma. Ela tira um pen-drive da bolsa (é o que tem as várias fotos que Dan Bell reuniu, além dos espectogramas de Brad Bell), e quando o coloca na parte de trás do computador, ela pensa ter ouvido o elevador se deslocando. O que é impossível, a não ser que haja mais alguém no prédio.

Alguém como Ondowsky.

Holly voa até a porta do escritório com a arma na mão. Abre a porta, bota a cabeça para fora. Não ouve nada. O elevador está em silêncio. Ainda no cinco. Foi sua imaginação.

Ela deixa a porta aberta e volta correndo para terminar. Ela tem quinze minutos. Deve ser suficiente, supondo que ela consiga remover o conserto que Jerome descobriu e reintegrar a falha de computador que fez todo mundo ter que pegar a escada.

Eu vou saber, ela pensa. *Se o elevador descer depois que Ondowsky sair, vou ficar bem. Ótima. Se não...*

Mas não adianta pensar nisso agora.

9

As lojas ficam abertas até tarde por causa do Natal, a época sagrada em que homenageamos o nascimento de Jesus estourando o cartão de crédito, Barbara pensa. Por isso mesmo, ela vê que não vai conseguir estacionar na Buell. Ela pega um tíquete na entrada do edifício-garagem em frente ao Frederick Building e acaba encontrando uma vaga no quarto andar, embaixo do terraço. Ela corre até o elevador, olhando ao redor o tempo todo, uma das mãos na bolsa. Barbara também já viu muitos filmes em que coisas ruins acontecem com mulheres em edifícios-garagem.

Quando chega em segurança na rua, ela corre até a esquina a tempo de pegar o sinal fechado. Do outro lado, ela anda até o Frederick Building e olha para cima. Vê uma luz no quinto andar. Na esquina seguinte, ela vira à direita. Um pouco à frente tem uma viela com placas que dizem PROIBIDO VEÍCULOS DE PASSAGEM e APENAS VEÍCULOS DE SERVIÇO. Barbara entra e para na entrada lateral. Ela está começando a digitar o código quando sente a mão de alguém segurar seu ombro.

10

Holly abre o e-mail que mandou para si mesma e copia o anexo para o pen-drive. Ela hesita por um momento e olha para a faixa vazia de título embaixo do ícone do drive. Em seguida, digita COM SANGUE. É um bom nome. *É a história da porcaria de vida daquela coisa, afinal, é o que a mantém viva. Sangue e dor*, ela pensa.

Ela ejeta o pen-drive. É na escrivaninha da recepção que toda correspondência é feita, e há muitos envelopes, todos de tamanhos diferentes. Ela pega um pequeno, acolchoado, coloca o pen-drive dentro, cola e tem um momento de pânico quando lembra que a correspondência de Ralph está indo para a casa de algum vizinho. A pessoa vai guardar até ele voltar de férias. Ela não precisa olhar os contatos, já sabe o endereço do Ralph de cor e poderia enviar para lá, mas e se um pirata de caixa de correspondência pegasse? O pensamento é um pesadelo. Qual era o nome do vizinho? Colson? Carver? Coates? Nenhum desses está certo.

O tempo dispara para longe dela.

Ela está prestes a endereçar o envelope para *Vizinho de porta de Ralph Anderson* quando o nome surge na cabeça dela: Conrad. Ela escreve rapidamente na frente do envelope:

Detetive Ralph Anderson
Rua Acacia, 619
Flint City, Oklahoma 74012

Abaixo disso, ela escreve A/C Conrad (vizinhos). Vai ter que servir. Ela pega o envelope, corre até o depósito de correspondência perto do elevador e joga lá dentro. Ela sabe que Al é tão preguiçoso na coleta de correspondência quanto em todo o resto e pode ser que fique no fundo do tubo (que, para falar a verdade, pouca gente usa atualmente) por uma semana, ou, considerando as festas de fim de ano, até mais. Mas alguma hora vai ser enviado.

Só para ter certeza de que estava imaginando coisas, ela aperta o botão do elevador. A porta se abre; o elevador está lá e está vazio. Então foi mesmo imaginação. Ela corre para até a Achados e Perdidos, não exatamente

Você tem mesmo que estar com medo. Aqui não é seu lugar, mas, de um modo geral, estou feliz de você estar aqui.

Ele se inclina para mais perto. Ela sente o cheiro da loção pós-barba dele e sente o toque dos lábios quando ele sussurra no ouvido dela.

— *Você é gostosa.*

12

Holly pega o celular com o olhar grudado no computador. O menu de andares do elevador ainda está na tela, mas abaixo do diagrama do vão tem agora uma caixa com as opções EXECUTAR ou CANCELAR. Ela só queria poder ter certeza absoluta de que selecionar EXECUTAR vai fazer alguma coisa acontecer. E que vai ser a coisa certa.

Ela pega o celular, pronta para digitar para Ondowsky a senha da porta lateral, mas fica paralisada. Não é ONDOWSKY que aparece na tela do celular dela e não é NÚMERO DESCONHECIDO. É o rosto sorridente da sua jovem amiga Barbara Robinson.

Ah, meu Deus, não, Holly pensa. *Por favor, Deus, não.*

— Barbara?

— Tem um homem, Holly! — Barbara está chorando e sua fala está quase incompreensível. — Ele bateu com alguma coisa no Jerome e ele apagou, acho que foi um tijolo, ele está sangrando *tanto...*

Ela some e a coisa que se passa por Ondowsky aparece, falando com Holly na voz treinada de TV.

— Oi, Holly, aqui é o Chip.

Holly fica paralisada. Não por muito tempo no mundo externo, provavelmente menos de cinco segundo, mas dentro da cabeça dela parece bem mais. É culpa dela. Ela tentou manter os amigos longe, mas eles vieram mesmo assim. Vieram porque estavam preocupados com ela, e isso faz com que *seja* culpa dela.

— Holly? Ainda está aí? — A voz dele mostra que está sorridente. Porque as coisas se viraram a favor dele e ele está se divertindo. — Isso muda as coisas, você não acha?

288

Não posso entrar em pânico, Holly pensa. *Eu posso e vou abrir mão da minha vida se for para salvar as deles, mas não posso entrar em pânico. Se eu fizer isso, nós todos vamos morrer.*

— Muda? — diz ela. — Eu ainda tenho o que você quer. Se você fizer mal a essa garota e fizer qualquer outra coisa ao irmão dela, eu vou destruir a sua vida. Não vou parar.

— Você tem uma arma também? — Ele não dá a ela a chance de responder. — Claro que tem. *Eu* não, por causa do detector de metais, então eu trouxe uma faca de cerâmica. É muito afiada. Lembra que vou estar com a garota quando chegar para o nosso pequeno tête-à-tête. Não vou matá-la se você estiver com uma arma na mão, seria desperdício de uma boa refém, mas vou desfigurá-la enquanto você assiste.

— Não vai haver arma.

— Acho que vou confiar em você em relação a isso. — Ainda achando graça. Relaxado e confiante. — Mas não acho que a gente vai trocar dinheiro pelo pen-drive, afinal. Em vez de dinheiro, você pode ficar com a minha amiguinha. O que você acha?

Acho que parece mentira, Holly pensa.

— Acho que é um bom acordo. Me deixe falar com a Barbara de novo.

— Não.

— Então não vou dizer a senha.

Ele ri.

— Ela sabe, estava se preparando pra digitar quando o irmão a abordou. Eu estava olhando de trás do latão de lixo. Sei que posso convencê-la a me dizer. Quer que eu a convença? Assim?

Barbara grita, um som que faz Holly cobrir a boca. É culpa dela, é culpa dela, é tudo culpa dela.

— Para. Para de machucar ela. Eu só queria saber se o Jerome ainda está vivo.

— Por enquanto — diz Ondowsky com indiferença. — Ele está fazendo uns sons estranhos de fungar. Pode estar com algum dano cerebral. Eu bati com força, achei que precisava. Ele é grande.

Ele está tentando me deixar nervosa. Ele não quer que eu pense, só que reaja.

— Ele está sangrando muito — continua Ondowsky. — Você sabe como são machucados na cabeça. Mas está frio e acho que isso vai ajudar o sangue

289

a coagular. Falando em frio, vamos parar de sacanagem. Me diz a senha se não quiser que eu torça o braço dela de novo, e desta vez vou deslocá-lo.

— É 4753 — diz Holly. Que alternativa há?

13

O homem tem mesmo uma faca: cabo preto, lâmina branca comprida. Segurando Barbara por um braço, o que ele machucou, ele indica a ponta da faca para o teclado numérico.

— Faça as honras, amiguinha.

Barbara digita os números, espera a luz verde e abre a porta.

— A gente pode botar o Jerome dentro? Posso puxar ele.

— Sei que pode — diz o homem —, mas, não. Ele parece um cara tranquilo. Vamos deixar ele relaxando aqui mais um pouco.

— Ele vai morrer congelado!

— Amiguinha, você vai morrer de tanto *sangrar* se não andar logo.

Não, você não vai me matar, Barbara pensa. *Pelo menos não enquanto não pegar o que quer.*

Mas ele pode machucá-la. Furar um dos olhos dela. Cortar a bochecha. Cortar uma orelha. A faca parece bem afiada.

Ela entra.

14

Holly está na porta aberta do escritório da Achados e Perdidos, olhando para o corredor. Seus músculos estão vibrando de adrenalina; sua boca está seca como uma pedra do deserto. Ela mantém a posição quando escuta o elevador começar a descer. Ela só pode apertar o botão de executar no programa que está rodando quando subir.

Eu tenho que salvar a Barbara, ela pensa, *e o Jerome também, isso se ainda puder salvá-lo.*

Ela ouve o elevador parar no térreo. Depois de uma eternidade, começa a subir de novo. Holly anda para trás sem tirar os olhos das portas fechadas do elevador no fim do corredor. Seu celular está ao lado do mousepad do computador. Ela o enfia no bolso da frente da calça e olha para baixo por tempo suficiente para posicionar o cursor em cima de EXECUTAR.

Ela ouve um grito. Está abafado dentro do elevador que está subindo, mas é um grito de garota. É Barbara.

Culpa minha.

Tudo culpa minha.

15

O homem que machucou Jerome segura Barbara pelo braço, como um homem acompanhando sua garota para um salão onde o grande baile está acontecendo. Ele permitiu que ela ficasse com a bolsa (ou a ignorou, o que é mais provável), e o detector de metais dá um apito baixo quando eles passam, provavelmente por causa do celular dela. Seu captor ignora o ruído. Eles passam pela escadaria que até recentemente era usada todos os dias pelos condôminos ressentidos do Frederick Building e entram no saguão. Do lado de fora, em outro mundo, pessoas fazendo compras de Natal passam de um lado para o outro com suas sacolas e pacotes.

Eu estava lá fora, pensa Barbara maravilhada. *Cinco minutos atrás, quando as coisas ainda estavam bem. Quando eu ainda era tola de acreditar que tinha uma vida pela frente.*

O homem aperta o botão para chamar o elevador. Eles ouvem o som do elevador descendo.

— Quanto você tinha que pagar a ela? — pergunta Barbara. Por baixo do medo, ela sente uma decepção enorme de Holly fazer negócio com aquele homem.

— Não importa agora porque eu tenho você. Amiguinha.

O elevador para. As portas se abrem. A voz de robô dá boas-vindas ao Frederick Building.

— Elevador subindo — diz a voz. As portas se fecham. O elevador começa a subir.

O homem solta Barbara, tira o chapéu peludo russo, larga-o no chão e levanta as mãos em um floreio de mágico.

— Veja isto. Acho que você vai gostar, e nossa sra. Gibney merece ver, pois foi o que causou toda essa confusão.

O que acontece em seguida é horrível, mais do que a compreensão anterior que Barbara tinha da palavra. Em um filme, poderia ser atribuído a um efeito especial legal, mas aquilo é a vida real. Uma ondulação percorre o rosto redondo de meia-idade. Começa no queixo e sobe, não por cima da boca, mas *por* ela. O nariz oscila, as bochechas se esticam, os olhos cintilam, a testa incha e se contrai. De repente, a cabeça toda vira uma geleia translúcida. Estremece, trepida, vibra e pulsa. Dentro há emaranhados confusos de uma coisa vermelha se retorcendo. Não sangue; aquela coisa vermelha é cheia de pontinhos pretos. Barbara grita e se encosta na parede do elevador. As pernas ficam fracas. A bolsa escorrega do ombro e cai no chão. Ela desliza pela parede do elevador com os olhos saltando do rosto. O intestino e a bexiga se descontrolam.

A cabeça de geleia se solidifica, mas o rosto está completamente diferente daquele do homem que bateu em Jerome e a acompanhou forçosamente até o elevador. Está mais estreito, com a pele dois ou três tons mais escura. Os olhos são puxados nos cantos em vez de redondos. O nariz está mais fino e mais comprido do que o do homem que a puxou até o elevador. A boca é mais fina.

Aquele homem parece dez anos mais jovem do que o que a segurou.

— Bom truque, você não diria? — Até a voz dele está diferente.

O que você é?, Barbara tenta dizer, mas nenhuma palavra sai de sua boca.

Ele se inclina e coloca gentilmente a alça da bolsa no ombro dela. Barbara se afasta do toque dos dedos dele, mas não consegue evitá-lo completamente.

— Você não vai querer perder a carteira e seus cartões, não é? Vão ajudar a polícia a te identificar caso… bom, caso.

O elevador para. As portas se abrem no corredor do quinto andar.

16

Quando o elevador para, Holly dá uma última olhada na tela do computador e clica com o mouse. Ela não espera para ver as paradas dos andares, do P até o oito, ficarem cinza como estavam quando ela e Jerome consertaram o elevador, seguindo os passos que Jerome encontrou em uma página chamada *Defeitos do Erebeta e como consertá-los*. Ela não precisa. Vai acabar sabendo, de alguma forma.

Ela volta até a porta do escritório e olha pelos vinte metros de corredor até o elevador. Ondowsky está segurando Barbara pelo braço… só que, quando ele olha, ela vê que não é mais ele. Agora é George, só que sem o bigode e o uniforme marrom de entregador.

— Vem, amiguinha — diz ele. — Mexe esses pés.

Barbara sai tropeçando. Os olhos dela estão enormes, vazios e úmidos de lágrimas. A pele escura linda ficou da cor de argila. Tem baba escorrendo de um lado da boca. Ela está quase catatônica e Holly sabe o motivo: ela viu Ondowsky se transformar.

Essa garota aterrorizada é responsabilidade dela, mas Holly não pode pensar nisso agora. Ela precisa se manter no momento, precisa ouvir, precisa ter esperanças… embora isso nunca tenha parecido tão distante.

As portas do elevador se fecham. Com a arma do Bill fora da equação, qualquer chance que Holly tenha depende do que acontecer em seguida. Primeiro, não acontece nada, e seu coração vira chumbo. Mas, em vez de ficar parado, como os elevadores Erebeta foram programados para fazer até serem chamados, ela o ouve descendo. Graças a Deus ela o ouve descendo.

— Essa é minha amiguinha — diz George, o matador de crianças. — Ela é uma amiguinha meio má. Acho que ela fez xixi e cocô na calça. Chega mais perto, Holly. Vem sentir o cheiro.

Holly não se mexe e continua na porta.

— Estou curiosa — diz ela. — Você trouxe algum dinheiro?

George sorri e mostra dentes que são bem menos adequados à TV do que o do seu alter ego.

— Na verdade, não. Tem uma caixa de papelão atrás do lixão onde me escondi quando vi essa aqui e o irmão chegando, mas dentro só tem uns catálogos. Você sabe, do tipo que vem endereçado "Ao morador atual".

— Então você nunca teve a intenção de me pagar — diz Holly. Ela dá alguns passos pelo corredor e para quando eles estão a quinze metros de distância. Se fosse um jogo de futebol, ela estaria na grande área. — Teve?

— Tanto quanto você não teve de me dar aquele pen-drive e me deixar em paz — diz ele. — Não consigo ler mentes, mas tenho um longo histórico de ler linguagem corporal. E rostos. O seu é completamente aberto, apesar de eu ter certeza de que você acha que não. Agora tira a blusa da calça e levanta. Não toda, esses morrinhos no seu peito não me interessam em nada, mas o suficiente pra eu ver que você não está armada.

Holly levanta a blusa e gira sem ele nem precisar pedir.

— Agora levanta as pernas da calça.

Ela também faz isso.

— Nenhuma surpresa — diz George com aprovação. — Que bom. — Ele inclina a cabeça e olha para ela da forma como um crítico de arte poderia estudar um quadro. — Caramba, você é uma coisinha feia, não é?

Holly não responde.

— Você alguma vez na vida teve um encontro?

Holly não responde.

— Uma vagabundinha feia, no máximo trinta e cinco anos e já ficando grisalha. Sem nem tentar disfarçar, e se isso não é entregar os pontos, não sei o que mais seria. Você manda um cartão para o seu vibrador no Dia dos Namorados?

Holly não responde.

— Meu palpite é que você compensa sua aparência e sua insegurança com uma sensação de… Meu Deus, você é pesada! E está *fedendo*!

Ele solta o braço de Barbara e ela cai na frente da porta do banheiro feminino com as mãos abertas, o traseiro erguido e a testa no chão. Ela parece uma mulher muçulmana que vai fazer a oração noturna. O choro dela é baixo, mas Holly escuta. Ah, sim, ela escuta.

O rosto de George muda. Não volta a ser o de Chip Ondowsky, mas adquire uma expressão selvagem de desprezo que mostra a Holly a verdadeira criatura dentro dele. Ondowsky tem rosto de porco, George tem rosto de raposa, mas aquele rosto é de um chacal. De uma hiena. Do pássaro cinza do Jerome. Ele chuta a bunda da calça jeans de Barbara. Ela chora de dor e surpresa.

— Entra aí! — grita ele. — Entra aí, se limpa e deixa os adultos terminarem os negócios!

Holly tem vontade de correr aqueles quinze metros gritando para ele parar de a chutar, mas claro que é isso que ele quer. E se ele realmente pretende enfiar a refém no banheiro feminino, ela pode acabar tendo a chance de que precisa. No mínimo, abre o campo. Portanto, ela mantém a posição.

— Entra… *aí!* — Ele a chuta de novo. — Vou cuidar de você depois que eu cuidar dessa puta intrometida. É melhor você rezar pra ela jogar limpo comigo.

Chorando, Barbara abre a porta do banheiro feminino com a cabeça e engatinha para dentro. Mas não antes de George dar outro chute no traseiro dela. Ele olha para ela. A expressão de desprezo some. O sorriso volta. Holly acha que é para parecer encantador, e no rosto de Ondowsky talvez fique exatamente assim. Mas não no de George.

— Bom, Holly. A amiguinha está no banheiro e agora somos só nós dois. Posso entrar e abrir a barriga dela com isto… — Ele mostra a faca. — … ou você pode me dar o que vim buscar e eu deixo ela em paz. Deixo vocês duas em paz.

Até parece, pensa Holly. *Quando você pegar o que veio buscar, ninguém sai dessa vivo, nem o Jerome. Se ele já não estiver morto.*

Ela tenta projetar dúvida e esperança.

— Não sei se posso acreditar em você.

— Pode. Quando eu pegar o pen-drive, vou sumir. Da sua vida e do mundo da tv de Pittsburgh. Está na hora de ir em frente. Eu sabia disso antes mesmo deste cara… — Ele passa a mão que não está segurando a faca pelo rosto, como se puxando um véu. — … entregar aquela bomba. Acho que pode ter sido esse o *motivo* pra ele ter entregado a bomba. Então, sim, Holly, pode acreditar em mim.

— Não sei se eu devia correr para o escritório e trancar a porta — diz ela e espera que seu rosto mostre que ela está mesmo pensando nisso. — E ligar pra emergência.

— E deixar a garota à minha mercê? — George aponta a faca comprida na direção da porta do banheiro feminino e sorri. — Acho que não. Eu vi como você olhou pra ela. Além do mais, eu te pegaria antes de você dar três passos. Como falei no shopping, eu sou rápido. Chega de falar. Me dá o que eu quero e eu vou embora.

— Eu tenho escolha?

— O que você acha?

Ela faz uma pausa, suspira, molha os lábios e finalmente assente.

— Você venceu. Deixa a gente viver.

— Vou deixar. — Assim como no shopping, a resposta vem rápida demais. Casual demais. Ela não acredita nele. Ele sabe e não liga.

— Vou tirar o celular do bolso — diz Holly. — Tenho que te mostrar uma foto.

Ele não diz nada e ela pega o aparelho lentamente. Abre a galeria de fotos, escolhe a foto que tirou no elevador e mostra o celular para ele.

Agora fala, pensa ela. *Não quero ter que fazer isso por minha conta, então fala, seu filho da mãe.*

E ele faz exatamente isso.

— Não consigo ver. Chega mais perto.

Holly dá um passo na direção dele, ainda segurando o celular. Dois passos. Três. Doze metros, depois dez de distância. Ele está apertando os olhos para o celular. Oito metros, está vendo como estou relutante?

— Mais perto, Holly. Meus olhos ficam meio ruins nos minutos seguintes à minha mudança.

Você mente mal, ela pensa, mas dá outro passo, ainda segurando o celular. É quase certo que ele vá levá-la junto quando descer. Se ele descer. E tudo bem.

— Está vendo, né? Está no elevador. Colado no teto. É só pegar e…

Mesmo em seu estado hiperalerta, Holly quase não vê George se mover. Em um momento, ele está em frente ao banheiro feminino, apertando os olhos para a foto do celular dela. No seguinte, está com o braço na cintura dela e o outro segurando a mão esticada. Ele não estava brincando sobre ser rápido. O celular dela cai no chão quando ele a puxa na direção do elevador. Quando estiver dentro, ele vai matá-la e pegar o pacote grudado no teto. Depois, vai entrar no banheiro e matar Barbara.

Esse, pelo menos, é o plano dele. Holly tem outro.

— O que você está fazendo? — grita Holly. Não por não saber, mas porque é a fala necessária naquele momento.

Ele não responde, só aperta o botão para chamar o elevador. Não acende, mas Holly ouve o elevador ganhar vida. Está subindo. Ela vai tentar se soltar dele no último segundo. Da mesma forma, ele vai tentar se soltar *dela* quando entender o que está acontecendo. Ela não pode deixar que isso aconteça.

O rosto estreito de George se abre num sorriso.

— Quer saber, isso tudo vai funcionar direito...

Ele para, porque o elevador não para no andar. Passa direto pelo quinto andar, e eles veem brevemente a luz quando passa, e continua subindo. As mãos dele afrouxam de surpresa. Só por um momento, mas é suficiente para Holly se soltar dele e chegar para trás.

O que acontece em seguida leva mais de dez segundos, mas no estado de percepção apurada em que está, Holly vê tudo.

A porta da escada se abre e Jerome sai. Seus olhos examinam tudo de uma máscara de sangue seco. Nas mãos dele está o esfregão que antes estava na escada, com o cabo de madeira apontado para a frente. Ele vê George e parte para cima dele, gritando:

— *Onde está Barbara? Onde está a minha irmã?*

George empurra Holly para o lado. Ela bate na parede com um ruído de sacudir os ossos. Pontos pretos surgem na visão dela. George estica a mão para pegar o cabo do esfregão e o arranca com facilidade das mãos de Jerome. Puxa o esfregão com a intenção de bater em Jerome, mas é nessa hora que a porta do banheiro feminino se abre.

Barbara sai correndo com o spray de pimenta que tinha na bolsa agora na mão. George vira a cabeça a tempo de levar uma borrifada na cara. Ele grita e cobre os olhos.

O elevador chega ao oitavo andar. O zumbido da máquina para.

Jerome está indo para cima de George. Holly grita *"Jerome, não!"* e o empurra com o ombro na área do tronco. Ele colide com a irmã e os dois batem na parede entre as duas portas do banheiro.

O alarme do elevador dispara, uma barulheira amplificada que berra *pânico pânico pânico.*

George vira os olhos vermelhos lacrimejando na direção do som no momento em que as portas do elevador se abrem. Não só as portas do quinto, mas de todos os andares. Essa foi a falha que fez o elevador ser desligado.

Holly corre até George com as mãos esticadas. Seu grito de fúria se mistura com o alarme estridente. As mãos batem no peito dele e ela o empurra no vão. Por um momento, ele parece ficar parado, os olhos e a boca abertos de pavor e surpresa. O rosto começa a ficar flácido e a mudar, mas

Barbara volta com as roupas limpas no braço. Ela começou a chorar de novo.

— Holly… eu vi ele mudar. A cabeça dele virou *geleia*. Ele… ele…

— Do que ela está falando? — pergunta Jerome.

— Deixem isso pra lá agora. Talvez depois. — Holly dá um breve abraço nela. — Se limpa, troca de roupa. E, Barbara? O que quer que fosse, está morto agora. Está bem?

— Está bem — sussurra ela e entra no banheiro.

Holly se vira para Jerome.

— Você estava rastreando meu celular, Jerome Robinson?

O jovem coberto de sangue parado na frente dela sorri.

— Se eu prometer nunca *mais* te chamar de Hollyberry na vida, posso não responder a essa pergunta?

18

No saguão, quinze minutos depois.

A calça de Holly fica apertada em Barbara e curta demais, mas ela conseguiu abotoar. A expressão pálida está sumindo das bochechas e da testa. *Ela vai sobreviver*, Holly pensa. *Vai haver pesadelos, e eu sei porque já tive os meus, mas ela vai superar.*

O sangue no rosto de Jerome está secando mais e rachando. Ele diz que está com uma dor de cabeça horrível, mas não está tonto. Não está com náuseas. Holly não fica surpresa com a dor de cabeça. Ela tem Tylenol na bolsa, mas não ousa dar para ele. Ele vai tomar pontos e fazer um raio X, sem dúvida, quando chegar ao pronto-socorro, mas agora ela precisa cuidar para que as histórias batam. Quando isso estiver resolvido, ela tem que terminar de limpar sua bagunça.

— Vocês dois vieram pra cá porque eu não estava em casa — diz ela. — Vocês acharam que eu devia estar no escritório botando o trabalho em dia porque passei uns dias com a minha mãe. Certo?

Eles assentem, aceitando a orientação.

— Vocês foram até a porta lateral da viela de serviço.

— Porque a gente sabe a senha — diz Barbara.

— Sim. E um assaltante apareceu. Certo?

Eles assentem de novo.

— Ele bateu em você, Jerome, e tentou segurar a Barbara. Ela acertou ele com o spray de pimenta que tem na bolsa. Na cara. Jerome, você deu um pulo e lutou com ele. Ele saiu correndo. Aí, vocês dois entraram no saguão e ligaram pra emergência.

— Por que a gente veio te ver? — pergunta Jerome.

Holly fica atordoada. Ela se lembrou de reinstalar o conserto do elevador (fez isso enquanto Barbara estava no banheiro se limpando e trocando de roupa, moleza) e enfiou a arma do Bill na bolsa (só por garantia), mas nem pensou no que Jerome está perguntando.

— Compras de Natal — diz Barbara. — A gente queria te tirar do escritório pra fazer compras de Natal com a gente. Não foi, Jerome?

— Ah, é, isso mesmo — diz Jerome. — A gente ia fazer surpresa. Você estava aqui, Holly?

— Não — diz ela. — Eu estava fora. Na verdade, eu *estou* fora. Estou fazendo compras de Natal do outro lado da cidade. É lá que eu estou agora. Vocês não me ligaram depois do ataque porque… bem…

— Porque a gente não queria te chatear — diz Barbara. — Não é, Jerome?

— Isso mesmo.

— Que bom — diz Holly. — Vocês dois conseguem se lembrar da história?

Eles dizem que sim.

— Então está na hora de ligar pra emergência, Jerome.

— O que você vai fazer, Hols? — pergunta Barbara.

— Limpeza — diz Holly e aponta para o elevador.

— Ah, meu Deus — diz Jerome. — Eu tinha esquecido que tem um corpo lá embaixo. Esqueci completamente.

— *Eu* não — diz Barbara e estremece. — Meu Deus, Holly, como você vai explicar um cara morto no fundo do poço do elevador?

Holly está lembrando o que aconteceu com o outro forasteiro.

— Acho que não vai ser problema. Liga pra emergência, Jerome. Acho que você está bem, mas não sou médica.

Enquanto ele liga, ela vai até o elevador e o toma até o primeiro andar. Com o conserto refeito, funciona direitinho.

301

Quando as portas se abrem, Holly vê um chapéu peludo, do tipo que os russos chamam de ushanka. Ela se lembra do homem que passou quando ela estava abrindo a porta do saguão e pensa que era *mesmo* ele.

Ela volta até os dois amigos com o chapéu em uma das mãos.

— Me contem a história de novo.

— Ladrão — diz Barbara, e Holly decide que está bom. Eles são inteligentes e o resto da história é simples. Se tudo acontecer como ela acha que vai, a polícia não vai nem querer saber onde ela estava.

19

Holly os deixa e desce a escada até o porão, que fede a fumaça velha de cigarro e o que ela teme que seja mofo. As luzes estão apagadas e ela precisa usar o celular para encontrar os interruptores. As sombras pulam quando ela aponta a lanterna, facilitando demais que sua imaginação crie a coisa-Ondowsky na escuridão, esperando para pular nela e apertar as mãos no seu pescoço. A pele dela está coberta por uma camada fina de suor, mas o rosto está frio. Ela precisa impedir conscientemente os dentes de bater. *Eu mesma estou em choque*, ela pensa.

Ela acaba encontrando uma fileira dupla de interruptores. Ela liga todos, e grupos de lâmpadas fluorescentes se acendem com um zumbido. O porão é um labirinto imundo de cestos e caixas empilhados. Ela pensa de novo que o zelador do prédio, cujo salário eles pagam, é um vagabundo.

Ela se orienta e vai até o elevador. As portas (as de baixo estão imundas e a tinta, lascada) estão bem fechadas. Holly coloca a bolsa no chão e pega o revólver do Bill. Ela tira a chave do elevador do gancho na parede e a enfia no buraco do lado esquerdo da porta. A chave não é usada há muito tempo, está emperrada. Ela precisa botar a arma na cintura da calça e usar as duas mãos para conseguir fazê-la girar. Com a arma novamente na mão, ela empurra uma das portas. As duas se abrem.

Um cheiro de óleo, graxa e poeira sai de lá. No meio do poço tem uma coisa que parece um pistão e que ela mais tarde vai aprender que é o amortecedor. Em volta dele, no meio de um monte de guimbas de cigarro e sacos de lanchonete, estão as roupas que Ondowsky estava usando quando fez a viagem final. Uma viagem curta, porém letal.

Do próprio Ondowsky, também conhecido como Chip em Alerta, não há sinal.

As luzes fluorescentes lá embaixo são fortes, mas o fundo do poço ainda está com sombras demais para o gosto de Holly. Ela encontra uma lanterna na mesa de trabalho bagunçada de Al Jordan e a aponta com cuidado para todos os lados, sem deixar de olhar atrás do amortecedor. Ela não está procurando Ondowsky, ele se foi, mas sim insetos de um tipo exótico. Insetos perigosos que podem estar procurando um novo hospedeiro. Ela não vê nenhum. O que quer que estivesse infectando Ondowsky talvez tivesse vivido mais do que ele, mas não muito. Ela vê um saco de juta em um canto do porão bagunçado e imundo e enfia as roupas de Ondowsky dentro, junto com o chapéu peludo. A cueca dele vai por último. Holly pega tudo com os dedos em pinça, a repulsa repuxando os cantos da boca. Ela larga a cueca no saco com um tremor e um gritinho (*"Uf!"*) e usa a palma da mão para fechar as portas do elevador. Ela tranca novamente com a chave e pendura a chave de volta no gancho.

Ela se senta e espera. Quando tem certeza de que as pessoas que atenderam ao chamado de Jerome e Barbara devem ter ido embora, ela pendura a bolsa no ombro e carrega o saco com as roupas de Ondowsky até o andar de cima. Ela sai pela porta lateral. Pensa em jogar as roupas de Ondowsky no latão de lixo, mas seria perto demais para ela ficar tranquila. Ela leva o saco, o que não tem problema nenhum. Quando estiver na rua, ela vai ser só mais uma pessoa carregando alguma coisa.

Ela acabou de dar a partida no carro quando recebe uma ligação de Jerome, contando que ele e Barbara foram vítimas de uma tentativa de assalto quando estavam indo entrar no Frederick Building pela porta lateral. Eles estão no hospital Kiner Memorial, ele diz.

— Ah, meu Deus, que horror — diz Holly. — Você devia ter me ligado antes.

— Não queria te preocupar — diz Jerome. — Nós estamos bem e ele não levou nada.

— Estarei aí assim que puder.

Holly joga o saco com as roupas de Ondowsky em uma lata de lixo no caminho para o hospital John M. Kiner Memorial. Está começando a nevar.

Parece que teremos um Natal branco, afinal, Holly pensa.

Ela liga o rádio, ouve Burl Ives gritando "Holly Jolly Christmas" a plenos pulmões e desliga. Ela odeia aquela música mais do que todas as outras. Por motivos óbvios.

Não dá para ter tudo, ela pensa; toda vida precisa de um pouco de cocô. Mas às vezes você *tem* o que precisa. E isso é tudo que uma pessoa sã pode pedir.

E ela é.

Sã.

22 DE DEZEMBRO DE 2020

Holly precisa depor no escritório de McIntyre e Curtis às dez horas. É uma das coisas que ela mais detesta, mas ela é uma testemunha menor num caso de guarda e isso é bom. A guarda é de um cachorro, um samoieda e não uma criança, e isso diminui um pouco o nível de estresse. Há algumas perguntas ruins de um dos advogados, mas depois do que ela passou com Chip Ondowsky (e George), o interrogatório parece meio bobo. Ela termina em quinze minutos. Ela olha o celular quando está no corredor e vê uma chamada perdida de Dan Bell.

Mas não é Dan que atende quando ela liga; é o neto.

— Vovô teve um ataque cardíaco — diz Brad. — *Outro* ataque cardíaco. É o quarto. Ele está no hospital e desta vez não vai sair.

Há uma inspiração longa e úmida. Holly espera.

— Ele quer saber como as coisas foram com você. O que aconteceu com o repórter. Com a *coisa*. Se eu pudesse dar uma boa notícia a ele, acho que a partida dele ficaria bem mais fácil.

Holly olha ao redor para ter certeza de que está sozinha. Ela está, mas baixa a voz mesmo assim.

— Está morta. Diz pra ele que está morta.

— Tem certeza?

Ela pensa naquela expressão final de surpresa e medo. Pensa no grito quando ele, a coisa, caiu. E pensa nas roupas abandonadas no fundo do poço.

— Ah, tenho — diz ela. — Tenho certeza.

— Nós ajudamos? O *vovô* ajudou?

— Não teria conseguido sem nenhum de vocês dois. Diz que **ele pode** ter salvado muitas vidas. Diz que Holly agradece.

305

— Vou dizer. — Outra inspiração úmida. — Você acha que existem outros como ele?

Depois do Texas, Holly teria dito que não. Agora ela não tem certeza. Um é um número único. Quando se tem dois, pode haver o começo de um padrão. Ela faz uma pausa e dá uma resposta na qual não necessariamente acredita… mas *quer* acreditar. O homem idoso ficou acompanhando por anos. Décadas. Ele merece partir com uma vitória para contar.

— Acho que não.

— Que bom — diz Brad. — Que bom. Deus te abençoe, Holly. Tenha um feliz Natal.

Considerando as circunstâncias, ela não pode desejar o mesmo, então ela só agradece.

Existem outros?

Ela vai de escada e não de elevador.

25 DE DEZEMBRO DE 2020

1

Holly passa trinta minutos da manhã de Natal tomando chá de roupão e conversando com a mãe. Ela mais escuta enquanto Charlotte Gibney faz a litania de sempre de reclamações passivo-agressivas (Natal sozinha, joelhos doendo, costas ruins etc.), pontuadas por suspiros de sofrimento. Finalmente, Holly se sente capaz e com a consciência tranquila de encerrar a ligação dizendo para Charlotte que vai estar lá em alguns dias e que elas vão ver o tio Henry juntas. Ela diz para a mãe que a ama.

— Eu também te amo, Hollyberry. — Depois de outro suspiro que indica que é um amor difícil, ela deseja um feliz Natal a Holly e aquela parte do dia acaba.

O resto é mais alegre. Ela passa com a família Robinson, feliz de entrar nas tradições deles. Tem um brunch leve às dez, seguido da troca de presentes. Holly dá vales-presente para o sr. e para a sra. Robinson, de vinhos e de livros. Para os filhos, ela gastou um pouco mais com satisfação: um dia de spa (com manicure e pedicure) para Barbara e fones de ouvido sem fio para Jerome.

Ela ganha não só um vale-presente de trezentos dólares do cinema AMC de doze salas perto da casa dela, mas também um ano de assinatura da Netflix. Como muitos cinéfilos convictos, Holly tem conflitos em relação à Netflix e resistiu até agora em usar o serviço. (Ela ama DVDs, mas acredita firmemente que filmes devem ser vistos primeiro na tela grande.) Ainda assim, ela tem que admitir que ficou tentada pela Netflix e todas as outras plataformas de streaming. Tantas coisas novas e o tempo todo!

O lar dos Robinson costuma ser neutro e todos são iguais, mas na tarde de Natal há uma reversão (talvez por nostalgia) aos papéis sexuais do século anterior. Isso quer dizer que as mulheres cozinham enquanto os homens assistem a futebol americano (com idas ocasionais à cozinha para experimentar uma ou outra coisa). Quando eles se sentam para um jantar igualmente tradicional de Natal, peru com tudo que tem direito e dois tipos de torta de sobremesa, começa a nevar.

— Podemos dar as mãos? — pede o sr. Robinson.

Eles fazem isso.

— Senhor, abençoe a comida que vamos receber agora. Obrigado por esse tempo juntos. Obrigado pela família e pelos amigos. Amém.

— Espere — diz Tanya Robinson. — Isso não é suficiente. Senhor, muito obrigada porque nenhum dos meus lindos filhos se feriu nas mãos do homem mau que os atacou. Partiria meu coração se eles não estivessem a esta mesa conosco. Amém.

Holly sente a mão de Barbara apertar a dela e ouve um som baixo vindo da garganta da menina. Uma coisa que poderia ter virado choro se fosse libertada.

— Agora todo mundo tem que dizer uma coisa pela qual é grato — diz o sr. Robinson.

Cada um da mesa fala. Quando chega a vez de Holly, ela diz que agradece por estar com eles. É verdade.

2

Barbara e Holly tentam ajudar com a louça, mas Tanya as expulsa da cozinha e manda elas "fazerem alguma coisa natalina".

Holly sugere uma caminhada. Talvez até o pé da colina, talvez dando a volta no quarteirão.

— Vai estar bonito com a neve — diz ela.

Barbara concorda. A sra. Robinson manda que elas voltem às sete porque eles vão assistir a *Contos de Natal*. Holly espera que seja o que tem Alastair Sim, que na opinião dela é o único que vale a pena assistir.

Não está só bonito lá fora; está lindo. Elas são as únicas na calçada, as botas esmagando cinco centímetro de neve novinha. As luzes dos postes e as de Natal estão cercadas de auréolas suaves que rodopiam. Holly estica a língua para pegar uns flocos e Barbara faz o mesmo. As duas dão risadas, mas quando chegam no pé da colina e Barbara se vira, ela está séria.

— Tudo bem — diz ela. — Estamos só nós duas agora. Por que estamos aqui fora, Hols? O que você queria perguntar?

— Só como você está depois de tudo — diz Holly. — Não me preocupo com Jerome. Ele levou uma porrada, mas não viu o que você viu.

Barbara respira fundo e estremece. Por causa da neve derretendo nas bochechas, Holly não consegue saber se ela está chorando. Chorar pode ser bom. Lágrimas curam.

— Não é tanto isso — diz ela. — O jeito como ele mudou. O jeito como a cabeça dele pareceu virar geleia. Foi horrível, claro, e abre uma porta... você sabe... — Ela leva as mãos enluvadas às têmporas. — Uma porta aqui?

Holly assente.

— A gente percebe que pode ter *qualquer coisa* por aí.

— Você vê demônios, mas não vê anjos? — diz Holly.

— Isso é da Bíblia?

— Não importa. Se não é isso, Barb, o que é?

— Minha mãe e meu pai podiam ter *enterrado* a gente! — explode Barbara. — Podiam estar à mesa sozinhos! Não comendo peru e farofa, eles não iam querer nada disso, talvez só S-Sp-Spam...

Holly ri. Ela não consegue segurar. E Barbara não consegue evitar de rir junto. Tem neve se acumulando no gorro dela. Para Holly, ela parece muito jovem. Claro que ela *é* jovem, mas parece mais uma garota de doze anos do que uma jovem mulher que vai para Brown ou Princeton no ano seguinte.

— Entende o que quero dizer? — Barbara segura as mãos enluvadas da Holly. — Foi perto. Foi muito, muito *perto*.

Holly abraça a amiga na neve.

— Querida — diz ela —, nós todos estamos perto. O tempo todo.

3

Barbara sobe os degraus da casa. Lá dentro vai haver chocolate quente e pipoca e Scrooge reclamando que os espíritos fizeram de tudo em uma noite.

15 DE FEVEREIRO DE 2021

O declínio do tio Henry foi rápido. A sra. Braddock disse para elas (com pesar) que isso costuma acontecer quando os pacientes vão para uma clínica de cuidados especiais.

Agora, com Holly sentada ao lado dele em um dos sofás em frente à TV de tela grande na sala comunitária do Residencial das Colinas, ela acaba desistindo de tentar conversar. Charlotte já desistiu; ela está a uma mesa do outro lado da sala, ajudando a sra. Hatfield com o quebra-cabeça da vez. Jerome foi com elas hoje e também está ajudando. Ele fez a sra. Hatfield rir, e nem Charlotte consegue segurar o sorriso para algumas das frases simpáticas do J. Ele é um jovem encantador e finalmente conquistou Charlotte. Não é uma coisa fácil.

Tio Henry está com os olhos arregalados e a boca aberta, as mãos que já consertaram a bicicleta da Holly depois que ela bateu na cerca dos Wilson inertes entre as pernas abertas. Na calça está visível o volume da fralda geriátrica que há embaixo. Antes, ele era um homem corado. Agora, está pálido. Antes, era um homem robusto, mas agora as roupas parecem penduradas no corpo e a pele pende como uma meia velha que perdeu o elástico.

Holly segura uma das mãos dele. É só pele com dedos. Entrelaça os dedos nos dele e aperta, torcendo para uma reação, mas, não. Em pouco tempo vai ser hora de ir embora e ela fica feliz. Ela sente culpa, mas é verdade. Aquele não é seu tio; ele foi substituído por uma marionete gigante sem ventríloquo para lhe conceder fala. O ventríloquo foi embora da cidade e não vai voltar.

Um anúncio de Otezla pedindo aos idosos enrugados e calvos para "Se mostrarem mais!" acaba e é substituído por Bobby Fuller Four tocando "I Fought the Law (and the Law Won)". O queixo do tio Henry está descendo na direção do peito, mas sobe de repente. E uma luz, de voltagem baixa, claro, surge nos olhos dele.

O tribunal aparece e o apresentador diz:

— Cuidado se você é delinquente, John Law está com a gente!

Quando o meirinho se adianta, Holly percebe de repente por que ela escolheu aquele nome para o homem da bomba da escola Macready. A mente está sempre trabalhando, fazendo conexões e dando sentido... ou pelo menos tentando.

Tio Henry finalmente fala, a voz baixa e rouca pelo pouco uso.

— Todos de pé.

— Todos de pé! — diz George, o meirinho.

Os espectadores não só ficam de pé; eles *se levantam com tudo*, como James Brown diria, batendo palmas e comemorando. John Law vai dançando até seu lugar. Segura o martelo e o balança no ritmo da música. A cabeça careca brilha. Os dentes brancos cintilam.

— O que temos hoje, Georgie, meu irmão de outra mãe?

— Amo esse cara — diz o tio Henry com a voz rouca.

— Eu também — diz ela, e passa o braço em volta dele.

Tio Henry se vira para olhar para ela.

E sorri.

— Oi, Holly — diz ele.

RATO

1

Normalmente, as ideias para as histórias de Drew Larson vinham (nas ocasiões cada vez mais raras em que vinham) um pouco de cada vez, como gotas de água tiradas de um poço que estava quase seco. E sempre havia uma cadeia de associações que ele podia rastrear até alguma coisa que tinha visto ou ouvido: um lampejo do mundo real.

No caso do conto mais recente, a gênese aconteceu quando ele viu um homem trocando um pneu na rampa de entrada de Falmouth para a I-295, o cara agachado com esforço enquanto as pessoas buzinavam e desviavam dele. Isso levou a "Estouro", lapidado por quase três meses e publicado (depois de ser rejeitado meia dúzia de vezes por revistas maiores) na *Prairie Schooner*.

"Pula Jack", sua única história publicada na *The New Yorker*, tinha sido escrita quando ele estava fazendo pós-graduação na BU. A semente dessa foi plantada enquanto, uma noite, em seu apartamento, ele ouvia a estação de rádio da universidade. O aluno DJ tinha tentado botar "Whole Lotta Love", do Zep, e o disco começou a pular. Ficou pulando por quase quarenta e cinco segundos, até que o garoto, sem fôlego, desligou a música e falou:

— Desculpa, pessoal, eu estava cagando.

"Pula Jack" tinha sido escrito vinte anos antes. "Estouro" tinha sido publicado três anos antes. Entre eles, houve quatro outros. Todos tinham cerca de três mil palavras. Todos levaram meses de trabalho e revisão. Nunca houve um romance. Ele tentou, mas, não. Já tinha desistido desse desejo. As primeiras duas tentativas em ficção longa lhe renderam problemas. A última provocou problemas *sérios*. Ele queimou o manuscrito e chegou perto de incendiar a casa também.

Agora essa ideia, chegando inteira. Chegando como uma locomotiva muito atrasada puxando um trem de muitos vagões esplêndidos.

Lucy tinha perguntado se ele poderia pegar o carro e ir até o Speck's Deli buscar sanduíches para o almoço. Era um dia bonito de setembro, e ele disse que preferia caminhar. Ela assentiu em aprovação e disse que faria bem à circunferência da barriga dele. Ele se perguntou depois como sua vida seria diferente se tivesse ido no Suburban ou no Volvo. Talvez nunca tivesse tido a ideia. Talvez nunca tivesse ido ao chalé do pai. Quase certamente não teria visto o rato.

Estava na metade do caminho até o Speck's, esperando o sinal abrir na esquina da Main com a Spring, quando a locomotiva chegou. A locomotiva era uma imagem tão brilhante quanto a realidade. Drew ficou parado, hipnotizado, olhando para ela no céu. Um estudante o cutucou.

— O sinal abriu, cara.

Drew o ignorou. O estudante olhou para ele de um jeito estranho e atravessou a rua. Drew continuou parado no meio-fio quando o sinal passou de verde para vermelho e voltou a ficar verde.

Apesar de evitar livros de faroeste (com as exceções de *The Ox-Bow Incident* e o brilhante *Welcome to Hard Times*, do Doctorow) e de não assistir a muitos desses filmes desde a adolescência, o que ele viu quando estava parado na esquina da Main com a Spring foi um *saloon* de faroeste. Pendia do teto um lustre feito com uma roda de carroça e lampiões de querosene montados nos aros. Drew sentiu o cheiro do óleo. O piso era feito de madeira. No fundo do salão, havia três ou quatro mesas de jogo. Havia um piano. O homem que o tocava usava um chapéu-coco. Só que ele não estava tocando agora. Ele tinha se virado para olhar o que estava acontecendo no bar. Parado ao lado do pianista, também olhando, havia um sujeito alto e esguio com um acordeão preso ao peito estreito. E, no bar, um jovem com um terno caro apontava uma arma para a têmpora de uma garota com um vestido vermelho tão decotado que só um babado de renda escondia os seus mamilos. Drew via esses dois duas vezes: onde estavam e refletidos no espelho no fundo do bar.

Isso era a locomotiva. O trem todo estava atrás. Ele viu os habitantes de cada vagão: o xerife manco (que levou um tiro na Batalha de Antietam e ainda carrega a bala na perna), o pai arrogante disposto a fazer cerco numa cidade inteira para impedir que o filho seja levado para o interior, onde ele seria julgado e enforcado, e os homens contratados pelo pai nos telhados com seus rifles. Tudo estava lá.

Quando ele chegou em casa, Lucy deu uma olhada nele e disse:

— Ou você está ficando doente ou teve uma ideia.

— É uma ideia — disse Drew. — Uma ideia boa. Talvez a melhor que já tive.

— Conto?

Ele achava que ela esperava que fosse isso. O que ela não estava esperando era outra visita do corpo de bombeiros enquanto ela e as crianças, em suas roupas de dormir, aguardavam no gramado.

— Romance.

Ela botou na mesa o sanduíche de presunto, queijo e pão de centeio.

— Ah, não.

Eles não chamavam de colapso nervoso o que acontecera depois do incêndio que quase queimou a casa, mas tinha sido exatamente isso. Não tão ruim quanto poderia ter sido, mas ele perdeu meio semestre de faculdade (graças a Deus já tinha sido efetivado) e só recuperou o equilíbrio graças às sessões de terapia duas vezes por semana, a alguns comprimidos mágicos e à confiança implacável de Lucy de que ele se *recuperaria*. E às crianças, claro. As crianças precisavam de um pai que não ficasse preso num círculo infinito de *tenho que terminar* e *não consigo terminar*.

— Esse é diferente. Está todo lá, Lucy. Praticamente embrulhado pra presente. Vai ser como ouvir um ditado!

Ela só olhou para ele com preocupação.

— Se você diz.

— Escuta, a gente não alugou o chalé do meu pai este ano, né?

Agora ela pareceu não só preocupada, mas assustada.

— A gente não aluga há dois anos. Desde que o Velho Bill morreu. — O Velho Bill Colson era o caseiro deles e, antes disso, dos pais de Drew. — Você não está pensando...

— Estou, mas só por umas duas semanas. Três, no máximo. Pra começar. Você pode chamar Alice pra ajudar com as crianças, você sabe que ela ama vir aqui, e as crianças amam a titia. Eu volto a tempo de ajudar a distribuir os doces de Halloween.

— Você não pode escrever aqui?

— Claro que posso. Depois que tiver começado. — Ele bota as mãos na cabeça como se estivesse tendo uma enxaqueca lancinante. — As primeiras quarenta páginas no chalé, só isso. Ou talvez umas cento e quarenta, pode ser que vá rápido assim. Estou vendo! Estou vendo tudo! — E repetiu: — Vai ser como ouvir um ditado.

— Preciso pensar nisso — disse ela. — E você também.

— Tudo bem, vou pensar. Agora coma o seu sanduíche.

— De repente, fiquei sem fome — disse ela.

Drew estava. Ele comeu o resto do sanduíche dele e a maior parte do dela. Foda-se a circunferência da cintura. Ele tinha coisas para comemorar.

2

Naquela tarde, ele foi falar com o antigo chefe do departamento. Al Stamper tinha se aposentado abruptamente no fim do semestre de primavera, o que permitiu que Arlene Upton, também conhecida como Bruxa Má do Teatro Elizabetano, finalmente chegasse à posição de autoridade que ela tanto desejava. Não só desejava, mas pela qual ansiava.

Nadine Stamper disse para Drew que Al estava no quintal dos fundos, tomando chá gelado e pegando sol. Ela pareceu tão preocupada quanto Lucy quando Drew deu a ideia de ir para o chalé por um mês, e, quando ele saiu para o quintal, viu por quê. Ele também achou que entendia por que Al Stamper, que cuidara do Departamento de Inglês como um déspota benevolente por quinze anos, tinha pedido demissão abruptamente.

— Para de me olhar assim e toma um pouco de chá — disse Al. — Você sabe que quer. — Al sempre achava que sabia o que as pessoas queriam. Arlene Upton o detestava em boa parte porque Al geralmente sabia *mesmo* o que as pessoas queriam.

Drew se sentou e pegou o copo.

— Quanto peso você perdeu, Al?

— Quinze quilos. Sei que parece mais, mas isso é porque eu não tinha sobrepeso naquela época. É no pâncreas. — Ele viu a expressão de Drew e levantou o dedo que usava para aplacar discussões nas reuniões do corpo docente. — Ainda não preciso que você, nem Nadine nem mais ninguém vá escrever um obituário. Os médicos pegaram relativamente cedo. Estamos confiantes.

Drew não achava que seu velho amigo parecia confiante, mas segurou a língua.

— Não vamos falar de mim. Vamos falar de por que você veio. Você decidiu como vai passar seu período sabático?

Drew contou que queria fazer uma nova tentativa de escrever um romance. Desta vez, disse, ele tinha certeza de que ia conseguir. Certeza absoluta.

— Foi o que você disse sobre *O vilarejo na colina* — disse Al —, e você quase perdeu as rodas da sua carrocinha vermelha quando deu com os burros n'água.

— Você parece a Lucy — disse Drew. — Eu não esperava isso.

Al se inclinou para a frente.

— Me escuta, Drew. Você é um excelente professor e escreveu ótimos contos...

— Meia dúzia — disse Drew. — Pode chamar o *Livro dos recordes*.

Al descartou a sugestão.

— "Pula Jack" saiu na *Best American*...

— Sim — disse Drew. — A editada por Doctorow. Que está morto há muitos anos.

— Muitos bons escritores não produziram quase nada além de contos — insistiu Al. — Poe. Chekov. Carver. E apesar de eu saber que você costuma se manter longe de ficção popular, tem Saki e O. Henry nessa categoria. Harlan Ellison na era moderna.

— Esses caras fizeram bem mais do que meia dúzia. E, Al, essa ideia é ótima. É mesmo.

— Você pode me contar um pouco? Uma visão geral, por assim dizer? — Ele olhou para Drew. — Você não quer. Estou vendo que não.

Drew, que desejava fazer exatamente isso (porque era lindo! Praticamente perfeito!), balançou a cabeça.

— É melhor deixar quieto, eu acho. Vou pro chalé do meu pai passar um tempo. Por tempo suficiente pra dar início a essa história.

— Ah. E onde é?

— TR 90. Uma região sem municipalidade ao norte e oeste de Presque Isle.

— Onde o vento faz a curva, em outras palavras. O que Lucy acha disso?

— Ela não gostou muito, mas vai chamar a irmã pra ajudar com as crianças.

Arlene Upton não gostava de Al porque ele sabia o que as pessoas queriam; Drew achava que ela também não gostava dele porque ele sabia o que elas realmente pensavam. O câncer no pâncreas não parecia ter interferido nessa telepatia de baixo nível. Que não é telepatia nenhuma, na verdade, mas percepção.

— Não é com as crianças que ela está preocupada, Drew. Acho que você sabe disso.

Drew ficou quieto. Ele pensou no *saloon*. Pensou no xerife. Ele já sabia o seu nome. Era James Averill.

Al tomou um gole de chá e depois colocou o copo ao lado de um velho exemplar de *The Magus*, de John Fowles. Drew achava que havia trechos sublinhados em todas as páginas: verde para os personagens, azul para o tema, vermelho para as expressões que Al julgava impressionantes. Os olhos azuis dele ainda brilhavam, mas também estavam meio aquosos agora, vermelhos ao redor. Drew não gostava de pensar que via a morte iminente naqueles olhos, mas achava que talvez visse.

Al se inclinou para a frente, as mãos unidas entre as coxas.

— Me diz uma coisa, Drew. Me conta por que isso é tão importante pra você.

3

Naquela noite, depois de fazerem amor, Lucy perguntou se ele tinha mesmo que ir.

Drew pensou na questão. Pensou mesmo. Ela merecia isso. Ah, e muito mais. Ela ficou ao lado dele, e, quando ele passou por momentos difíceis, ele contou com ela. Ele falou de forma simples.

— Luce, essa pode ser minha última chance.

Houve um longo silêncio do outro lado da cama. Ele esperou, sabendo que cederia aos desejos dela, se ela dissesse que não queria que ele fosse. Finalmente, ela falou:

— Tudo bem. Quero isso pra você, mas estou com um pouco de medo. Não posso mentir sobre isso. Sobre o que vai ser? Ou você não quer contar?

— Eu quero. Estou doido pra contar, mas é melhor deixar a pressão aumentar. Eu disse a mesma coisa para o Al quando ele perguntou.

— Desde que não seja sobre acadêmicos trepando com as esposas uns dos outros e bebendo demais e tendo crises de meia-idade.

— Nada parecido com *O vilarejo na colina*, em outras palavras.

Ela o cutucou com o cotovelo.

— Você que falou, moço, não eu.

— Não é nem um pouco parecido.

— Você pode esperar, querido? Uma semana? Só pra ter certeza de que é real? — E, com uma voz mais baixa: — Por mim?

Ele não queria; queria ir para o norte no dia seguinte e começar um dia depois. Mas... *Só pra ter certeza de que é real.* Não era uma ideia tão ruim, talvez.

— Posso fazer isso.

— Tudo bem. Que bom. E, se você for, você vai ficar bem? Jura?

— Vou ficar ótimo.

Ele viu o brilho momentâneo dos dentes dela quando ela sorriu.

— É o que os homens sempre dizem, não é?

— Se não der certo, eu volto. Se começar a ficar parecido com... Você sabe.

A isso ela não deu resposta, ou porque acreditava nele ou porque não acreditava. Fosse como fosse, estava bom. Eles não discutiriam sobre a questão, isso era o importante.

Ele pensou que ela estava dormindo, ou quase, quando ela fez a mesma pergunta que Al Stamper. Ela nunca tinha perguntado antes, não durante as duas tentativas de escrever prosa longa, e também não durante a merda generalizada que foi *O vilarejo na colina*.

— Por que escrever um romance é tão importante pra você? É o dinheiro? Porque a gente está bem com o seu salário e o trabalho de contabilidade que estou fazendo. Ou é o prestígio?

— Nenhuma dessas coisas, pois não há garantia de que seria publicado. E, se acabasse numa gaveta, como acontece com os romances ruins de todo esse nosso mundo, eu não criaria problema. — Quando essas palavras saíram da sua boca, ele se deu conta de que eram verdade.

— Então o que é?

Para Al, ele falou sobre conclusão. E sobre a animação ao explorar território desconhecido. (Ele não sabia se realmente acreditava nisso, mas sabia que seria apelativo para Al, que era um romântico disfarçado.) Mas uma baboseira dessas não funcionaria com Lucy.

— Eu tenho as ferramentas — disse ele, por fim. — E tenho talento. Então, pode ser que fique bom. Pode até ser comercial, se eu entendo o significado dessa palavra quando o assunto é ficção. Ser bom é importante pra mim, mas isso não é o principal. Não o mais importante. — Ele se virou para ela, segurou as suas mãos e encostou a testa na dela. — *Eu preciso terminar.* Só isso. É a questão toda. Depois disso, posso fazer de novo, mas com bem menos tempestade e ímpeto, ou deixar pra lá. Qualquer uma das duas opções seria boa pra mim.

— Encerramento, em outras palavras.

— Não. — Ele tinha usado a palavra com Al, mas só porque era uma que Al podia entender e aceitar. — É uma coisa diferente. Algo quase físico. Lembra quando Brandon ficou com aquele tomate-cereja entalado na garganta?

— Nunca vou esquecer.

Bran tinha uns quatro anos. Eles estavam comendo no Country Kitchen em Gates Falls. Brandon começou a fazer um som de engasgo e a segurar o pescoço. Drew o pegou, virou do outro lado e fez a manobra de Heimlich. O tomate saiu inteiro, com um som alto que parecia o de uma rolha saindo de uma garrafa. Não houve dano, mas ele jamais se esqueceria dos olhos de súplica do filho ao perceber que não conseguia respirar e achava que Lucy também não esqueceria.

— É a mesma coisa — disse ele. — Só que está entalado no meu cérebro e não na minha garganta. Não estou sufocando, exatamente, mas também não estou respirando direito. *Eu preciso terminar.*

— Tudo bem — disse ela e deu um tapinha na bochecha dele.

— Você entende?

— Não — disse ela. — Mas você entende, e acho que isso basta. Vou dormir agora. — Ela virou de lado.

Drew ficou deitado e permaneceu acordado por um tempo, pensando em uma cidadezinha no oeste, uma parte do país aonde ele nunca tinha ido. Não que importasse. Sua imaginação era capaz de levá-lo, ele tinha certeza. Qualquer pesquisa necessária poderia ser feita depois. Supondo que a ideia não virasse miragem na semana seguinte, claro.

Ele acabou pegando no sono e sonhou com um xerife manco. Um filho inútil que não valia nada trancado numa cela de prisão mínima. Homens em telhados. Um impasse que não tinha como — que *não podia* — durar muito.

Ele sonhou com Rio Amargo, Wyoming.

4

A ideia não virou miragem. Ficou mais forte, mais intensa, e, uma semana depois, em uma manhã quente de outubro, Drew encheu três caixas de mantimentos, a maioria enlatados, e as colocou no porta-malas do velho Suburban que eles usavam como segundo carro. Em seguida, veio uma bolsa cheia de roupas e artigos de higiene. Depois da bolsa, o notebook e a caixa surrada que guardava a máquina de escrever Olympia portátil do seu pai, que ele queria como alternativa. Ele não confiava na energia em TR; a fiação elétrica tinha a tendência de dar problema quando ventava muito, e regiões sem municipalidade eram os últimos lugares onde ela era restaurada depois de uma ventania.

Ele deu beijos de despedida nos filhos antes de eles saírem para a escola; a irmã de Lucy estaria lá para recebê-los quando chegassem em casa. Agora, Lucy estava na entrada da garagem, vestindo uma camiseta e a sua calça jeans surrada. Ela estava esbelta e desejável, mas sua testa, franzida, como se uma de suas enxaquecas pré-menstruais estivesse chegando.

— Você precisa tomar cuidado — disse ela —, e não só com seu trabalho. A região do norte fica vazia entre o feriado do trabalhador e a temporada de caça, e a cobertura de celular acaba sessenta quilômetros depois de Presque Isle. Se você quebrar a perna andando na floresta... Ou se perder...

— Querida, eu não ando na floresta. Quando eu andar, *se* eu andar, vou ficar na estrada. — Ele a olhou melhor e não gostou do que viu. Não foi só a testa franzida; seus olhos carregavam uma expressão de desconfiança. — Se você precisar que eu fique, eu fico. É só você falar.

— Você ficaria mesmo?

— É só pedir. — Torcendo para ela não pedir.

Ela estava olhando para os tênis. Agora, ela levantou a cabeça e a balançou.

— Não. Entendo que isso é importante pra você. Stacey e Bran também entendem. Ouvi o que ele disse quando te deu o beijo de despedida.

Brandon, seu filho de doze anos, dissera: "Traz um dos grandes, pai".

— Quero que você me ligue todos os dias, moço. No máximo às cinco da tarde, mesmo que você esteja escrevendo como um louco. Seu celular não vai funcionar, mas a linha fixa funciona. A gente recebe a conta todos os meses, e eu liguei hoje de manhã pra ter certeza. Não só tocou, como a antiga secretária eletrônica do seu pai atendeu. Me deu até um arrepio. Como uma voz vinda direto do túmulo.

— Imagino. — O pai de Drew estava morto havia dez anos. Eles ficaram com o chalé e o usaram algumas vezes, depois alugaram para grupos de caça, até o Velho Bill, o caseiro, morrer. Depois disso, eles pararam de se importar. Um grupo de caçadores não pagou tudo, e outro praticamente destruiu a casa. Não parecia valer a pena.

— Você deveria gravar uma mensagem nova. É incrível que nenhum dos nossos inquilinos tenha trocado aquela velha.

— Farei isso.

— E um aviso, Drew: se eu não tiver notícias suas, vou aparecer lá.

— Não seria boa ideia, querida. Aqueles últimos vinte e cinco quilômetros da Estrada de Merda destruiriam o cano de descarga do Volvo. Provavelmente o câmbio também.

— Não ligo. Porque... Vou falar uma coisa, tá? Quando as coisas dão errado com um dos contos, você consegue deixar de lado. Você fica uma semana ou duas emburrado pela casa e depois volta a ser você. *O vilarejo na colina* foi bem diferente, e o ano seguinte foi assustador pra mim e pras crianças.

— Esse é...

— Diferente, eu sei, você já disse isso um monte de vezes, e eu acredito, apesar de a única coisa que eu sei sobre o livro é que ele não fala de um grupo de professores com tesão fazendo suruba na terra do Updike. Mas...

— Ela segurou os antebraços dele e o encarou com sinceridade. — Se começar a dar errado, se você começar a perder as palavras como aconteceu com *Vilarejo*, volta pra casa. Entendeu? *Volta pra casa.*

— Eu prometo.

— Agora me beija de verdade.

Ele a beijou, abrindo delicadamente os lábios dela com a língua e enfiando uma das mãos no bolso de trás da calça jeans. Quando ele se afastou, Lucy estava corada.

— Sim — disse ela. — Assim.

Ele entrou no Suburban e tinha chegado ao começo do caminho quando Lucy gritou "Espera! Espera!" e se aproximou correndo. Ela ia dizer que mudou de ideia, que queria que ele ficasse e tentasse escrever o livro no escritório do andar de cima, ele tinha certeza, e precisou lutar contra o desejo de meter o pé no acelerador e sair cantando pneus pela rua Sycamore sem olhar o retrovisor. Mas ele parou com a traseira do Suburban na rua e abriu a janela.

— Papel! — disse ela. Estava sem fôlego, e o cabelo tinha caído no rosto. Ela esticou o lábio inferior e o soprou para cima. — Você tem papel? Porque duvido que tenha lá.

Ele sorriu e tocou a bochecha dela.

— Duas resmas. Será que basta?

— Se você não estiver planejando escrever *O senhor dos anéis*, acho que sim. — Ela o encarou diretamente. A testa não estava mais franzida, ao menos naquele momento. — Vá em frente, Drew. Saia daqui e traga um dos grandes.

5

Quando ele chegou à rampa de entrada da I-295, onde uma vez tinha visto um homem trocando um pneu, Drew sentiu uma leveza. Sua vida real — os filhos, ensinar modernismo americano para alunos que mal conseguiam ficar de olhos abertos às oito da manhã, fazer tarefas triviais, pequenos serviços na casa, buscar Stacey e Brandon nas atividades extracurriculares — havia ficado para trás. Ele voltaria em uma ou duas semanas, três no máximo, e achava que ainda teria a maior parte do livro para escrever em meio à confusão daquela vida real, mas o que estava à frente era outra vida, uma que ele viveria na imaginação. Ele nunca tinha conseguido viver aquela vida enquanto trabalhava nos outros três romances, nunca tinha conseguido superá-la. Desta vez, ele sentia que conseguiria. Seu corpo talvez estivesse sentado no chalé básico na floresta do Maine, mas o resto estaria na cidade de Rio Amargo, Wyoming, onde um xerife manco e três policiais assustados tinham que proteger um jovem que tinha matado uma mulher ainda mais jovem, a sangue-frio, na frente de pelo menos quarenta testemunhas. Protegê-lo dos habitantes furiosos da cidade era só metade da tarefa desses homens da lei. O resto era levá-lo para o tribunal onde ele seria julgado (se Wyoming *tivesse* tribunais nos anos 1880; ele teria que descobrir isso depois). Drew não sabia onde o velho Prescott tinha arranjado o pequeno exército de valentões armados de quem dependia para que isso acontecesse, mas tinha certeza de que a resposta acabaria surgindo na sua cabeça.

Tudo era eventual.

Ele passou para a I-95 em Gardiner. O Suburban, com duzentos mil quilômetros rodados, trepidava a noventa quilômetros por hora, mas, quando chegou a cento e dez, o tremor desapareceu, e a belezinha seguiu leve como seda. Ele ainda tinha um trajeto de quatro horas à frente, a última por estradas cada vez mais estreitas, culminando na que os habitantes da região chamavam de Estrada de Merda.

Ele estava ansioso pela viagem, mas não tanto quanto estava ansioso para abrir o notebook, ligá-lo na pequena impressora Hewlett-Packard e criar um documento que chamaria de RIO AMARGO 1. Pela primeira vez, pensar em todo o espaço em branco embaixo do cursor piscando não o enchia com uma mistura de esperança e medo. Quando passou pelo limite do município de Augusta, ele só sentia impaciência. Desta vez, ficaria tudo bem. Mais do que bem. Desta vez, tudo daria certo.

Ele ligou o rádio e começou a cantar junto com o The Who.

6

No fim da tarde, Drew parou na frente do único comércio de TR 90, um estabelecimento velho e com telhado torto chamado Grande 90 Loja de

Artigos Gerais (como se em algum lugar existisse um Pequeno 90). Ele abasteceu o Suburban, cujo tanque estava quase vazio, em uma bomba velha e enferrujada com uma placa que anunciava SÓ DINHEIRO e SÓ COMUM e QUEM SAIR SEM PAGAR SERÁ PROCESSADO e DEUS ABENÇOE OS ESTADOS UNIDOS. O galão custava três e noventa. No norte, o preço era de aditivada até para gasolina comum. Drew parou na entrada da loja para pegar o fone do telefone público cheio de insetos esmagados que já estava lá quando ele era criança, junto com o que ele poderia jurar que era a mesma mensagem, agora bem desbotada e quase ilegível: SÓ COLOQUE MOEDAS QUANDO A LIGAÇÃO FOR ATENDIDA. Drew ouviu o zumbido da linha, colocou o fone na base enferrujada e entrou.

— Aham, aham, ainda está funcionando — disse o refugiado do *Jurassic Park* que estava sentado atrás do balcão. — Incrível, né? — Os olhos dele estavam vermelhos, e Drew se perguntou se ele tinha andado fumando um pouco de Aroostook County Gold. Mas o sujeito tirou do bolso de trás uma bandana cheia de catarro e espirrou nela. — Maldita alergia, sempre tenho no outono.

— Mike DeWitt, não é? — perguntou Drew.

— Não, Mike era meu pai. Ele faleceu em fevereiro. Tinha noventa e sete anos e, nos últimos dez, não conseguia saber se estava de pé ou num cavalo. Sou Roy. — Ele esticou a mão por cima da bancada. Drew não queria apertá-la — era a que manipulava o lenço sujo —, mas ele foi criado para ser educado, então deu um apertão rápido.

DeWitt prendeu os óculos na ponta do nariz grande e observou Drew.

— Sei que me pareço com meu pai, um baita azar, e você se parece com o seu. Você é filho do Buzzy Larson, não é? Não Ricky, o outro.

— Isso mesmo. Ricky mora em Maryland agora. Sou Drew.

— Claro, isso mesmo. Já veio com a esposa e os filhos, mas faz tempo. Professor, né?

— É. — Ele deu três notas de vinte para DeWitt, que as colocou na registradora e devolveu seis notas de um.

— Eu soube que o Buzzy faleceu.

— Faleceu. Minha mãe também. — Uma pergunta a menos para responder.

— Sinto muito. O que você está fazendo por aqui nesta época do ano?

— Estou em um período sabático. Pensei em escrever um pouco.

— Ah, é? No chalé do Buzzy?

— Se der para passar pela estrada. — Ele só falou para não parecer urbano demais. Mesmo que a estrada estivesse em mau estado, ele encontraria um jeito de forçar o Suburban. Ele não tinha chegado até aqui só para dar meia-volta.

DeWitt fez uma pausa para puxar catarro e disse:

— Bom, não é à toa que chamam de Estrada de Merda, sabe, e a neve derretida da primavera deve ter feito uma ou duas valas, mas você tem seu carro com tração nas quatro rodas e não deve ter problema. Claro que você sabe que o Velho Bill morreu.

— Sim. Um dos filhos dele me mandou um cartão. Não conseguimos vir para o enterro. Foi coração?

— Cabeça. Botou uma bala dentro. — Roy DeWitt disse isso com um deleite palpável. — Ele estava começando a ficar com Alzheimer, entende? As pessoas perceberam porque ele tinha um caderno no porta-luvas com várias coisas escritas. Direções, números de telefone, o nome da esposa. Até a porra do nome do cachorro. Ele não aguentou, sabe.

— Meu Deus — disse Drew. — Que horrível. — E era mesmo. Bill Colson era um homem bom, tranquilo, andava penteado e arrumado e com cheiro de Old Spice, sempre tomando cuidado de dizer para o pai de Drew (e mais tarde para o próprio Drew) quando alguma coisa precisava de conserto e quanto custaria.

— Aham, aham, e, se você não sabia disso, acho que não sabe que foi no jardim de entrada do seu chalé.

Drew ficou olhando para ele.

— Você está brincando?

— Eu não brincaria... — A bandana reapareceu, mais úmida e suja do que nunca. DeWitt espirrou nela. — ... com uma coisa assim. Sim, senhor. Estacionou a picape, botou o cano da carabina embaixo do queixo e puxou o gatilho. A bala passou direto e quebrou o para-brisa de trás. O policial Griggs estava parado exatamente onde você está agora quando me contou.

— Meu Deus — disse Drew, e alguma coisa mudou na sua mente. Em vez de apontar a pistola para a têmpora da dançarina, Andy Prescott, o filho inútil, estava agora segurando a arma embaixo do queixo dela... E, quando ele puxasse o gatilho, a bala sairia pela parte de trás do crânio e quebraria o espelho atrás do bar. Usar essa história horrível da morte do Velho Bill na história dele tinha um elemento indubitável de conveniência, até de aproveitamento, mas isso não o impediria. Era boa demais.

— Uma coisa horrível mesmo — disse DeWitt. Ele estava tentando parecer triste, talvez até filosófico, mas havia uma vibração inconfundível na voz dele. *Ele também sabia quando uma coisa era boa demais*, pensou Drew. — Mas você sabe que ele foi o Velho Bill até o fim.

— O que isso quer dizer?

— Quer dizer que ele fez a sujeira dentro da picape, não no chalé do Buzzy. Ele jamais faria uma coisa assim, não ainda tendo um pouco da cabeça antiga no lugar. — DeWitt começou a fungar de novo e pegou a bandana, mas desta vez foi um pouco tarde demais para pegar o espirro todo. E foi bem carregado. — Ele *cuidava* daquele lugar, não é?

7

Oito quilômetros ao norte da Grande 90, o asfalto acabou. Depois de mais oito quilômetros de solo compactado, Drew chegou a uma bifurcação na estrada. Ele se dirigiu à esquerda, para uma estrada de cascalho que batia na parte inferior do Suburban. Essa era a Estrada de Merda e continuava como sempre tinha sido, ao menos desde a sua infância. Duas vezes ele precisou diminuir para cinco a dez quilômetros por hora, a fim de conseguir passar com o Suburban por buracos causados pelas valas que realmente tinham aparecido por causa do derretimento de neve. Duas vezes mais ele precisou parar, descer e tirar árvores caídas do caminho. Por sorte, eram bétulas e eram leves. Uma se desfez nas suas mãos.

Ele chegou ao acampamento Cullum — deserto, fechado por tábuas, a entrada bloqueada por uma corrente — e começou a contar postes de telefone e de energia, como ele e Ricky faziam quando crianças. Alguns estavam inclinados para um lado ou para o outro, mas ainda havia exatamente 66 entre o acampamento Cullum e a entrada da casa cheia de mato — também bloqueada por uma corrente — com uma placa na frente que Lucy tinha feito quando as crianças eram pequenas: CHEZ LARSON. Depois daquela entrada, ele sabia, havia mais dezessete postes, que terminavam no acampamento Farrington, na beira do lago Agelbemoo.

Depois do Farrington, havia uma área enorme de natureza sem energia elétrica, ao longo de pelo menos cento e sessenta quilômetros de cada lado da fronteira canadense. Às vezes, ele e Ricky iam olhar o que eles chamavam de Último Poste, que exercia uma espécie de fascinação sobre eles. Depois dele, não havia nada que segurasse a noite. Drew uma vez levou Stacey e Brandon para olhar o Último Poste, e não lhe escapou a expressão de *e daí* que foi trocada entre eles. Eles achavam que a eletricidade (sem mencionar o wi-fi) continuava para sempre.

Ele saiu do Suburban e destrancou a corrente, precisando forçar um pouco a chave até ela finalmente girar. Ele deveria ter comprado um lubrificante no mercado, mas não dava para pensar em tudo.

A entrada tinha quase quatrocentos metros de comprimento, com galhos que roçaram as laterais e o teto do Suburban o caminho todo. Acima ficavam os dois fios, o elétrico e o de telefone. Ele se lembrava de serem rígidos antigamente, mas agora pendiam pela diagonal do poste que a Northern Maine Power mantinha na estrada.

Ele chegou ao chalé. Parecia desolado, esquecido. A tinta verde estava descascando agora que não havia Bill Colson para renová-la, o teto de aço galvanizado estava cheio de agulhas de abetos e folhas caídas, e a antena parabólica (seu prato também cheio de folhas e agulhas) parecia uma piada no meio da floresta. Ele se perguntou se Luce pagava a mensalidade da TV, além do telefone. Se assim fosse, provavelmente era dinheiro gasto à toa, porque ele duvidava que ainda funcionasse. Ele também duvidava que a DirecTV fosse devolver o cheque com um bilhete dizendo *ops, estamos devolvendo seu pagamento porque sua antena já era.* A varanda estava velha, mas parecia bem firme (se bem que não seria bom tomar isso como certo). Aos pés dela, ele via uma lona verde desbotada cobrindo o que Drew supôs que fosse um monte de madeira, talvez o resto de lenha que o Velho Bill levou para lá.

Ele saiu e parou ao lado do Suburban, uma das mãos no capô quente. Em algum lugar, um corvo grasnou. Ao longe, outro corvo respondeu. Fora a falação de Godfrey Brook a caminho do lago, esses eram os únicos sons.

Drew se perguntou se tinha estacionado no mesmo lugar em que Bill Colson tinha parado o carro com tração nas quatro rodas e explodido os miolos. Não havia uma escola de pensamento — talvez na Inglaterra medieval — que dizia que os fantasmas de suicidas eram obrigados a ficar nos lugares onde tinham encerrado a vida?

Ele estava indo na direção da cabine, dizendo para si mesmo (se repreendendo) que estava velho demais para histórias de acampamento, quando ouviu uma coisa se aproximando. O que saiu dos pinheiros entre a clareira do chalé e o riacho não foi um fantasma nem uma aparição zumbi, mas um filhote de alce trotando sobre pernas absurdamente longas. Chegou até o barracão de equipamentos ao lado da casa, mas o viu e parou. Eles se encararam, Drew achando que os alces — fossem eles jovens ou totalmente adultos — estavam entre as criaturas mais feias e improváveis de Deus, o filhote de alce pensando não se sabia o quê.

— Não vou fazer nada, amigão — disse Drew baixinho, e o filhote levantou as orelhas.

Agora houve mais barulho, muito mais alto, e a mãe do filhote abriu caminho entre as árvores. Um galho caiu na cabeça dela, e ela a balançou para jogá-lo longe. Ela encarou Drew, abaixou a cabeça e passou a pata no chão. As orelhas se inclinaram para trás e grudaram na cabeça.

Ela quer me atacar, pensou Drew. *Me vê como uma ameaça para o bebê dela e quer me atacar.*

Ele pensou em correr para o Suburban, mas talvez fosse — provavelmente era — longe demais. E correr, mesmo que para longe do filhote, poderia irritar a mãe. Então ele ficou parado onde estava, tentando enviar pensamentos calmos para a criatura de centenas de quilos que estava a menos de trinta metros de distância. *Não tem com que se preocupar aqui, mãezinha, sou inofensivo.*

Ela o avaliou por uns quinze segundos, a cabeça baixa e um casco arrastando no chão. Pareceu mais. Ela foi até o filhote (sem nunca tirar os olhos do intruso) e se colocou entre ele e Drew. Olhou-o longamente de novo, parecendo decidir o próximo gesto. Drew permaneceu imóvel. Ele estava com muito medo, mas também estranhamente exaltado. *Se ela vier me atacar dessa distância*, ele pensou, *vou morrer ou ficar tão machucado que provavelmente vou morrer de qualquer jeito. Se ela não vier, vou fazer um trabalho brilhante aqui. Brilhante."*

Ele sabia que era uma equivalência falsa mesmo naquele momento, com a vida em risco — era como ser uma criança que acreditava que ganharia uma bicicleta de aniversário se certa nuvem cobrisse o Sol —, mas, ao mesmo tempo, sentiu que era verdade absoluta.

A Mãe Alce virou a cabeça de repente e bateu na anca do filhote. O filhote soltou um gritinho que soou quase como um balido de ovelha, nada parecido com o ruído rouco do apito de alce antigo do seu pai, e trotou na direção da floresta. A mãe foi atrás, parando para lançar um olhar final e maligno para Drew: *se me seguir, morre.*

Drew soltou a respiração que não sabia que estava segurando (um clichê antigo de livros de suspense que acabou sendo verdadeiro) e foi na direção da varanda. A mão que segurava a chave tremia levemente. Ele já estava dizendo para si mesmo que não tinha passado perigo nenhum, não de verdade; se você não incomodasse um alce — até mesmo uma Mãe Alce protetora —, ele não incomodaria você.

Além do mais, poderia ter sido pior. Poderia ter sido um urso.

8

Ele entrou e estava esperando uma bagunça, mas o chalé estava arrumadinho. Trabalho do Velho Bill, sem dúvida; era até possível que Bill tivesse dado uma arrumada final no dia em que se matou. O tapete de retalhos de Aggie Larson ainda ficava no meio da sala, puído nas beiradas, mas inteiro. Havia um fogão Ranger a lenha sobre tijolos, esperando para ser carregado, a janelinha de mica limpa como o chão. À esquerda havia uma cozinha rudimentar. À direita, com vista para o bosque que descia até o rio, havia uma mesa de jantar de carvalho. Na extremidade da sala, havia um sofá com encosto reclinado, duas poltronas e uma lareira que Drew não tinha a intenção de acender. Só Deus sabia quanto creosoto tinha se acumulado na chaminé, sem mencionar seres vivos: ratos, esquilos, morcegos.

O fogão da cozinha era um Hotpoint que devia ser novo na época em que o único satélite que voava em volta da Terra era a Lua. Ao lado dele, aberta e parecendo um cadáver, ficava a geladeira, desligada. Estava vazia, exceto por uma caixa de fermento Arm & Hammer. A TV da sala era portátil e ficava num carrinho de rodinhas. Ele se lembrava dos quatro sentados na frente dela, vendo reprises de *MASH* e comendo comida congelada.

Uma escada de tábuas ocupava a parede oeste do chalé. Havia uma espécie de galeria lá, cheia de estantes com muitos livros — o que Lucy chamava de leitura de dias chuvosos. Dois quartinhos ficavam no fim da galeria. Drew e Lucy dormiam em um, as crianças, no outro. Eles pararam de ir lá quando Stacey começou a reclamar da falta de privacidade? Foi esse o motivo? Ou eles só ficaram ocupados demais para semanas de verão no chalé? Drew não conseguia lembrar. Ele estava feliz de estar lá, feliz de nenhum de seus inquilinos ter roubado o tapete de retalhos da mãe... Mas por que alguém faria isso? Já tinha sido lindo, mas agora estava mais adequado para ser pisado por gente com sapatos sujos de lama da floresta ou pés descalços e molhados de andar no riacho.

— Eu posso trabalhar aqui — disse Drew. — Posso. — Ele pulou com o som da própria voz, ainda nervoso pelo enfrentamento com a Mãe Alce, ele achava — e depois riu.

Ele não precisou verificar a eletricidade, porque viu a lâmpada vermelha piscando na antiga secretária eletrônica do pai, mas mexeu no interruptor da lâmpada do teto mesmo assim, já que a tarde estava acabando. Ele foi até a secretária eletrônica e apertou o play.

— É Lucy, Drew. — A voz dela soou oscilante, como se estivesse a vinte mil léguas no fundo do mar, e Drew se lembrou que o dispositivo da secretária eletrônica era basicamente um gravador de fita cassete. Era meio incrível que ainda funcionasse. — São três e dez, e estou um pouco preocupada. Você já chegou? Me liga se estiver aí.

Drew achou graça, mas também ficou irritado. Ele tinha ido até lá para evitar distrações, e a última coisa de que precisava era Lucy espiando por cima do ombro dele pelas três semanas seguintes. Mesmo assim, ele achava que ela tinha motivos válidos para estar preocupada. Ele podia ter sofrido um acidente no caminho ou quebrado o carro na Estrada de Merda. Ela não podia estar preocupada com ele estar enlouquecendo por um livro que ele nem tinha começado a escrever.

Pensar nisso trouxe à tona uma lembrança de uma palestra que o Departamento de Inglês tinha patrocinado cinco ou seis anos antes, Jonathan Franzen falando para uma casa lotada sobre a arte e a elaboração de um romance. Ele disse que o pico da experiência da escrita de um romance acontecia antes de o escritor começar, quando tudo ainda estava na imaginação.

"Até a parte mais clara do que estava na sua cabeça se perde na tradução", disse Franzen. Drew se lembrava de ter pensado que era egocentrismo o cara supor que a experiência dele era o caso geral.

Drew pegou o telefone (o fone era do tipo antigo com formato de halter, preto e incrivelmente pesado), ouviu um som forte de linha e ligou para o celular de Lucy.

— Estou aqui — disse ele. — Não tive problema algum.

— Ah, que bom. Como estava a estrada? Como está o chalé?

Eles conversaram por um tempo, e ele falou com Stacey, que tinha acabado de chegar da escola e exigiu o telefone. Lucy voltou e o lembrou de mudar a mensagem da secretária eletrônica, porque dava arrepios nela.

— Só posso prometer tentar. Esse aparelho devia ser moderno nos anos 1970, mas isso foi há meio século.

— Faça o melhor que puder. Você viu algum animal?

Ele pensou na Mãe Alce, a cabeça abaixada enquanto ela decidia se o atacaria e o pisotearia ou não.

— Alguns corvos, só isso. Ei, Luce, quero pegar minhas coisas antes do pôr do sol. Te ligo mais tarde.

— Por volta das sete e meia seria bom. Você vai poder falar com Brandon, ele já vai ter voltado. Ele vai jantar na casa do amigo Randy.

— Combinado.

— Mais alguma coisa pra contar? — Talvez houvesse uma certa preocupação na voz dela ou talvez fosse só sua imaginação.

— Não. Tudo tranquilo no front do velho oeste. Te amo, querida.

— Também te amo.

Ele colocou o fone engraçado e antiquado no gancho e falou com o chalé vazio.

— Ah, espera, tem mais uma coisa, amor. O Velho Bill estourou os miolos na frente daqui de casa.

E se surpreendeu ao cair na gargalhada.

9

Quando terminou de levar tudo para dentro de casa, já passava das seis horas, e ele estava com fome. Experimentou a torneira da cozinha, e, depois de alguns engasgos e batidas nos canos, começaram a sair jorros de água suja que acabou ficando fria, limpa e regular. Ele encheu uma panela, acendeu o Hotpoint (o zumbido baixo do grande queimador trouxe de volta lembranças de outras refeições feitas lá) e esperou que a água fervesse, para poder botar o espaguete. Havia molho também. Lucy tinha incluído uma lata de bolonhesa em uma das suas caixas de mantimentos — ele teria esquecido.

Ele pensou em esquentar uma lata de ervilhas, mas decidiu não fazer isso. Estava no campo e comeria neste estilo. Mas nada de álcool; ele não levou bebida e não comprou na Grande 90. Se o trabalho corresse bem, como ele esperava, talvez se recompensasse com uma caixa de Bud na próxima vez que fosse ao mercado. Ele talvez até encontrasse ingredientes para salada, embora imaginasse que, quando o assunto era o estoque de legumes e verduras, Roy DeWitt mantinha muita pipoca e molho de cachorro-quente por perto e achava suficiente. Talvez um frasco de repolho roxo por garantia.

Enquanto esperava a água ferver e o molho esquentar, Drew ligou a TV, esperando encontrar só estática. O que encontrou foi uma tela azul e uma mensagem que dizia DIRECTV CONECTANDO. Drew teve suas dúvidas, mas deixou a TV trabalhando, supondo que estivesse fazendo alguma coisa.

Ele estava remexendo nos armários de baixo quando a voz de Lester Holt soou no chalé, dando-lhe um susto tão grande que ele gritou e largou o escorredor de macarrão que tinha acabado de encontrar. Quando se virou, viu os apresentadores do noticiário noturno da NBC, numa imagem clara como água. Lester estava contando a mais recente baboseira do Trump, e, quando ele passou a notícia para que Chuck Foster contasse os detalhes sórdidos, Drew pegou o controle remoto e desligou o aparelho. Era bom saber que estava funcionando, mas ele não pretendia poluir a mente com Trump, terrorismo ou impostos.

Ele cozinhou uma caixa inteira de espaguete e comeu quase tudo. Na sua mente, Lucy balançou um dedo de repreensão e mencionou — novamente — o crescimento da meia-idade para os lados. Drew lembrou a ela que não tinha almoçado. Ele lavou a pouca louça, pensando na Mãe Alce e em suicídio. Havia lugar para alguma das duas coisas em *Rio Amargo*? Para a Mãe Alce, provavelmente não. Para suicídio, talvez.

Ele achava que Franzen tinha razão sobre o período que antecedia a escrita de um romance. Era *bom*, porque tudo que você via e ouvia era possível material para o moinho. Tudo era maleável. A mente podia construir uma cidade, remodelá-la e derrubá-la, isso tudo enquanto você estava tomando banho ou se barbeando ou mijando. Mas, quando você começava, isso mudava. Cada cena escrita, cada *palavra* escrita limitava ainda mais as opções. Chegava um momento em que você ficava como uma vaca andando por um túnel estreito sem saída, trotando na direção do...

— Não, não, não é nada assim — disse ele, novamente sobressaltado pelo som da própria voz. — Não é nem um pouco assim.

10

A escuridão chegava rápido na floresta. Drew andou pelo chalé, acendendo abajures (eram quatro, cada cúpula mais horrível do que a outra), e foi cuidar da secretária eletrônica. Ele ouviu duas vezes a mensagem do pai morto, seu querido pai, que nunca, até onde ele conseguia lembrar, tinha dito uma palavra cruel ou erguido a mão para os filhos (palavras cruéis e mãos erguidas eram mais a área da mãe dele). Parecia errado apagar, mas como não havia fita extra da secretária eletrônica na escrivaninha do pai, a ordem de Lucy não lhe deixava escolha. Sua gravação foi breve e direta:

— Aqui é o Drew. Deixe um recado e número de retorno.

Com isso feito, ele vestiu sua jaqueta leve e saiu do chalé, para se sentar nos degraus e olhar as estrelas. Ele sempre ficava surpreso com quantas dava para ver quando se ia para longe da poluição das luzes, mesmo de uma cidade relativamente pequena como Falmouth. Deus tinha derramado uma jarra de luz lá em cima, e depois disso ficava a eternidade. O mistério de uma realidade tão extensa desafiava a compreensão. Uma brisa soprou, fazendo os pinheiros suspirarem do seu jeito triste, e de repente Drew se sentiu muito solitário e muito pequeno. Um tremor percorreu seu corpo, e ele entrou, decidindo que acenderia um pequeno fogo de teste no fogão a lenha, só para ter certeza de que não ia encher o chalé de fumaça.

Havia uma caixa de cada lado da lareira. Uma guardava lenha, provavelmente levada pelo Velho Bill quando ele botou o último carregamento de madeira embaixo da varanda. A outra continha brinquedos.

Drew se apoiou em um joelho e remexeu neles. Um *frisbee*, do qual ele se lembrava vagamente: ele, Lucy e as crianças brincando lá na frente, rindo cada vez que alguém jogava o disco no mato e tinha que ir buscar. Um boneco Stretch Armstrong, que ele achava que tinha sido do Brandon, e uma Barbie (indecentemente de seios de fora), que tinha sido de Stacey. Mas das outras coisas ele não se lembrava ou nunca tinha visto. Um ursinho de pelúcia com um olho só. Um baralho de Uno. Vários cards de beisebol espalhados. Um jogo chamado Passe os Porcos. Um pião decorado com um círculo de macacos usando luvas de beisebol — quando ele bombeou o cabo e soltou, o pião oscilou como um bêbado pelo chão e assobiou "Take Me Out to the Ballgame". Ele não gostou desse. Os macacos pareciam sacudir as luvas enquanto o pião girava, como se pedissem ajuda, e a melodia começou a ficar meio sinistra conforme foi parando.

Ele olhou o relógio antes de chegar ao fundo da caixa, viu que eram oito e quinze e ligou para Lucy. Pediu desculpas por ter se atrasado e disse que se distraiu com uma caixa de brinquedos.

— Acho que reconheci o Stretch Armstrong velho do Bran...

Lucy gemeu.

— Ah, Deus, eu detestava aquela coisa. Tinha um cheiro tão *estranho*.

— Eu lembro. E algumas outras coisas também, mas tem algumas que eu poderia jurar nunca ter visto antes. Passe os Porcos?

— Passe o *quê*? — Ela estava rindo.

— É um jogo de criança. E o pião com os macacos? Toca "Take Me Out to the Ballgame".

— Não... Ah, espera um minuto. Três ou quatro anos atrás, nós alugamos o chalé pra uma família chamada Pearson, lembra?

— Vagamente. — Ele não se lembrava mesmo. Se foi três anos antes, ele devia estar envolvido com *O vilarejo na colina*. Mais para *enrolado*, na verdade. Amarrado e amordaçado.

339

— Eles tinham um garotinho de seis ou sete anos. Alguns brinquedos devem ser dele.

— Estou surpreso de ele não ter dado falta — disse Drew. Ele estava olhando para o ursinho de pelúcia, que tinha a expressão de um brinquedo que tinha sido abraçado com frequência e com fervor.

— Quer falar com o Brandon? Ele está aqui.

— Claro.

— Oi, pai! — disse Bran. — Já terminou o livro?

— Engraçadinho. Vou começar amanhã.

— Como está aí? Está bom?

Drew olhou ao redor. O aposento grande do andar de baixo estava agradável à luz dos lustres e dos abajures. Até as cúpulas horríveis estavam com uma aparência boa. E se o fogão a lenha não estivesse aceso, um fogo leve cuidaria do pouco frio.

— Está, sim — disse ele. — Está ótimo.

E estava. O local parecia seguro. E ele se sentia grávido, quase parindo. Não havia medo de começar o livro no dia seguinte, só expectativa. As palavras sairiam com facilidade, ele tinha certeza.

O fogão estava bom, a chaminé, livre e expelindo bem a fumaça. Enquanto o fogo ia queimando até virar brasa, ele fez a cama no quarto principal (o que era uma piada; o quarto era tão pequeno que ele mal conseguia dar uma volta) com lençóis e cobertores que cheiravam só um pouco a mofo. Às dez horas, ele se deitou e ficou olhando a escuridão, ouvindo o vento suspirar pelas calhas. Ele pensou no Velho Bill cometendo suicídio no jardim da frente, mas só por pouco tempo, e não com medo nem horror. O que ele sentiu quando pensou nos momentos finais do velho caseiro — o círculo redondo de aço apertando a parte de baixo do queixo, as últimas imagens e batimentos e pensamentos — não era muito diferente do que ele sentia quando olhava para a complexa e extravagante Via Láctea. A realidade era profunda e era distante. Guardava muitos segredos e continuava eternamente.

11

Ele se levantou cedo na manhã seguinte. Tomou café da manhã e ligou para Lucy. Ela estava terminando de preparar as crianças para a escola — repreendendo Stacey porque ela não tinha terminado o dever de casa, dizendo para Bran que ele tinha deixado a mochila na sala —, então a conversa deles foi necessariamente breve. Depois da despedida, Drew vestiu sua jaqueta e foi até o riacho. As árvores do outro lado tinham sido cortadas em um determinado ponto, gerando uma valiosa vista da floresta ondulante ao longe. O céu estava azul. Ele ficou parado lá por quase dez minutos, apreciando a beleza sem pretensões do mundo ao redor e tentando esvaziar a mente. Prepará-la.

Todo semestre ele dava aula de um bloco de modernismo americano e modernismo britânico, mas, como ele tinha sido publicado (e logo na *The New Yorker*), seu trabalho principal era lecionar escrita criativa. Ele começava cada aula e palestra falando sobre o processo criativo. Ele falava para os alunos que, assim como a maioria das pessoas seguia uma certa rotina ao se preparar para dormir, era importante ter uma ao se preparar para o trabalho diário. Era como a série de passos que um hipnotista segue quando guia uma pessoa para o estado de transe.

— O ato de escrever ficção ou poesia foi comparado ao de sonhar — ele disse aos alunos —, mas não acho que isso é muito correto. Acho mais parecido com hipnose. Quanto mais você ritualiza a preparação, mais fácil fica entrar no estado certo.

Ele fazia o que dizia. Quando voltou para o chalé, fez café. Ao longo da manhã, tomaria duas xícaras dele, puro e forte. Enquanto esperava o café passar, tomou suas vitaminas e escovou os dentes. Um dos inquilinos tinha enfiado a antiga escrivaninha do pai dele embaixo da escada, e Drew decidiu deixá-la lá. Era um lugar esquisito para trabalhar, talvez, mas estranhamente aconchegante. Quase como um útero. No escritório de casa, seu último ato ritualístico antes de começar a trabalhar seria ajeitar os papéis em pilhas arrumadas, deixando um espaço vazio à esquerda da impressora para a cópia nova, mas não havia algo na escrivaninha para ele organizar.

Ele ligou o notebook e abriu um documento em branco. O que veio em seguida era parte do ritual, ele achava: dar nome ao documento (RIO

AMARGO 1), formatar e escolher uma fonte para o documento. Ele usou Book Antiqua quando escreveu *Vilarejo*, mas não tinha intenção de usá-la em *Rio Amargo*; seria mau presságio. Sabendo que poderia faltar energia, o que o faria recorrer à máquina de escrever portátil, ele escolheu a fonte American Typewriter.

Era tudo? Não, mais uma coisa. Ele clicou no salvamento automático. Mesmo que faltasse energia, ele dificilmente perderia a sua cópia, o notebook estava com bateria, mas era melhor prevenir do que remediar.

O café estava pronto. Ele se serviu uma xícara e se sentou.

Você quer mesmo fazer isso? Pretende mesmo fazer isso?

A resposta para as duas perguntas era sim, então ele posicionou o cursor e digitou:

Capítulo 1

Ele apertou *enter* e ficou imóvel por um momento. Centenas de quilômetros ao sul dali, ele achava que Lucy estava sentada com uma xícara de café na frente do notebook, onde ela guardava os registros dos atuais clientes de contabilidade dela. Em pouco tempo, ela entraria num transe hipnótico — números no lugar de palavras —, mas agora estava pensando nele. Ele tinha certeza. Pensando nele e torcendo, talvez até rezando, para ele não… Como Al Stamper colocou? Perder as rodas da sua carrocinha vermelha.

— Não vai acontecer — disse ele. — Vai ser como ouvir um ditado.

Ele olhou para o cursor piscando por mais um momento e digitou: Quando a garota gritou, um som quase tão agudo a ponto de quebrar vidro, Herk parou de tocar o piano e se virou.

Depois disso, Drew se perdeu.

12

Ele programou seus horários de aula para começarem tarde desde o começo, porque, quando estava trabalhando em textos de ficção, gostava de começar às oito. Sempre se obrigou a trabalhar até as onze, apesar de em muitos dias já encontrar dificuldades às dez e meia. Costumava pensar em uma história — provavelmente apócrifa — que tinha lido sobre James Joyce. Um amigo tinha ido à casa de Joyce e encontrado o famoso escritor à escrivaninha, com a cabeça nos braços, a imagem do desespero abjeto. Quando o amigo perguntou qual era o problema, Joyce disse que só conseguira escrever sete palavras a manhã toda. "Ah, mas James, isso é bom pra você", disse o amigo. E Joyce respondeu: "Talvez, mas não sei em que *ordem* elas ficam!".

Drew se identificava com essa história, apócrifa ou não. Era como ele costumava se sentir na tortuosa meia hora final. Era quando o medo de perder as palavras surgia. Claro que, durante os meses finais de *O vilarejo na colina*, ele se sentiu assim durante todos os malditos segundos.

Não houve esse tipo de coisa naquela manhã. Uma porta na sua cabeça se abriu diretamente no *saloon* fumacento com cheiro de querosene conhecido como Taverna Cabeça de Búfalo, e ele entrou por ela. Viu cada detalhe, ouviu cada palavra. Ele estava lá, olhando pelos olhos de Herkimer Belasco, o pianista, quando o garoto Prescott botou o cano do 45 (o que tinha o cabo de madrepérola) debaixo do queixo da jovem dançarina e começou a ameaçá-la. O acordeonista cobriu os olhos quando Andy Prescott puxou o gatilho, mas Herkimer manteve os dele abertos, e Drew viu tudo: a erupção repentina de cabelo e sangue, a garrafa de Old Dandy estilhaçada pela bala, a rachadura no espelho que ficava atrás do local onde estava a garrafa de uísque.

Foi diferente de qualquer experiência de escrita que Drew já tinha tido na vida, e, quando a fome o tirou do transe (o café da manhã tinha sido uma tigela de aveia Quaker), ele olhou o relógio do notebook e viu que eram quase duas da tarde. Suas costas estavam doendo, os olhos, ardendo, e ele se sentia exaltado. Quase bêbado. Imprimiu o trabalho (dezoito páginas, incrível pra caralho), mas deixou na bandeja da impressora. Ele releria à noite com uma caneta — também era parte da sua rotina —, mas já sabia que encontraria pouca coisa para corrigir. Uma ou duas palavras esquecidas, uma repetição ocasional não planejada, talvez uma analogia forçada demais ou que não estava passando o efeito desejado. Fora isso, estaria limpo. Ele sabia.

— Como ouvir um ditado — murmurou ele e se levantou para preparar um sanduíche.

13

Nos três dias seguintes, ele entrou numa rotina precisa. Era como se tivesse trabalhado no chalé a vida toda — ao menos na parte criativa. Ele escrevia das sete e meia até quase as duas. Comia. Cochilava ou andava pela estrada, contando postes no caminho. À noite, acendia o fogão a lenha, esquentava alguma coisa enlatada no Hotpoint e ligava para casa, para falar com Lucy e as crianças. Quando a ligação terminava, editava as páginas e depois lia um dos livros da estante do andar de cima. Antes de dormir, apagava o fogo do fogão a lenha e ia olhar as estrelas.

A história se desenrolou. A pilha de páginas ao lado da impressora cresceu. Não havia medo enquanto ele fazia o café, tomava os comprimidos e escovava os dentes, só expectativa. Quando ele se sentava, as palavras estavam lá. Sentia que cada um daqueles dias era como o Natal, com novos presentes para abrir. Ele mal reparou que estava espirrando muito no terceiro dia, nem na leve aspereza na garganta.

— O que você anda comendo? — perguntou Lucy quando ele ligou naquela noite. — Seja sincero, moço.

— Em geral, as coisas que eu trouxe, mas...

— Drew! — Arrastado, de forma que soou Druuuu.

— Mas vou comprar coisas frescas amanhã, quando terminar o trabalho.

— Que bom. Vá ao mercado em St. Christopher. Não é muita coisa, mas é melhor do que aquele mercadinho horrível da estrada.

— Tudo bem — disse ele, apesar de não ter intenção nenhuma de ir até St. Christopher; era uma viagem de cento e cinquenta quilômetros, e ele só voltaria quando estivesse escuro. Antes de desligar, não passou pela sua cabeça que ele tinha mentido para ela. Uma coisa que ele não fazia desde as últimas semanas de trabalho do *Vilarejo*, quando tudo começou a dar errado. Quando ele às vezes ficava sentado por vinte minutos na frente do mesmo notebook que estava usando agora, debatendo entre *uma floresta de salgueiros* ou **um bosque de árvores**. Ambos **pareciam** certos, nenhum dos dois parecia certo. Sentado encolhido na **frente** do notebook, suando, resistindo à vontade de bater com a testa até soltar a expressão certa de descrição. E quando Lucy perguntava como estava indo, com aquela testa franzida de preocupação, ele respondia com a mesma palavra, a mesma mentira: *bem*.

Ao se despir para dormir, ele disse para si mesmo que não importava. Se era mentira, era uma mentirinha boba, só um dispositivo para impedir uma discussão antes que ela pudesse nascer. Maridos e esposas faziam isso o tempo todo. Era como os casamentos sobreviviam.

Ele se deitou, desligou o abajur, espirrou duas vezes e dormiu.

14

No quarto dia no chalé, Drew acordou com o nariz entupido e uma garganta moderadamente inflamada, mas nada de febre que ele pudesse perceber. Ele podia trabalhar resfriado, já tinha feito isso tantas vezes na carreira de professor; orgulhava-se, na verdade, de sua capacidade de seguir em frente, enquanto Lucy tinha a tendência de ir para a cama com lenços de papel e Nyquil na primeira fungada. Drew nunca a repreendia por isso, mas a palavra da sua mãe para esse tipo de comportamento — "frescura" — costumava vir à mente. Lucy podia se mimar nos dois ou três resfriados que tinha por ano, porque era contadora freelancer e, portanto, sua própria chefe. Nesse ano sabático, a situação era tecnicamente a mesma para ele... Só que não era. Na *The Paris Review*, um escritor, ele não lembrava quem, disse: "quando se está escrevendo, o livro é o chefe", e era verdade. Se você fosse mais devagar, a história começava a sumir, assim como acontece com os sonhos quando acordamos.

Ele passou a manhã na cidade de Rio Amargo, mas com uma caixa de Kleenex perto. Quando terminou o trabalho do dia (mais dezoito páginas, ele estava arrasando), ficou impressionado de ver que tinha usado metade dos lenços. A cesta de lixo ao lado da escrivaninha velha do pai estava lotada. Havia um lado bom nisso; enquanto lutava com o *Vilarejo*, ele encheu regularmente o cesto de lixo ao lado da escrivaninha com folhas descartadas de trabalho: floresta ou bosque? Pinheiros ou salgueiros? O sol brilhava ou ardia? Não havia nada dessa baboseira em Rio Amargo, de onde ele estava ficando cada vez mais relutante a sair.

Mas ele precisava. Restaram apenas algumas latas de carne moída enlatada e macarrão. O leite tinha acabado, o suco de laranja também. Ele precisava de ovos, de hambúrguer, talvez frango e sem dúvida alguns pratos congelados. Além disso, seria bom comprar um saco de pastilhas para a tosse e um frasco de Nyquil, o fiel escudeiro da Lucy. A Grande 90 provavelmente teria tudo isso. Se não tivesse, ele encararia a estrada até St. Christopher. Transformaria a mentira boba que tinha contado para Lucy em verdade.

Ele seguiu lentamente pela Estrada de Merda e parou na frente do Grande 90. Nessa hora, já estava tossindo além de espirrando, a garganta tinha piorado um pouco, um ouvido estava tapado, e ele achava que talvez estivesse com um pouco de febre, afinal. Lembrando a si mesmo de acrescentar um frasco de Aleve ou Tylenol à cesta de compras, ele entrou.

Roy DeWitt tinha sido substituído no balcão por uma jovem de cabelo roxo, piercing no nariz e o que parecia um prego cromado no lábio inferior. Ela estava mastigando chiclete. Drew, a mente ainda acelerada pelo trabalho da manhã (e talvez por aquele leve toque de febre), viu-a indo para casa, um trailer sobre blocos de cimento e duas ou três crianças com rostos sujos e cortes caseiros, o mais novo um bebê que usava uma fralda cheia e uma camiseta suja de comida que dizia MONSTRINHO DA MAMÃE. Era um estereótipo mesquinho, perverso e elitista demais, mas isso não o tornava mentira.

Drew pegou uma cesta.

— Você tem carne ou produtos frescos?

— Hambúrguer e salsicha no freezer. Talvez umas costelas de porco. E temos salada de repolho.

Bom, era algum tipo de produto fresco.

— E frango?

— Não. Mas tenho ovos. Talvez dê pra criar galinhas, se você os deixar num lugar quente. — Ela riu da brincadeira e expôs dentes marrons. Não era chiclete, então. Era tabaco.

Drew acabou enchendo duas cestas. Não tinha Nyquil, mas tinha uma coisa chamada Remédio para Tosse e Resfriado do Dr. King, além de Anacin e Goody's Pó para Dor de Cabeça. Ele terminou as compras com algumas latas de canja de galinha (penicilina judaica, sua avó dizia), um tubo de margarina Shedd's Spread e dois pães. Era do branco e esponjoso, bem industrial, mas não dava para escolher. Ele viu sopa e um queijo-quente no futuro não tão distante. Uma boa gororoba para um homem com dor de garganta.

A caixa passou a mercadoria, mastigando sem parar. Drew estava fascinado pela subida e descida do prego no lábio dela. Quantos anos o monstrinho da mamãe teria quando fosse fazer um daqueles? Quinze? Onze, talvez? Ele disse para si mesmo de novo que estava sendo elitista, um babaca elitista, mas sua mente, sem dúvida superestimulada pelo trabalho que ele estava fazendo, e claro que havia também o leve toque de febre, ficava seguindo uma série de associações mesmo assim. Bem-vindos, clientes Walmart. Pampers, feita para bebês. Adoro um homem com uma lata de tabaco Skoal. Todo dia é uma página no seu diário de moda. Tranca...

— Cento e oitenta e sete — disse ela, cortando o fluxo de pensamentos.

— Caramba, é mesmo?

Ela sorriu, revelando dentes que ele poderia viver sem ver de novo.

— Se você quer fazer compras aqui no fim do mundo, senhor... Larson, não é?

— Sim. Drew Larson.

— Se você quer fazer compras aqui no fim do mundo, sr. Larson, precisa estar preparado pra pagar o preço.

— Onde está Roy hoje?

Ela revirou os olhos.

— Meu pai está no hospital, em St. Christopher. Pegou gripe, não foi ao médico, tinha que bancar o durão, virou pneumonia. Minha irmã está cuidando dos meus filhos, pra eu poder cuidar da loja dele, e tenho que dizer que ela *não está* feliz com isso.

— Lamento ouvir isso. — Na verdade, ele não ligava para Roy DeWitt. Para o que ele ligava, no que estava pensando, era a bandana suja de catarro de DeWitt. E que ele, Drew, apertou a mão que a segurava.

— Não tanto quanto eu. Vamos ter muito movimento amanhã com a tempestade que vem no fim de semana. — Ela apontou dois dedos abertos na direção das cestas dele. — Espero que você possa pagar em dinheiro por isso, a máquina de crédito está quebrada, e meu pai vive se esquecendo de mandar consertar.

— Posso pagar em dinheiro. Que tempestade?

— Vinda do norte, pelo que estão dizendo em Riviere du Loup. É a estação de rádio de Quebec. — Ela pronunciou *Kwa-beck*. — Muito vento e chuva. Chega depois de amanhã. Você fica lá na Estrada de Merda, né?

— É.

— Bom, se não quiser ficar lá por um mês, mais ou menos, é melhor guardar suas compras e arrumar as malas e voltar para o sul.

Drew conhecia aquela atitude. Lá em TR, não importava se você era nativo do Maine; se você não era do condado de Aroostook, era considerado um urbano medroso que não sabia a diferença entre um abeto e um pinheiro. E se você morasse ao sul de Augusta, era como se fosse de Massachusetts, por Deus.

— Acho que vou ficar bem — disse ele, pegando a carteira. — Eu moro na costa. Já tivemos nossa cota de tempestades do nordeste.

Ela olhou para ele com o que podia ser pena.

— Não estou falando de uma tempestade do nordeste, sr. Larson. Estou falando de uma do *norte*, vindo direto pelo Canadá do Círculo Ártico. A temperatura vai despencar, dizem. Adeus, dezoito graus, olá, três. Pode ser até menos. E tem o gelo que voa horizontalmente a cinquenta quilômetros por hora. Se você fica preso lá na Estrada de Merda, você fica *preso*.

— Eu vou ficar bem — disse Drew. — Vai ser… — Ele parou. Ele estava prestes a dizer *vai ser como ouvir um ditado.*

— O quê?

— Tudo bem. Vai ficar tudo bem.

— É melhor esperar que sim.

15

No caminho de volta para o chalé — o sol brilhando nos olhos e gerando uma dor de cabeça para acompanhar os outros sintomas —, Drew pensou naquela bandana catarrenta e em ter apertado a mão que a segurou. E também no fato de que Roy DeWitt tentou bancar o durão e foi parar no hospital.

Ele olhou pelo retrovisor e observou brevemente seus olhos vermelhos e lacrimejantes.

— Eu *não* estou pegando a porra da gripe. Não agora que estou no embalo.

Tudo bem, mas por que, em nome de Deus, ele tinha apertado a mão daquele filho da puta, quando sem dúvida estava lotada de germes? Germes tão grandes que nem seria preciso microscópio para vê-los? E, como ele apertou a mão do sujeito, por que não perguntou onde era o banheiro para lavar as mãos? Meu Deus, seus *filhos* sabiam sobre lavar as mãos. Ele mesmo tinha ensinado.

— Eu *não* estou pegando a porra da gripe — repetiu ele e abaixou a viseira do carro, para bloquear o sol. Para impedir que queimasse seus olhos.

Queimar? Ou chamejar? Chamejar era melhor ou era demais?

Ele refletiu sobre isso enquanto dirigia de volta para o chalé. Entrou com as compras e viu que a luz de mensagem estava piscando. Era Lucy, pedindo para ele ligar assim que pudesse. Ele sentiu aquela pontada de irritação de novo, a sensação de que ela estava espiando por cima do ombro dele, mas percebeu que talvez não fosse por causa dele. Afinal, nem tudo era. Uma das crianças podia ter ficado doente ou sofrido um acidente.

Ele ligou, e, pela primeira vez em muito tempo — desde *O vilarejo na colina*, provavelmente —, eles discutiram. Não foi tão ruim quanto algumas das discussões que eles tiveram nos primeiros anos de casamento, quando as crianças eram pequenas, e o dinheiro, apertado, aquelas foram raras, mas bem ruins. Ela também tinha ouvido falar da tempestade (claro que tinha, ela era viciada no canal do tempo) e queria que ele fizesse as malas e voltasse para casa.

Drew disse que era má ideia. Terrível. Ele tinha estabelecido um bom ritmo de trabalho e estava conseguindo um resultado incrível. Uma pausa de um dia nesse ritmo (e acabariam sendo dois ou até três) talvez não botasse o livro em risco, mas uma mudança no ambiente de escrita, sim. Ele achou que ela entendia a delicadeza do trabalho criativo — ao menos para ele — depois de tantos anos, mas parecia que não.

— O que você não entende é como essa tempestade vai ser ruim. Você não vê as notícias?

— Não. — E agora mentindo sem um bom motivo (a não ser que fosse por sentir ressentimento no momento): — Não tenho sinal. A antena não está funcionando.

— Bom, vai ser ruim, principalmente no norte, nessas áreas independentes perto da fronteira. É onde você *está*, caso não tenha reparado. Esperam que haja falta de energia generalizada por causa do vento...

— Que bom que eu trouxe a máquina de esc...

— Drew, você pode me deixar terminar? Só desta vez?

Ele ficou em silêncio, a cabeça latejando, e a garganta doendo. Naquele momento, ele não gostou muito da esposa. Ele a amava, claro, sempre amaria, mas não estava gostando dela. *Agora ela vai dizer obrigada*, pensou ele.

— Obrigada — disse ela. — Eu *sei* que você levou a máquina portátil do seu pai, mas ficaria só com luz de velas e comida fria por dias, talvez bem mais.

Posso cozinhar no fogão a lenha. Estava na ponta da língua, mas, se ele a interrompesse de novo, a discussão desviaria para um novo assunto, o de que ele não a levava a sério e blá-blá-blá.

— Acho que você poderia cozinhar no fogão a lenha — disse ela com um tom mais razoável —, mas, se o vento soprar como dizem que vai, vento de vendaval, com sopros de força de furacão, muitas árvores vão cair, e você vai ficar preso aí.

Eu planejava ficar aqui mesmo, pensou ele, mas novamente segurou a língua.

— Sei que você estava planejando ficar aí duas ou três semanas, de qualquer jeito — disse ela —, mas uma árvore também pode abrir um buraco no telhado, e a linha telefônica vai cair junto com a energia, e você vai ficar isolado! E se acontecesse alguma coisa com você?

— Nada vai...

— Talvez não, mas e se alguma coisa acontecesse com *a gente*?

— Você resolveria — disse ele. — Eu não sairia para o meio do nada se não achasse você capaz disso. E você tem sua irmã. Além do mais, exageram nas previsões do tempo, você sabe disso. Transformam quinze centímetros de neve na tempestade do século. Tudo por audiência. Essa vai ser igual. Você vai ver.

— Obrigada pelo *mansplaining* — disse Lucy. O tom dela foi seco.

Então aqui estavam eles, indo para o lugar sofrido que ele queria evitar. Principalmente com a garganta, nariz e ouvido latejando. Sem mencionar a cabeça. Se ele não fosse muito diplomático, eles acabariam atolados na discussão honrada pelo tempo (ou *desonrada* era mais preciso naquele caso?) de quem sabia mais. De lá, eles... Não, *ela* podia passar para os horrores da sociedade paternalista. Esse era um assunto sobre o qual Lucy era capaz de discorrer infinitamente.

— Quer saber o que eu acho, Drew? Acho que quando um homem diz "você sabe disso", o que eles fazem o tempo todo, o que eles querem dizer é *"eu* sei disso, mas você é *burra* demais pra saber. Portanto, preciso usar *mansplaining".*

Ele suspirou e, quando o suspiro ameaçou virar tosse, ele a segurou.

— É mesmo? Você quer seguir esse caminho?

— Drew... Nós *estamos* nele.

O cansaço no tom dela, como se ele fosse uma criança burra que não conseguia aprender a lição mais simples, o enfureceu.

— Tudo bem, toma um pouco mais de *mansplaining,* Luce. Durante a maior parte da minha vida adulta, eu estou tentando escrever um romance. Se eu conseguir fazer isso, talvez consiga outro, mas acho que um pode ser tudo que tenho. Eu não seria a primeira pessoa a escrever só um livro e não vou ser a última. Mas é a peça que falta na minha vida. *Eu preciso fazer isso* e vou fazer. É muito, muito importante. Você está me pedindo pra botar isso em risco.

— É tão importante quanto eu e as crianças?

— Claro que não, mas precisa haver uma escolha?

— Eu acho que sim e que você acabou de fazê-la.

Ele riu, e a risada virou tosse.

— Que melodramático.

Ela não respondeu essa; tinha outra coisa a responder.

— Drew, você está bem? Não está pegando alguma coisa, está?

Em sua mente, ele ouviu a mulher magrela com o piercing no lábio dizendo *ele tinha que bancar o durão, virou pneumonia.*

— Não — disse ele. — Alergia.

— Você vai ao menos pensar sobre voltar? Você pode fazer isso?

— Sim. — Outra mentira. Ele já tinha pensado.

— Liga de noite, tá? Pra falar com as crianças.

— Posso falar com você também? Se eu prometer não fazer nenhum *mansplaining?*

351

Ela riu. Bom, foi mais uma risadinha, mas foi um bom sinal.

— Tudo bem.

— Eu te amo, Luce.

— Eu também te amo — disse ela, e, quando ele desligou, teve uma ideia — o que os professores de inglês gostavam de chamar de epifania, ele supôs — de que os sentimentos dela não deviam ser muito diferentes dos dele. Sim, ela o amava, ele tinha certeza, mas naquela tarde do começo de outubro, ela não estava gostando muito dele.

Ele também teve certeza disso.

16

De acordo com o rótulo, o Remédio para Tosse e Resfriado do Dr. King era vinte e seis por cento álcool, mas depois que um gole grande do frasco fez os olhos de Drew lacrimejarem e gerou um sério acesso de tosse, ele achava que o fabricante tinha errado para baixo. Talvez o suficiente para não precisar ficar na prateleira de bebidas da Grande 90, junto com o conhaque de café, a aguardente de damasco e Fireball Nips. Mas limpou suas vias nasais direitinho, e, quando ele falou com Brandon à noite, seu filho não detectou nada fora do comum. Foi Stacey quem perguntou se ele estava bem. Era alergia, ele disse, e repetiu a mesma mentira para Lucy quando ela pegou o telefone. Pelo menos não houve discussão com ela, só o vestígio inconfundível de frieza na voz que ele conhecia bem.

Estava frio lá fora também. O veranico parecia ter acabado. Drew teve um ataque de tremedeira e acendeu um bom fogo no fogão a lenha. Sentou-se perto, na cadeira de balanço do pai, tomou outro gole de Dr. King e leu um livro velho de John D. MacDonald. Pela página de créditos na frente, parecia que MacDonald tinha escrito sessenta ou setenta livros. Não houve problema para encontrar a palavra ou frase certa ali, ao que parecia, e, no fim da vida, ele até tinha conseguido um pouco de credibilidade da crítica. Sorte dele.

Drew leu alguns capítulos e foi para a cama, na esperança de que o resfriado estivesse melhor de manhã e também que ele não fosse ter ressaca de xarope para tosse. Seu sono foi inquieto e cheio de sonhos. Na manhã seguinte, ele não conseguia se lembrar de muita coisa deles. Só que em um ele estava em um corredor aparentemente infinito cheio de portas dos dois lados. Ele tinha certeza de que uma delas levava à saída, mas não conseguia decidir qual experimentar e, antes que pudesse escolher uma, acordou em uma manhã fria e clara, a bexiga cheia, e as juntas doendo. Ele foi até o banheiro no final da galeria, xingando Roy DeWitt e a bandana catarrenta.

17

Sua febre ainda estava lá, mas parecia ter diminuído, e a combinação de Pó para Dor de Cabeça Goody's e Dr. King ajudou os outros sintomas. O trabalho foi muito bem, só dez páginas em vez de dezoito, mas ainda ótimo para ele. Era verdade que ele teve que fazer pausas de vez em quando, para procurar a palavra ou a expressão certa, mas ele atribuiu isso à infecção que estava ocupando seu corpo. E essas palavras e expressões surgiram depois de alguns segundos e encaixaram direitinho no lugar.

A história estava ficando boa. O xerife Jim Averill botou o assassino na cadeia, mas os bandidos armados apareceram em um trem não programado, um especial da meia-noite pago pelo pai rico e rancheiro do Andy Prescott, e agora eles estavam fazendo cerco à cidade. Diferentemente de *Vilarejo*, aquele livro era mais sobre enredo do que sobre personagens e situações. Isso preocupou Drew um pouco no começo; como professor e leitor (não eram exatamente a mesma coisa, mas primos de primeiro grau), ele tinha a tendência de se concentrar no tema, na linguagem e no simbolismo mais do que na história, mas as peças pareciam estar se encaixando direito, quase por vontade própria. Melhor de tudo, havia um laço estranho começando a se formar entre Averill e o garoto Prescott, o que deu à sua história uma ressonância tão inesperada quanto o trem da meia-noite.

Em vez de dar uma caminhada à tarde, ele ligou a TV e, depois de uma longa caçada pelo guia interativo da DirecTV, encontrou o canal do tempo. Ter uma variedade tão grande de estações ali no fim do mundo poderia tê-lo divertido em qualquer outro dia, mas não naquele. Sua longa sessão no notebook o deixou exausto, quase *vazio*, em vez de energizado. Ele culpava a doença. Por que, em nome de Deus, ele tinha apertado a mão de DeWitt?

Educação básica, claro, e totalmente compreensível, mas por que ele não lavou as mãos depois?

Já questionei isso tudo, pensou ele.

Sim, e ali estava de novo, corroendo-o. De certa forma, lembrava sua catastrófica última tentativa de escrever um livro, quando ele permanecia acordado ao lado de Lucy bem depois de ela ter dormido, desconstruindo e reconstruindo mentalmente os poucos parágrafos que tinha escrito no dia, implicando com a palavra até que ela sangrasse.

Pare. Isso é passado. Agora é diferente. Veja a porcaria da previsão do tempo.

Mas não era uma previsão; o Weather Channel não conseguia ser tão minimalista. Era uma ópera de desgraça e catástrofe. Drew nunca conseguiu entender o caso de amor entre a esposa e o canal do tempo, que parecia estar ocupado apenas por nerds da meteorologia. Como se para pontuar isso, eles agora davam nomes até para tempestades que não eram furacões. A tempestade sobre a qual a moça do mercado o avisou, sobre a qual sua esposa estava tão preocupada, tinha sido batizada de Pierre. Drew não conseguia pensar num nome mais imbecil para uma tempestade. Estava descendo de Saskatchewan, seguindo um caminho ao nordeste (o que fez a mulher com o piercing estar enganadíssima, *era* do nordeste) que a levaria a TR 90 na tarde ou noite do dia seguinte. Estava carregando ventos de sessenta e cinco quilômetros por hora, com rajadas de até cento e cinco.

— Vocês podem achar que não parece tão ruim — disse o nerd meteorologista da vez, um jovem com cavanhaque moderno que fez os olhos de Drew doerem. O sr. Cavanhaque era um poeta do Apocalipse Pierre, não falando em pentâmetro iâmbico, mas perto. — Mas vocês precisam lembrar que as temperaturas vão cair *radicalmente* quando essa frente fria chegar, elas vão *despencar* mesmo. A chuva pode virar *gelo*, e os motoristas na parte norte da Nova Inglaterra não podem descartar a possibilidade de *gelo negro*.

Talvez eu devesse ir pra casa, pensou Drew.

Mas não era mais apenas o livro que o segurava. Só a ideia do longo caminho pela Estrada de Merda enquanto ele se sentia exausto como estava o deixava ainda mais cansado. E, quando finalmente chegasse a algo parecido com civilização, ele tinha que seguir pela I-95, tomando remédio para resfriado com concentração alcoólica de vinte e seis por cento?

354

— Mas o mais importante — o nerd da meteorologia de cavanhaque estava dizendo — é que essa belezinha vai encontrar uma *crista* de alta *pressão* vinda do *leste*, um fenômeno muito *incomum*. Isso quer dizer que os nossos amigos ao norte de *Boston* podem ter que encarar o que os ianques das antigas chamavam de *vendaval de três dias.*

Chupa essa, pensou Drew.

Mais tarde, depois de uma tentativa malsucedida de dormir um pouco (ele só ficou virando de um lado para o outro), Lucy ligou.

— Me escuta, moço. — Ele odiava quando ela o chamava assim, era como quando passavam a unha no quadro-negro. — As previsões só estão piorando. Você tem que vir pra casa.

— Lucy, é uma tempestade, o que meu pai chamava de sopro de vento. Não é uma guerra nuclear.

— Você precisa vir pra casa enquanto ainda pode.

Ele já estava cansado disso e cansado dela.

— Não. Eu preciso ficar aqui.

— Você é um idiota — disse ela. E, pela primeira vez que ele lembrava, ela desligou o telefone na cara dele.

18

Drew ligou a tv no Weather Channel assim que acordou na manhã seguinte, pensando: *como um cachorro que volta ao seu vômito, um idiota repete a idiotice.*

Ele tinha esperanças de ouvir que a tempestade de outono Pierre havia mudado de direção. Mas não havia. Seu resfriado também não tinha mudado de direção. Não parecia pior, mas também não parecia melhor. Ele telefonou para Lucy, e a ligação caiu na caixa postal. Era possível que ela tivesse saído para resolver pequenas coisas na rua; era possível que só não quisesse falar com ele. Não era problema para Drew, fosse o que fosse. Ela estava com raiva dele, mas acabaria superando; ninguém jogava um casamento de quinze anos no lixo por causa de uma tempestade, certo? Principalmente uma chamada Pierre.

Drew preparou dois ovos mexidos e comeu metade, até seu estômago avisar que comer mais poderia levar a uma ejeção forçada. Ele raspou o conteúdo do prato no lixo, se sentou na frente do notebook e abriu o documento atual (RIO AMARGO 3). Desceu até o ponto em que tinha parado, olhou para o espaço em branco abaixo do cursor e começou a preenchê-lo. O trabalho foi bem na primeira hora, mas aí o problema começou. Primeiro foram as cadeiras de balanço que o xerife Averill e seus três policiais deveriam ocupar do lado de fora da prisão de Rio Amargo.

Eles tinham que estar sentados na frente, visíveis para o povo da cidade e para os bandidos armados de Dick Prescott, porque essa era a base do plano inteligente que Averill tinha elaborado para tirar o filho de Prescott da cidade bem debaixo do nariz dos homens que deveriam impedir que isso acontecesse. Os policiais tinham que ser vistos, principalmente o chamado Cal Hunt, que por acaso era da mesma altura e tinha o mesmo físico que o garoto Prescott.

Hunt estava usando um poncho mexicano colorido e um chapéu de caubói decorado com *conchos* prateados. A aba extravagante do chapéu escondia o rosto dele. Isso era importante. O poncho e o chapéu não eram do policial Hunt; ele disse que se sentiu idiota com o chapéu. O xerife Averill não se importou. Ele queria que os homens de Prescott olhassem as roupas e não o homem dentro delas.

Certo. Uma boa história. Mas aí surgiu um problema.

— Tudo bem — disse o xerife Averill para os policiais. — Está na hora de tomarmos um pouco de ar noturno. Para sermos vistos por quem quiser nos olhar. Hank, pega aquela garrafa. Quero que aqueles garotos nos telhados deem uma boa olhada no xerife idiota enchendo a cara com os policiais ainda mais idiotas.

— Eu tenho que usar esse chapéu? — Cal Hunt quase gemeu. — É chapéu de caubói, Jim! Não fica bem em mim!

— Sua preocupação deveria ser sobreviver a esta noite — disse Averill. — Agora, vamos. Vamos levar as cadeiras de balanço pra fora e

Foi aí que Drew parou, hipnotizado pela imagem da salinha do xerife de Rio Amargo com três cadeiras de balanço. Não, *quatro* cadeiras, porque Averill também precisava de uma. Havia bem mais coisa absurda do que o "chapéu de caubói" que escondia a cara usado por Cal Hunt, e não só porque as quatro cadeiras de balanço ocupariam a sala inteira. A *ideia* de cadeiras de balanço era antiética para a polícia, mesmo em uma cidadezinha do velho oeste como Rio Amargo. As pessoas ririam. Drew apagou a maior parte da frase e olhou o que tinha sobrado.

Vamos levar as

As o quê? Cadeiras? Uma sala de xerife *teria* quatro cadeiras? Parecia improvável.

— Não tem sala de espera — disse Drew e secou a testa. — Não em um...

Um espirro o pegou de surpresa, e ele o deixou escapar antes de poder cobrir a boca, borrifando a tela do notebook com uma camada de cuspe que distorceu as palavras.

— Porra! Puta que *pariu*!

Ele foi pegar lenços de papel para limpar a tela, mas a caixa de Kleenex estava vazia. Ele pegou um pano de prato e, quando tinha terminado de limpar a tela, pensou no quanto aquele pano molhado tinha ficado parecido com a bandana de Roy DeWitt. A bandana catarrenta.

Vamos levar as

Sua febre estava pior? Drew não queria acreditar nisso, queria acreditar que o calor crescente que sentia (e o latejar na cabeça) era só a pressão de tentar resolver esse problema idiota da cadeira de balanço para poder seguir em frente, mas certamente parecia...

Desta vez, ele conseguiu virar para o lado antes de começar a espirrar. Não foi só um desta vez, mas uma sequência de meia dúzia. Ele pareceu sentir as vias nasais se avolumarem a cada um. Como pneus inflados demais. Sua garganta estava latejando, o ouvido também.

Vamos levar as

Nessa hora, ele teve a ideia. Um banco! Poderia haver um banco na sala do xerife, no qual as pessoas se sentavam enquanto esperavam a hora de fazer o que tinham que fazer lá. Ele sorriu e fez sinal de positivo para si mesmo. Doente ou não, as peças continuavam se encaixando, e isso era mesmo surpreendente? A criatividade costumava parecer seguir um circuito próprio, independente das doenças do corpo. Flannery O'Connor tinha lúpus. Stanley Elkin tinha esclerose múltipla. Fiódor Dostoiévski tinha epilepsia, e Octavia Butler sofria de dislexia. O que era uma porcaria de resfriado, talvez até gripe, em comparação a coisas assim? Ele podia trabalhar assim. O banco provava, o banco era genial.

— Vamos levar esse banco lá pra fora e tomar umas bebidas.

— Mas a gente não vai beber de verdade, vai, xerife? — perguntou Jep Leonard. O plano tinha sido explicado para ele com cuidado, mas Jep não era exatamente a lâmpada mais brilhosa do

Lâmpada mais brilhosa do candelabro? Não, isso era um anacronismo. Era mesmo? A parte da lâmpada era, não existiam lâmpadas em 1880, mas *havia* candelabros na época, claro. Havia um no *saloon*! Se ele tivesse conexão com a internet, poderia ter pesquisado vários exemplos antigos, mas não tinha. Só duzentos canais de TV, a maioria um lixo.

Era melhor usar outra metáfora. Isso se *era* uma metáfora; Drew não tinha certeza absoluta. Talvez fosse só... *Alguma coisa* comparativa. Não, era uma metáfora. Ele tinha certeza. Quase.

Não importava, essa não era a questão, e aquilo não era um exercício de sala de aula, era um livro, era o *seu* livro, então era melhor continuar escrevendo. Olhos no prêmio.

Não era o melão mais maduro do pomar? Não era o cavalo mais rápido da corrida? Não, eram horríveis, mas...

De repente, ele encontrou. Magia! Ele se inclinou e digitou rapidamente.

O plano tinha sido explicado para ele com cuidado, mas Jep não era exatamente o garoto mais inteligente da turma.

Satisfeito (bem, *relativamente* satisfeito), Drew se levantou, deu um gole no Dr. King e tomou um copo de água, para tirar o gosto da boca: uma mistura gosmenta de catarro e remédio para tosse.

Está sendo como antes. Foi assim que aconteceu com Vilarejo.

Ele poderia dizer para si mesmo que não era verdade, que daquela vez era totalmente diferente, que o circuito não estava tão limpo porque ele estava com febre, uma febre bem alta pela forma como ele se sentia, e tudo porque ele tinha tocado naquela bandana.

Não, você não tocou na bandana, tocou na mão dele. Você tocou na mão que tocou na bandana.

— Tocou na mão que tocou na bandana, certo.

Ele abriu a torneira fria e molhou o rosto. Isso o fez se sentir um pouco melhor. Misturou Pó para Dor de Cabeça Goody's com mais água, bebeu tudo, foi até a porta e a abriu. Ele tinha quase certeza de que a Mãe Alce estaria lá, tanto que por um momento (obrigado, febre) ele achou que a *viu* perto do barracão de equipamentos, mas eram só sombras se deslocando na brisa leve.

Ele respirou fundo algumas vezes. *O ar ruim está saindo, o bom está entrando, quando eu apertei a mão dele, eu devia estar surtando.*

Drew voltou para dentro de casa e se sentou na frente do notebook. Seguir em frente parecia má ideia, mas não seguir parecia ainda pior. Então, ele começou a escrever, tentando recapturar o vento que soprava em suas velas e o tinha levado até ali. No começo, pareceu estar dando certo, mas, na hora do almoço (não que ele tivesse algum interesse em comer), suas velas interiores tinham murchado. Devia ser por causa da doença, mas, ainda assim, era muito parecido com antes.

Eu pareço estar perdendo minhas palavras.

Foi o que ele dissera para Lucy, o que dissera para Al Stamper, mas isso não era verdade; era só o que ele podia dar a eles, para que eles considerassem bloqueio de escritor, algo que ele arrumaria um jeito de contornar. Ou que talvez passasse sozinho. Na verdade, era o oposto. Era ter palavras demais. Era floresta ou bosque? Chamejar ou arder? Ou encarar? Um personagem estava bem emburrado ou mal-humorado? Se mal-humorado tinha hífen, e bem emburrado?

Ele desligou o notebook a uma hora. Tinha escrito duas páginas, e a sensação de que estava voltando a ser o homem nervoso e neurótico que quase tinha botado fogo na casa três anos antes estava ficando mais difícil de ignorar. Ele podia dizer a si mesmo para deixar de lado as coisas pequenas como cadeiras de balanço ou banco, para deixar que a história o levasse, mas, quando olhava para a tela, todas as palavras pareciam erradas. Todas as palavras pareciam ter uma melhor logo atrás, fora do campo de visão.

Era possível que ele estivesse ficando com Alzheimer? Seria isso?

— Não seja burro — disse ele e ficou consternado com o quanto sua voz saiu anasalada. E rouca. Em pouco tempo, ele a perderia completamente. Não que houvesse alguém ali com quem falar além dele mesmo.

Vai pra casa. Você tem uma esposa e dois ótimos filhos com quem conversar.

Mas, se fizesse isso, ele perderia o livro. Ele sabia disso tão bem quanto sabia seu próprio nome. Depois de quatro ou cinco dias, quando estivesse de volta a Falmouth e se sentindo melhor, ele abriria os documentos de

Rio Amargo, e aquela prosa pareceria algo que outra pessoa escreveu, uma história alienígena que ele não teria ideia de como terminar. Ir embora agora seria como jogar fora uma dádiva preciosa, uma que talvez nunca fosse dada novamente.

Tinha que bancar o durão, virou pneumonia, dissera a filha de Roy De-Witt, e o subtexto era *mais um idiota*. E ele faria o mesmo?

A mulher ou o tigre. O livro ou sua vida. A escolha era mesmo tão radical e melodramática? Não podia ser, mas ele se sentia como dez quilos de merda num saco de cinco quilos, sem dúvida nenhuma.

Dormir. Eu preciso dormir. Quando acordar, vou poder decidir.

Então, ele tomou outro gole do Elixir Mágico do Dr. King — ou qualquer que fosse o nome — e subiu as escadas para o quarto que ele e Lucy dividiram em outras viagens. Ele foi dormir, e, quando acordou, a chuva e o vento tinham chegado, e a escolha tinha sido tomada por ele. Ele tinha uma ligação a fazer. Enquanto ainda podia.

19

— Oi, querida, sou eu. Me desculpe por ter te irritado. De verdade.

Ela ignorou isso completamente.

— Isso aí não me parece alergia, moço. Parece que você está doente.

— É só um resfriado. — Ele limpou a garganta, ou tentou, pelo menos. — Bem ruim, eu acho.

Limpar a garganta o fez tossir. Ele cobriu o bocal do telefone antiquado, mas achava que ela tinha ouvido mesmo assim. O vento soprou, a chuva bateu nas janelas, e a luz piscou.

— E agora? Você vai ficar aí entocado?

— Acho que vou ter que ficar — disse ele e seguiu falando. — Não é o livro, não agora. Eu voltaria se achasse seguro, mas a tempestade já chegou aqui. As luzes acabaram de piscar. Vou ficar sem energia e sem telefone antes de escurecer, é praticamente certo. Vou fazer uma pausa aqui pra você poder dizer "eu avisei".

— Eu avisei — disse ela. — E, agora que já tiramos isso do caminho, o quanto você está mal?

— Nem tanto — disse ele, o que era uma mentira bem maior do que dizer que a antena da TV não estava funcionando. Ele achava que estava bem ruim agora, mas, se dissesse isso, era difícil avaliar como ela poderia reagir. Ela ligaria para a polícia de Presque Isle e pediria resgate? Mesmo na condição dele, parecia exagero. Além de constrangedor.

— Odeio isso, Drew. Odeio você estar aí isolado. Tem certeza de que não dá pra sair?

— Talvez mais cedo eu conseguisse, mas tomei um remédio de resfriado antes de me deitar para um cochilo e dormi demais. Agora, não ouso arriscar. Ainda tem muitos buracos e valas que ficaram do inverno. Uma chuva pesada assim vai acabar deixando vários trechos alagados. O Suburban *talvez* consiga passar, mas, se não conseguir, eu ficaria preso a dez quilômetros do chalé e quinze do Grande 90.

Houve uma pausa, e nela Drew imaginou que conseguia ouvir o que ela estava pensando: *tem que bancar o durão, não é, só mais um tolo idiota*. Porque às vezes *eu avisei* não era suficiente.

O vento soprou, e as luzes piscaram de novo. O telefone soltou um zumbido de cigarra e voltou a ficar límpido.

— Drew? Ainda está aí?

— Estou aqui.

— O telefone fez um barulho engraçado.

— Eu ouvi.

— Você tem comida?

— Muita. — Não que ele estivesse com vontade de comer.

Ela suspirou.

— Então sossega. Me liga de noite se o telefone estiver funcionando.

— Pode deixar. E, quando o tempo melhorar, eu vou pra casa.

— Se houver árvores caídas, não vai. Só quando alguém decidir limpar a estrada.

— Eu mesmo limpo — disse Drew. — A serra elétrica do meu pai está no barracão de equipamentos, a não ser que um dos inquilinos tenha decidido levar. A gasolina que estava no tanque deve ter evaporado, mas posso tirar um pouco do Suburban.

— Isso se você não piorar.

— Não vou…

— Vou dizer pras crianças que você está bem. — Ela estava mais falando com ela mesma do que com ele. — Não faz sentido preocupar os dois.

— É uma boa…

— Que merda, Drew. — Ela odiava quando ele a interrompia, mas nunca tinha problema algum de fazer isso. — Quero que você saiba disso. Quando você se colocou nessa posição, você nos colocou também.

— Me desculpe.

— O livro ainda está indo bem? É melhor que esteja. É melhor que valha toda a preocupação.

— Está indo bem. — Ele não tinha mais tanta certeza disso, mas o que mais podia dizer? *A merda está começando de novo, Lucy, e agora eu estou doente, ainda por cima? Isso a deixaria mais tranquila?*

— Tudo bem. — Ela suspirou. — Você é um idiota, mas eu te amo.

— Eu também te a… — O vento soprou, e de repente a única luz no chalé era a fraca e aquosa que entrava pelas janelas. — Lucy, eu acabei de perder as luzes. — Ele falou com calma, e isso era bom.

— Olha no barracão de equipamentos. Acho que tem um lampião Coleman…

Houve outro zumbido de cigarra e depois só silêncio. Ele colocou o fone antiquado no gancho. Estava por conta própria.

20

Ele pegou uma jaqueta velha e mofada em um dos ganchos perto da porta e chegou com dificuldade ao barracão de equipamentos, sob a luz do fim da tarde, erguendo o braço uma vez para rebater um galho que vinha voando. Talvez fosse a doença, mas o vento parecia já estar soprando a sessenta e cinco quilômetros por hora. Com água fria escorrendo pela nuca, apesar da gola da jaqueta estar virada para cima, ele procurou a chave e precisou tentar três vezes até encontrar a que encaixava no cadeado da porta. Novamente, precisou forçá-la para conseguir fazê-la girar e, quando conseguiu, estava encharcado e tossindo.

O barracão estava escuro e cheio de sombras mesmo com a porta escancarada, mas havia luz suficiente para ele ver a serra elétrica do pai numa mesa nos fundos. Havia também algumas outras serras, uma delas manual, e aquilo devia ser bom, porque a serra elétrica parecia inútil. A tinta amarela do corpo tinha quase desaparecido debaixo de graxa velha, a corrente estava muito enferrujada, e ele não conseguia se imaginar tendo energia para puxar o cordão de ligar, de qualquer modo.

Mas Lucy estava certa sobre o lampião Coleman. Havia dois em uma prateleira à esquerda da porta, junto com uma lata de um galão de combustível, mas um deles estava imprestável, a cúpula, quebrada e a alça também. O outro parecia estar funcionando. As camisas estavam presas aos jatos de gás, o que era bom; com as mãos tremendo como estavam, ele duvidava que conseguiria amarrá-las.

Quando Drew virou a lata de combustível na luz fraca da tarde, ele viu a caligrafia inclinada do pai em uma fita adesiva: USE ISTO, NÃO GASOLINA SEM CHUMBO! Ele balançou a lata. Estava pela metade. Não era ótimo, mas talvez bastasse para durar por uma tempestade de três dias se ele usasse moderadamente.

Ele levou a lata e o lampião inteiro para casa, ia colocar tudo na mesa de jantar, mas pensou melhor. Suas mãos estavam tremendo, e ele poderia acabar derramando pelo menos um pouco do combustível. Ele colocou o lampião na pia e tirou a jaqueta encharcada. Antes que pudesse pensar em botar combustível na lanterna, a tosse começou de novo. Ele desabou em uma das cadeiras da sala de jantar e tossiu até achar que fosse desmaiar. O vento estava uivando, e alguma coisa bateu no telhado. Pelo som, um galho bem maior do que aquele que tinha voado para cima dele.

Quando a tosse passou, ele abriu a tampa do reservatório do lampião e foi até a cozinha, para procurar um funil. Não encontrou, então pegou um pedaço de papel alumínio e fez um funil improvisado. Os vapores quase deram início a outro acesso de tosse, mas ele controlou a vontade até encher o pequeno tanque do lampião. Quando conseguiu, largou tudo e se inclinou sobre a bancada, com a testa quente no braço, tossindo e engasgando e respirando com dificuldade.

O ataque de tosse passou, mas a febre estava pior do que nunca. *Ficar encharcado não deve ter ajudado*, pensou ele. Depois de acender o lampião — *se* o acendesse —, ele tomaria mais aspirina. Acrescentaria um pouco de pó para dor de cabeça e um gole de Dr. King por garantia.

Para criar pressão, ele bombeou o pequeno dispositivo na lateral, abriu a válvula, acendeu um fósforo da cozinha e o colocou no buraco de ignição. Por um momento, não houve nada, mas as camisas se acenderam, a luz tão forte e concentrada que ele fez uma careta. Ele levou o lampião até o único armário do chalé, para procurar uma lanterna. Encontrou roupas, coletes laranja para a temporada de caça, um par velho de patins de gelo (ele se lembrava vagamente de patinar no riacho com o irmão nas poucas ocasiões em que eles foram lá no inverno). Encontrou chapéus e luvas e um aspirador Electrolux bem velho que parecia tão útil quanto a serra elétrica enferrujada no barracão. Não havia lanterna.

O vento começou a gritar nas calhas, fazendo sua cabeça doer. A chuva açoitava as janelas. Os resquícios de luz do dia foram se esvaindo, e ele achou que seria uma noite muito longa. Sua expedição até lá fora e sua dificuldade para acender o lampião o ocuparam, mas agora que essas tarefas estavam feitas, ele tinha tempo para sentir medo. Estava preso ali por causa de um livro que (ele podia admitir agora) começava a se desfazer, como os outros. Estava preso, estava doente e tinha boas chances de ficar mais doente.

— Eu posso morrer aqui — disse ele com a nova voz rouca. — Posso mesmo.

Era melhor não pensar nisso. Era melhor alimentar e acender o fogão a lenha, porque a noite seria tão fria quanto seria longa. *As temperaturas vão cair* radicalmente *quando essa frente fria chegar*, não foi isso que o nerd meteorologista disse? E a mulher do balcão com o piercing no lábio tinha dito a mesma coisa. Usaram até a mesma metáfora (isso se *era* uma metáfora), que comparava a temperatura a um objeto que podia cair rolando de uma mesa.

Isso o levou de volta ao policial Jep, que não era o garoto mais inteligente da turma. Sério? Ele tinha mesmo achado que aquilo ficava bom? Era uma metáfora de merda (isso se *era* uma metáfora). Não só fraca, praticamente morta. Enquanto enchia o fogão a lenha, sua mente febril pareceu abrir uma porta secreta, e ele pensou: *um piquenique com um sanduíche a menos.*
Melhor.
Só espuma, sem cerveja.
Melhor ainda, por causa do ambiente de história de velho oeste.

Mais burro do que um saco de martelos. Inteligente como uma porta. Afia-do como uma bola de gu…

— Para — ele quase implorou.

Esse era o problema. Aquela porta secreta era o problema porque…

— Eu não tenho controle sobre ela — disse ele com voz rouca e pensou: *burro como um sapo com dano cerebral.*

Drew bateu na lateral da cabeça com a base da mão. A dor de cabeça aumentou. Ele bateu de novo. E de novo. Quando não aguentava mais, enfiou folhas amassadas de uma revista embaixo da lenha (páginas da *The New Yorker*, que adequado), riscou um fósforo no fogão e viu as chamas lamberem.

Ainda segurando o fósforo aceso, ele olhou para as páginas de *Rio Amargo* empilhadas ao lado da impressora e pensou no que aconteceria se ele botasse fogo nelas. Ele não tinha conseguido incendiar a casa quando queimou *O vilarejo na colina*, os carros de bombeiro chegaram antes que as chamas pudessem fazer mais do que manchar as paredes do escritório, mas não haveria carros de bombeiro na Estrada de Merda, e a tempestade não seguraria o incêndio quando ele pegasse de verdade, porque o chalé era velho e seco. Seco como terra, seco como a sua avó…

A chama descendo pelo fósforo chegou aos dedos dele. Drew o apagou com um sacolejo, jogou-o no forno ardente e fechou a grade.

— Não é um livro ruim, e eu não vou morrer aqui — disse ele. — Não vai rolar.

Ele desligou o lampião para economizar combustível e se sentou na poltrona onde passava as noites lendo livros de John D. MacDonald e de Elmore Leonard. Não havia luz suficiente para leitura agora, não com o lampião desligado. A noite tinha quase chegado, e a única luz no chalé era o olho vermelho em movimento do fogo visto pela janelinha do fogão. Era hipnótico. Drew puxou a cadeira para mais perto do fogão e envolveu o corpo com os braços, para controlar os tremores. Ele deveria tirar a camisa e a calça molhadas, e imediatamente se não quisesse ficar mais doente. Ele ainda estava pensando nisso quando adormeceu.

21

O que o despertou foi um estalo lá fora. Foi seguido de um outro, ainda mais alto, e de um baque que fez o chão tremer. Uma árvore tinha caído e devia ter sido uma grande.

O fogo no fogão a lenha tinha queimado até virar uma cama de brasas vermelhas que se intensificavam e esmaeciam. Junto com o vento, ele agora ouvia umas batidas, como areia nas janelas. O salão de baixo do chalé estava absurdamente quente, ao menos naquele momento, mas a temperatura devia ter despencado (*fora de cogitação*) como previsto, porque a chuva tinha virado gelo.

Drew tentou ver a hora, mas não havia nada no pulso. Ele achava que tinha deixado o relógio na mesa de cabeceira ao lado da cama, apesar de não conseguir lembrar com certeza. Ele sempre podia olhar o horário e a data no notebook, mas para quê? Era noite na floresta do norte. Ele precisava de mais alguma informação?

Ele decidiu que sim. Precisava saber se a árvore tinha caído em cima do seu confiável Suburban, esmagando-o. Claro que "precisava" era a palavra errada, precisar era para algo que você tinha que ter, subentendendo-se que se, você conseguisse, talvez pudesse mudar a situação geral para melhor, e nada *naquela* situação mudaria nem para melhor nem para pior, e *situação* era a palavra certa ou era genérica demais? Era mais um *enrosco* do que uma situação, *enrosco* nesse contexto não falando de coisas enroscadas, mas...

— Para — disse ele. — Você quer enlouquecer?

Ele tinha quase certeza de que uma parte de si queria exatamente isso. Em algum lugar dentro da cabeça dele, os painéis de controle estavam soltando fumaça, e disjuntores estavam fundindo, e um cientista louco estava sacudindo os punhos, exultante. Ele podia dizer para si mesmo que era febre, mas sua saúde estava ótima quando *Vilarejo* deu errado. A mesma coisa com os outros dois. A saúde física, pelo menos.

Ele se levantou, fazendo uma careta pelas dores que agora pareciam afligir todas as suas juntas, e foi até a porta, tentando não mancar. O vento arrancou a maçaneta da mão dele e fez a porta quicar na parede. Ele a segurou com firmeza, as roupas coladas no corpo e o cabelo voando para longe da testa. A noite estava preta — tão preta quanto as botas de montaria do diabo, tão preta quanto um gato preto em uma mina de carvão, tão preto quanto o cu de uma marmota —, mas ele conseguiu ver o volume do Suburban e (talvez) galhos de árvore balançando acima dele no ponto mais distante. Apesar de não poder ter certeza, ele achava que a árvore tinha poupado seu Suburban e caído no barracão, sem dúvida fazendo o telhado desabar.

Ele empurrou a porta com o ombro e puxou o trinco. Não esperava invasores numa noite tão horrível, mas não queria que ela abrisse com o vento depois que ele fosse para a cama. E ele *ia* para a cama. Ele foi até a bancada da cozinha ao lado da luz fraca das brasas e acendeu o lampião Coleman. No brilho dele, o chalé pareceu surreal, capturado por uma lâmpada que não apagava, só continuava eternamente acesa. Segurando o lampião na frente do corpo, ele foi até a escada. Foi nessa hora que ele ouviu um som de arranhado na porta.

Um galho, ele disse para si mesmo. *Veio soprado pelo vento e prendeu em algum lugar, talvez no capacho. Não é nada. Vai pra cama.*

O barulho soou de novo, tão baixo que ele nunca teria ouvido se o vento não tivesse escolhido aqueles poucos momentos para sossegar. Não parecia um galho; parecia uma pessoa. Tipo um órfão da tempestade fraco demais ou ferido demais para bater, que só conseguia arranhar. Só que não havia ninguém lá fora... Ou havia? Ele tinha como ter certeza absoluta? Estava tão escuro. Preto como as botas de montaria do diabo.

Drew foi até a porta, soltou o trinco e a abriu. Ergueu o lampião Coleman. Não havia ninguém. Quando estava prestes a fechar a porta de novo, ele olhou para baixo e viu um rato. Devia ser um rato comum, não enorme, mas bem grande. Estava deitado no capacho puído, uma das patas — rosada, estranhamente humana, parecendo a mão de um bebê — esticada e ainda arranhando o ar. O pelo marrom e preto estava cheio de pedacinhos de folhas, galhos e gotículas de sangue. Os olhos pretos saltados estavam voltados para ele. A lateral do corpo oscilou. A pata rosa continuou arranhando o ar, assim como tinha arranhado a porta. Um som minúsculo.

Lucy odiava roedores, gritava loucamente se visse um camundongo correndo pelo rodapé, e não adiantava dizer para ela que o animalzinho minúsculo devia estar com bem mais medo dela do que ela dele. Drew também não gostava muito de roedores e sabia que eles transmitiam doenças — hantavírus, estreptobacilose, e essas duas eram só as mais comuns —, mas nunca teve a repulsa quase instintiva que Lucy tinha por eles. O que ele sentiu por aquele foi pena. Devia ter sido a patinha rosa, que continuava arranhando o nada. Ou talvez os pontinhos de luz branca do lampião Coleman que ele viu nos olhos escuros. Ficou lá deitado, ofegante e olhando para ele com sangue no pelo e nos bigodes. Quebrado por dentro, provavelmente morrendo.

Drew se inclinou, uma das mãos na coxa, a outra segurando o lampião para ele olhar melhor.

— Você estava no barracão, não estava?

Era quase certo. E a árvore caiu, quebrou o telhado e destruiu o lar feliz do sr. Ratinho. Teria ele sido atingido por um galho de árvore ou por um pedaço de telhado quando correu para um lugar seguro? Talvez por um balde de tinta dura? A serra elétrica McCullogh inútil do pai teria caído da mesa em cima dele? Não importava. O que quer que fosse, o tinha esmagado e talvez quebrado a coluna. Ele só teve combustível no tanquezinho de rato para rastejar até ali.

O vento aumentou de novo, jogando granizo no rosto quente de Drew. Pedacinhos de gelo atingiram o lampião, chiaram, derreteram e escorreram pelo vidro. O rato ofegou. *O rato prostrado precisa ser ajudado*, pensou Drew. Só que o rato prostrado no capacho não podia ser ajudado. Não era preciso ser cientista de foguetes, como diziam por aí.

Só que, claro, ele *podia* ajudar.

Drew foi até o buraco vazio da lareira, parando uma vez para um ataque de tosse, e se inclinou na frente do suporte com uma série de ferramentas de lareira. Pensou no atiçador, mas a ideia de perfurar o rato provocou uma careta. Ele pegou a pá de cinzas. Uma batida forte devia ser suficiente para acabar com o sofrimento dele. Ele poderia usar a pá para empurrar o bicho para a lateral da varanda. Se sobrevivesse àquela noite, ele não desejava começar o dia seguinte pisando no cadáver de um roedor morto.

Olha só que interessante, pensou ele. *Quando o vi pela primeira vez, pensei no pronome "ele". Agora que decidi matar o maldito, virou "o bicho".*

O rato ainda estava no capacho. O gelo tinha começado a formar uma camada no pelo. Aquela patinha rosa (tão humana, tão humana) continuava arranhando o ar, mas agora estava ficando mais devagar.

— Vou melhorar pra você — disse Drew. Ele levantou a pá... Segurou-a na altura do ombro para bater... E a abaixou. E por quê? Por causa da patinha? Dos olhos pretos brilhosos?

Uma árvore destruiu a casa dele e o esmagou (*agora já era ele de novo*), ele tinha se arrastado até o chalé, só Deus sabia quanto esforço tinha sido necessário, e essa era a recompensa? Outro esmagamento, agora final? Drew estava se sentindo um tanto moído ultimamente, e por mais ridículo que fosse (devia ser *mesmo*), ele sentiu um pouco de empatia.

Enquanto isso, o vento o gelava, granizo estava batendo na cara dele, e ele estava tremendo de novo. Ele tinha que fechar a porta e não ia deixar o rato morrendo lentamente no escuro. E numa porra de capacho, ainda por cima.

Drew botou o lampião no chão e usou a pá para recolher o bicho (era engraçado como a noção era maleável). Ele foi até o fogão e inclinou a pá, para que o rato deslizasse para o chão. A patinha rosa continuava arranhando. Drew apoiou as mãos nos joelhos e tossiu até ter ânsia de vômito e pontos pretos dançarem na frente dos seus olhos. Quando o ataque passou, ele levou o lampião de volta para a poltrona de leitura e se sentou.

— Pode morrer agora — disse ele. — Pelo menos você está longe do mau tempo e pode fazer isso em um lugar quentinho.

Ele apagou o lampião. Agora, só havia o brilho vermelho suave das brasas fracas. A forma como ficavam fortes e fracas lembrava o modo como aquela patinha rosa arranhou... E arranhou... E arranhou. Ainda estava fazendo o mesmo movimento, ele viu.

Eu deveria aumentar o fogo antes de subir para a cama, pensou ele. *Se não fizer isso, pela manhã, o chalé vai estar gelado como a Tumba de Grant.*

Mas a tosse, que tinha melhorado temporariamente, sem dúvida começaria de novo se ele se levantasse e começasse a mover o muco. E ele estava cansado.

Além disso, você botou o rato bem perto do fogão. Acho que você o trouxe pra dentro pra morrer de morte natural, não foi? Não pra ser assado vivo. Aumente o fogo de manhã.

O vento soprou em volta do chalé e subia ocasionalmente até parecer um grito feminino, mas voltava a um sopro em seguida. O gelo bateu nas janelas. Enquanto ouvia esses sons, eles pareceram se misturar. Ele fechou os olhos e os abriu de novo. O rato tinha morrido? No começo, ele achou que sim, mas a patinha fez outro movimento lento. Então, ainda não.

Drew fechou os olhos.

E dormiu.

22

Ele acordou com um sobressalto quando outro galho bateu no telhado. Ele não tinha ideia de quanto tempo ficou apagado. Poderiam ter sido quinze minutos, poderiam ter sido duas horas, mas uma coisa era certa: não havia rato na frente do fogão. Aparentemente, Monsieur Rato não estava tão ferido quanto Drew achou; tinha melhorado e agora estava em alguma parte da casa com ele. Ele não gostava muito da ideia, mas a culpa era dele mesmo. Ele o tinha convidado para entrar, afinal.

Você precisa convidá-los, pensou Drew. *Vampiros. Wargs. O diabo com as botas pretas de montaria. Você tem que convidar...*

— Drew.

Ele levou um susto tão grande com o som da voz que quase derrubou o lampião. Olhou em volta e, na luz do fogo morrente do fogão, viu o rato. Ele estava na escrivaninha do seu pai, embaixo da escada, sentado nas patas traseiras entre o notebook e a impressora portátil. Sentado, na verdade, sobre o manuscrito de *Rio Amargo.*

Drew tentou falar, mas no começo só conseguiu emitir um grunhido. Ele limpou a garganta — o que doeu — e tentou de novo.

— Achei que você tinha dito alguma coisa.

— Eu disse. — A boca do rato não se mexeu, mas a voz estava vindo dele, sim; não era da cabeça de Drew.

— Isso é um sonho — disse Drew. — Ou delírio. Talvez as duas coisas.

— Não, é bem real — disse o rato. — Você está acordado e não está delirando. Sua febre está abaixando. Pode verificar.

Drew botou a mão na testa. Sentia-se mesmo mais frio, mas isso não era algo em que dava para confiar, era? Ele estava conversando com um rato, afinal. Ele procurou no bolso os fósforos que tinha deixado lá, riscou um e acendeu o lampião. Ergueu-o, esperando que o rato tivesse sumido, mas ele ainda estava lá, sentado nas patas traseiras com o rabo enrolado no corpo e segurando as mãozinhas rosadas e estranhas junto ao peito.

— Se você é real, sai do meu manuscrito — disse Drew. — Eu trabalhei muito nele pra você deixar merda de rato na folha de rosto.

— Você trabalhou muito mesmo — concordou o rato (mas sem dar sinais de que ia se retirar dali). Ele coçou atrás de uma orelha, parecendo agora cheio de vida.

O que caiu nele deve ter só atordoado, pensou Drew. *Isso se ele estiver mesmo aí, claro. Se alguma hora esteve.*

— Você trabalhou muito e no começo trabalhou bem. Estava nos trilhos, indo rápido, pegando fogo. Mas aí começou a dar errado, não foi? Assim como com os outros. Não se sinta mal; aspirantes a romancista do mundo todo encontram o mesmo obstáculo. Você sabe quantos romances inacabados estão presos em gavetas de escrivaninha ou de arquivos? *Milhões.*

— Ficar doente me fodeu.

— Pense bem, pense com sinceridade. Já estava começando a acontecer antes.

Drew não queria pensar.

— Você perde a percepção seletiva — disse o rato. — Acontece com você todas as vezes. Nos romances, pelo menos. Não acontece de uma vez, mas conforme o livro vai crescendo e começando a respirar, mais escolhas precisam ser feitas, e sua percepção seletiva se vai.

O rato ficou de quatro, foi até a beira da escrivaninha do pai de Drew e se ergueu de novo, como um cachorro pedindo um petisco.

— Escritores têm hábitos diferentes, jeitos diferentes de entrar no ritmo, e trabalham em velocidades diferentes, mas, para produzir um trabalho longo, sempre precisa haver períodos longos de narração concentrada.

Já ouvi isso antes, pensou Drew. *Quase palavra por palavra. Onde?*

— Em cada momento durante esses períodos de concentração, esses *voos de imaginação*, o escritor enfrenta pelo menos sete escolhas de palavras e expressões e detalhes. Os talentosos fazem as escolhas corretas quase sem nenhuma consideração consciente; eles são jogadores profissionais de basquete da mente e acertam a cesta em qualquer lugar da quadra.

Onde? Quem?

—Um processo constante de peneirar está acontecendo, que é a base do que chamamos de escrita criat...

—*Franzen!*—gritou Drew, sentando-se ereto e gerando uma pontada de dor na cabeça. —Isso foi parte da palestra do Franzen! Quase palavra por palavra!

O rato ignorou a interrupção.

—Você é capaz de fazer esse processo de peneirar, mas só em explosões curtas. Quando tenta escrever um romance, a diferença entre uma corrida de velocidade e uma maratona, sempre falha. Você vê todas as opções de expressões e detalhes, mas o uso consequente da peneira começa a falhar pra você. Você não perde as palavras, você perde a capacidade de escolher as palavras *corretas*. Todas parecem certas; todas parecem erradas. É muito triste. Você é como um carro com motor poderoso e câmbio quebrado.

Drew fechou os olhos com tanta força que gerou pontos brilhosos, mas os abriu de novo. Seu órfão da tempestade ainda estava lá.

—Eu posso te ajudar—anunciou o rato. —Se você quiser, claro.

—E por que você faria isso?

O rato inclinou a cabeça, como se não conseguisse acreditar que um homem supostamente inteligente, um professor de inglês de faculdade, que tinha sido publicado na *The New Yorker*, pudesse ser tão burro.

—Você ia me matar com uma pá, e por que não? Sou só um rato inferior, afinal. Mas você me acolheu. Me salvou.

—Como recompensa, você me concede três desejos. —Drew falou com um sorriso. Era terreno familiar: Hans Christian Andersen, Marie-Catherine d'Aulnoy, os Irmãos Grimm.

—Só um—disse o rato. —Um bem específico. Você pode desejar terminar seu livro. —Ele ergueu o rabo e bateu com ele no manuscrito de *Rio Amargo* para dar ênfase. —Mas tem uma condição.

—E qual seria?

—Alguém de quem você gosta vai ter que morrer.

Mais terreno familiar. Aquilo era um sonho em que ele estava repetindo sua discussão com Lucy. Ele explicou (não muito bem, mas tinha tentado) que *precisava* escrever o livro. Que era muito importante. Ela perguntou se era tão importante quanto ela e as crianças. Ele disse que não, claro que não, e perguntou se precisava ser uma escolha.

Eu acho que é uma escolha, dissera ela. *E você acabou de fazê-la.*

— Isso não é uma situação de desejo mágico — disse ele. — Está mais pra um acordo profissional. Ou um pacto com o diabo. Não é nem um pouco parecido com os contos de fadas que li quando criança.

O rato coçou atrás da orelha, de alguma forma mantendo o equilíbrio. Admirável.

— Todos os desejos nos contos de fadas têm um preço. E tem "A pata do macaco". Lembra dessa?

— Mesmo em um sonho — disse Drew —, eu não trocaria minha esposa nem nenhum dos meus filhos por livro de faroeste sem pretensões literárias.

Quando as palavras saíram pela boca, ele se deu conta de que foi por isso que ele agarrou a ideia de *Rio Amargo* sem questionar; seu faroeste construído em volta do enredo nunca seria colocado ao lado de Rushdie, Lethem ou Chabon. Sem mencionar Franzen.

— Eu jamais pediria isso — disse o rato. — Na verdade, eu estava pensando em Al Stamper. Seu antigo chefe de departamento.

Isso silenciou Drew. Ele só olhou para o rato, que continuou olhando para ele com os olhos pretos brilhosos. O vento soprou em volta do chalé, às vezes em sopros tão fortes que sacudiam as paredes. A chuva de gelo passou.

Pâncreas, dissera Al quando Drew comentou sobre a perda de peso impressionante. Mas, acrescentou ele, não havia necessidade de ninguém começar a escrever obituários. *Os médicos pegaram relativamente cedo. A confiança está alta.*

Mas, ao olhar para ele, com a pele pálida, os olhos fundos, o cabelo sem vida, Drew não sentiu confiança alguma. A palavra-chave no que Al dissera foi *relativamente*. Câncer de pâncreas era sorrateiro; se escondia. O diagnóstico era quase sempre uma sentença de morte. E se ele morresse mesmo? Haveria tristeza, claro, e Nadine Stamper seria a principal pessoa de luto; eles estavam casados havia uns quarenta e cinco anos. Os membros do Departamento de Inglês usariam faixas pretas no braço por um mês, mais ou menos. O obituário seria longo, citando as muitas realizações e prêmios do Al. Os livros dele sobre Dickens e Hardy seriam mencionados. Mas ele tinha setenta e dois anos pelo menos, talvez setenta e quatro, e ninguém diria que ele morreu jovem, nem que morreu sem realizar seu futuro promissor.

373

Enquanto isso, o rato ficou olhando para ele, as patinhas rosadas agora encolhidas junto ao peito peludo.

Que porra é essa?, pensou Drew. *É só uma pergunta hipotética. E dentro de um sonho, ainda por cima.*

— Acho que eu aceitaria o acordo e faria o desejo — disse Drew. Sonho ou não, pergunta hipotética ou não, ele se sentiu mal ao falar. — Ele está morrendo mesmo.

— Você termina seu livro, e Stamper morre — disse o rato, como se para ter certeza de que Drew tinha entendido.

Drew olhou para o rato meio de lado.

— O livro vai ser publicado?

— Estou autorizado a conceder o desejo se você o fizer — disse o rato. — *Não* estou autorizado a prever o futuro. Não poderia mesmo que estivesse. Se eu pudesse dar um palpite... — O rato inclinou a cabeça. — Eu diria que vai ser. Como falei, você *tem* talento.

— Tudo bem — disse Drew. — Eu termino o livro, Al morre. Como ele vai morrer de qualquer jeito, não me parece problema. — Só que parecia, sim. — Você acha que ele vai viver o suficiente pra ler, pelo menos?

— Eu acabei de dizer...

Drew levantou a mão.

— Não está autorizado a prever o futuro, certo. Acabamos?

— Tem mais uma coisa de que preciso.

— Se for minha assinatura num contrato escrita com sangue, pode esquecer o acordo todo.

— Nem tudo gira em torno de você, moço — disse o rato. — Estou com fome.

Ele pulou para a cadeira e da cadeira para o chão. Correu até a mesa da cozinha e pegou um biscoitinho salgado que Drew devia ter deixado cair no dia em que fez queijo quente e sopa de tomate. O rato se sentou, segurando o biscoitinho com as patinhas, e começou a trabalhar. O biscoito sumiu em segundos.

— Foi bom falar com você — disse o rato. Ele desapareceu quase tão rapidamente quanto o biscoito, correndo em disparada pelo chão até a lareira apagada.

— Caramba — disse Drew.

Ele fechou os olhos e os abriu de novo. Não *pareceu* sonho. Ele os fechou de novo, abriu de novo. Na terceira vez que os fechou, permaneceram fechados.

23

Ele acordou na cama, sem lembrança de como tinha ido parar lá... Ou teria passado a noite toda lá? Era mais provável, considerando como ele estava mal graças a Roy DeWitt e a bandana catarrenta. O dia anterior inteiro parecia um sonho, sua conversa com o rato sendo a parte mais vívida dele.

O vento ainda soprava, e o gelo ainda caía, mas ele estava se sentindo melhor. Não havia dúvida. A febre estava diminuindo ou já tinha passado. Suas juntas ainda doíam e a garganta também, mas nada estava tão ruim quanto na noite anterior, quando uma parte dele estava convencida de que ele morreria lá. *Morreu de pneumonia na Estrada de Merda*, que obituário teria sido.

Ele estava de cueca, o resto das roupas empilhado no chão. Ele também não tinha lembrança de ter se despido. Vestiu tudo e desceu. Ele fez quatro ovos mexidos e comeu todos desta vez, tomando suco de laranja depois de cada garfada. Era concentrado, o único que a Grande 90 vendia, mas estava gelado e delicioso.

Ele olhou para a escrivaninha do pai do outro lado da sala e pensou em tentar trabalhar, em talvez trocar o notebook pela máquina de escrever portátil para poupar bateria. Mas depois de botar a louça na pia, subiu a escada, voltou para a cama e ficou lá dormindo até o meio da tarde.

A tempestade ainda estava caindo quando ele se levantou da segunda vez, mas Drew não se importou. Estava se sentindo quase ele mesmo de novo. Ele queria um sanduíche, havia mortadela e queijo, e depois queria trabalhar. O xerife Averill estava prestes a enganar os bandidos com seu grande abracadabra, e agora que Drew se sentia descansado e bem, ele mal podia esperar para escrever.

Na metade da escada, ele reparou que a caixa de brinquedo ao lado da lareira estava virada de lado com os brinquedos que estavam dentro espalhados no tapete de retalho. Drew pensou que devia ter chutado a caixa quando, sonâmbulo, foi até a cama na noite anterior. Ele foi até lá e se ajoelhou, com a intenção de botar os brinquedos de volta na caixa antes de começar a trabalhar. Ele estava com o *frisbee* em uma das mãos e o velho Stretch Armstrong na outra quando ficou paralisado. Caído de lado perto da Barbie de topless de Stacey, estava um rato de pelúcia.

Drew sentiu a pulsação latejar na cabeça quando o pegou, então talvez ele não estivesse tão bem assim, afinal. Ele apertou o rato, que soltou um barulho cansado. Era só um brinquedo, mas era meio sinistro, considerando tudo. Quem dava um rato de pelúcia para dormir com o filho quando havia um urso de pelúcia perfeitamente bom (só com um olho, mas mesmo assim) na mesma caixa?

Gosto não se discute, pensou ele e terminou a velha máxima da mãe em voz alta:

— Disse a velha ao beijar a vaca.

Talvez ele tivesse visto o rato de pelúcia no auge da febre, e isso tivesse gerado o sonho. Provavelmente, ou quase certamente. O fato de ele não conseguir se lembrar de ter procurado até o fundo da caixa de brinquedos não tinha importância; ora, ele nem conseguia se lembrar de ter tirado as roupas e ido para a cama.

Ele empilhou os brinquedos na caixa, fez uma xícara de chá e foi trabalhar. Estava em dúvida no começo, hesitante, com um pouco de medo, mas, depois de alguns passos em falso no começo, ele pegou embalo e escreveu até estar escuro demais para enxergar sem o lampião. Nove páginas, e ele achou que ficaram boas.

Muito boas.

24

Não foram três dias; Pierre durou quatro, na verdade. Às vezes, o vento e a chuva diminuíam, mas a tempestade voltava com tudo. Às vezes, uma árvore caía, mas nenhuma tão perto quanto a que destruiu o barracão. Aquela parte não tinha sido sonho; ele tinha visto com os próprios olhos. E, apesar de a árvore, um pinheiro enorme e velho, ter poupado seu Suburban, ela caiu tão perto que arrancou o retrovisor do lado do passageiro.

Drew quase não reparou nessas coisas. Ele escreveu, comeu, dormiu de tarde, escreveu de novo. De vez em quando, ele tinha um ataque de espirros e, de vez em quando, pensava em Lucy e nas crianças, com ansiedade, esperando notícias. Na maior parte do tempo, ele nem pensava neles. Era egoísmo, ele sabia e não se importava. Ele estava vivendo na cidade de Rio Amargo agora.

De vez em quando, ele precisava parar e esperar que a palavra certa surgisse (como as mensagens flutuando no visor da Bola 8 Mágica que ele tinha quando criança) e, de vez em quando, tinha que se levantar e andar pela sala enquanto tentava pensar em como fazer uma transição suave de uma cena para a seguinte, mas não havia pânico. Não havia frustração. Ele sabia que as palavras viriam, e vinham mesmo. Ele estava acertando de todas as partes da quadra, acertando do centro. Estava escrevendo na máquina velha do seu pai, batendo nas teclas até os dedos doerem. Ele também não se importou com isso. Ele tinha carregado o livro, aquela ideia que lhe tinha ocorrido do nada quando ele estava parado numa esquina; agora, o livro carregava-o.

Era um belo passeio.

25

Eles ficaram sentados no porão úmido sem luz além do lampião de querosene que o xerife tinha encontrado no andar de cima, Jim Averill de um lado e Andy Prescott do outro. No brilho laranja-avermelhado do lampião, o garoto não parecia ter mais de catorze anos. Ele não parecia o jovem valentão meio bêbado e meio louco que tinha explodido a cabeça daquela garota. Averill achava que o mal era uma coisa muito estranha. Estranha e sorrateira. Encontrava um caminho, assim como ratos encontram o caminho para dentro de uma casa, comia tudo que você tinha sido burro ou preguiçoso demais para guardar e, quando acabava, desaparecia, a barriga cheia. E o que ficou para trás quando o rato assassino foi embora de Prescott? Aquilo. Um garoto assustado que seria enforcado por um crime do qual alegava nem se lembrar. Ele disse que teve um blecaute, e Averill acreditava.

— Que horas são? — perguntou Prescott.

Averill consultou o relógio de bolso.

— Quase seis. Cinco minutos a mais do que na última vez que você me perguntou.

— E a diligência vem às oito?

— É. Quando estiver a um quilômetro e meio da cidade, um dos meus rapazes vai

Drew parou e ficou olhando para o papel na máquina de escrever. Uma barra de luz do sol brilhava nele. Ele se levantou e foi até a janela. Também havia azul lá. O suficiente para fazer um macacão, seu pai diria, mas estava crescendo. E ele ouviu uma coisa, distante, mas inconfundível: o *rrrrrr* de uma serra elétrica.

Ele vestiu a jaqueta mofada e saiu. O som ainda estava meio longe. Ele atravessou o pátio, que estava coberto de galhos, até o que tinha sobrado do barracão. A serra do pai dele estava jogada embaixo de parte de uma parede caída, e Drew conseguiu puxá-la. Era para ser usada por duas pessoas, mas ele conseguiria manejá-la desde que a árvore caída não fosse grossa demais. *E vá devagar*, ele disse para si mesmo. *A não ser que queira uma recaída.*

Por um momento, ele pensou em voltar para dentro de casa e continuar o trabalho em vez de tentar encontrar a pessoa que estava na estrada abrindo caminho em meio ao que restou da tempestade. Um ou dois dias antes, ele teria feito exatamente isso. Mas as coisas tinham mudado. Uma imagem surgiu na cabeça dele (elas vinham o tempo todo agora, espontaneamente), uma que o fez sorrir: um jogador numa maré de azar mandando o crupiê se apressar e distribuir logo as porras das cartas. Ele não era mais aquele cara, graças a Deus. O livro ainda estaria lá quando ele voltasse. Quer ele continuasse lá na floresta ou em Falmouth, estaria lá.

Ele jogou a serra no banco de trás do Suburban e começou a seguir lentamente pela Estrada de Merda, parando de vez em quando para tirar galhos caídos do caminho antes de continuar. Ele tinha percorrido quase um quilômetro e meio quando encontrou a primeira árvore atravessada na estrada, mas era uma bétula, e ele trabalhou rapidamente nela.

A serra elétrica estava bem alta agora, não *rrrrr*, mas *RRRRRRR*. Cada vez que parava, Drew ouvia um motor grande acelerando, com seu salvador chegando mais perto, e logo a serra começava de novo. Drew estava tentando cortar uma árvore bem maior sem muita sorte quando um Chevy quatro por quatro customizado para trabalho em floresta apareceu na curva seguinte.

O motorista parou e saiu. Ele era um homem grande com uma barriga maior ainda, usando um macacão verde e um casaco verde camuflado que ia até os joelhos. A serra elétrica dele era de tamanho industrial, mas parecia quase um brinquedo na mão enluvada do homem. Drew soube quem ele era na mesma hora. A semelhança era inconfundível. Assim como o odor de Old Spice que acompanhava o cheiro de serragem e gasolina da serra.

— Oi! Você deve ser o filho do Velho Bill.

O homenzarrão sorriu.

— Isso mesmo. E você deve ser o do Buzzy Larson.

— Isso aí.

Drew não sabia o quanto precisava ver outro ser humano até aquele momento. Era como não saber o tamanho da sua sede até alguém lhe dar um copo de água fria. Ele esticou a mão. Eles apertaram as mãos por cima da árvore caída.

— Seu nome é Johnny, não é? Johnny Colson.

— Quase. Jackie. Chegue pra trás e me deixe cortar essa árvore pra você, sr. Larson. Vai levar o dia inteiro com essa serra manual.

Drew chegou para o lado e viu Jackie ligar a Stihl e cortar a árvore, deixando uma pilha de serragem na estrada coberta de folhas e gravetos. Os dois juntos carregaram o pedaço menor até a vala.

— Como está o resto da estrada? — perguntou Drew, ofegando um pouco.

— Não está péssimo, mas tem um buraco grande. — Ele apertou um olho e avaliou o Suburban de Drew com o outro. — Pode ser que você consiga passar, é um carro alto. Se não passar, posso rebocar, mas pode acabar estragando um pouco seu escapamento.

— Como você sabia que tinha que vir aqui?

— Sua esposa tinha o número do meu pai no caderno de telefones antigo. Ela falou com a minha mãe, e a minha mãe me ligou. Sua esposa está meio preocupada com você.

— É, acho que está. E me acha um idiota.

Desta vez, o garoto do Velho Bill (que tal Jovem Jackie?) apertou os olhos para os pinheiros altos de um lado da estrada e não disse nada. Os ianques não comentavam sobre as situações conjugais dos outros, via de regra.

— Bom, quer saber de uma coisa? — disse Drew. — Que tal você me seguir até o chalé do meu pai? Você tem tempo pra isso?

— Sim, tenho o dia todo.

— Vou arrumar minhas coisas, não vai demorar. E aí podemos ir juntos até o mercado. Não tem cobertura de celular, mas posso usar o telefone público. Se a tempestade não o estragou, claro.

— Não, está funcionando. Liguei pra minha mãe de lá. Você não deve saber sobre DeWitt, né?

— Só que ele estava doente.

— Não está mais — disse Jackie. — Morreu. — Ele puxou catarro, cuspiu e olhou para o céu. — Vai perder um dia lindo, ao que parece. Suba no seu carro, sr. Larson. Me siga por oitocentos metros até a casa dos Patterson. Você pode dar meia-volta lá.

26

Drew achou o cartaz e a foto na vitrine da Grande 90 ao mesmo tempo tristes e divertidos. Era uma merda achar graça considerando as circunstâncias, mas a paisagem interior das pessoas às vezes (muitas vezes, na verdade) era bem merda. FECHADO POR MOTIVO DE FUNERAL, dizia o cartaz. A foto era de Roy DeWitt ao lado de uma piscina de plástico de quintal. Ele usava chinelos e uma bermuda baixa embaixo da considerável barriga. Estava segurando uma lata de cerveja em uma das mãos e parecia ter sido pego no meio de um passo de dança.

— Roy gostava de hambúrguer e cerveja mesmo — observou Jackie Colson. — Você vai seguir bem a partir daqui, sr. Larson?

— Claro — disse Drew. — E obrigado. — Ele esticou a mão. Jackie Colson a apertou, entrou no quatro por quatro e seguiu pela estrada.

Drew subiu na varanda, botou umas moedas na prateleira embaixo do telefone e ligou para casa. Lucy atendeu.

— Sou eu — disse Drew. — Estou no mercado, indo pra casa. Ainda está com raiva?

— Vem pra casa pra descobrir. — E também: — Sua voz está melhor.

— Eu estou melhor.

— Você consegue chegar ainda hoje?

Drew olhou para o pulso e percebeu que tinha deixado o relógio no quarto do chalé. E ficaria lá até o ano seguinte. Ele olhou para o sol.

— Não sei.

— Se você se cansar, não tente. Pare em Island Falls ou Derry. Podemos esperar mais uma noite.

— Tudo bem, mas se você ouvir alguém entrando por volta da meia-noite, não atire.

— Não vou. Você conseguiu trabalhar? — Ele ouviu a hesitação na voz dela. — Por ter ficado doente e tudo?

— Consegui. E acho que está bom.

— Não teve problema com... Você sabe?

— Com as palavras? Não. Não tive. — Pelo menos não depois do sonho esquisito. — Acho que esse vai dar certo. Eu te amo, Luce.

A pausa depois que ele falou pareceu muito longa. Ela suspirou e disse:

— Eu também te amo.

Ele não gostou do suspiro, mas aceitaria o sentimento. Havia um buraco na estrada, não o primeiro, assim como não seria o último, mas eles já o tinham superado. Tudo bem. Ele desligou o telefone e saiu de lá.

Com o dia chegando ao fim (um dia bonito, como Jackie Colson previra), ele começou a ver placas do Island Falls Motor Lodge. Ficou tentado, mas decidiu seguir em frente. O Suburban estava indo bem, alguns dos buracos da Estrada de Merda pareceram ter botado a parte da frente no lugar, e, se forçasse um pouco o limite de velocidade e não fosse parado por um policial, ele talvez conseguisse chegar em casa até as onze. E dormir na própria cama.

E trabalhar na manhã seguinte. Isso também.

27

Ele entrou no quarto deles às onze e meia. Já tinha tirado os sapatos enlameados no andar de baixo e estava tentando fazer silêncio, mas ouviu o barulho da roupa de cama no escuro e soube que ela estava acordada.

— Vem pra cá, moço.

Pela primeira vez, aquela palavra não magoou. Ele estava feliz por estar em casa e mais feliz ainda por estar com ela. Quando ele se deitou na cama, ela passou os braços em volta dele, deu um abraço (breve, mas forte), se virou e voltou a dormir. Quando Drew estava pegando no sono, naqueles momentos de transição em que a mente fica meio plástica, um pensamento estranho lhe ocorreu.

E se o rato o tivesse seguido? Se estivesse debaixo da cama naquele momento?

Não havia *rato*, pensou ele e dormiu.

28

— Uau — disse Brandon. Seu tom foi respeitoso e um pouco impressiona-do. Ele e a irmã estavam em frente à casa esperando o ônibus, as mochilas nos ombros.

— O que você *fez* com ele, pai? — perguntou Stacey.

Eles estavam olhando para o Suburban, que estava sujo de lama seca até as maçanetas. O para-brisa estava opaco, exceto pela parte circular que os limpadores fizeram. E havia o espelho do lado do passageiro que tinha sido arrancado, claro.

— Houve uma tempestade — disse Drew. Ele usava a calça do pijama, pantufas e uma camiseta da Boston College. — E aquela estrada lá não está em condições muito boas.

— A Estrada de Merda — disse Stacey, apreciando o nome.

Agora, Lucy também saiu de casa. Ela ficou olhando para o infeliz Su-burban com as mãos nos quadris.

— Caramba.

— Vou levar pra lavar hoje à tarde — disse Drew.

— Gostei assim — disse Brandon. — Fica legal. Você deve ter dirigido como louco, pai.

— Ah, ele é louco mesmo — disse Lucy. — Seu papai louco. Sem dúvida nenhuma.

O ônibus escolar apareceu e o poupou de uma resposta.

— Entra — disse Lucy depois de eles virem os filhos subirem no ôni-bus. — Vou preparar umas panquecas ou alguma outra coisa. Você parece ter perdido peso.

Quando ela se virou, ele segurou a mão dela.

— Você teve alguma notícia do Al Stamper? Falou com Nadine?

— Falei com ela no dia em que você foi para o chalé, porque você me disse que ele estava doente. Câncer no pâncreas é horrível. Ela disse que ele estava se recuperando bem.

— Você não falou com ela depois?

Lucy franziu a testa.

— Não, por que eu falaria?

— Por nenhum motivo — disse ele, e era verdade. Sonhos eram sonhos, e o único rato que ele viu no chalé era o de pelúcia na caixa de brinquedo. — Só estou preocupado com ele.

— Liga pra ele, então. Pula o intermediário. Você quer panquecas ou não?

O que ele queria era trabalhar. Mas panquecas primeiro. Pra deixar as coisas calmas no front doméstico.

29

Depois das panquecas, ele subiu para o pequeno escritório, ligou o notebook na tomada e olhou as páginas que tinha digitado na máquina de escrever do pai. Começar digitando tudo ou só seguir em frente? Ele decidiu pela segunda opção. Era melhor descobrir logo se o feitiço mágico que se espalhava por *Rio Amargo* se manteria ou se tinha sumido quando ele foi embora do chalé.

E se manteve. Nos primeiros dez minutos, ele ficou no escritório, vagamente ciente de um som de reggae no andar de baixo, o que significava que Lucy estava no escritório *dela*, digitando números. De repente, a música sumiu, as paredes se dissolveram, e o luar estava brilhando na estrada DeWitt, o caminho esburacado entre Rio Amargo e a sede do condado. A diligência estava a caminho. O xerife Averill levantaria o distintivo bem alto para fazê-la parar. Em pouco tempo, ele e Andy Prescott estariam nela. O garoto tinha um compromisso no tribunal. E, pouco depois, com o carrasco.

Drew parou ao meio-dia e ligou para Al Stamper. Não havia necessidade de ter medo, e ele disse para si mesmo que não estava com medo, mas não podia negar que sua pulsação tinha acelerado muito.

— Ei, Drew — disse Al, falando de um jeito normal. De um jeito forte. — Como foi lá no meio do mato?

— Foi tudo bem. Escrevi quase noventa páginas antes de uma tempestade chegar...

— Pierre — disse Al com um desprezo evidente que aqueceu o coração de Drew. — Noventa páginas, é? *Você?*

— Eu sei, é difícil de acreditar, e mais dez hoje de manhã, mas isso não importa. Quero mesmo saber é como você está.

— Estou ótimo — disse Al. — Só tenho esse troço do rato pra aguentar.

Drew estava sentado em uma das cadeiras da cozinha. Agora, ele ficou de pé, sentindo-se enjoado de novo. Febril.

— *O quê?*

— Ah, não pareça tão preocupado — disse Al. — É uma medicação nova que os médicos me receitaram. Em teoria, tem um monte de efeitos colaterais, mas o único que eu tenho, pelo menos até agora, é uma porcaria de prurido chato. Nas minhas costas e nas laterais do corpo. Nadie jurava que era cobreiro, mas fiz um exame, e é só um prurido chato mesmo. Mas coça que é um horror.

— Só um prurido chato — ecoou Drew. Ele passou a mão pela boca. FECHADO POR MOTIVO DE FUNERAL, ele pensou. — Bom, isso até que não é tão ruim. Se cuida, Al.

— Pode deixar. E quero ver seu livro quando você terminar. — Ele fez uma pausa. — Repare que falei *quando*, não *se*.

— Depois da Lucy, você vai ser o primeiro da fila — disse Drew e desligou. Só boas notícias. Al pareceu bem. O Al de sempre. Tudo bem, exceto pelo maldito rato.

Drew descobriu que conseguia rir disso.

30

Novembro foi frio e cheio de neve, mas Drew Larson mal reparou. No último dia do mês, ele viu (pelos olhos do xerife Jim Averill) Andy Prescott subir a escada da forca da sede do condado. Drew estava curioso sobre como o garoto enfrentaria. No fim das contas, conforme as palavras foram *brotan-*

do, ele foi bem. Tinha crescido. A tragédia (Averill sabia) era que ele nunca envelheceria. Uma noite bêbada e um ataque de ciúmes de uma dançarina de *saloon* pôs fim a tudo que poderia ter acontecido.

No dia 1º de dezembro, Jim Averill entregou o distintivo ao juiz que estava na cidade para testemunhar o enforcamento e voltou para Rio Amargo, onde arrumaria suas poucas coisas (um baú bastaria) e se despediria dos policiais, que fizeram um trabalho excelente na hora H. Sim, até Jep Leonard, que era tão inteligente quanto uma pedra. Ou quanto uma bola de gude, à sua escolha.

No dia 2 de dezembro, o xerife prendeu o cavalo a uma carroça pequena, botou o baú e a sela na parte de trás e partiu para oeste, pensando em tentar a sorte na Califórnia. A febre do ouro tinha acabado, mas ele desejava ver o oceano Pacífico. Não percebeu o pai sofredor de Andy Prescott escondido atrás de uma pedra três quilômetros fora da cidade, olhando por cima do cano da espingarda que passaria a ser conhecida como "a arma que mudou a história do oeste".

Uma carroça pequena estava chegando, e, no assento, com as botas apoiadas na frente, estava o homem responsável por sua dor e por suas esperanças estragadas, o homem que tinha matado seu filho. Não o juiz, não os jurados, não o carrasco. Não. Aquele homem lá embaixo. Se não fosse Jim Averill, seu filho estaria no México agora, com a longa vida (até chegar um novo século!) à frente.

Prescott puxou o cão. Pousou a mira no homem na carroça. Hesitou com o dedo curvado no crescente de aço frio do gatilho, decidindo o que fazer nos quarenta segundos antes que a carroça chegasse na colina seguinte e desaparecesse de vista. Atirar? Ou deixá-lo ir?

Drew pensou em acrescentar mais uma frase (Ele tomou sua decisão), mas não acrescentou nada. Isso faria com que alguns leitores, talvez muitos, acreditassem que Prescott tinha decidido atirar, e Drew queria deixar aquela questão no ar. Então ele apertou o enter duas vezes e digitou

FIM

Ele olhou para aquela palavra por muito tempo. Olhou para a pilha do manuscrito entre o notebook e a impressora; com o trabalho daquela sessão final, teria um pouco mais de quatrocentas páginas.

Eu consegui. Talvez seja publicado e talvez não, talvez eu escreva outro e talvez não, mas não importa. Eu consegui.

Ele botou as mãos sobre o rosto.

31

Lucy virou a última página duas noites depois e olhou para ele de um jeito que não olhava havia muito tempo. Talvez desde o primeiro ou segundo ano de casamento, antes de as crianças nascerem.

— Drew, é incrível.

Ele sorriu.

— É mesmo? Você não está dizendo só porque seu marido bonitão que escreveu?

Ela balançou a cabeça vigorosamente.

— Não. É maravilhoso. Um faroeste! Eu jamais teria imaginado. Como você teve a ideia?

Ele deu de ombros.

— Ela só veio.

— Aquele rancheiro horrível atirou em Jim Averill?

— Não sei — disse Drew.

— Bom, talvez um editor queira que você inclua isso.

— Se acontecer, o editor, isso se algum dia houver um, não vai ter sua vontade satisfeita. E você tem certeza de que está bom? Está falando sério?

— Muito mais do que bom. Você vai mostrar para o Al?

— Vou. Vou levar uma cópia até lá amanhã.

— Ele sabe que é faroeste?

— Não. Não sei nem se ele gosta.

— Ele vai gostar desse. — Ela fez uma pausa, segurou a mão dele e disse: — Eu fiquei com tanta raiva de você não ter voltado quando aquela tempestade estava chegando. Mas eu estava rata e você estava certo.

Ele puxou a mão de volta, novamente se sentindo febril.

— O que você falou?

— Que eu estava errada e você estava certo. Qual é o problema, Drew?

— Nada — disse ele. — Nadinha.

32

— E aí? — perguntou Drew três dias depois. — Qual é o veredito?

Eles estavam no escritório do seu antigo chefe de departamento. O manuscrito estava na mesa de Al. Drew tinha ficado nervoso com a reação de Lucy a *Rio Amargo*, mas estava ainda mais nervoso com a do Al. Stamper era um leitor voraz e onívoro que analisou e desconstruiu prosa durante toda a vida profissional. Ele era a única pessoa que Drew conhecia que ousava ensinar *À sombra do vulcão* e *Graça infinita* no mesmo semestre.

— Achei muito bom. — Al não só estava falando como o Al de sempre, mas estava com a aparência do Al de sempre. Ele tinha recuperado a cor e tinha ganhado alguns quilos. A quimioterapia levou o cabelo, mas o boné dos Red Sox que ele estava usando cobria a cabeça agora careca. — É puro enredo, mas o relacionamento entre o xerife e o jovem prisioneiro dá uma ressonância extraordinária para a história. Não é tão boa quanto *The Ox-Bow Incident* nem *Welcome to Hard Times*, eu diria…

— Eu sei — disse Drew, um pouco na defensiva. — Eu jamais alegaria isso.

— Mas acho que está no nível de *Warlock*, de Oakley Hall, que fica logo atrás desses dois. Você tinha uma coisa a dizer, Drew, e disse muito bem. O livro não bate na cabeça do leitor com suas preocupações temáticas, e acho que a maioria das pessoas vai ler pelos valores fortes da história, aquela coisa de "o que vai acontecer depois", mas esses elementos temáticos estão lá, sim.

— Você acha que as pessoas *vão* ler?

— Claro. — Al pareceu quase displicente quanto a isso. — Se seu agente não for um incapaz, ele ou ela vai vender isso bem rápido. Talvez até por um bom dinheiro. — Ele olhou para Drew. — Se bem que meu palpite é que isso foi secundário pra você, isso se é que você pensou nessa questão. Você só queria escrever, não foi? Pela primeira vez pular do trampolim alto na piscina do clube sem perder a coragem e descer pela escadinha.

— Na mosca — disse Drew. — E você... Al, você está com uma aparência ótima.

— Eu me sinto ótimo — disse ele. — Os médicos quase chegaram a me chamar de maravilha médica, e vou voltar para exames a cada três semanas no primeiro ano, mas meu último encontro com a porra da quimioterapia intravenosa é hoje à tarde. De rato, todos os exames estão me declarando livre do câncer.

Desta vez, Drew não deu um pulo nem pediu para ele repetir. Ele sabia o que seu antigo chefe de departamento tinha dito, assim como sabia que parte dele queria continuar ouvindo aquela outra palavra de tempos em tempos. Era como uma farpa, só que enfiada na mente e não debaixo da pele. A maioria das farpas saía sem infeccionar. Ele tinha certeza de que aquela sairia. Afinal, Al estava bem. O rato do acordo do chalé tinha sido um sonho. Ou um bicho de pelúcia. Ou porra nenhuma.

Pode escolher.

33

Para: drew1981@gmail.com

AGÊNCIA ELISE DILDEN

19 de janeiro de 2019

Drew, meu amor... Que bom ter notícias suas. Achei que você tivesse morrido e eu tivesse perdido o obituário! (Brincadeira! ☺) Um romance depois de tantos anos, que empolgante. Envie correndo, querido, e vamos ver o que pode ser feito. Mas devo avisar que o mercado está lento ultimamente, a não ser que seja um livro sobre o Trump e a gangue dele.

Bjs,
Ellie

Enviado da minha pulseira eletrônica

Para: drew1981@gmail.com

AGÊNCIA ELISE DILDEN

1º de fevereiro de 2019

Drew! Terminei ontem à noite! O livro é WUNDERBAR! Espero que você não esteja planejando ficar fabulosamente rico com ele, mas tenho certeza de que será publicado e acho que consigo um adiantamento decente. Talvez mais do que decente. Um leilão não está totalmente fora de questão. Além do mais, mais, mais, tenho a sensação de que esse livro pode (e deve) ser um criador de reputação. Acredito que, quando for publicado, as críticas de *Rio Amargo* serão bem doces. Obrigada por uma visita maravilhosa ao velho oeste!

Bjs,
Ellie

P.S.: Você me deixou tensa! Aquele rato daquele rancheiro realmente atirou em Jim Averill????

Enviado da minha pulseira eletrônica

34

Acabou havendo leilão para a venda dos direitos de *Rio Amargo*. Aconteceu no dia 15 de março, o mesmo dia em que a última tempestade da estação chegou à Nova Inglaterra (tempestade de inverno Tania, de acordo com o Weather Channel). Três das cinco grandes editoras de Nova York participaram, e a Putnam saiu vencedora. O adiantamento foi de trezentos e cinquenta mil dólares. Não uma cifra digna de Dan Brown ou John Grisham, mas o suficiente, como Lucy disse enquanto o abraçava, para mandar Bran e Stacey para a faculdade. Ela abriu uma garrafa de Dom Perignon que estava guardando (com esperanças). Isso foi às três horas, quando eles ainda estavam com vontade de comemorar.

Eles brindaram ao livro e ao autor do livro e à esposa do autor do livro e aos filhos incríveis e maravilhosos que saíram das entranhas do autor do livro e da esposa do autor do livro e estavam bem alegrinhos quando o telefone tocou às quatro. Era Kelly Fontaine, a assistente administrativa do Departamento de Inglês desde sempre. Ela estava chorando. Al e Nadine Stamper estavam mortos.

Ele tinha exames marcados no Maine Medical naquele dia (*exames a cada três semanas durante o primeiro ano*, Drew se lembrava dele ter dito).

— Ele podia ter adiado o compromisso — disse Kelly —, mas você conhece Al, e Nadine era igual. Um pouco de neve não os impediria.

O acidente aconteceu na 295, a menos de um quilômetro do Maine Med. Um caminhão grande deslizou no gelo e bateu de lado no pequeno Prius de Nadine Stamper. O carro capotou e parou com o teto virado para baixo.

— Ah, meu Deus — disse Lucy. — Os dois, mortos. Que horrível. E logo quando ele estava melhorando!

— É — disse Drew. Ele estava entorpecido. — Ele estava melhorando, não estava? — Só que, claro, tivera que lutar com o maldito rato. Ele mesmo dissera.

— Você precisa se sentar — disse Lucy. — Você está pálido como papel.

Mas se sentar não era do que Drew precisava, ao menos não de cara. Ele correu até a pia da cozinha e vomitou o champanhe. Enquanto estava parado lá, ainda com ânsia, sem nem sentir direito Lucy massageando suas costas, ele pensou: *Ellie diz que o livro vai ser publicado em fevereiro. Entre agora e essa data, vou fazer o que o editor me disser, e toda a publicidade que quiserem quando o livro sair. Vou fazer o jogo. Vou fazer isso por Lucy e pelas crianças. Mas nunca mais vai haver outro livro.*

— Nunca — disse ele.

— O quê, querido? — Ela ainda estava massageando as costas dele.

— O câncer de pâncreas. Achei que seria o fim dele, é o tipo de câncer que destrói quase todo mundo. Eu nunca esperava nada assim. — Ele enxaguou a boca na pia e cuspiu. — Nunca.

35

O velório, que na cabeça de Drew era VELÓ-RIO, aconteceu quatro dias depois do acidente. O irmão mais novo do Al perguntou se Drew diria algumas palavras. Drew declinou, alegando que ainda estava chocado demais para conseguir ser eloquente. Ele *estava* chocado, sem dúvida nenhuma, mas seu verdadeiro medo era que as palavras ficassem traiçoeiras como aconteceu com *Vilarejo* e com os dois livros abortados anteriormente. Ele tinha medo, um medo real, de que, se parasse no púlpito na frente de uma capela cheia de parentes, amigos, colegas e alunos tristes, o que poderia sair de sua boca era *O rato! Foi a porra do rato! E eu o soltei!*

Lucy chorou durante todo o velório. Stacey chorou junto, não por conhecer bem os Stamper, mas em solidariedade à mãe. Drew ficou em silêncio, com o braço nos ombros do Brandon. Ele olhou não para os dois caixões, mas para o mezanino do coral. Ele tinha certeza de que veria um rato correndo pela amurada de mogno polido lá em cima, mas não viu. Claro que não. Não havia rato. Quando a cerimônia acabou, ele percebeu que foi burro de pensar que poderia haver. Ele sabia onde o rato estava, e esse lugar ficava a quilômetros de lá.

36

Em agosto (e foi um agosto bem quente), Lucy decidiu levar os filhos até Little Compton, Rhode Island, para passar duas semanas na praia com os pais e a família da irmã, e deixou Drew na casa vazia, para ele poder trabalhar na edição do manuscrito de *Rio Amargo*. Ele disse que quebraria o trabalho em duas partes, que tiraria um dia no meio para dirigir até o chalé do pai. Passaria a noite lá e voltaria no dia seguinte para continuar trabalhando no manuscrito. Eles tinham contratado Jack Colson, o Jovem Jackie, para levar embora o que tinha restado do barracão destruído; Jackie, por sua vez, tinha contratado a mãe para limpar o chalé. Drew disse que queria ver que tipo de trabalho eles tinham feito. E queria pegar o relógio.

— Tem certeza de que não quer começar um livro novo lá? — perguntou Lucy, sorrindo. — Eu não me importaria. O último se saiu muito bem.

Drew balançou a cabeça.

— Nada do tipo. Eu estava pensando que a gente devia vender o chalé, querida. Estou indo lá me despedir.

37

As placas na bomba de gasolina da Grande 90 eram as mesmas: SÓ DI-NHEIRO e SÓ COMUM E QUEM SAIR SEM PAGAR SERÁ PROCESSADO e DEUS ABENÇOE OS ESTADOS UNIDOS. A mulher magrela atrás da bancada também estava igual; o piercing do lábio tinha sumido, mas o do nariz estava lá. E ela tinha ficado loura. Supostamente, louras se divertiam mais.

— Você de novo — disse ela. — Só que parece que você trocou de carro. Você não tinha um 'Burban?

Drew olhou para o Chevy Equinox comprado à vista e com ainda menos de dez mil quilômetros rodados, parado junto à única bomba enferrujada.

— O Suburban nunca mais foi o mesmo depois da minha última viagem pra cá — disse ele. *Na verdade, nem eu.*

— Vai ficar muito tempo?

— Não desta vez. Senti muito quando soube do Roy.

— Ele devia ter ido ao médico. Que fique de lição pra você. Precisa de mais alguma coisa?

Drew comprou pão, frios e uma caixa de seis cervejas.

38

Tudo que caiu com a tempestade tinha sido removido do jardim, e o bar-racão tinha sumido, como se nunca tivesse existido. O Jovem Jackie tinha cuidado da terra e tinha grama fresca crescendo lá. E também algumas flores alegres. Os degraus tortos da varanda tinham sido consertados, e havia duas cadeiras novas, coisa barata do Walmart de Presque Isle, prova-velmente, mas não eram feias.

Lá dentro, o chalé estava arrumado e com cheiro bom. A janelinha do fogão a lenha tinha sido limpa para retirar a fuligem, e o próprio fogão estava brilhando. As janelas também, a mesa de jantar e o piso de tábuas de pinho, que parecia ter sido encerado além de lavado. A geladeira estava novamente desligada e aberta, novamente vazia exceto por uma caixa de fermento Arm & Hammer. Devia ser nova. Estava claro que a viúva do Velho Bill tinha feito um bom trabalho.

Só na bancada da pia havia sinais da ocupação de outubro: o lampião Coleman, a lata de combustível, um saco de pastilhas para tosse Hall's, vários pacotes de Pó para Dor de Cabeça Goody's, meio frasco de Remédio para Tosse e Resfriado do Dr. King e seu relógio de pulso.

A lareira estava limpa e sem cinzas. Tinha sido preenchida com pedaços de lenha de carvalho, e Drew achava que o Jovem Jackie tinha mandado limpar a chaminé ou tinha feito o serviço ele mesmo. Muito eficiente, mas não haveria necessidade de fogo naquele calor de agosto. Ele foi até a lareira, se ajoelhou e virou a cabeça para olhar para a garganta preta da chaminé.

— Você está aí em cima? — chamou ele… sem vergonha nenhuma. — Se estiver, desça. Quero falar com você.

Nada, claro. Ele disse de novo para si mesmo que não havia rato, nunca tinha havido, só que havia. A farpa não estava saindo. O rato estava na cabeça dele. Só que isso também não era completamente verdade. Era?

Ainda havia duas caixas ladeando a lareira limpa, com lenha nova em uma e os brinquedos na outra, os deixados pelos filhos dele e os deixados pelas crianças das pessoas para quem Lucy tinha alugado o chalé nos anos anteriores. Ele pegou a caixa e a virou. Primeiro, achou que o rato de pelúcia não estava lá e sentiu uma pontada de pânico, irracional, mas real. Mas ele viu que tinha caído embaixo da base da lareira, só com um pedaço dos fundilhos cobertos de pano e do rabo aparecendo. Que brinquedo feio ele era!

— Pensou que ia se esconder, é? — perguntou ele. — Não adianta, moço.

Ele o levou até a pia e o colocou dentro.

— Tem alguma coisa a dizer? Alguma explicação? Talvez um pedido de desculpa? Não? Que tal últimas palavras? Você estava tão falastrão antes.

O rato de pelúcia não teve nada a dizer, então Drew o encharcou de fluido de lampião e botou fogo. Quando só havia um resto amorfo fedido e fumegante, ele abriu a torneira e encharcou o rato. Havia alguns sacos de papel embaixo da pia. Drew usou uma espátula para raspar o que tinha sobrado para dentro de um. Levou o saco até o riacho Godfrey, jogou dentro e o viu seguir flutuando. Em seguida, se sentou na margem para olhar o dia, que estava sem vento e quente e simplesmente lindo.

Quando o sol começou a se pôr, ele entrou e fez dois sanduíches de mortadela. Ficaram meio secos (ele devia ter se lembrado de comprar mostarda ou maionese), mas ele tinha cerveja para beber junto. Ele tomou três latas, sentado em uma das poltronas velhas e lendo um livro de Ed McBain sobre o 87º esquadrão.

Drew pensou em tomar uma quarta cerveja e decidiu que não. Ele ficou achando que a quarta seria a da ressaca e queria sair cedo de manhã. Ele não queria mais saber daquele lugar. Assim como não queria saber de escrever romances. Só havia um, seu único filho, para ele concluir. O que tinha custado as vidas do seu amigo e da esposa dele.

— Eu não acredito nisso — disse ele enquanto subia a escada. No alto, ele olhou para a sala grande, onde ele tinha começado o livro e onde, ao menos por um tempinho, ele acreditou que morreria. — Só que acredito. Eu acredito nisso.

Ele se despiu e foi para a cama. As cervejas o fizeram dormir rapidamente.

39

Drew acordou no meio da noite. O quarto estava meio prateado com a luz de uma lua cheia de agosto. O rato estava sentado no peito dele, encarando-o com aqueles olhinhos pretos saltados.

— Oi, Drew. — A boca do rato não se mexeu, mas a voz estava vindo dele, sim. Drew estava febril e doente na última vez que eles conversaram, mas se lembrava muito bem daquela voz.

— Sai de cima de mim — sussurrou Drew. Ele queria empurrá-lo dali (queria *dar um tapa no rato*, melhor dizendo), mas parecia não ter força nos braços.

— Ora, ora, não fale assim. Você me chamou, e eu vim. Não é assim que funciona nas histórias como essa? Como eu posso te ajudar?

— Eu quero saber por que você fez aquilo.

O rato se sentou, mantendo as patinhas rosadas junto ao peito peludo.

— Porque você queria que eu fizesse. Foi um desejo, lembra?

— Foi um *acordo*.

— Ah, esses caras de faculdade e a semântica.

— O acordo era *Al* — insistiu Drew. — Só *ele*. Porque ele ia morrer de câncer do pâncreas de qualquer jeito.

— Não me lembro de termos especificado câncer de pâncreas — disse o rato. — Estou enganado quanto a isso?

— Não, mas eu supus…

O rato fez uma coisa tipo limpar o rosto com as patas, girou duas vezes (a sensação daquelas patas foi nauseante, mesmo por cima da colcha) e olhou para Drew de novo.

— É assim que pegam vocês com desejos mágicos — disse ele. — Enganam. Têm muitas letras miúdas. Os melhores contos de fadas deixam isso claro. Achei que tivéssemos discutido isso.

— Tudo bem, mas Nadine Stamper nunca foi mencionada! Nunca foi parte do nosso… Da nossa combinação!

— Ela nunca *não* foi parte dela — respondeu o rato, e com certa arrogância.

É um sonho, pensou Drew. *Outro sonho, só pode ser. Em nenhuma versão da realidade um homem poderia ouvir explicações legais de um roedor.*

Drew achou que sua força estava voltando, mas não se mexeu. Ainda não. Quando fizesse, seria repentino, e não seria para *bater no rato* nem para *dar um tapa no rato*. Ele pretendia *pegar* o rato e *espremer* o rato. Ele se contorceria, gritaria e quase certamente morderia, mas Drew o espremeria até a barriga do rato estourar e as entranhas saírem pela boca e pelo cu.

— Tudo bem, você talvez tenha razão. Mas não entendo. Eu só queria o livro e você estragou.

— Ah, buá — disse o rato e limpou o rosto novamente. Drew quase agiu nessa hora, mas, não. Ainda não. Ele tinha que saber.

— Fodam-se seus buás. Eu poderia ter te matado com aquela pá, mas não matei. Poderia ter te deixado na tempestade, mas não deixei. Eu te trouxe pra dentro e te botei junto ao fogão. Então, por que você retribuiria matando duas pessoas inocentes e roubando o prazer que senti de ter terminado o único livro que vou escrever na vida?

395

O rato refletiu.

— Bom — disse ele por fim —, se posso mudar só um pouco uma frase de efeito antiga, você sabia que eu era um rato quando me acolheu.

Drew atacou. Ele foi muito rápido, mas suas mãos se fecharam no ar. O rato correu pelo chão, mas, antes de chegar à parede, ele se virou para Drew e pareceu rir no luar.

— Além do mais, você não terminou. Você *nunca* conseguiria terminar. Eu terminei.

Havia um furo no piso. O rato correu para dentro. Por um momento, Drew só conseguiu ver o rabo dele. E ele sumiu.

Drew ficou deitado olhando para o teto. *De manhã, eu vou pensar que foi um sonho*, pensou ele, e de manhã foi isso que ele pensou. Ratos não falavam e ratos não concediam desejos. Al tinha vencido o câncer só para morrer num acidente de carro, terrivelmente irônico, mas não inédito; era uma pena a esposa ter morrido com ele, mas isso também não era inédito.

Ele dirigiu até seu lar. Entrou na casa silenciosa de forma sobrenatural. Subiu até o escritório. Abriu a pasta com o manuscrito editado de *Rio Amargo* e se preparou para trabalhar. Coisas tinham acontecido, algumas no mundo real e algumas na cabeça dele, e essas coisas não podiam ser mudadas. O que ele precisava lembrar era que ele tinha sobrevivido a essas coisas. Ele amaria a esposa e os filhos da melhor forma que pudesse, daria aulas da melhor forma que pudesse, viveria da melhor forma que pudesse e entraria para as listas de autores de um livro só. Quando se pensava bem, ele não tinha nada para reclamar.

Quando se pensava bem, estava tudo bem, de rato.

NOTA DO AUTOR

Quando minha mãe ou uma das minhas quatro tias via uma mulher empurrando um carrinho de bebê, elas tinham a tendência de cantarolar uma coisa que deviam ter aprendido com a mãe *delas*: "De onde você veio, bebezinho? Do nada para esse mundinho". Eu às vezes penso nesse versinho quando me perguntam de onde tirei a ideia para essa ou aquela história. Muitas vezes não sei a resposta, o que me deixa constrangido e meio envergonhado. (Tem algum complexo infantil trabalhando aqui, sem dúvida.) Às vezes, dou uma resposta sincera ("Não faço ideia!"), mas em algumas ocasiões invento uma baboseira qualquer, satisfazendo assim o curioso com uma explicação semirracional de causa e efeito. Aqui, vou tentar ser sincero.

Quando criança, eu posso ter visto algum filme (provavelmente um dos filmes de terror da American-International que meu amigo Chris Chesley e eu víamos no Ritz de Lewiston, para onde íamos de carona) sobre um cara com tanto medo de ser enterrado vivo que ele mandou botar um telefone na cripta. Ou talvez tenha sido um episódio de *Alfred Hitchcock apresenta*. Seja como for, a ideia ficou ressonando na minha mente hipercriativa de criança: a ideia de um telefone tocando em um lugar de mortos. Anos depois, quando um amigo próximo morreu inesperadamente, eu liguei para o celular dele só para ouvir a voz dele mais uma vez. Em vez de me consolar, morri de medo. Nunca mais liguei, mas a ligação, junto à lembrança infantil daquele filme ou programa de TV, foi a semente de "O telefone do sr. Harrigan".

As histórias seguem o caminho que querem, e a diversão de verdade dessa, para mim, foi voltar para uma época em que os celulares em geral e o iPhone em particular eram novos, e todas as ramificações deles nem tinham sido identificadas. Ao longo das minhas pesquisas, meu cara de TI, Jake Lockwood, comprou um iPhone de primeira geração no eBay e o botou para funcionar. Está aqui perto enquanto escrevo. (Tenho que mantê-lo na tomada porque em algum momento alguém o deixou cair e quebrou o botão de ligar.) Consigo entrar na internet com ele, consigo ver relatos da bolsa e do tempo. Só não consigo fazer ligações, porque é 2G, e essa tecnologia está tão morta quanto o videocassete Betamax.

Não tenho ideia de onde veio "Obrigado, Chuck!". Só sei que um dia pensei em um outdoor com essa frase, junto com a foto do cara e 39 ÓTIMOS ANOS. Acho que escrevi essa história para descobrir sobre o que era o outdoor, mas não tenho certeza disso. O que posso dizer é que sempre senti que cada um de nós, desde reis e príncipes do reino aos caras que lavam pratos na Waffle House e as garotas que trocam os lençóis nos hotéis de beira de estrada, contém o mundo todo.

Enquanto estava em Boston, por acaso vi um cara tocando bateria na Boylston Street. As pessoas estavam passando e nem estavam olhando, e a cesta na frente dele (não um chapéu mágico) estava com bem poucas contribuições. Eu me perguntei o que aconteceria se alguém, um tipo empresário, por exemplo, parasse e começasse a dançar, tipo Christopher Walken naquele vídeo brilhante do Fatboy Slim, "Weapon of Choice". A ligação com Chuck Krantz, um tipo empresário da melhor categoria, foi natural. Eu o botei na história e o deixei dançar. Eu amo dançar, pelo jeito como liberta o coração e a alma de uma pessoa, e escrever a história foi uma alegria.

Depois de escrever duas histórias sobre o Chuck, eu quis escrever uma terceira que juntasse as três numa narrativa unificada. "Eu contenho multidões" foi escrita um ano depois das duas primeiras. Se os três atos, apresentados em ordem reversa, como um filme exibido de trás para a frente, funcionam ou não quem vai determinar são os leitores.

Vou pular para "Rato". Não tenho a menor ideia de onde essa história veio. Só sei que pareceu um conto de fadas maligno e me deu a chance de escrever um pouco sobre os mistérios da imaginação e como isso se traduz na página. Devo acrescentar que a palestra de Jonathan Franzen à qual Drew se refere é fictícia.

Por fim, mas não menos importante: "Com sangue". A base dessa história existiu na minha mente por pelo menos dez anos. Comecei a reparar que alguns correspondentes de noticiário da TV sempre parecem surgir nos locais de tragédias horríveis: acidentes de avião, tiroteios em massa, ataques terroristas, mortes de celebridades. Essas histórias quase sempre lideram os noticiários locais e nacionais; todo mundo do ramo conhece o axioma "Qualquer notícia com sangue vende". A história ficou sem ser escrita porque alguém tinha que pegar a pista do ser sobrenatural se disfarçando de correspondente de TV e vivendo do sangue de inocentes. Não consegui decidir quem poderia ser. Aí, em novembro de 2018, percebi que a resposta estava na minha cara o tempo todo: Holly Gibney, claro.

Eu amo a Holly. É simples assim. Ela deveria ter sido uma personagem pequena em *Mr. Mercedes*, só fazer uma participação peculiar. Mas ela roubou meu coração (e quase roubou o livro). Sempre fico curioso para saber o que ela está fazendo e como está vivendo. Quando volto a ela, fico aliviado de ver que ela ainda está tomando o Lexapro e continua sem fumar. Também tive curiosidade, para ser sincero, sobre as circunstâncias que a tornaram o que ela é, e pensei em explorar isso mais um pouco... Desde que acrescentasse à história, claro. Essa é a primeira ação solo da Holly, e espero ter feito justiça a ela. Devo um agradecimento particular ao especialista em elevadores Alan Wilson, que me explicou em detalhes como os elevadores computadorizados modernos funcionam e as coisas que podem dar errado com eles. Obviamente, peguei essas informações e (aham) as enfeitei, então, se você entende dessas coisas e eu errei, bote a culpa em mim (e nas necessidades da minha história) e não nele.

O falecido Russ Dorr trabalhou comigo em "O telefone do sr. Harrigan". Foi nossa última colaboração, e como eu sinto falta dele. Devo agradecimentos a Chuck Verrill, meu agente (que gostou muito de "Rato") e a toda a minha equipe da Scribner, inclusive (mas não somente) Nan Graham, Susan Moldow, Roz Lippel, Katherine Monaghan e Carolyn Reidy. Agradeço a Chris Lotts, meu agente de direitos internacionais, e a Rand Holston, da Paradigm Agency em Los Angeles. Ele cuida das coisas de cinema e TV. Um grande agradecimento também (e muito amor) para os meus filhos, meus netos e minha esposa, Tabitha. Eu te amo, querida.

Por fim, mas não menos importante, agradeço a *você*, Leitor Fiel, por ter vindo comigo de novo.

Stephen King
13 de março de 2019

1ª EDIÇÃO [2020] 2 reimpressões

ESTA OBRA FOI COMPOSTA POR OSMANE GARCIA FILHO EM WHITMAN E IMPRESSA EM OFSETE PELA LIS GRÁFICA SOBRE PAPEL PÓLEN SOFT DA SUZANO S.A. PARA A EDITORA SCHWARCZ EM MARÇO DE 2021

A marca FSC® é a garantia de que a madeira utilizada na fabricação do papel deste livro provém de florestas que foram gerenciadas de maneira ambientalmente correta, socialmente justa e economicamente viável, além de outras fontes de origem controlada.